国家社会科学基金重大招标项目"延安文艺与20世纪中国文学研究"成果

"十三五"国家重点图书出版规划项目

国家出版基金项目

陕西省委宣传部重大文化精品项目

陕西师范大学中国语言文学世界一流学科建设成果

延安文艺与20世纪
中国文学研究

赵学勇 李继凯 主编

延安文艺学术史研究
（1978—2016）

吴国彬 著

陕西师范大学出版总社

图书代号　SK23N0308

图书在版编目(CIP)数据

延安文艺学术史研究：1978—2016 / 吴国彬著. —西安：陕西师范大学出版总社有限公司，2022.6
（延安文艺与20世纪中国文学研究 / 赵学勇，李继凯主编）
"十三五"国家重点图书出版规划项目　国家出版基金项目
ISBN 978-7-5695-3080-3

Ⅰ.①延… Ⅱ.①吴… Ⅲ.①文艺—文化史—研究—延安—1978—2016　Ⅳ.①I209.941.3

中国版本图书馆CIP数据核字（2022）第117442号

延安文艺学术史研究（1978—2016）
YAN'AN WENYI XUESHU SHI YANJIU (1978—2016)

吴国彬　著

出版统筹 /	刘东风　雷永利
责任编辑 /	梁　菲
责任校对 /	刘存龙
出版发行 /	陕西师范大学出版总社
	（西安市长安南路199号，邮编710062）
网　　址 /	http://www.snupg.com
印　　刷 /	中煤地西安地图制印有限公司
开　　本 /	710 mm×1000 mm　1/16
印　　张 /	23.25
字　　数 /	352千
版　　次 /	2022年6月第1版
印　　次 /	2022年6月第1次印刷
书　　号 /	ISBN 978-7-5695-3080-3
定　　价 /	138.00元

读者购书、书店添货或发现印装质量问题，请与本公司营销部联系、调换。
电话：（029）85307864　85303629　传真：（029）85303879

总 序

　　延安文艺是20世纪中国文学历史进程的重要节点。自1940年代至今，延安文艺及其相关问题的研究不断拓展深化，并于不同的历史语境及研究者的身份立场中呈现出有别甚至迥异的话语阐释与纷争局面，成为中国现当代文化史、文学史上难以绕开的学术研究领域。如果说20世纪的延安文艺研究更多为外在的各种（政治的、文化的、文学的）力量所推助，那么在拨开意识形态的迷雾后，新世纪以来的延安文艺研究则更加彰显出延安文艺自身的丰富内涵与持续性研究的宽阔空间，并不断促使延安文艺研究向更加深广的领域拓进。

　　延安文艺研究的重要价值和意义，首先由延安文艺本身的价值和意义所决定。在中国现当代文学的发展中，延安文艺上承五四、左翼时期的文学传统，下启"十七年"、"文革"及新时期至今的文学路向。这一承前启后的文学历史的"坐标"意义及其影响巨大而深远。其次，延安文艺是一种特殊空间范畴的文艺形态，它完成了将战时特殊的区域化文学实践与一般意义上的民族/国家文学的创构目标相联结的巨大的文化实验。因此，认识中国现代文化与文学，以至认识现代中国革命与社会，认识当代中国诸多文化与文学的现实问题，都离不开对延安文艺的不断认识和解读。

　　延安文艺研究的价值还在于其在当代中国文学话语中的元叙事作用。一方面，它所建立的文学规范显性地呈现为一种话语权威，支撑起新意识形态下文艺体系中的文学组织方式、生产方式的合法性运转；另一方面，它隐性地内化为当代文学所具有的特殊文艺传统和精神品格——作为极为重要的中国经验的组成部分，不断地渗透于中国文化建设的各个层面。

此外，延安文艺研究的价值无疑还在于其鲜明的当下性指向。作为吸收、鉴取和凝聚了中国传统民间智慧与外国文艺理论及艺术形式的大众文艺形态，延安文艺以其"新鲜活泼的、为中国老百姓所喜闻乐见的中国作风和中国气派"的艺术样式，真正意义上践行了文学与社会现实、与广大民众密切结合的时代诉求，具有鲜明的先锋性、民族性与现代性特征。新世纪以来，面对大众文化的崛起、底层书写的兴盛、民间资源的流失、全球化与本土化的对峙等中国文学亟待解决的问题，重新爬梳并清醒认知延安文艺的历史经验及其创造性转化的价值和意义，无疑能够为当代人民文艺的健康发展提供借鉴与审思的契机。

强调以历史意识和史学视角切入研究，亦即本着贴近历史语境的原则，对延安文艺做出历史的、社会的及美学的阐释和评价。历史与现实视域是评价延安文艺应持守的基本态度。坚持历史的实事求是的学术精神，注重对历史的多重把握与透视，在理解与阐释中触及历史的真实；重视现实的客观中肯的研究方法，尝试探索具有当下延伸意义的理论路径，并着力针对历史文化现象做出科学的阐释。这是本课题研究的基本出发点。

"延安文艺与20世纪中国文学研究"书系，是其同题国家社会科学基金重大招标项目的终期研究成果。课题组成员力图从新的理论视界，对延安文艺本体形态与中国新文学的历史关联和发展、延安文艺的重大历史价值和影响、延安文艺的马克思主义文艺理论的中国化理论和实践、延安文艺之于中国现当代文学精神的经验借鉴、延安时期及对后来产生广泛影响的作家作品、延安文艺的中外传播及世界影响等重要议题，进行深入、系统的研究。书系主要包括对延安文艺的文学史价值重估、本体研究、文本细读、史料钩沉等方面，且延展至对延安文艺所纳含并有突出贡献的戏曲、电影、书法等多种艺术门类作品的再读与评价，亦触及对女性主义、传播生态、族裔书写、文人心态等相关重要理论命题及实践层面的探讨。由此构成了整一的"延安文艺与20世纪中国文学研究"课题的内容结构。

深入系统地研究延安文艺与20世纪中国文学的广泛联系及深远影响，对重新认识中国现当代思想史、社会史、革命史、文化史、文学史具有重大的学术价值和意义。在每部著作的内容和结构中，最值得反复强调的是，站在学术的时代前沿，审慎地、科学地重估延安文艺的价值，着力建构延安文艺史料学与延安文艺学术史，在作家新论的基础上探究延安文学的经典化历程，在广阔的社会文化视野中考察延安文艺的发生、特征及影响，探索精英文化与民间文化的融合、新型文艺形态的创构，等等。这些都是本课题的创新和亮点。

作为马克思主义文艺理论与中国本土文艺实践和历史语境相结合的综合性、创造性转化成果，延安文艺以鲜明的时代性诠释了马克思主义理论与中国文化传统和实践经验的融合、生发与创新，成为马克思主义中国化的成功方案。延安文艺本身也以其丰富性、多样性和创新性不断地诠释、发展和丰富着马克思主义文艺理论中国化的内涵。延安文艺思想中的人民主体文艺观、革命功利主义文艺观、文学艺术源泉论、中国民众喜闻乐见的民族形式论、文艺舞台上人民群众主角论，都包含了文论方面的独特创造，充分体现了其话语体系的实践性特征。因此，正视和总结马克思主义文艺理论中国化的经验，无疑有着重大的现实意义与理论价值。

延安作家的书写行为及特殊战时环境中延安文人形象的塑造，其精神内涵丰富且意味深长，对研究现代中国知识分子的生命历程及精神史有极为重要的价值。因此，在关注延安文艺的本质特征、艺术价值、珍贵史料之外，更直接地从文艺制度、文人处境、文人性格、作家精神气质、日常生活场景、民间文化资源等层面入手，探讨延安文艺的创作经验及其在之后文学发展中的赓续与转化问题，不失为延安文艺研究中突破政治与文学的二元对立模式，凸显革命政治文化与文学文化之间的互文，积极尝试重构一种文人与政治、政治与文学之间相互独立、相互融通、相互创造关系的研究范式，有意想不到的发现。

延安文艺传播的成功经验，建基于传播主体与受众间密切且灵活的联系，既汇聚了集体智慧共同参与文艺创作，更扩展了艺术与生活的边界，在良性的深度互动中呈现出包容性、广泛性与渗透性的文艺传播效果。而域外作家的延安书写及域外延安文艺学术史的研究，使得延安文艺与20世纪中国文学研究的视野更加开阔，眼界更具开放性、包容性及参照比较的特点，对中国当代文学具有积极的书写经验的镜鉴意义。延安文艺的世界性传播，引发了海外汉学界的关注与研究。面对海外汉学界某些偏颇的批评观念，给予理性的符合历史情境的回应，且进行深刻的自我审视与反思，在融汇本土视角与国际视野的研究视域下，开启对文化身份认同、国际形象建构与世界文学追求等方面的积极探索，具有重要的理论价值。

不断深化延安文艺与20世纪中国文学的历史发展研究，旨在形成一种必要的更加宏阔的研究视野，以此拓宽认识20世纪后半叶及新世纪的中国文学、文化、艺术对延安文艺精神的继承、发展与创变，以及随之收获的历史资源和经验教训。其学术价值的重点在于，对当下文学、文化和艺术的广泛观照与深刻反思。通过考察新的历史条件下，毛泽东《在延安文艺座谈会上的讲话》与习近平《在文艺工作座谈会上的讲话》之间的精神联系，探索并回应社会主义文艺的重大问题，如世界文化发展趋势与中国经验的兼容性内涵，社会主义文艺观的当代性发展，弘扬革命文艺传统与坚持社会主义文艺的前进方向，等等。强烈的当代意识和当下观照是本课题研究的鲜明特色。

可以看到，有关延安文艺的研究目前正不断地朝着更加学理化、纵深化、精细化、历史化的方向拓进。这一研究课题的再深化，对整个20世纪中国文学话语资源及范式的清理、反思、再认识及重塑，于学科层面而言具有十分重要的意义。与此同时，在中国文化软实力全球化推进的背景下，延安文艺的相关研究亦可对当下所倡扬的"中国经验""中国智慧"进行丰富的更深意义上的补充。因而，在此基础上，我们期待一个更加开放的、深化的、互通的延安文艺研究的新局面。

赵学勇
2020年10月6日

目 录

引　言　兼论1978年前的延安文艺研究概貌 / 001

第一章　思想与学术：20世纪70年代末延安文艺研究思想的转变

第一节　"徘徊中前进"时期延安文艺研究的时代环境 / 017

第二节　思想解放与延安文艺研究理论方法的拨乱反正 / 031

第三节　延安文艺史料研究及相关研究领域的推进 / 041

第二章　探索与自觉：新时期延安文艺研究理论方法的多元发展

第一节　延安文艺的重评及其专题研究的拓展 / 065

第二节　延安文艺思潮及其理论方法研究的不断探索 / 082

第三节　专业研究团体及专题研究领域的形成与学术实践 / 101

第三章　规范与多元：20世纪90年代延安文艺研究及其学术思潮的演变

第一节　"再解读"与海外学术思潮、方法的引进及影响 / 128

第二节　学院派学术思想的活跃及研究领域的坚守与突进 / 139

第三节　史料整理与历史阐释：史料意识的自觉及学术思想的拓展 / 154

第四章　拓展与阔深：新世纪以来延安文艺研究思想的新趋向

第一节　延安文艺与20世纪中国文艺传统及其关系研究的拓进 / 177

第二节　延安文艺本质形态的历史化研究 / 201

第三节　延安作家群体及延安文艺文体研究领域的开拓推进 / 215

第五章　反思与深化：20世纪80年代以来的毛泽东文艺思想及《讲话》研究

第一节　《讲话》及毛泽东文艺思想研究的反思与重释 / 245

第二节　《讲话》及毛泽东文艺思想的还原与重构 / 261

第六章　整理与编纂：延安文艺史料的编辑出版及数据库建设

第一节　延安文艺文献史料的整理及大型书系的出版 / 295

第二节　延安文艺专题性史料汇编与史料考辨研究 / 308

结　语 / 323

参考文献 / 329

后　记 / 360

引言 兼论1978年前的延安文艺研究概貌

在中国现当代文学研究及学术发展史上，延安文艺研究自20世纪40年代初延安文艺运动发生以来，就是一个重要的研究课题与研究领域。随着延安文艺及其话语资源在1949年7月的中华全国文学艺术工作者代表大会上被确定为"新的文艺的方向"，延安文艺研究不仅成为中国现当代文学史研究及其学科建设的主要内容和重要基础，还成为当代学术领域思想论争的重要阵地以及文学批评与学术研究的重要课题。20世纪80年代以来，随着思想解放运动的深入推进，西方文艺理论、研究方法的不断引介，以及大量经过系统学术训练的青年学者投身其中，延安文艺研究呈现出与以往完全不同的学术气象，比如重视史料的意识，抛弃"以论代史"的研究模式，对延安文艺进行历史化审视、学理化探究，等等。这是本书选取20世纪80年代以来延安文艺研究作为研究对象的缘由所在。

回顾并梳理20世纪80年代以来的延安文艺研究及其学术史进程，总结反思该时期不同阶段毛泽东文艺思想及党的文艺政策研究、延安文艺运动及作家作品研究，以及延安文艺文献史料整理等各个领域研究的学术成果及存在的问题，探讨20世纪80年代以来延安文艺研究在中国现当代学术发展史中的价值与意义，对于推进延安文艺研究乃至中国现当代文学研究，强化延安文艺的精神资源与艺术实践对21世纪中国文学发展和繁荣的促进，挖掘延安文艺所提供的精神支撑与所彰显的文化自信，等等，无疑都具有较高的学术史价值和研究意义。这自然也成为本书关注并探讨的基本问题与研究任务。

一、延安文艺研究概述

在20世纪的延安文艺研究史上，一般认为，延安文艺的文本始自1936年前后对有关长征的文艺作品的结集与出版，在陕甘宁边区成立的中国文艺协会是最早研究延安文艺的机构①。1937年5月前后，丁玲的《文艺在苏区》和L.Insun（朱正明）的《陕北文艺运动的建立》相继发表，都对当时延安文艺研究及其相关问题的历史现状进行了系统性的梳理和具体细致的考察。事实说明，延安时期，延安的文艺研究工作已经首先从文献史料的搜集整理、文艺运动及其专题研究等方面开始进行，这构成20世纪40年代延安文艺研究史的开创与肇始。此后的延安文艺研究史研究，主要体现在以下几个方面：一是年度性或专题性延安文艺研究述评的发表及涌现。如《新中华报》的《戏剧问题》专栏讨论（1938）②、黎觉奔的《从"扩大鲁迅艺术学院运动"说起》（1938）、杨明的《晋东南的棋局——鲁迅文艺工作团报告之一》（1939）、孙犁的《一九四〇年边区文艺活动琐记》（1941）、新华社的《晋察冀的文化活动》（1941）、李伯钊的《敌后文艺运动概况》（1941）、康濯的《晋察冀边区的乡村文艺》（1943）、沙可夫的《晋察冀新文艺运动发展的道路》（1944）、冯牧的《敌后文艺运动的新收获——读晋绥边区"七七七"文艺奖金获奖作品》（1945）、陈涌的《三年来文艺运动的新收获》（1946）和邵荃麟的《新形势下文艺运动上的几个问题》（1949）等，先后对当时以延安为中心的各边区、解放区及国统区的延安文艺及其研究进行了宏观性的评述。二是围绕毛泽东的《在延安文艺座谈会上的讲话》（以下简称《讲话》）和延安作家作品的研究述评及论争。除了萧三的《可喜的转变》（1943），周扬的《表现新的群众的时代》（1944）、《论赵树理的创作》（1946）、《谈文艺问题——在边区文艺座谈会上的发言》（1947）和《新的人民的文艺》（1949），冯乃超的《从〈白毛女〉的演出看中国新歌剧的方向》（1948）等篇章外，还有郭沫若、茅盾、周而复、邵荃麟等人的研究，以及延安

---

① 1936年成立的中国文艺协会将"收集整理红军和群众的斗争生活各方面的材料"等作为"创立工农大众的文艺"及建设的一个重大任务。这个重大任务本身即可视为延安文艺研究的组成部分。
② 《新中华报》1938年2月10日的《戏剧问题》专栏刊载了四篇文章，对边区的戏剧创作、演出等进行评述，分别是映华的《谈谈边区的群众戏剧运动》、少川的《我对延安话剧界的一点意见》、白苓的《关于戏剧的旧形式与新内容》和斐杨的《〈天皇的恩惠〉观后感》。

《解放日报》与《晋察冀日报》等围绕文艺思潮及文艺创作展开的讨论及论争等。三是有关延安文艺研究史编纂的发生及开始。如周扬的《新文学运动史讲义提纲》（20世纪40年代的鲁艺讲稿）及蓝海的《中国抗战文艺史》（1947）等。当时延安文艺的研究成果多为批评与研究交织一体，因此，这些研究本身也成为延安文艺研究史演进发展的重要组成部分。

1949年后至"文革"结束前的延安文艺及其作家作品批评，不仅是当时思想战线及学术研究课题中的一个热门或焦点领域，同时直接反映着当时社会文化与文艺部门关于党的文艺方针政策及其政治意识形态斗争的现实需要。因此，其研究内容和基本问题，主要从以下五个方面展开：一是学科性研究评论、专题研究与历史现状述评的发展。如周扬、周文、刘芝明、张凌青、柯仲平、鲁直、张季纯、王瑶、丁易等，对延安文艺运动及晋绥、东北、山东、西北等地区文艺运动的总体性研究和专题性综述，对部队文艺及其创作活动的经验总结和宏观论述。① 二是年度研究述评、相关书评及研究论争的涌现。如围绕《讲话》及毛泽东文艺思想的年度研究述评，为配合"胡风反革命集团"案、丁玲等"再批判"以及"反右""文革"等政治运动而出现的许多研究综述。三是先后出现了一批中青年专家学者和研究论著。如王瑶、丁易、陈涌、冯雪峰、吴调公、吴奔星、韩长经、安旗、董小吾、汪毓和、徐琪、冯健男等，在延安时期小说、诗歌、散文、戏剧、电影、新歌剧、新音乐、新美术等方面产出了一批研究成果，展现出各自的学术思想。四是海外研究及其评论的发展。如日本的德永直、鹿地亘、竹内好、洲之内彻、北冈正子和冈崎俊夫，捷克的普实克和苏联的克里夫佐夫、费德林等，以及美国的西里尔·贝契等学者的研究及评论。五是延安文艺研究史的理论建设及知识体系建构。如新中国成立初中国新文学史学科的建立及教学大纲的编制与实施，以及王瑶、蔡仪、丁易、刘绶松、江超中等人的新文学史及"解放区文艺"著述，乃至"大跃进"和"文革"时期集体编著的"红色文学史"及"革命文艺史"等，都为不同时期的延安文艺研究理论方法和历史现状提供了具

---

① 由于涉及的相关论述众多，为行文简约起见，除了对个别论述进行必要的注释外，其他相关注释可见正文内容或著末的参考文献。

体的史料信息及学术性的系统把握。

"文革"结束特别是党的十一届三中全会对思想解放运动的推进与当代学术思潮的转变，改革开放背景下西方文艺思潮及学术理论方法的引进，以及新世纪前后学术重整与规范化等专业意识的自觉，都为20世纪80年代以来的延安文艺研究带来新的变化，促使其在研究的视野、关注的问题、研究的价值与理论方法等方面发生较大的变化，亦使延安文艺研究及其学术史的发展呈现出新的发展面貌。其中值得注意的有如下几个方面：一是学科评论的发展及涌现。除了坚持延安文艺或解放区文艺的年度学术述评、专题学术研讨会、学术综述等之外，大量关于《讲话》与毛泽东文艺思想的中国化、延安文艺思潮、社团期刊等各领域研究述评的涌现，以及围绕各专题的研究述评等，都对延安文艺研究史的发展提出了独到的见解和有价值的意见。二是对阶段性延安文艺研究的述评。如纪桂平关于新中国成立前后以及20世纪80年代的延安文艺研究述评，宋绍香对延安文艺在日本、俄苏、欧美等地区的译介、研究综述，王富仁以"文革"为界对延安文艺研究的概括性评述，刘增杰对90年代延安文艺研究的综合评述，张器友对新时期至新世纪之初延安文艺研究的评述，毕海对新中国成立至新世纪初延安文艺研究的评述，胡玉伟对90年代以来的延安文艺研究的评述，等等。三是对延安文艺研究理论方法及学术思想的总结与反思。如"延安文艺丛书""中国解放区文学书系"等丛书和资料汇编的前言、序、编后记等专题性研究综述，以及有关延安文艺思潮及"重写"和"再解读"等国内外研究综论等。四是研究领域的拓展与学术思想的进步。除了关于延安文艺理论批评及党的文艺政策、延安文人与文学、语言及话语、主题文体与生产传播方式及其与当代文艺的关系等的研究之外，"延安文艺档案"等大型延安文艺研究资料汇编、书目辞典等工具书的编纂及相关数据库的建设等，充实了延安文艺研究的内容与学术发展的深度。五是延安文艺及其各种专题与地域史的编写和出版。如任孚先等的《山东解放区文学概观》（1983），艾克恩的《延安文艺运动纪盛》（1987），刘增杰的《中国解放区文学史》（1988），王剑清、冯健男的《晋察冀文艺史》（1989），亦文、齐荣晋的《山西革命根据地文艺运动史稿》（1989），汪应果等的《解放区文学史》

（1992），贺志强等的《延安文艺概论》（1992），王建中等的《东北解放区文学史》（1995），王培元的《抗战时期的延安鲁艺》（1999），苏春生的《中国解放区文学思潮流派论》（2000），江震龙的《解放区散文研究》（2005），袁盛勇的《历史的召唤：延安文学的复杂化形成》（2007），李军的《解放区文艺转折的历史见证：延安〈解放日报·文艺〉研究》（2008），艾克恩的《延安文艺史》（上、下）（2009），刘忠的《〈在延安文艺座谈会上的讲话〉研究》（2009），周爱民的《延安木刻艺术研究》（2009），黄科安的《延安文学研究——建构新的意识形态与话语体系》（2009），李洁非、杨劼的《解读延安：文学、知识分子和文化》（2010），吴敏的《延安文人研究》（2010）和《宝塔山下交响乐——20世纪40年代前后延安的文化组织与文学社团》（2011），贾冀川的《解放区戏剧研究》（2013），周维东的《中国共产党的文化战略与延安时期的文学生产》（2014），孙国林的《延安文艺大事编年》（2016），胡玉伟的《传统的建构与延拓：解放区文学研究及其他》（2017），等等。六是延安文艺专题性研究史的编纂、出版与学术呈现。如黄修己的《不平坦的路——赵树理研究之研究》（1990），袁良骏的《丁玲研究五十年》（1990），以及邱文治、田本相等关于延安文学流派及解放区话剧研究鸟瞰与概述等。尤其是黄修己、曾庆瑞、冯光廉、谭桂林、许怀中、徐瑞岳、刘勇、洪子诚、温儒敏、刘卫国等学者的中国现代文学研究史论著中，都有关于延安文艺研究史的专章论述和作家专题研究等。这些成果都充分展示了新世纪前后及至当下的延安文艺研究及其研究史的书写，已经进入新的阶段，并将酝酿新的学术深化与突破。

二、研究对象与基本问题

本书的研究对象与基本问题，是对1978年至2016年间中国现当代文学学术研究中的延安文艺研究及其阶段性成果的再研究，主要集中于文学运动、作家作品理论批评及相关文献史料整理等领域，从学术史的角度对其进行学理性的梳理与历史检验，并在总结其学术成就得失与经验教训的同时，探讨并发现延安文艺研究新的方向及学术增长点。这或有益于全面系统地了解和把握延安文艺研究在中国现当代文学研究过程中的历史现状，认识并发现延安文艺与20世纪中国文学研究、当代中国学术思潮及其理论方法演进之间的紧密关系，还可提高本学科学术研究的专业意识与研究能力。尤其在思想解放运动及改革开放历史文化背景下，通过对当代中国学术思想与理论方法的变迁、学术传统与基本问题的历史阐释，延安文艺研究的历史发展与学术演变的内在理路和外在因缘等进行梳理，探寻填补延安文艺研究史中学术研究空白的路径，完善中国现当代文学学科史及其知识体系。

基于此，本书首先对20世纪80年代以来的延安文艺研究及相关的书刊资料等进行全面系统的搜集整理及历史考察，以便整体把握80年代以来延安文艺研究的历史动态及其与当时学术思潮与理论方法的密切关联，并从多个角度予以学理性的历史评价。概括来说，新时期以来四十多年的延安文艺研究及其学术史进程，大致经历了"文革"结束后的80年代、90年代以及新世纪至今的三个历史阶段。80年代初期开始的思想解放运动与改革开放等思想文化的主导与影响，以及由此带来的中国社会政治及学术思想的历史转变与深刻作用，对延安文艺研究的目的及其学科史书写旨趣，包括延安文艺研究资料的选择与历史阐释以及研究观点、理论方法和相关成果的历史价值与学术意义等，都产生了直接的影响和内在的规范。因此，本书除了对公开发表、编辑出版的延安文艺研究成果等进行历史性的考察梳理之外，还对延安文艺史料整理、书目索引编辑、传记回忆录及相关工具书编纂等方面的成果，以及海外不同学术立场及理论方法的研究述评及相关资料，予以审视，从而在整体上对80年代以来的延安文艺研究予以学术史的观照，尽可能全方位地关注和把握各研究领域与研究专题的观点、成果及学术思想与理论方法方面的历史特征。其次，在此基础上，力求开展更加科学合理的学术性探寻。延安文艺是中国现代文艺发展过程中与中国共产党所领导的政治革命及文化建设紧密联系的"党的文艺""新的人民的文艺"，同时是20世纪中国现代文艺研究史与当代中国学术史的重要组成部分，并与当代的政治意识形态及当下的政治文化实践有着直接的关系。

因此，本书在叙述方式与书写结构方面，不仅努力以新的研究视角与新的理论方法来考察并探讨相关的延安文艺研究成果等资料,而且力求避免一般性研究史书写中叙述方式的局限。基于选题的基本要求及目的,本书将借鉴其他学术史叙述模式之长,以代表性的论文与专著、名家研究成果、学术思想和专题研究史为纲,分别对之进行归纳论述,并以宏观叙述与个案分析结合的方式,对不同历史阶段的延安文艺研究成果及其与当时社会政治及学术思潮等之间的关系进行历史性的梳理及学理性的评述,力求使研究具有科学性、学术性和原创性。笔者认为,作为延安文艺研究史研究中关于20世纪80年代以来延安文艺研究的断代性学术史研究,本书所涉及并讨论的基本问题对于梳理并总结新时期以来的延安文艺研究经验、教训及学术动向,检验延安文艺研究的阶段性成果及探寻新的研究领域,提高研究者专业意识及整个学科的研究水平等,都有着较高的研究价值与学术意义。

概而言之,本书研究的基本问题与撰述目的可用"明变、求因、评价"三个关键词予以简要概括。明变,就是梳理并把握20世纪80年代以来的延安文艺研究及其学术思想方法的演变,即综合叙述四十年间延安文艺研究史的基本状况与历史轨迹,考察并探讨其与社会政治文化演进、研究团体与研究者队伍、学术论争与焦点问题等方面的相生关系。求因,就是总结并反思这一时期延安文艺研究过程中的学术成就与理论得失,即清理并剖析延安文艺研究的阶段性成果,考究与检验其研究路径与理论方法、叙述模式和立场观点等方面的经验教训。评价,乃是对新时期以来延安文艺研究在中国现代学术史以及中国现当代文学研究史上的价值进行重估。因此,从学术史或研究史的专业立场与研究规范对这一时期延安文艺研究的研究对象、研究方法及其与社会历史、政治文化的关系等进行历史评价与价值判断,也自然成为本书的重要目标与学术追求。

三、研究方法与主要内容

在研究理论方法层面,本书坚持和遵循以下三个方面。首先,以马克思主义唯物史观的历史方法与逻辑方法相统一等为指导,借鉴并吸收中国传统学术研究的具体方法。从客观存在的史实出发,尽可能全面搜集研究材料,分析、追溯其间的历史脉络与内在联系，力求获取符合事物及史实发展内在规律的理性结论。关于延安文艺研究学术史的研究及其阐释，更注意将之置于20世纪中国革命与中国文艺的历史进程中、中国现当代学术演变发展的文化背景下，进行历史评判，以避免和超越研究中的各种局限或偏见，力求提出客观、恰当的学术见解与观点。其次，以本书确定的主要问题为中心，采用宏观叙述与个案分析相结合的方法，对20世纪80年代以来的延安文艺研究进行历史考察与学理梳理。因此，在论著的整体设计和章节安排方面，将主要围绕不同阶段的延安文艺研究概况、代表性论著及其观点和研究专题，同时考察其与当时学术思潮的关系等，从而进行整体性的综合叙述和具体性的个案分析，并由此梳理和把握不同阶段延安文艺研究的焦点问题以及学术史进程。最后，实际上也是本书研究的理论重点，即注重考察并把握新时期以来不同阶段延安文艺研究与当代学术思潮演变之间的历史关系。"文革"结束之后的当代中国社会政治、文化思潮及学术思想之间的交织互动，对当时的延安文艺研究及当代学术研究的总体发展，对研究队伍的人员构成、学术思想及理论方法的运用，以及论述与话语方式等方面，都产生了深刻的影响与历史作用。因此，如何历史地梳理20世纪80年代以来的延安文艺研究及其学术演进过程与内在理路，自然成为本书着重关注的一个关键问题。

根据研究选题及采用的基本理论方法，本书的基本思路与目标任务是从延安文艺研究史即学术史的角度，对20世纪80年代至今的延安文艺批评以及专题研究与理论方法的演变进行整体性的梳理和客观总结，考察并探讨新时期以来延安文艺研究的学术史沿革及其在当代中国学术发展过程中的成就得失与价值地位等。因此，本书除引言和结语外，分别对20世纪70年代末期和80年代、90年代、新世纪以来的延安文艺研究，以及《讲话》研究、延安文艺文献史料整理编纂及出版发行等，分章展开论述。其中，第一章"思想与学术：20世纪70年代末延安文艺研究思想的转变"，主要对"文革"结束后，当代学术研究从以往的思想战线向学术研究转变的文化背景之下，延安文艺研究及其作家作品批评等进行探讨。这一时期的研究一方面难以摆脱历史局限，延续着"文革"遗风的时代烙印，一方面开始逐步走出思想和方法的束缚与僵化，在研究立场与方法转变、文艺史料整理、作品文本解读等方面呈现出新的特点与历史特征。第二章"探索与自觉：新时期延安文艺研究理论方法的多元发展"，集中在思想解放运动及改革开放的历史大潮之中，思想理论界的人道主义及异化论的论争、文艺理论界的主体性文论、文学史的"重写"及"20世纪中国文学"概念的提出，尤其是多种外国文艺理论及研究方法涌入等文化思想与学术研究背景下，新时期延安文艺研究在理论方法的借用、研究视角的拓展及学术史角度的反思等方面所展示的多彩纷呈的学术探索与学术自觉。第三章"规范与多元：20世纪90年代延安文艺研究及其学术思潮的演变"，通过对20世纪90年代学术界规范化及专业化思想的提出、延安文艺研究对文献史料的高度重视及其相关图书资料编纂出版等多方面成果的梳理，结合王实味研究的个案分析，集中探讨延安文艺研究在资料搜集、历史阐释以及不同研究社团流派与海外学术思想的影响等方面为延安文艺研究的学术规范与知识积累等方面带来的时代特征和变化。第四章"拓展与阔深：新世纪以来延安文艺研究思想的新趋向"，梳理新世纪以来延安文艺研究在学术领域及理论视野、作家及专题研究等方面的新成果与新变化，关注延安文艺与中国新文学的关系、陕甘宁文艺与当代中国文艺研究等学术领域的拓展和深化，探讨延安文艺学术的自觉、新一代学人的拓展深化及学术规范意识的确立等。第五章"反思与深化：20世纪80年代以来的毛泽东文艺思想及《讲话》研究"，主要是在梳理新时期以来《讲话》研究的基础上，探寻诸如毛泽东文艺思想的中国化研究、党的文艺政策理论体系研究等方面的理论成果及其在研究主旨与理论方法领域的演变与革新。第六章"整理与编纂：延安文艺史料的编辑出版及数据库建设"，主要针对20世纪80年代以来延安文艺文献史料整理与研究，尤其是近年来随着数字技术的长足进步，对有关延安文艺文献数据库建设等方面的成果进行梳理。整体上，本书着重从学术思想与理论方法、学科意识及其规范化等方面，探讨新时期以来延安文艺研究在当代中国学术发展史上的重要地位，注重马克思主义理论的指导与中国传统学术理论方法的借鉴利用，着力各个章节之间的逻辑关系与行文上的简明扼要，同时关注新时期以来延安文艺研究史的提出以及研究对象内在关系的确定和历史阐释等，努力使之符合学术规范。

第一章 思想与学术：20世纪70年代末延安文艺研究思想的转变

"文化大革命"结束后,社会秩序逐渐恢复正常。"徘徊中前进"的过渡阶段体现了思想解放的萌芽。在这样的背景下,延安文艺研究开始发生多面向的转变:学术研究逐渐回归自身,取代之前以学术研究作为思想战线斗争工具的附从属性。具体来说,延安文艺研究呈现出新的特点:一方面配合拨乱反正,以揭批"四人帮"的"文艺黑线专政"论等为主要任务,对相关延安文艺作品、文艺运动、文艺事件等开展研究;另一方面则是在思想解放的社会潮流下,在注重搜集、整理延安文艺史料的基础上,开展学术探索,力求实事求是,并在理论方法、论证用语等方面表现出较为规范的学术特征。可以说,第一方面作为主流研究模式,反映了过渡阶段拨乱反正的时代特征,延安文艺研究及马克思主义理论方法复苏;第二方面是开始进行相对规范的学术研究,延安文艺史料学研究、文学史观下的延安文艺审视以及其他相关研究,开始在研究方法等方面展现出思想解放影响下的新的学术气息。

本章讨论的延安文艺研究的时间范围为20世纪70年代末期,上限设定为1976年,下限延伸设定为1980年。这是因为,虽然"文革"结束于1976年10月,但"早春"的气息在当年年初已见端倪,如《诗刊》《人民文学》等文艺期刊在1月复刊,4月发生"天安门事件"等;虽然1979年10月30日至11月16日召开的中国文学艺术工作者第四次代表大会(简称"第四次文代会"),集中代表了新时期文艺春天的到来,但直至1980年底的多数研究还体现着该阶段延安文艺研究的主要特征。因此,为了比较全面地考察20世纪80年代初期(也可视为

20世纪70年代末期）的延安文艺研究，梳理和分析其基本脉络及主要特征，本书以"文革"结束和第四次文代会召开两个历史事件为基本分界点，将研究范围设定为1976年至1980年，但在具体论述时将在该范围内进行适度拓展。

第一节

"徘徊中前进"时期延安文艺研究的时代环境

1976年10月,"文革"结束。"期待万象更新的新局面的到来,期待结束内乱而为实现四个现代化奋斗契机的到来"成为当时"人民的心声"。[①]但是,历史的发展并没有完全呼应"心声"的"期待",而是进入"真理与谬误较量"的"徘徊"时期。

1977年2月7日,《人民日报》《红旗》《解放军报》同时发表社论《学好文件抓住纲》。社论在强调"抓纲治国"的同时,正式提出了"两个凡是":凡是毛主席做出的决策,我们都坚决维护;凡是毛主席的指示,我们都始终不渝地遵循。4月10日,针对"两个凡是",邓小平致信华国锋、叶剑英并转党中央,要求"用准确的完整的毛泽东思想来指导""全党、全军和全国人民"。[②]其意在"拨林彪、'四人帮'破坏之乱,批评毛泽东同志晚年的错误,回到毛泽东思想的正确轨道上来"[③],此说"可称得上是拨乱反正的真正起源"[④]。邓小平的"准确的完整的毛泽东思想"与"两个凡是"的分歧显而易见。4月15日,《毛泽东选集》第五卷出版发行。5月1日,华国锋在《人民日报》发表《把无产阶级专政下的继续革命进行到底》的文章,把"无产阶级专政下继续革命"的理论归

---

① 徐庆全:《文坛拨乱反正实录》,浙江人民出版社2004年版,第2—3页。
② 邓小平:《"两个凡是"不符合马克思主义》,见《邓小平文选》(第2卷),人民出版社1994年版,第39页。
③ 邓小平:《对起草〈关于建国以来党的若干历史问题的决议〉的意见》,见《邓小平文选》(第2卷),人民出版社1994年版,第300页。
④ 张树军:《大转折——中共十一届三中全会实录》,浙江人民出版社1998年版,第48页。

结为贯穿在《毛泽东选集》第五卷的根本指导思想，并想通过中央部署《毛泽东选集》第五卷的学习，继续用毛泽东晚年的思想路线统领全党。5月3日，中共中央转发了上述邓小平转给华、叶和党中央的那封信，信中"准确的完整的毛泽东思想"的提法增强了广大干群抵制"两个凡是"错误指导方针的勇气和信心。7月，在中共十届三中全会上，邓小平被恢复职务。邓小平复出后主管教育、科技工作。在8月初的科教工作座谈会和9月19日同教育部负责人的谈话中，邓小平肯定了教育战线十七年的主导方面是"红线"，指出科研、教育工作者是劳动者，提出要恢复知识分子的名誉等。这不但为科教战线拨乱反正提供了思想动力，也极大地推动了文艺战线思想的解放和拨乱反正的展开。8月中旬，中共十一大在北京召开。虽然华国锋在政治报告中仍然坚持毛泽东晚年思想路线和肯定"文化大革命"的基本立场，但大会终究做出了结束"文化大革命"、把整个工作扭转到"四个现代化"建设上来的重大决策，这个决策意味着将自此抛弃"以阶级斗争为纲"的思想路线和政治实践。11月18日，《人民日报》发表《教育战线的一场大论战——批判"四人帮"炮制的"两个估计"》，开始对经过毛泽东圈阅、当时党中央批准的"两个估计"进行公开批判。

1978年5月10日，中央党校内部刊物《理论动态》发表了经胡耀邦审阅定稿的《实践是检验真理的唯一标准》一文。11日，这篇文章以特约评论员名义在《光明日报》发表。当天新华社转发。12日，《人民日报》《解放军报》同时转载，随之，全国绝大多数省、自治区、直辖市的报纸陆续转载。文章指出，检验真理的标准只能是社会实践，理论与实践的统一是马克思主义的一个最基本的原则，任何理论都要不断接受实践的检验。这是从理论上对"两个凡是"的否定。由此，全国引发了一场关于真理标准问题的大讨论。6月2日，邓小平在全军政治工作会议上讲话，针对当时的形势再次阐述了毛泽东的实事求是、一切从实际出发、理论与实践相结合的马克思主义的根本观点、根本方法。这个讲话在关键时刻给真理标准问题的讨论以有力的支持。6月24日，《解放军报》发表特约评论员文章《马克思主义的一个最基本的原则》，从理论上系统地回答了对实践是检验真理的唯一标准的种种责难。①

1978年12月18日至22日，中共十一届三中全会召开。全会的召开，标志着粉碎"四人帮"后党和国家工作在徘徊中前进的局面结束。会议重新确立了党的实事求是的思想路线，在政治路线上实现了全党工作重点由阶级斗争向经济建设的转移。

这段历史与以往所有大转折时期的历史一样，纷纭复杂，难以备述。笔者试以当时两个与文艺有关的历史事件为标本，以点带面，通过简述其曲折、艰难的发展历程，展现其颇具时代特征的"徘徊"细节，揭示延安文艺研究难以回避的附从、配合"早春"风云的研究背景。

一、"天安门事件"的定性与平反

1976年清明节发生在天安门广场的悼念周恩来的抗议运动（后来简称为"四五"运动或"天安门事件"），虽然当时被定为"反革命事件"，但毫无疑问，它是"抗击'四人帮'的一场威武壮烈的斗争"，"敲响了他们覆灭的丧钟"②，是"文坛回春的第一声号角"③。然而，如何为"天安门事件"定性经历了一个曲折的过程。

1976年清明节前，群众自发到天安门广场进行悼念周恩来的相关活动。4月4日，中央政治局会议认为群众行为属于"反革命"性质，这一观点、决定得到毛泽东的认可。5日，爆发大规模的群众抗议运动。6日，中央政治局会议在听取北京市委的汇报后，认为"天安门事件"是反革命暴乱，责令北京市委写成材料通报全国。因为"天安门事件"的定性得到毛泽东的认可，此后，在相当长时间内，事件的"反革命"性质无法得到纠正。1977年8月，《人民日报》刊发署名

---

① 参见沈宝祥的《真理标准问题讨论始末》（中共中央党校出版社2015年版）、于光远的《1978：我亲历的那次历史大转折——十一届三中全会的台前幕后》（中央编译出版社2008年版）等图书相关内容。
② 周扬：《继往开来，繁荣社会主义新时期的文艺——一九七九年十一月一日在中国文学艺术工作者第四次代表大会上的报告》，载《人民日报》1979年11月20日。
③ 徐庆全：《文坛拨乱反正实录》，浙江人民出版社2004年版，第4页。

为"杨西岩"的来信,对北京市委第一书记吴德提出了批评。吴德是中央将"天安门事件"定性为反革命事件的宣布者,来信认为事件没有平反,主要是因为北京市委书记吴德在"捂盖子"。当时中央的主要领导人在一次会议上表达了对《人民日报》刊登这封来信的不满,指出吴德"对'四人帮'斗争是坚决的",对有些问题"不要一下子捅到社会上去"①。但人民群众的思想情感并没有被压制下去,许多作家、诗人都写了诗文,只是当时没有刊物发表。如赵朴初在"天安门事件"后不久,创作了词作《木兰花·芳心》,其中最后两句表达了他对事件平反的希望:"等闲漫道送春归,流水落花红不断。"②其时,革命诗抄广泛流传,黎之(李曙光)回忆:"在粉碎'四人帮'不久,我就收到油印的天安门诗抄,接着先后收到北京第二外语学院汉语教研室编的《革命诗抄》(第一集)和七机部502研究所、中国科学院自动化所编的《革命诗抄》,还有《世界文学》编辑部编印的《心碑》等。"根据黎之的回忆,这些不同形式的《革命诗抄》收录丰富,如"1977年2月出版的语言学院本"收录诗词409首,1977年12月的自动化所本《革命诗抄》收录诗词文966首(篇)。③正如有的学者所说:"天安门诗歌第一次以反叛的姿态抒发了人们真实的情绪,它犹如喷发的地火,向世人告知了它运行的无可阻挡","为建立新的社会契约关系奠定了民众基础"。④

"天安门事件"在1978年底得到平反,但过程曲折复杂。1978年2月8日,《人民日报》的余焕春在全国政协文化组会上呼吁为事件平反。中央领导人看到统战部关于会议的简报后,"立即召集四大新闻单位主要负责人开会",要求他们"警惕帝修反的挑战、把好宣传关"。⑤1978年9月11日,《中国青年》在复刊号上介绍了"天安门事件"中的斗争,选登了童怀周编辑的《天安门诗抄》。

---

① 黎之:《回忆与思考——〈天安门诗抄〉出版前后》,载《新文学史料》2001年第2期,第142页。
② 徐庆全:《文坛拨乱反正实录》,浙江人民出版社2004年版,第11页。
③ 黎之:《文坛风云续录》,人民文学出版社2010年版,第195页。
④ 孟繁华:《1978:激情岁月》,人民文学出版社2017年版,第28—29页。
⑤ 徐庆全:《文坛拨乱反正实录》,浙江人民出版社2004年版,第22—23页。

但时任中央副主席汪东兴对此进行了"严厉的指责和批评"。编辑部为此专门写了报告向中央说明情况,但坚持"最好不要删改《革命何须怕断头》及《青年革命诗抄》"。14日晚,汪东兴在该刊小组长以上干部的会议上强调出版的组织观念,要求出版的文章内容应符合"华主席对天安门事件的评价",责令杂志社将"已发出的四万一千份换回来"。①可以看出,虽然民众对"天安门事件"持肯定的态度,但中央高层对事件的定性没有改变。

1978年9月下旬,第一部直接表现"天安门事件"的创作——宗福先的话剧《于无声处》由上海工人文化宫的业余话剧学习班排演。10月28日,上海《文汇报》发表文章对该话剧予以高度评价。②胡乔木在上海观看演出后认为,中央工作会议马上要开,如果能够把《于无声处》调到北京去演,将促进"天安门事件"的平反。随后,他与胡耀邦策划《于无声处》的进京演出。③11月4日,《人民日报》发表《歌颂天安门广场悼念周总理、同"四人帮"斗争的时代英雄话剧〈于无声处〉轰动上海文艺界》的新闻报道,介绍话剧剧情。7日,中央电视台向全国现场转播《于无声处》。10日,《人民戏剧》编辑部在京组织《于无声处》座谈会。与会者认为,话剧写出了"时代的革命精神,传达了人民的心声"④。14日,话剧团应邀赴京。16日,《于无声处》在京公演。此时,人民文学出版社正在筹划出版《天安门诗抄》,"9月底一切编辑、出版准备工作都已就绪","先印了少量征求意见本分送有关领导人,再分别利用关系打听那些领导人的意见,他们大都是主张出版的,但又没有领导愿意公开表态"⑤。利用《于无声处》在京演出引起社会关注的机会,15日,人民文学出版社通过新华社发出《声讨"四人帮"的战斗呐喊,革命文学史上的丰碑〈天安门诗抄〉即将出版》的

---

① 徐庆全:《文坛拨乱反正实录》,浙江人民出版社2004年版,第25—27页。
② 《文汇报》1978年10月28日头版的通栏大标题为《〈于无声处〉响起时代最强音》,指出"《于无声处》说了亿万人民心里要说的话,表达了亿万人民内心深处的强烈感情"。
③ 宗福先、木叶:《心事浩茫连广宇——〈于无声处〉前前后后》,载《上海文化》2009年第4期,第119页。
④ 徐庆全:《文坛拨乱反正实录》,浙江人民出版社2004年版,第29页。
⑤ 黎之:《文坛风云续录》,人民文学出版社2010年版,第200页。

电讯。同时，人民文学出版社致信华国锋，请其为该书题字——敦促中央为这一事件平反。①

当时中央工作会议（1978年11月10日至12月15日）正在召开，党内也要求为事件平反。在11日、12日、13日的小组会议上，陈再道（华东组）、傅崇碧（华北组）、李昌（华北组）、吕正操（华东组）、陈云（东北组）等人呼吁为事件平反，但主要领导人对此并不明确表态。16日，《人民日报》《光明日报》在头版头条发表新华社电讯稿《中共北京市委宣布天安门事件完全是革命行动》，在舆论上再次推动事件的平反。在此前后，党内外关于为事件平反的呼声日益高涨，新闻媒体积极推动。17日，《人民日报》发表人民文学出版社编辑的《天安门诗抄》的前言和部分诗选。18日，《人民日报》在第4版以整版篇幅发表天安门群众活动的照片。同日，经过慎重考虑，华国锋为人民文学出版社出版的《天安门诗抄》题写了书名（当时书已经印好，只是在扉页背面对题词进行了注明）。19日，《人民日报》刊登新华社电讯《华主席为〈天安门诗抄〉题写书名》。华国锋的题词实际上为"天安门事件"进行了平反。

此后，形势顺应历史潮流得到不断发展：11月25日，华国锋在中央工作会议上的第二次讲话中指出，"天安门事件""完全是革命的群众运动"②。1978年12月，中共十一届三中全会决定撤销中央发出的有关"天安门事件"的错误文件。1981年中共十一届六中全会通过的《关于建国以来党的若干历史问题的决议》指出，"在全国范围内掀起"的"以天安门事件为代表的""抗议运动"，"为后来粉碎江青反革命集团奠定了伟大的群众基础"。③

二、"文艺黑线专政"批判的曲折反复

"文革"结束初期，拨乱反正举步维艰。由于"两个凡是"设置的禁区，文艺界存在着两个难以逾越的障碍：一是毛泽东1963年12月12日、1964年6月27日针

---

① 参见徐庆全：《文坛拨乱反正实录》，浙江人民出版社2004年版，第31页。
② 徐庆全：《文坛拨乱反正实录》，浙江人民出版社2004年版，第52页。
③ 《关于建国以来党的若干历史问题的决议》，载《人民日报》1981年7月1日。

对文艺界的"两个批示";二是经过毛泽东圈阅、修改、审定的《林彪同志委托江青同志召开的部队文艺工作座谈会纪要》中的"文艺黑线专政"论。"文艺黑线专政"论认为,新中国成立以来,文艺界被一条与毛泽东思想相对立的反党反社会主义的黑线专了政,"这条黑线就是资产阶级的文艺思想、现代修正主义的文艺思想和所谓三十年代的文艺的结合"①;"文艺黑线"的代表性观点是"写真实"论、"现实主义广阔道路"论、"现实主义的深化"论、"反题材决定"论、"中间人物"论、"反火药味"论、"时代精神汇合"论等。②

文艺工作者认为,要想打破禁锢文艺界的坚冰,必须首先从批判"文艺黑线专政"论开始。因为,根据当时的形势,毛泽东亲手撰写的"两个批示"暂时无法撼动,而批驳"文艺黑线专政"论则可以借助揭批林彪和江青集团入手。于是,1977年至1979年,通过揭批"文艺黑线专政"论,文艺界组织了一系列打破"早春"坚冰的活动,如:

1977年10月20日至25日(9月动议),粉碎"四人帮"后的第一次文学界会议——短篇小说创作座谈会由《人民文学》编辑部组织,于北京远东饭店召开。与会的作家、评论家有茅盾、沙汀、刘白羽、周立波等二十多人。会议由张光年主持。会后,编印《人民文学简报》第3期(内部参阅,1977年11月19日印发),"作为向出版局等上级机关及领导人汇报之用"。《人民文学简报》认为,座谈会"讨论了当前短篇创作的五个问题",提出要"加强文学评论工作"。但出于谨慎,出版局党组决定,座谈会"不作报道,不写内参"③。

1977年11月21日,《人民日报》编辑部召开文艺界人士座谈会,要求"坚决推倒'文艺黑线专政'论"。茅盾、刘白羽、张光年、贺敬之、谢冰心、吕骥、蔡若虹、李季、冯牧、李春光等与会。座谈会对"文艺黑线专政"论的批判,主要集中三个方面:一是"四人帮"炮制的"文艺黑线专政"论,全盘否定了毛泽

---

① 《林彪同志委托江青同志召开的部队文艺工作座谈会纪要》,载《人民日报》1969年5月29日。
② 徐庆全:《文坛拨乱反正实录》,浙江人民出版社2004年版,第61页。
③ 刘锡诚:《在文坛边缘上——编辑手记》,河南大学出版社2004年版,第29—37页。

东革命路线在文艺战线的主导地位,是为他们篡党夺权阴谋服务的理论支柱。二是"文艺黑线专政"论完全歪曲"文化大革命"前文艺战线的实际,篡改文艺战线的斗争历史,否定十七年革命文艺的成就。三是我国的革命文艺队伍是毛泽东亲自培育的队伍,经历了大风大浪的考验,"四人帮"对文艺队伍的诬蔑和诽谤必须推倒。与会者认为:"只有砸碎'文艺黑线专政'论这个沉重的精神枷锁,肃清它的流毒,才能真正贯彻'双百'方针,繁荣社会主义文艺事业。"①11月28日,《人民文学》编辑部内部的"题材问题"座谈会,讨论、批判"四人帮"的反"题材决定"论等谬论。部队方面,11月30日至12月1日,《解放军文艺》邀请驻京部队文艺工作者魏巍、丁毅、时乐濛、杜烽、唐河、陆柱国、严寄洲、黄宗江等举行座谈。会议揭发"文艺黑线专政"论是江青和林彪集团相互勾结合伙炮制出来强加给人民解放军的。②

当时,"从上到下仍然存在着一种奇怪的观点:'文艺黑线专政'论可以批、应该批,毛主席的革命文艺路线始终占着主导地位,但文艺黑线还是有的,'十七年'文艺存在着一条文艺黑线"。如1977年12月中旬,当时的中宣部部长张平化认为:"要批判'文艺黑线专政'论,牵涉到两个问题:一个是《纪要》,毛主席看过,而且改过三次;一个是'两个批示',毛主席批评得很厉害。这些问题要很好研究。"③再如,《光明日报》1977年12月7日第2版头条《打好文艺战线揭批"四人帮"的第三战役》(刊登文艺界人士座谈会上的发言)的编者按指出:"十七年的文艺路线,黑线是有的,这就是刘少奇的反革命修正主义文艺路线。这条黑线,对我国文艺事业确实有相当严重的干扰和破坏。但是,总的说来占主导地位的是毛主席的革命文艺路线。"

但形势似乎很快发生了转机。1977年12月28日至31日,《人民文学》召开以

---

① 刘锡诚:《在文坛边缘上——编辑手记》,河南大学出版社2004年版,第38页。本书显示座谈会的开始时间是1977年11月20日,但《人民日报》1977年11月25日刊文、《文艺争鸣》2019年第1期载黄平和叶杨莉的《四次文代会之前的新时期文坛》等文献资料,显示座谈会开始时间应为21日。
② 刘锡诚:《在文坛边缘上——编辑手记》,河南大学出版社2004年版,第62页。
③ 刘锡诚:《在文坛边缘上——编辑手记》,河南大学出版社2004年版,第41页。

"向'文艺黑线专政'论开火"为主题的座谈会,百余人参加会议。会上,张光年发言:"对《光明日报》那个编者按,我就有不同的看法。要是说有刘少奇的文艺路线,那么,这条路线的内容、纲领是什么?代表作家是谁?代表作品是什么?如果说文艺的党员领导干部是黑的,不是又回到'黑线专政'论了吗?不是把华主席、党中央取掉的精神枷锁又加在我们头上吗?据说《光明日报》一再重复这个论调,使有的同志文章不敢写,写了赶快索回修改。我们这个会也要解除《光明日报》重新加上的枷锁,免得大家不敢讲话。"①座谈会上,茅盾、夏衍、冯乃超、曹靖华、峻青、冯牧、李季、吴组缃、韦君宜、秦牧、雷加、逯斐、王愿坚、徐迟、邹荻帆、草明、柯岩、蔡仪、王春元、杜书瀛等文艺界人士做了发言。郭沫若有书面发言。周扬做现场发言。12月31日,中宣部部长张平化带来并在会上宣读了华国锋应《人民文学》编辑部之请给刊物的题词:"坚持毛主席的革命路线,执行百花齐放百家争鸣的方针,为繁荣社会主义文艺而奋斗。"华国锋的这个题词,不但是对《人民文学》杂志和刚复苏的文学事业的支持,在一定程度上也是对文艺界开展的批判"文艺黑线专政"论的支持。张平化还在会上发表了即席讲话。他说:"'四人帮'的干扰破坏,文艺路线的损失非常严重,不可低估。当然,毛主席的革命文艺路线还是居于主导地位,广大文艺工作者还是忠于毛主席革命文艺路线的。"②中宣部副部长、文化部部长黄镇代表中宣部讲话。"黄镇说,文学工作者在这次座谈会上欢聚一堂,深入揭批了'四人帮'炮制'文艺黑线专政'论,肯定了过去文学工作的巨大成就,也探讨了经验教训,提出了对今后工作的意见和建议,收获很大。黄镇还说,要把揭批'文艺黑线专政'论,作为文艺界打好揭批'四人帮'第三个战役的中心任务,口诛笔伐,肃清流毒;要坚定不移地执行文艺为无产阶级政治服务、为工农兵服务的方向,执行百花齐放、百家争鸣的方针。"③

---

① 刘锡诚:《在文坛边缘上——编辑手记》,河南大学出版社2004年版,第44页。
② 浙江师范学院中文系编:《三十年代文艺参考资料》,浙江师范学院内部刊印,1978年,第13页。
③ 罗平汉:《冰封文坛起惊雷——回眸1978年中国文学界》,载《时代文学》2008年第11期,第128页。

随后，事态又发生了转折。"1978年1月11日，《人民日报》转载了《红旗》杂志这年第1期上发表的文化部大批判组的文章《一场捍卫毛主席革命路线的伟大斗争——批判"四人帮"的"文艺黑线专政"论》。文章一方面认为，十七年中，文艺工作者的大多数是拥护毛泽东革命路线的，文艺干部的大多数是努力贯彻执行毛泽东革命文艺路线的。毛泽东的革命文艺路线始终占据主导地位，决不是什么'文艺黑线专政'。但文章另一方面又强调，十七年中'文艺战线存在着两个阶级、两条路线的激烈斗争'，存在着'刘少奇的反革命修正主义路线不断地对文艺战线进行干扰破坏'，因此，'十七年的文艺历史，是毛主席的革命路线战胜修正主义路线的历史，是无产阶级文艺战胜资产阶级文艺的历史'。"①

不过，斗争仍在继续。1978年2月6日，解放军总政治部文化部评论组的批判文章《"文艺黑线专政"论的出笼和破灭》在《人民日报》发表，继续对"文艺黑线专政"论进行批驳。1978年5月9日，人民文学出版社邀请一批著名儿童文学作家在北京召开儿童文学创作座谈会。会议由人民文学出版社社长、儿童文学作家严文井主持。出席会议并发言的有：茅盾（书面发言）、张天翼（书面发言）、叶圣陶、冰心、高士其、叶君健、金近、柯岩、秦牧、峻青、左林、王愿坚、陆柱国、郑文光、刘厚明、杨大群、管桦、敖德斯尔、刘心武、阮章竞、庄之明（中学教师）。全国妇联副主席康克清、共青团十大筹备委员会副主任胡德华、中宣部出版局局长边春光到会并讲了话。这是一次规模空前的儿童文学创作会议。作家们认为："要根本改变目前儿童读物跟不上新形势需要的局面，关键是要尽快组织和培养一支专业和业余相结合的创作队伍。"②"座谈会关注的另一个问题是：扩大儿童文学创作领域，贯彻百花齐放的方针。要克服题材狭窄、作品枯燥、艺术性不足等弱点，扩大儿童文学创作的领域，提倡和鼓励题材、体

---

① 罗平汉：《冰封文坛起惊雷——回眸1978年中国文学界》，载《时代文学》2008年第11期，第126—127页。
② 刘锡诚：《在文坛边缘上——编辑手记》，河南大学出版社2004年版，第86页。

裁、风格的多样化。"①茅盾在会上的书面发言《外行人的祝贺》发表于《人民日报》1978年6月1日第2版。

1978年5月27日至6月5日，中国文学艺术界联合会第三届全国委员会第三次会议在北京召开。参加开幕式的有文联全委、特邀代表、在京文艺工作者八百多人。会议由林默涵主持。中国文联副主席茅盾致开幕词，于蓝代读中国文联主席郭沫若的书面讲稿《衷心的祝愿》，黄镇代表中宣部做报告。会议筹备组副组长冯牧汇报会议筹备经过。代表们要求发言的人很多，秘书处先后收到发言稿七十多份，实际安排在大会发言的只有四十多人，其他人在小组会上发言。会议着重揭批"四人帮"破坏文艺工作、推行反革命修正主义路线的罪行。6月5日，中国作协主席团扩大会议召开，公布了作协三个刊物《文艺报》《人民文学》《诗刊》的编委会成员。

该阶段，文艺界还利用期刊阵地发表了一系列文学作品，用创作实践呼应文艺界的批判斗争；同时通过发表评论文章、举办座谈会、评选优秀小说等形式，对新时期作品进行评论，推进文艺界的思想解放。《人民文学》1977年第11期发表刘心武的小说《班主任》。1978年8月11日，卢新华的《伤痕》在《文汇报》发表。8月22日，《文汇报》就《伤痕》发表一整版的文艺评论，刊载十篇短评。9月29日，《光明日报》发表肖地关于《伤痕》的评论文章。1978年8月15日，《文学评论》举行座谈会，讨论《班主任》。9月，《文艺报》在北京召开座谈会，主要讨论《班主任》《伤痕》等当时有争议的短篇小说。

1978年10月上旬，《文艺报》编辑部邀请部分文艺工作者召开"实践是检验真理的唯一标准"座谈会。在座谈会上发言的有贺敬之、林默涵、张光年、沙汀、李春光、苏叔阳、费振刚等。茅盾和巴金未能参加座谈会，但寄来了书面发言。1978年12月，广东省召开文学创作座谈会，应邀与会的周扬做了《关于社会主义新时期的文学艺术问题》的讲话。他指出："所谓'双百'方针，实际就是两个'自由'，即艺术上不同形式和风格的自由发展和科学上不同学派的自由讨

---

① 刘锡诚：《在文坛边缘上——编辑手记》，河南大学出版社2004年版，第88页。

论。"" '百花齐放、百家争鸣',实际上就是发扬社会主义民主,防止思想僵化。而思想僵化,对于我们是最大的危险。"①

1978年10月20日至25日,《文艺报》《人民文学》《诗刊》三个刊物举行编委会联席会议。这次会议是为配合真理标准问题的讨论而召开的,实际上涉及的话题并不局限于真理标准的讨论,而是新时期文学面临的一些重大问题。会议主持人、已担任中国作协党组书记的张光年发表讲话。他说:"'文艺黑线专政'论被大家推倒了,至少没有人公开为它作辩护了。可是,问题还没有完全解决。除了有关创作问题的妖风迷雾有待进一步澄清外,主要的是,林彪、'四人帮'强加于文艺界的诸如'反党反社会主义的文艺黑线'、'刘少奇反革命修正主义文艺路线'这些无中生有的罪名,还没有得到完全彻底的驳斥。大约一年以前,正当文艺界开始批判'文艺黑线专政'论的时候,有人公然散布这种说法:'文艺黑线专政'论是不能成立了,'文艺黑线'的帽子还是不能摘掉,因为'黑线是有的,那就是刘少奇反革命修正主义文艺路线'。在这种说法的影响下,文艺界的一些冤案、错案至今未得彻底平反,文艺上的精神枷锁未能完全解除,文艺界很多同志感到惶惑不安。我是不赞成这种说法的,当时不赞成,现在也不赞成,因为它不合事实,经不住客观实践的检验。……因此,我们在深入批判'文艺黑线专政'论的同时,必须把构成这个谬论的前提——'文艺黑线'论彻底批倒,连根拔除,不能有任何迟疑。"②张光年的讲话引起了与会者的共鸣,李季、陈荒煤、袁鹰等人纷纷发言,表示必须对"文艺黑线"论加以批判。

1978年12月5日,《文艺报》和《文学评论》联合召开"作家作品落实政策座谈会",文学界和艺术界有一百四十余位作家和艺术家与会。会议对许多作品进行了平反。会议"呼吁加快文艺界落实政策的步伐,对历次政治运动和文艺事件中受到错误处理的作家和作品,尽快给予平反或改正。会议强调,在批判'文艺黑线专政'论后,还要继续批判'文艺黑线'论,如果容许'文艺黑线'论存

---

① 周扬:《关于社会主义新时期的文学艺术问题——一九七八年十二月在广东省文学创作座谈会上的讲话》,载《人民日报》1979年2月24日。
② 张光年:《驳"文艺黑线"论》,载《人民日报》1979年12月19日。

在，势必仍然将一大批作家看作'黑线人物'，一大批文艺作品被看成'黑线文艺'。正是这个'文艺黑线'论是林彪、'四人帮'加在文艺界的总冤案，不破除这个总冤案，文艺战线落实平反、落实政策的工作就不能彻底"[1]。12月23日，《人民日报》发表了《加快为受迫害的作家和作品平反的步伐》的评论员文章，肯定了《文艺报》和《文学评论》联合召开的作家作品落实政策座谈会，认为"这个会开得好"。

1979年1月，《诗刊》召集全国诗歌创作座谈会。这是一次具有官方背景的会议，出席会议的有来自全国各地的诗人和民间、民族歌手共一百多人，中宣部部长胡耀邦在会上讲了话。艺术民主问题是此次座谈会的一个重要话题。与此同时，《文艺报》和《电影艺术》杂志社发表周恩来1961年6月《在文艺工作座谈会和故事片创作会议上的讲话》，组织文艺工作者召开座谈会进行学习和讨论。艺术民主问题，同样成为与会者谈论最多的话题。

5月3日，中共中央批转解放军总政治部《关于建议撤销一九六六年二月〈部队文艺工作座谈会纪要〉的请示》。中共中央指出，同意总政治部1979年3月26日的请示，决定撤销中央批发的1966年2月《部队文艺工作座谈会纪要》（以下简称《纪要》），因受《纪要》影响被错误批判、处理的人员和文艺作品，要实事求是地予以平反。

经过长期准备、精心筹划，1979年10月30日至11月16日第四次全国文代会召开。10月29日晚，召开了党员代表和工作人员会议。会议由周扬主持。胡耀邦在会上传达了中央政治局关于文代会的意见，即"团结一致向前看，为繁荣我们的文学艺术而奋斗"的大会方针；宣布了中央同意的中国文联党组提出的五条政治要求。周扬在胡耀邦讲话后说："中央对大会的要求，归纳起来就是两条：一是民主，二是团结。"[2] 10月30日下午，大会开幕，约三千二百名代表参加了会议，叶剑英、邓小平、李先念、胡耀邦等出席了开幕式。开幕式由周扬主持，茅

---

[1] 罗平汉：《冰封文坛起惊雷——回眸1978年中国文学界》，载《时代文学》2008年第11期，第131页。
[2] 刘锡诚：《在文坛边缘上——编辑手记》，河南大学出版社2004年版，第360页。

盾致开幕词,邓小平代表党中央致祝词。邓小平重申了毛泽东提出的"文艺为最广大的人民群众、首先为工农兵服务的方向,坚持百花齐放、推陈出新、洋为中用、古为今用的方针,在艺术创作上提倡不同形式和风格的自由发展,在艺术理论上提倡不同观点和学派的自由讨论"[1]。周扬做了《继往开来,繁荣社会主义新时期的文艺》的主题报告。周扬的报告是"经过全国文艺界上上下下广泛讨论过的",简述了新中国成立以来文艺工作的发展历程,肯定了三年来文艺取得的成绩,"立场是很明显的"。[2]此后,大会一面讨论邓小平的祝词和周扬的报告,一面进行各协会的代表大会。11月16日,大会闭幕。夏衍致闭幕词。邓小平在《在中国文学艺术工作者第四次代表大会上的祝词》(以下简称《祝词》)中指出:"所谓'黑线专政',完全是林彪、'四人帮'的诬蔑。"[3]会后,党中央宣布正式收回毛泽东对文艺界的"两个批示"。这表明,在过渡转折时期,经过曲折复杂的努力,制约文艺界发展的政治障碍被完全清除,文艺发展进入了一个新的时期。

---

[1] 邓小平:《在中国文学艺术工作者第四次代表大会上的祝词》,见《邓小平文选》(第2卷),人民出版社1994年版,第210页。
[2] 刘锡诚:《在文坛边缘上——编辑手记》,河南大学出版社2004年版,第362页。
[3] 邓小平:《在中国文学艺术工作者第四次代表大会上的祝词》,见《邓小平文选》(第2卷),人民出版社1994年版,第207页。

第二节

思想解放与延安文艺研究理论方法的拨乱反正

1977年至1979年间通过揭批"文艺黑线专政"论,文艺界组织了一系列打破"早春"坚冰的回忆、批判和研究活动,但其进程相当曲折漫长,应该说,直至第四次文代会召开才暂时告一段落。从根本上来说,这个艰难、曲折、漫长的拨乱反正过程,规定着本阶段延安文艺研究的基本特征,即从以往的文艺思想战线的"交锋斗争"向学术研究的拨乱反正转变,马克思主义理论方法逐渐复苏,并被引入具体研究。因此,该阶段的研究多采取迂回斗争的策略,通过对延安文艺作品、延安文艺运动、文学事件的研究,回顾、强调和重申毛泽东的文艺路线,以揭批林彪、江青集团的名义,批判"文艺黑线专政"论,批驳"文艺黑线",同时,一般在文末祭出拥护领袖的"光辉旗帜"。该阶段的研究基于现实批判的需要,因此呈现出学理性不强、主观判断色彩严重、语言不够规范等特征,具体论述中还存在着相当严重的"扣帽子"、随意定性等"文革"文风的痕迹。

一、作为途径和策略的延安文艺研究

"四人帮"倒台后,一批以研究延安文艺为切入口的揭批文章相继问世。由于在"文革"期间,江青自封为"文艺革命的旗手","四人帮"宣称文艺"从《国际歌》到样板戏,这一百年间是一个空白"[①],提出"文艺黑线专政"论等,所以,揭批文章也多以批判"文艺黑线专政"论为突破口,通过对延安文艺

[①] 齐燕铭:《延安创作革命京剧〈逼上梁山〉的经验》,载《人民戏剧》1977年第9期,第69页。

的回顾和研究，来阐发文艺革命是在毛泽东《讲话》精神的指导下进行的观点，针锋相对地揭批江青集团，从而否定"文艺黑线专政"论和"文艺黑线"，并在此基础上否定"文革"，为开辟社会主义文艺建设的新时期扫清障碍。

出于现实批判的需要，过渡阶段的延安文艺研究中关于延安时期戏剧文本的借用性研究最为突出。最早利用延安戏剧创作研究进行揭批的文章是1976年底署名（广西师院）"中文系大批判组"的《江青是破坏文艺革命的罪魁祸首》。该文以延安时期的戏剧《逼上梁山》和《白毛女》的创作出台为例，对江青集团提出批判。文章的逻辑思路是：毛泽东的《讲话》制定了无产阶级革命文艺路线，《逼上梁山》是贯彻《讲话》精神的创作。"文艺革命是毛主席亲自发动亲自领导的"，江青在1964年7月发表《谈京剧革命》不是"京剧革命的开端"，其自封为"文艺革命的旗手"，"实际是欺世盗名"。在此逻辑推理下，研究者的结论是：江青"是篡改毛主席文艺路线、破坏文艺革命的罪魁祸首"；我们要紧密团结在党中央周围，揭发批判"四人帮"罪行。[①]显然，文章论及延安戏剧创作，主观上是服务当时揭批江青集团的政治需要，但客观上回顾和阐释了延安时期戏剧作品创作的基本史实与时代背景。

当时研究延安戏剧的文章，大多是出于批判江青集团"文艺黑线专政"论的需要。下面，本书以对延安时期卓有影响的京剧《逼上梁山》《三打祝家庄》，秧歌剧《兄妹开荒》和大型歌剧《白毛女》的研究为例来予以说明。这些研究文章起初以齐燕铭、魏晨旭、林波等延安时期戏剧创作当事人的回忆文章为主，旨在说明当时的戏剧创作是在毛泽东文艺思想指导下开展的，而非"一片空白"，从而达到揭批江青集团关于"文艺革命旗手"乃错误论断的目的。

齐燕铭撰文回忆了《逼上梁山》的创作过程。他谈到，创作《逼上梁山》时，大家对林冲形象进行了阶级分析，认为林冲之所以"参加革命"，是在其"身受统治者的迫害之后，看到革命形势的发展，而又直接从革命人民群众那里受到启发和教育，才能从统治阶级内部分化出来，转变立场，站在人民一边，参

---

① 参见中文系大批判组：《江青是破坏文艺革命的罪魁祸首》，载《广西师院》1976年第12期，第37—41页。

加反抗统治阶级的革命行列"。这个创作背景说明,《逼上梁山》的创作完全服务于当时的政治需要:"林冲的故事是一场阶级斗争。……把这段历史写成剧本,起到'团结人民、教育人民、打击敌人、消灭敌人'的作用,完成了历史剧古为今用的任务。"齐燕铭在总结《逼上梁山》创作和演出的经验时指出:"戏剧革命,首先是学习马列主义、毛泽东思想,掌握思想武器",其次是"深入生活","熟悉一切阶级的人物和各种阶级斗争的形式",再者是"掌握艺术形式(包括批判继承戏曲艺术遗产)";"思想、生活、艺术形式三者缺一不可"。所以,以《逼上梁山》为例的、《讲话》发表后三十余年以来的文学艺术,是在"毛主席革命文艺路线指引下"产生的创作;江青自封为京剧革命的"旗手",张春桥宣称"从《国际歌》到样板戏,这一百年间是一个空白"等,都是"肆意反对和破坏毛主席的革命文艺路线、方针和政策"的错误行为和错误言论;江青的"宝贵的创作经验"及其与"经验"伴生的"三陪衬""三铺垫""不能写成长中的英雄人物"等等都是谬论。齐燕铭指出,对"《逼上梁山》创作经验的回忆,就是对'四人帮'反革命修正主义文艺思想的有力批判"。[1]

魏晨旭是《三打祝家庄》剧本创作的三个具体执笔人之一,他通过对《三打祝家庄》创作的回忆,说明京剧革命发生在延安时期,是毛泽东领导的,而非开端于20世纪60年代,由江青领导。他认为,延安时期毛泽东对京剧革命给予极大的关注,在主要创作节点和创作主题等方面做了具体的"指示和指导"。《三打祝家庄》的创作就是典型的例证。该剧于1944年7月开始创作,意在阐明历史上"里应外合打开敌占城市的经验";在创作陷入困境时,毛泽东给出了创作指示,即写好梁山主力军、地下军和群众力量三个方面。正是在毛泽东的指导下,《三打祝家庄》的创作和演出才得以成功。魏晨旭指出,对于这段历史,江青集团不予承认是为了篡党夺权。[2]

---

[1] 齐燕铭:《延安创作革命京剧〈逼上梁山〉的经验》,载《人民戏剧》1977年第9期,第67—70页。
[2] 魏晨旭:《"巩固了平剧革命的道路"——〈三打祝家庄〉的创作是在毛主席指示下进行的》,载《人民戏剧》1978年第12期,第9—13、16页。

林波在《秧歌剧〈兄妹开荒〉的思想和艺术成就》中指出，"四人帮"鼓吹"文艺黑线专政"论和文艺"空白论"，是否定无产阶级文艺革命的传统，反对毛泽东的革命文艺路线。事实上，《讲话》发表后，文艺工作者已经开始深入群众，以人民喜闻乐见的艺术形式反映工农兵生活，去努力实现毛泽东所提出的文艺为政治服务的方针，并取得了"无法抹煞"的成绩。林波分析了《兄妹开荒》的内容和形式，总结了作品的艺术成就，指出"四人帮"污蔑"整个文艺路线是黑的，作品是黑的"有其政治目的；回顾和总结无产阶级文艺传统，才能拨乱反正，沿着毛泽东文艺思想前进。①

这些当事人的回忆性研究文章与当时具有延安经历的研究者的观点相呼应。比如何其芳认为，延安时期水浒戏的演出是《讲话》后"京剧革命的实际成果"，因此，京剧革命的新纪元应从这里算起。何其芳引用毛泽东的信说，"继《逼上梁山》以后，此剧（《三打祝家庄》）创造成功，巩固了平剧革命的道路"。②张庚认为，"四人帮"关于京剧革命的历史评判是错误的，秧歌剧等文艺作品的诞生可以证明。秧歌剧是创作者响应《讲话》精神，深入群众后思想感情发展变化的产物；剧作者不仅具有高涨的政治热情，也有对"作品艺术性的探求"，从而使作品"初步摆脱了学生腔的干瘪"而具有劳动人民的风采和"浓郁的人民文艺的气息"。张庚的文章以《兄妹开荒》《惯匪周子山》《刘顺清》等剧作为例，说明新秧歌受百姓欢迎的原因在于剧中出现了"新的人物、新的世界"，传统秧歌中的农民成了"英雄"，"劳动被美化，被歌颂"；革命干部马红志被"充满敬仰的热情来歌颂"；年轻连长体现了"革命军队的优秀品质"等。③

这些论作阐明，京剧革命和新秧歌运动等活动都是在毛泽东文艺思想指导下

---

① 林波：《秧歌剧〈兄妹开荒〉的思想和艺术成就》，载《河北师大学报》（哲学社会科学版）1979年第1期，第101—106页。
② 何其芳：《毛主席在"鲁艺"的谈话永远鼓舞着我们》，载《人民戏剧》1977年第9期，第7—10页。
③ 张庚：《新秧歌运动是毛主席文艺路线的实践》，载《人民戏剧》1977年第5期，第52—54页。

进行的，并以此为论据来揭批江青集团的政治阴谋。延安戏剧研究呈现的这个显著特征在学界具有广泛的一致性。董丁诚对马健翎延安时期的戏剧创作进行了评述，回顾马健翎20世纪三四十年代的剧作且肯定其创作经验，并不是要求现代戏曲停留在当时的水平上，因为新时期的文艺有新的要求，要学习的是创作者深入生活、提高和改造自己的创作精神等优良传统；只有从生活实际出发，创作"更多、更新、更美的戏剧作品"才能更好地反映新的时代的壮丽图景。①颜雄在分析歌剧《白毛女》的矛盾冲突和人物性格时指出，该剧作反映阶级矛盾主题，比民间传奇的故事在主题开掘方面具有更深的意义，开辟了新歌剧发展的新的道路，是《讲话》后"最早取得的可喜成果之一"②。薛伟在论述延安时期新秧歌剧运动时开宗明义地指出，回顾《讲话》后的秧歌剧运动，对于揭批江青集团的谬论，贯彻毛泽东的文艺路线，具有积极的现实意义；阐述和厘清延安时期秧歌剧运动的蓬勃开展及其所取得的丰硕成绩，既是揭穿江青集团谎言的证据，也是对"文艺黑线专政"论的"有力的回击"③。可以看出，与回忆类文章不同，董丁诚、颜雄、薛伟等人的研究文章在阐述、呼应主流观点的同时已经具有较强的学理性。

当然，除了戏剧研究领域之外，有的文章以延安时期的小说、散文、诗歌的研究为切入口，来揭批和否定江青集团宣称的"四人帮"开启"无产阶级文艺新纪元"的观点。

综合以上研究来看，在"文革"结束后的过渡阶段，学界以追溯和探究延安文艺的创作实绩为切入点，不断解放思想，揭批"文艺黑线专政"论，进而揭批"文艺黑线"，形成了批判江青集团的集体声音，延安文艺研究呈现出作为批判媒介的显著特征。从这个角度来说，当时的延安文艺研究，更多的是一种途径和策略，与其时拨乱反正、思想解放的时代背景形成一定的互动关系。

---

① 董丁诚：《谈马健翎同志的革命现代写作》，载《陕西戏剧》1979年第1期，第11—17、20页。
② 颜雄：《〈白毛女〉的矛盾冲突和人物性格》，载《昆明师院学报》1979年第5期，第33页。
③ 薛伟：《试论延安解放区的新秧歌运动》，载《山西师院》1978年第2期，第74页。

二、延安文艺研究呈现的批判文风

20世纪80年代之初的延安文艺研究,其基本目的是揭批林彪、江青集团的"文艺黑线专政"等言论,为毛泽东文艺思想的权威性和正确性寻找理论依据及原点支撑,为逐步否定"文革"扫清思想障碍。基于此目的,当时的研究存在着用语粗劣、乱"扣帽子"的"文革"习惯,体现着学理性不强、学术不够规范的粗糙武断,呈现出是非二元判断的简单直接等批判文风。

"文革"文风在研究中体现出的强大历史惯性具体表现在以下三个方面:一是对林彪、江青集团的揭发批判,二是对毛泽东及其文艺思想"完全正确"的讴歌赞颂,三是对当时国家领导人的"无限颂扬"。当然,这三个方面经常交织在一起,无法完全分割。"文艺黑线专政"论之所以要被批驳,是它违背了毛泽东的文艺思想路线,新时期坚持正确的文艺路线需要在毛泽东的旗帜下、在以华国锋为首的党中央领导下进行。三者之间存在着严密的内在逻辑关系,其外在形式延续着"文革"期间用语粗劣的文风特征。这从当时批判性研究文章的行文上可以得到比较直观的感受。

对林彪、江青集团的揭发批判是拨乱反正的时代需要。1976年底,广西师院中文系大批判组揭批文章的题目就极具批判特征:《江青是破坏文艺革命的罪魁祸首》①。该文分为三个部分,其二级标题分别是:江青不是"文艺革命的旗手",而是欺世盗名的骗子手;江青不是"呕心沥血""精心培育"革命样板戏的能手,而是盗窃革命样板戏胜利成果的政治扒手;江青不是"文艺革命的旗手",而是扼杀革命文艺的刽子手。三个标题分别给江青"扣"了三顶"帽子":骗子手、政治扒手和刽子手。为批驳江青自封的"文艺革命的旗手",文章以"骗子手、政治扒手、刽子手"予以回击,虽然说针锋相对,但行文用语显然是"文革"中常见的批判语言。齐燕铭在谈京剧《逼上梁山》的创作经验时指出,"四人帮"的文艺创作理论,"不讲阶级分析,不讲生活中人与人的阶级关

---

① 中文系大批判组:《江青是破坏文艺革命的罪魁祸首》,载《广西师院》1976年第12期,第37—41页。

系",是"英雄创造历史的唯心史观","是'四人帮'为了篡党夺权、实现资产阶级复辟而制造的反马克思主义、反毛泽东思想的反革命修正主义的胡说八道"。①这样的例子还有很多,比如,有的研究者认为:"'四人帮'呕心沥血,伪造历史,编造谎言,只能暴露他们妄图否定一切,实现篡党夺权、'改朝换代'的反革命政治野心。历史事实岂是'四人帮'的黑手所能抹杀?他们的种种谎言破产了,他们篡党夺权的黄粱美梦,也象肥皂泡一样破裂了。"②有的研究者在论述丁玲长篇小说《太阳照在桑干河上》是"革命现实主义的最初胜利"时谈道:"现实主义的道路并不是平坦的,建国以后一些时间,特别是'四人帮'逞凶肆虐的十年,简直几乎被堵塞。"③有的研究者认为:"这帮欺世盗名的文痞戏霸",其"乌鸦的翅膀岂能遮住太阳的光辉;痴人的梦呓,绝对掩不住历史的真实。让'四人帮'那些伪造和谎言统统见鬼去吧!"④有的回忆文章指出,"谁篡改历史,谁就会被它埋葬。王张江姚是惯于篡改历史的,最后也逃脱不了被历史所埋葬的命运"⑤,等等。这些语言充斥着强烈的批斗意味。

对毛泽东及其思想的讴歌是文艺斗争中研究者确保立场正确的需要,也是批驳林彪、江青集团的根据所在。1976年10月30日,学者王瑶在北京大学中文系的一次师生大会上做了《学习毛主席论鲁迅》的讲话(后来整理发表),系统阐释了延安时期毛泽东对鲁迅的评价。王瑶指出,"四人帮""炮制了许多歪曲鲁迅的毒草文章",但毛泽东对鲁迅的评价是"学习和研究、判断是非曲直的锐利武器"。针对与毛泽东对鲁迅评价存在明显分歧的三个问题:第一个问题,鲁迅究竟是"一家"还是"三家"?是单纯是伟大的文学家,还是同时是伟大的思想家和革命家?第二个问题,鲁迅究竟是中国文化革命的主将还是同路人?第三个问

---

① 齐燕铭:《延安创作革命京剧〈逼上梁山〉的经验》,载《人民戏剧》1977年第9期,第69—70页。
② 薛伟:《试论延安解放区的新秧歌运动》,载《山西师院》1978年第2期,第74页。
③ 徐其超:《革命现实主义的最初胜利——试谈〈太阳照在桑干河上〉的人物描写》,载《南充师院学报》(哲学社会学科版)1980年第1期,第60页。
④ 刘伍:《忆战斗剧社去延安学习前后》,载《人民戏剧》1977年第5期,第57页。
⑤ 饶钰馗:《难忘的桥儿沟》,载《宁夏文艺》1978年第3期,第34页。

题，鲁迅究竟是共产主义战士还是人道主义者？王瑶分别展开论述。对于鲁迅是"一家"还是"三家"的问题，论述指出：鲁迅创作实践的"基本出发点是为了革命"，创作意图"是自觉地在文学领域、文艺战线进行战斗"；创作目的"是为社会改革服务的"，文学是其"革命的手段，斗争的武器"；鲁迅是"为了改造世界才掌握思想武器的"，他的思想基础是"革命民主主义思想"。毛泽东从鲁迅的创作效果、"作品跟中国革命的关系"来评价鲁迅，说明鲁迅是"三家"的统一。对于鲁迅是革命的主将还是同路人的问题，王瑶辨析了冯雪峰、瞿秋白、曹聚仁将鲁迅视为革命"同路人"的观点，然后结合毛泽东的《讲话》，从鲁迅接受进化论思想开始，通过对具体作品中鲁迅思想的分析，指出不能用进化论思想概括鲁迅前期的思想，而应该用"革命民主主义来概括"，鲁迅思想发展的道路是"从革命民主主义到共产主义"，因此无论是前期还是后期，鲁迅都是新文学运动的主将。对于鲁迅是共产主义战士还是人道主义者的问题，王瑶在明确了共产主义和人道主义的区别后指出，虽然鲁迅阶级斗争的思想是逐步深化起来的，但他坚持"韧性的战斗"，在认识和实践上都是强调斗争的革命者；鲁迅对祥林嫂的同情不能认定其为人道主义者；鲁迅的世界观前后期有区别，但其思想本质是革命的、批判的，不断革命的精神是一贯的。因此，鲁迅是在"批判的过程中他不断改进自己的武器，在改造客观世界的同时也批判自己的主观世界"，从而到达"共产主义思想的高峰"。① 不难看出，王瑶研究的核心观点是阐释毛泽东对鲁迅评价的正确，但论述逻辑清晰严密，显示出深厚的学术功力。毫无疑问，阐述毛泽东文艺思想正确性的论述，是拨乱反正的需要，也是当时研究的主流。如严文井认为，歌剧《白毛女》是在《讲话》的直接推动下于1944年诞生的，在今天"仍然保持着旺盛的生命力和强烈的感染力"；② 金紫光呼吁"高举毛主席的伟大旗帜，继承延安的革命传统，发扬延安的革命精神"③；

---

① 王瑶：《学习毛主席论鲁迅》，载《福建师大学报》（哲学社会科学版）1977年第3期，第72—89页。
② 严文井：《喜看歌剧〈白毛女〉的演出》，载《人民戏剧》1977年第2期，第2页。
③ 金紫光：《毛主席的谆谆教导使我终生难忘》，载《人民音乐》1977年第5期，第23页。

有的研究者认为,《讲话》以后,诗人们到新的天地中感受新的生活,创作新的主题,扫去抒情气息,转而"礼赞新生活、新社会","礼赞英雄和人民领袖"①;有的研究者表示,应该继续"高举毛主席的胜利的旗帜,为实践毛主席的无产阶级文艺路线,战斗不懈"②;有的研究者论证指出:"'三突出'创作原则就是纯粹的文艺教条主义,它的理论基础是唯心论的先验论,其反动实质在于直接对抗毛主席的文艺思想"③;等等。

对当时领导人的颂扬,既是出于现实的需要,也是"文革"行文习惯的体现。有的研究者在回忆歌剧《白毛女》的创作、演出情况时说:"英明领袖华主席,一举粉碎'四人帮',被他们扼杀多年的歌剧《白毛女》,拨开乌云见太阳!"④有的研究者认为,"英明领袖华主席"粉碎了"四人帮","挽救了党,挽救了革命,也挽救了革命文艺"⑤。有的研究者自信地提出:"我国无产阶级文艺,在华主席为首的党中央的关怀和领导之下,正在出现一个百花齐放的春天。"⑥有的研究文章指出:"在英明领袖华主席一举粉碎'四人帮'以后,'四人帮'的反革命帮派体系已经土崩瓦解;被他们造成的文艺界万马齐喑的局面已经扭转";"在以英明领袖华主席为首的党中央领导之下",遵循无产阶级革命文艺路线,就可以"迎来欣欣向荣的文艺春天"。⑦这是当时此类文章通行性的收结话语。

可以看出,"资产阶级复辟""反革命修正主义""胡说八道""罪恶目的""疯狂反对""无耻谰言""法西斯专政""兜售""修正主义""谬论""编造谎言""政治野心""黑手""破产""黄粱美梦""逞凶肆

---

① 秦兆基、李宁:《沿着民族化、群众化的道路前进——评贺敬之诗集〈朝阳花开〉》,载《四平师院学报》(哲学社会科学版)1980年第3期,第48页。
② 饶钰馗:《难忘的桥儿沟》,载《宁夏文艺》1978年第3期,第35页。
③ 林毅夫:《艺术与生活关系的颠倒》,载《人民戏剧》1977年第4期,第57页。
④ 于夫:《人民的戏剧——歌剧〈白毛女〉散记》,载《人民戏剧》1977年第2期,第8页。
⑤ 张庚:《新秧歌运动是毛主席文艺路线的实践》,载《人民戏剧》1977年第5期,第54页。
⑥ 周立波:《一个伟大文献的诞生》,见本社编:《怀念毛主席》(第2辑),山西人民出版社1978年版,第313页。
⑦ 姚时晓:《回忆延安鲁艺时的二、三事》,载《戏剧艺术》1978年第1期,第127页。

虐""丧心病狂""叛徒""欺世盗名""文痞戏霸""乌鸦的翅膀""见鬼"等等,用语粗劣,定性随意,都是明显的"文革"语言习惯,极具"文革"时代特征。作为过渡阶段的批驳文章,多数研究者不可避免地使用熟悉的"文革"语言,造成"文革"文风的时代遗留和历史惯性。与此相应的是,这些研究、回忆类文章,因为具有极强的政治色彩,呈现出学理性不强、学术不够规范等问题。

第三节

延安文艺史料研究及相关研究领域的推进

"文革"结束后,文艺界以批驳"文艺黑线专政"论为突破口,经过不断努力,通过否定《纪要》和20世纪60年代的"两个批示",迎来"团结一致向前看"的第四次文代会的召开。在这个阶段,虽然延安文艺研究呈现出批驳林彪、江青集团以配合拨乱反正的时代特征,但同时,相对规范的学术研究开始萌芽,具体体现在三个方面:一是延安文艺史料的搜集、整理,部分当事人通过撰写自述、回忆类文章,还原和再现延安文艺活动、文学事件、作品创作的历史现场,为后来研究者提供原始的史料。二是部分学者通过对延安文艺作品的文本分析、延安作家作品的综合分析等形式,开始开展相对规范的学术探究。三是在当时的文学史著作中,开始全景式地展现在《讲话》影响下的解放区小说、诗歌、散文等的创作成就以及旧戏改革等文艺运动的开展情况等。也就是说,过渡阶段的延安文艺研究,学界除了在搜集、整理延安文艺史料方面做出努力外,还开始了学理性相对较强、行文相对规范的学术研究。这些研究一方面是以延安作家作品、文艺运动等为研究对象的发表在各种学术、文学、文化期刊上的研究文章,体现了延安文艺研究的时代特征;一方面是当时编撰出版的现代文学史中的延安文艺概貌,体现了延安文艺及其研究在中国现当代文学中的学科和学术发展史地位。

一、延安文艺史料的整理出版及其研究

由于战火频仍、"文革"破坏等因素,延安文艺史料的搜集和整理在当时已经显得非常迫切。如何开展史料的搜集、发掘和整理,最大限度地呈现延安文艺

创作的全貌，引起当时部分当事人的关注和支持。钱丹辉的《关于晋察冀诗歌编选问题》是其回复《晋察冀文艺作品选》编选组的一封信（共回复三封信，此为第一封信），对指导编辑组开展延安文艺史料整理工作具有很好的建议意义。钱丹辉在信中指出，当时是比较好的时机，等"当年的同志年老去世便来不及了"①。这也说明了"文革"结束后搜集、整理延安文艺作品的急迫性和必要性。

新时期的过渡阶段，文艺研究界已经比较重视延安文艺史料的搜集、发掘和整理工作。在这个阶段，延安文艺史料的搜集和整理包括很多方面，如对延安文艺团体、文学期刊开展文艺活动的叙述和再现，对延安文艺某类文体作品的搜集和整理，对延安作家进行文艺创作的回顾和思考，对延安文艺作品及其注释文本的分析、考辨、辨伪，等等。

对延安文艺团体、文学期刊开展文艺活动的叙述和再现，主要体现在当事人的回忆、自述类文章方面，但也有研究者对延安文艺运动进行了梳理研究。单演义对陕北解放区前期的文艺运动的梳理和回顾文章是当时比较全面、影响较大的论作。单文介绍了红军初到陕北的保安时期的文艺运动，包括文艺俱乐部的组织、中国文艺协会的成立、人民抗日剧社的演出等；介绍了中共中央迁到延安后的文艺活动，包括文协的工作与发展、戏剧的公演等；介绍了抗战前期陕北解放区的文艺运动，包括西北战地服务团和抗战文艺工作团的活动开展情况、军队的文艺活动等。文章对文抗协会改为全国文抗延安分会后的文艺运动从组织、出版、研究、总务等方面进行了介绍，此外列举了当时出版的刊物及其负责编辑单位，如1938年出版的《文艺突击》《鲁迅先生逝世纪念特刊》《诗建设》《战歌》，1939年出版的《文艺战线》《中国妇女》《中国青年》，1940年出版的《中国文化》《中国工人》《大众习作》《大众文艺》《新诗歌》《边区群众报》，1941年出版的《前线画报》《中国文艺》《草叶》《谷雨》《新少年》《草野》《诗刊》《歌曲》等；介绍了当时戏剧的创作与演出，以及诗歌、小

---

① 钱丹辉：《关于晋察冀诗歌编选问题》，载《河北师大学报》（哲学社会科学版）1979年第1期，第93页。

说、报告文学的创作情况。①唐天然对陕甘根据地的第一个文艺团体——中国文艺协会进行了回顾和总结。他介绍了文协的成立经过和主要活动,回顾了协会开展的戏剧创作、演出活动,迎接美国作家史沫特莱的欢迎会,关于"两个口号"论争的座谈会,高尔基逝世一周年纪念会等集会的盛况,介绍了协会开展"苏区一日"征文活动,编辑《长征记》、《红色中华》(后更名为《新中华报》)副刊、期刊《苏区文艺》《文协月刊》的情况,以及组建西北战地服务团等相关活动。②刘庆锷等人从"崭新的主题""崭新的人物""艺术形式的继承和创造"等角度,对边区的戏剧创作进行了总结与归纳。③李均洋在回忆文章中介绍,《群众文艺》由陕甘宁边区文化协会筹办,紧密配合解放战争、土地改革等当时的中心任务。其编辑方针是:"交流文艺工作经验,文艺批评,介绍其他解放区文艺动态,刊载文艺作品、理论,特别注意培植与奖励文艺青年的写作";其主要服务对象是"小学教师,县区干部,文艺青年,文艺团体"。《群众文艺》的第1卷是月刊,在延安出版,时间从1948年8月15日到1949年8月15日,共出版十二期;第2卷共出版四十期,前三十八期是周刊,后两期是双周刊,在西安的《群众日报》上刊发,每次一个整版。④黄修己简要整理了《新大众报》的编辑出版情况。他指出,《新大众》于1945年6月1日由华北新华书店和韬奋书店创办,是一种小三十二开的半月刊综合杂志,1947年底停刊改版。1948年元旦,改版为《新大众报》,每周出版一期。此时,赵树理担任报纸编辑。1949年,新大众报社调往北京,7月,改为《工人日报》出版。《新大众报》"以通俗的形式,向群众宣传党的方针、政策,指导解放区农村工作","最多时发行量达三万五千份",创刊一周年时曾得到董必武、周扬等人的题词。黄修己梳理了1948年1月7

---

① 单演义:《陕北解放区前期的文艺运动纪要》,载《中国现代文学研究丛刊》1980年第4期,第321—339页。
② 唐天然:《陕北根据地的第一个文艺团体——中国文艺协会》,载《新文学史料》1980年第3期,第249—260页。
③ 刘庆锷、魏树仁、吕振波:《试谈陕甘宁边区的戏剧创作》,载《北京师院学报》1979年第1期,第65—74页。
④ 李均洋:《边区大型文艺刊物〈群众文艺〉》,载《西北大学学报》(哲学社会科学版)1980年第4期,第109—110页。

日至6月26日半年间赵树理在《新大众报》上发表的十二篇文章（短评、快板、小说、小戏等），并以《为啥要组贫农团》《停止假贫农团活动，不能打击贫雇！》《再谈"行政命令"》等文为例，概括了这些文章在宣传土改运动方面所体现的"发动群众投入斗争"、强调土改运动中干部作风的重要性及正确对待中农等内容。① 此外，周健的《"怀安诗社"和"怀安"诗》对怀安诗社的结社缘由、主要成员、代表性诗歌等进行了介绍和解读；彭立新对《讲话》前后延安文艺界的情况进行了介绍；陈明回顾了塞克在西北战地服务团工作时创作《突击》和参与演出等情况；马烽、西戎回顾了《吕梁英雄传》的创作经过；苗得雨回顾了解放区的文艺生活；肖云儒通过采访丁玲介绍了西北战地服务团在西安的活动情况等。②

对延安文艺某类文体作品的搜集和整理在当时也取得了初步成绩。以诗歌为例，钱丹辉、曼晴、刘锦满等都为之付出了努力。钱丹辉在回复《晋察冀文艺作品选》编选组的回信中，对晋察冀文艺运动进行了回顾。该信的第一部分介绍边区诗歌运动的基本情况，尤其是边区的《诗建设》（西北战地服务团田间、邵子南编辑）、《抗战诗歌》（边区文艺界抗敌协会史轮编辑）、《诗战线》（铁流社钱丹辉编辑）的出版情况。第二部分提出自己对编选的希望："民歌民谣要收集，歌词、旧体诗也要收集，但主要的是新诗"，"希望以新诗为主"。第三部分希望编辑组大量搜集作品，因为由于战争等影响，诗歌遗失的情况很严重，只有大量搜集才可能"比较全面"；为此，他建议编辑组通过人民日报社、总政治部、北京图书馆等单位借阅当年的期刊，如诗刊《诗建设》、《诗战线》和《抗战诗歌》（1939—1941），《边区文艺》（1942），《晋察冀日报》、《挺

---

① 黄修己：《赵树理和〈新大众报〉》，载《新文学史料》1980年第2期，第193—197页。
② 周健：《"怀安诗社"和"怀安"诗》，载《西北大学学报》（哲学社会科学版）1980年第3期。彭立新：《〈延安讲话〉前延安文艺界的一些情况》，载《语文函授》1978年第4期。陈明：《塞克同志与西北战地服务团》，载《新文学史料》1980年第1期。马烽、西戎：《〈吕梁英雄传〉的写作经过》，载《晋阳学刊》1980年第1期。苗得雨：《难忘的解放区文艺生活》，载《上海文学》1978年第5期。肖云儒：《"西战团"在西安——丁玲访问记》，载《陕西戏剧》1980年第6期。

进报》和冀中、冀东的报纸,还有部队报纸《抗战三日刊》、《工作通讯》(边区一分区报纸)和中国民间文学研究会的资料。第四部分是建议河北出版社努力出版晋察冀边区的诗歌全集。在信中,钱丹辉还对编选工作提出了建议,实际上是老延安对延安文艺史料搜集、整理工作的指导意见。①曼晴则对晋察冀边区的诗歌运动进行了追忆。回忆者简述了边区街头诗、朗诵诗、诗传单的诗歌创作特点和传播、宣传情况,指出街头诗、诗传单是"用艺术形式、用形象来表达出来的",为了"起到直接宣传的效果","不能不要求主题鲜明,政治性强,形式简短,押大致相似韵"。同时,一些短诗还被当作"战斗的武器","除了在根据地的后方来相互吟咏歌唱外",还被带到"敌占区、游击区,作为冲锋陷阵的武器,投向敌人,散发给群众"。曼晴在文中还介绍了晋察冀边区诗歌刊物《诗建设》《诗战线》《边区诗歌》的出版单位、出版期数、主要作者和刊物编者等情况,回忆了《抗敌日报》(后更名为《晋察冀日报》)及其副刊《子弟兵》和其他刊物如《抗战三日刊》(军区政治部主编)、《群众文化》(边区抗联会主编)的诗歌发表情况,以及以《诗建设》为主编印的诗歌精选本《诗建设诗选》的编印情况。曼晴指出,当时的诗歌"已由街头诗向抒情诗、小叙事诗方面发展",反映边区斗争、生活的内涵更加丰厚,整体呈现出主题鲜明、感情真挚、形象深刻的"战斗的姿态"。此外,曼晴就向民歌学习、吸收民歌营养、探索新诗道路、创造新的诗风的民歌采风活动,以及陈辉、邵子南、史轮、任霄、劳森、远千里等诗人的诗歌创作、作品特色等进行了介绍。②对解放区诗歌的组织和刊物梳理得比较全面的还有刘锦满等。刘锦满着重回顾了延安新诗歌会、山脉诗歌社、怀安诗社、湖海诗文社、太行诗歌社等诗歌组织的创办背景、主要成员、诗社发展的基本情况,介绍了《新诗歌》《山脉诗歌》《太行诗歌》《诗建设》等诗歌刊物的出版、发行情况;指出抗战期间,诗歌工作者通过"集会结

---

① 钱丹辉:《关于晋察冀诗歌编选问题》,载《河北师大学报》(哲学社会科学版)1979年第1期,第92—94页。
② 曼晴:《春风杨柳万千条——回忆晋察冀边区的诗歌运动》,载《新文学史料》1979年第5期,第187—193页。

社,出版刊物,努力开展诗歌的研究和创作活动","不断扩大诗歌艺术的影响,巩固和发展抗日民族统一战线"。①

  对延安作家的文艺创作进行回顾和思考是当时延安文艺研究不可忽略的一个方面。康濯以赵树理在"文革"中遭遇的迫害入手,回忆了赵树理创作的过程,总结自己对赵树理创作的感受:"首先是他时刻不忘为无产阶级政治服务。对此最明显的是写《登记》便在为宣传婚姻法,写《李有才板话》和《锻炼锻炼》也在为鞭挞官僚主义和落后现象,写《三里湾》更是早在考虑要反映农业合作化。其次是时刻不忘从生活出发以及生活的积累和提炼,……再次是构思的设计和语言的磨炼,既坚持独特风格,又讲求新颖"。康濯认为,赵树理"正是因为富有至为深厚的生活根基和扎扎实实的革命现实主义魅力,从而才赢得了国内外读者的真挚喜爱"。②王亚平介绍赵树理创作生活的文章,非常注重赵树理的生活细节,认为这些可以作为"研究其人其作品的参考"。他介绍了赵树理的"小烟袋",说这是赵树理"开会,编东西,写小说"都离不开的东西,说赵树理也认为抽烟"可帮助人思考","助人换脑筋,休养体力";介绍了赵树理身上的"泥土气",说他来自农村,与农民打成一片,"泥土气"来自牛棚、田地边和炕头,但这"憨厚的朴实"中蕴含着"若愚的大智和诚恳之下的幽默";介绍了赵树理小说中的一个特点"人物外号",外号"表露出人物性格的特点,也带有着生活的气息";介绍了赵树理创作中"说说唱唱"的实践特征,力求做到"小说要写到能说,韵文要写到能唱","以人民大众喜闻乐见的语言创作出人民大众喜爱的流传最广最久的好作品"。③这一阶段的延安作家研究非常丰富。如蔡传桂将丁玲的创作道路分为探索、发展、成熟三个阶段并进行了总结,尤其介绍了小说《太阳照在桑干河上》的创作特色,认为其是"中国现代文学史上一部重

---

① 刘锦满:《历史的忆念——解放区几个诗歌组织和刊物的回顾》,载《新文学史料》1979年第5期,第194—201页。
② 康濯:《忆赵树理同志》,载《新文学史料》1979年第3期,第131—137页。
③ 王亚平:《赵树理的创作生活》,载《新文学史料》1979年第5期,第63—68、72页。

要的作品"①。雷达将诗人李季誉为"泥土和石油的歌者",回顾了李季的生活体验及其创作《王贵与李香香》的经过,以及诗人借用信天游格式进行的其他诗歌创作等。②此外,沙汀对何其芳的创作情况,王中青对赵树理的创作经历,孙中田对茅盾在延安时期的文艺活动,阎纯德、白舒荣对萧军在陕北的生活、创作经历等情况,进行了回顾与介绍。③

对延安文艺作品及其注释文本的分析、考辨、辨伪是延安文艺史料研究的基础性工作。当时,部分学者已经开始着手这方面的工作,比如蔡清富对《何其芳评传》(尹在勤,四川人民出版社1980年版)相关史实的考证。《何其芳评传》讲述了何其芳在1946年10月重庆文化界举办的纪念鲁迅逝世十周年活动上发表的《论鲁迅的方向》的讲演。对此表述,蔡清富从两个方面进行了考证。其一,何其芳是否在该活动上讲话。文章援引重庆《新华日报》1946年10月20日的报道,指出10月19日的纪念活动中做重要发言的三个人是吴玉章、艾芜和邓初民,何其芳未见言及,因此何其芳没有在大会上讲话。其二,"论鲁迅的方向"是否是何其芳的讲话题目。文章指出,何其芳的《鲁迅的方向》在1946年10月19日作为一篇社论在《新华日报》发表(也并非在纪念活动上出现),后来被收入何其芳编辑的《关于现实主义》论文集时,题目才被修改为《论鲁迅的方向》。因此,在当时的纪念活动中,不可能出现"论鲁迅的方向"这样的题目。④有的研究者对王实味在1942年延安文艺座谈会召开前夕发表的三篇"反党"文章进行了考证。研究者指出,这三篇文章除过《政治家·艺术家》和《野百合花》外,还有一篇

---

① 蔡传桂:《丁玲的创作道路》,载《安徽师大学报》(哲学社会科学版)1980年第2期,第89页。
② 雷达:《泥土和石油的歌者——记诗人李季》,载《新文学史料》1980年第3期,第85—100页。
③ 沙汀:《〈何其芳选集〉题记》,载《文艺研究》1979年第1期。王中青:《我的挚友赵树理》,载《山西师院学报》(哲学社会科学版)1979年第3期。孙中田:《茅盾在延安》,载《社会科学战线》1979年第4期。阎纯德、白舒荣:《记萧军》,载《中国现代文学研究丛刊》1980年第2期。
④ 蔡清富:《对〈何其芳评传〉一个史实的补正》,载《新文学史料》1980年第1期,第277—278页。

是中央研究院墙报上的墙报稿,题目一般被误认为是《硬骨头与软骨头》,如林默涵在《文艺报》上的文章、王燎荧在《文学评论》上的文章,以及1979年江苏人民出版社出版的《中国现代文学史》上的内容等;但从延安《解放日报》1942年6月17日刊登的张如心的《彻底粉碎王实味的托派理论及其反党活动》一文来看,这篇文章的题目应是《硬骨头与软骨病》。①《暴风骤雨》是周立波1948年创作的反映土地改革的长篇小说。"为了表现特定的时代背景,特殊的社会风貌和生活习惯,特殊的自然环境和生产方式",周立波在小说中"运用了东北地区的方言词语"。但方言给读者阅读造成了一定的困难,妨碍了读者对作品的"深刻理解"。为此,1977年人民文学出版社出版了农村版的《暴风骤雨》,对小说中的部分方言词语进行了注释。有的研究者经过考证认为,该版的部分注释"不够准确,甚至有错误",将影响读者对作品的理解。为此,研究者对注释本中的"西蔓谷""拔炕""拿大草""狗蹄子""爬犁"等二十四条方言词语注释进行了考证,一一指出它们"不够准确"的地方,并结合文本语境,给予相对正确的解释。②

二、延安文艺相关领域研究的推进

过渡阶段的延安文艺研究,在体现拨乱反正和思想解放主题的同时,研究者开始追求学术自觉,通过严谨规范的学术研究,着力探讨延安作家、作品及文艺运动、文艺事件等。《周扬笑谈历史功过》一文中,赵浩生和周扬谈到"延安文艺界的根本问题""王实味问题""延安有'鲁艺''文抗'两派"等延安时期文艺界的一些情况。周扬指出:"到了延安不但是到了一个新的地区,从自然条件来讲,这个地区很落后;更重要的是到了一个新的时代,工农兵当权的时代。"在延安,作家"跟新的时代新的群众结合,成了根本问题"。"无论主

---

① 杜哲:《关于王实味的一篇文章的题目》,载《甘肃师大学报》(哲学社会科学版)1980年第4期,第67页。
② 王明仁:《〈暴风骤雨〉注释中值得商榷的一些问题》,载《宁夏大学学报》(哲学社会科学版)1980年第1期,第53—56页。

张歌颂光明也好,暴露黑暗也好,都不能解决问题,因为问题还是如何同群众结合。"①周扬提到的与群众结合的根本问题——这当然也是《讲话》的内在要求之一——在本时期的延安文艺研究中得到充分体现。

前文谈到,过渡时期对林彪、江青集团的批判,文艺界是率先在戏剧研究领域开始的,但同样是对延安戏剧的研究,已有部分研究者开始力求展现学术的自身追求。如林波对《兄妹开荒》的创作成就和价值意义的评判。林文认为,该剧通过兄妹之间在开荒中产生的颇有风趣的纠葛,表现了解放区大生产运动中青年农民积极的劳动热情和朝气蓬勃的革命精神,在思想内容的革新方面开始了"对劳动的歌颂","劳动打破了'男尊女卑'的旧观念,成为秧歌剧中占重要地位的主题",正是因为这个新的主题的出现,该剧才呈现出崭新的面貌,取得了在戏剧创作方面的创新地位。该剧由于合适地处理了幽默与讽刺的关系,收到了良好的艺术效果;由于合理地改造了民间文艺的内容,利用其为群众喜闻乐见的形式,才受到民众的欢迎和喜爱。②不难看出,林波的研究已经着力于从思想内容和表现形式等方面对该剧进行分析和阐释。同时期,有的学者从延安时期的文本出发,总结其题材的选择,分析其创作的特色,更多地展现出对学术的追求。董丁诚认为,马健翎的戏剧创作,选取的题材主要包括两个方面:一是反映民族斗争、阶级斗争和生产斗争以及"人民内部矛盾",具有战争年代"浓烈的时代感",饱含"艰苦奋斗的延安精神",符合当时战争形势的需要和民众的密切关注点,如《血泪仇》、《一家人》(又名《保卫和平》)、《穷人恨》;二是树立"工农兵形象",虽然"典型化的程度不齐",但其"着力塑造和热情歌颂"的是"先进分子",如《查路条》《十二把镰刀》。董丁诚指出,马健翎的创作特色主要包括:一是展现尖锐的社会冲突,"人物关系错综复杂,戏剧情节曲折动人",群众斗争生活的场面"波澜壮阔";二是坚持"革命现实主义的原则",在现实生活的基础上,讲究曲折动人;三是在革新旧形式的前提下充分吸

---

① 赵浩生:《周扬笑谈历史功过》,载《新文学史料》1979年第2期,第238、239、240页。
② 林波:《秧歌剧〈兄妹开荒〉的思想和艺术成就》,载《河北师大学报》(哲学社会科学版)1979年第1期,第101—106页。

收传统戏剧的表现手法，克服了传统戏曲形式和现代生活内容之间的矛盾，使内容和形式基本上达到和谐、统一。①

戏剧之外，解放区的诗歌创作也颇为当时研究者所关注。除过更为普遍的从政治需求层面出发的研究外，还有学者从人物形象的塑造、诗歌的结构安排等方面对延安时期的诗歌进行了研究。秦兆基、李宁以贺敬之创作于1942年至1947年的诗歌选集《朝阳花开》为研究对象，指出诗集以"炽热的感情，瑰奇的理想，再现了那个时代农村斗争生活的动人场面"。他们认为贺敬之的诗风正在发生深刻的变化，"努力摆脱外来影响，把诗歌创作的根深深地扎在我们民族的土壤之中，更好地为人民群众的斗争服务"。通过对诗集中的《七枝花》《朱德歌》《行军散歌》《笑》《张大嫂写信》《黑峪口夜渡》等诗歌的评析，研究者认为，贺敬之这一时期的诗歌创作，在"走向生活，反映工农兵及其斗争"的政治思想方面以及追求"民族化群众化"的艺术技巧方面都进行了努力的探索，新的生活、感受和题材赋予诗人新的诗歌风格，创作出礼赞新生活、新社会和人民英雄的诗篇。②特木尔巴根认为，《王贵与李香香》是在诗歌创作上实践毛泽东文艺思想的示范性作品，是"人民诗篇的第一座里程碑"，标志着"诗歌创作的新方向的开始"。该诗作在内容上反映了新的时代主题，通过对普通劳动人民形象的塑造，歌颂了党领导下的革命斗争；在形式上借用信天游的表现手法，吸收了民间歌谣的叙事抒情风格，创造了新的诗风。长篇叙事诗《王贵与李香香》的创作，反映了《讲话》后中国新诗领域的深刻变革。③黄仲文在研究阮章竞的长篇叙事诗《漳河水》时认为，在人物形象的塑造上，全诗注重人物与社会、时代的联系；在结构情节的安排上，注重章节之间的内在联系与呼应；比兴手法的应用，增强了诗歌的形象性和艺术魅力；"叙事、抒情、写景的结合"，"使事、

---

① 董丁诚：《谈马健翎同志的革命现代写作》，载《陕西戏剧》1979年第1期，第11—17、20页。
② 秦兆基、李宁：《沿着民族化、群众化的道路前进——评贺敬之诗集〈朝阳花开〉》，载《四平师院学报》（哲学社会科学版）1980年第3期，第42—48页。
③ 特木尔巴根：《人民诗篇的第一座里程碑——读〈王贵与李香香〉》，载《内蒙古师范学院学报》（哲学社会科学版）1978年第2期，第45—50页。

理、情、景糅为一体",增强了"艺术的感染力";语言多用群众口语,显得"朴素、清新、洗练、形象",富有"感情色彩和音乐美"。①

在作家及其作品研究方面,延安时期的赵树理、杨朔、孙犁等作家都进入研究视野。李文如认为,赵树理的《小二黑结婚》《李有才板话》是实践《讲话》精神的成功作品,是"表现无产阶级文学新纪元的先声",标志着革命文学"迈开了表现新的世界新的人物的大步";这两篇小说的主人公与以往中国现代文学作品中的工农形象不同,树立了"新农民的典型形象",展现新的世界、新的人物和新的生活;赵树理在处理爱情题材时,也与以往的"民主主义作家"大多"以阴郁的笔调、悲剧的结局对旧社会进行批判和鞭笞"不同,而是对新社会进行了"热情、开朗、乐观"的歌颂(《小二黑结婚》);在处理人物方面,新人物的性格有了进一步的发展,一群"小"字辈的"朝气蓬勃的新人",在党的领导下表现得更加"勇敢""坚决"和"成熟"(《李有才板话》)。李文如认为,赵树理作品反映新的主题,是"真实的艺术典型",具有"推动群众前进的政治教育力量",是具有"中国作风和中国气派"、实现"形式和内容的统一"的"文艺大众化"的代表性作品。赵树理能取得这样的成就,其根本原因就是"踏上了毛主席指出的文艺的工农兵方向前进的道路"。②唐纪如对杨朔20世纪40年代的短篇小说进行了分析,认为《大旗》《麦子黄时》《霜夜》《月黑夜》《北黑线》等小说彰显了"热情歌颂根据地人民团结一致、英勇不屈的对敌斗争精神"的"崭新主题";《桃树园》《家乡》等小说深刻反映了解放区的崭新面貌;《大旗》中的盛光斗、《风暴》中的谢三财、《模范班》中的张治国和《血书》中的杨二妮等人物树立了工农兵形象,是服从"革命现实的感召",遵循《讲话》精神,凸显"歌颂无产阶级和劳动人民"时代主题的

---

① 黄仲文:《漫话〈漳河水〉》,载《暨南大学学报》(哲学社会科学版)1980年第1期,第92—96页。
② 李文如:《表现无产阶级文学新纪元的先声——试论〈小二黑结婚〉〈李有才板话〉在现代文学史上的意义》,载《山西师院》1978年第2期,第49—60页。

具体体现。①俞元桂对吴伯箫不同阶段的四个散文集进行了研究，指出随着作家生活环境的变化，其延安时期的创作呈现出崭新的面貌；因为创作的指导思想和生活源泉的不同，《烟尘集》改变了作家20世纪30年代的创作格局，转而用"简洁的场面，感人的对话，逼真的细节"，突出刻画军民团结、浴血抗战的英雄事迹，"有较多的群众语汇"，"充溢着坚定的胜利的激情"。②对解放区独具特色的作家孙犁，研究者也表现出了浓厚的兴趣。郭志刚从人物、描写、语言三个方面对孙犁的《白洋淀纪事》进行了分析。他通过对《荷花淀》里水生的女人、《投宿》中"我"眼中的农村少妇、《走出以后》的王振中和《邢兰》中的邢兰等人物的分析，指出孙犁笔下的人物具有强烈的"时代气质"，"反映出那个时代在人民的生活方式、思想情绪乃至行止状貌上所铸成的最明显的特点"，"有着明显的新旧时代相互斗争和交替的影子"。关于《白洋淀纪事》中的描写，郭志刚认为，孙犁描写人物"精确""传神"，如对《藏》中的浅花、《走出以后》中"张狂"的姑娘的描写等；至于《光荣》中欢迎原生的游行场面，则不仅"描绘了一幅色彩强烈的画面，而且用准确的字眼和明快的语言节奏表现了不同人物的神态和心理"。郭志刚还通过对《采蒲台》中的白洋淀、《光荣》中的滹沱河、《村歌》中的大旱之年的景象等景物描写的分析，指出孙犁的写景状物处理得"干净、利索"，"做到了'象、意'并茂、情景交融"。研究特别指出，孙犁擅长白描手法，"不在描写对象的外形上精雕细刻，而力求其传神"。关于孙犁作品的语言，郭志刚认为，一是"真正从群众中、从生活中提炼出来的活的语言"，具有浓郁的时代和地域色彩；二是着意"用极俭省的笔墨表达出尽可能丰富的内容"，力求语言精练且具有极强的表现力。③周申明、邢怀鹏在谈到孙犁的艺术风格时，根据创作主题，将孙犁的作品分为四类：一是"反映抗日战争

---

① 唐纪如：《读杨朔四十年代的短篇小说》，载《南京师院学报》（社会科学版）1979年第1期，第51—56页。
② 俞元桂：《谈吴伯箫的散文》，载《福建师大学报》（哲学社会科学版）1979年第4期，第32页。
③ 郭志刚：《人物、描写、语言——〈白洋淀纪事〉阅读札记》，载《文学评论》1978年第6期，第90—96页。

时期的生活的",如《荷花淀》等;二是"反映解放战争时期包括土改复查斗争生活的",如短篇小说《嘱咐》等;三是"反映建国以后农村互助合作运动和工厂生活的",如《铁木前传》《津门小集》等;四是"文革"后"回忆学生时代、战时生活和怀念战友的散文与文艺随笔",多收集在《晚华集》中。研究者认为,"独具特色的时代风云录""纷然多姿的妇女形象""浓郁隽永的诗情画意""纯熟新颖的'白描'手法""浑朴自然的艺术结构""精湛动人的语言艺术"等,构成了孙犁独特的艺术风格,从而使其作品"清丽自然、婉雅蕴藉、秀美之气可掬,散发着冀中平原、太行山区特有的泥土芳香"。① 袁振声通过对孙犁作品的分析,指出其语言风格可以归纳为俗而雅、简而细、直而含、淡而浓等四个方面。②

在小说研究方面,研究者追求学术自觉的突出体现,是对丁玲《太阳照在桑干河上》和周立波《暴风骤雨》两部长篇小说的阐释。关于《太阳照在桑干河上》的研究,季成家从思想的深刻性和人物塑造两个方面对小说进行了分析。季文指出,在思想的深刻性方面,小说展现了阶级关系和阶级斗争的复杂面貌,"真实地具体地描绘了土改运动在曲折中发展,在斗争中胜利的过程",表现了党的领导与农民自我解救的辩证关系,"深刻地历史地揭示了土地改革的伟大意义和取得这一斗争胜利的艰巨性",从而使作品具有"史诗性"。在人物塑造方面,突出表现在:一是"塑造了众多的生动的人物形象",如农村干部张裕民、赵得录、张正国等,农村积极分子刘满、李宝堂、郭富贵等,都"各具特点,比较生动";二是将"人物放在错综复杂的生活基础上,放在斗争发展的历史过程中",如对程仁、张正典、黑妮的描写;三是着力描绘"人物的个性特点,不把人物简单化、脸谱化、类型化",从而使之"更符合生活的真实","更有说服力和艺术的感染力量";四是对人物进行"深入细致的心理发掘",如对李子俊老婆的描写,没有简单的丑化,而是"通过精确的描述,着力刻划出她有心计、

---

① 周申明、邢怀鹏:《孙犁的艺术风格》(上、下),载《河北大学学报》(哲学社会科学版)1980年第3期,第122—134页;1980年第4期,第118—136页。
② 袁振声:《漫谈孙犁作品的语言风格》,载《天津师院学报》1980年第2期,第64—69页。

能应付，面子上告罪、内心里切齿的思想性格"。此外，小说还注重"诗的意境同生活热情的交融，环境描写同故事情节、人物情绪的有机糅合等"。①徐其超着力对《太阳照在桑干河上》的人物描写进行研究，认为小说在写人和写典型方面取得了不凡的成就。徐文通过对小说人物生存的环境、人物的性格以及典型性方面的剖析，总结出小说着力于通过"巧妙而自然的环境展示""复杂而多样的性格描绘""真实而鲜明的典型概括"等方面刻画人物形象，取得了"革命现实主义的最初胜利"。②在高度肯定小说艺术成就的同时，有研究者辩证地提出了作家创作中存在的问题，如季成家在文中指出："它所塑造的农村新人物形象，一般都还比较单薄；在艺术表现手法上，故事性和人物的行动性嫌弱，而平铺的叙述嫌多，等等。"③

关于《暴风骤雨》的研究，刘锡诚指出，应对该小说进行"再评价"。刘文批驳了"文革"期间认为小说宣扬布哈林路线的观点，指出小说宣传和坚持的是党的革命路线；同时通过文本分析，批驳了赋予小说的所谓的创伤论。文章接着着重分析了小说的革命倾向与成就，认为小说真实地描写了人物尤其是英雄人物，如对赵玉林的刻画，"寄托着作者的美学的思想"；描述了"土改时期的现实关系"，"把符合历史趋势、体现了时代本质的事物用艺术形象表现了出来"，呈现出"农村革命大变革时期的真实图画"；反映了土地改革的"本质和意义"以及"不可逆转的历史潮流"，"讴歌了势如暴风骤雨的农民革命运动"。④蔡天心通过对小说中新农民赵玉林、郭全海、白玉山夫妇、老贫农老田头、工作队长肖祥等人物形象的分析，指出小说中的人物"栩栩如生，语言贴切，简洁生动"，达到了"令人有呼之欲出"的效果；小说深入生活，"笔锋到

---

① 季成家：《丁玲及其〈太阳照在桑干河上〉》，载《甘肃师大学报》（哲学社会科学版）1979年第4期，第76—79页。
② 徐其超：《革命现实主义的最初胜利——试谈〈太阳照在桑干河上〉的人物描写》，载《南充师院学报》（哲学社会科学版）1980年第1期，第52—60页。
③ 季成家：《丁玲及其〈太阳照在桑干河上〉》，载《甘肃师大学报》（哲学社会科学版）1979年第4期，第79页。
④ 刘锡诚：《谈〈暴风骤雨〉及其评价问题》，载《社会科学战线》1979年第4期，第313—317页。

处,挥洒自如","取得艺术形象高度完美和统一"。他认为小说的成功,在于作者周立波"努力实践、深入生活、改造思想和进行创作活动"。[①]田美琳则从学理角度总结了小说的创作特色,即"扎根生活实践,质朴、真实地描写人物形象","精确地刻画个性,全面地展示土改生活","重视描写矛盾冲突,努力揭示人物精神世界","鲜明的地方色彩,浓重的生活气息"等。[②]不难看出,对这两部长篇小说的研究,虽然在主旨方面依然出于配合拨乱反正的需要,但在研究的学理层面已经明显提升了学术含量。

三、延安文艺的现代文学史叙述

温儒敏等在《中国现当代文学学科概要》中评论丁易《中国现代文学史略》时说:"编者总是充当既定理论的诠释者和宣传者,一部文学史著作的成功,主要取决于对既定理论诠释的完满与丰富。个人的才华和识见并不重要,审美体验等主体性的切入有时还变得多余,于是'我'就在文学史写作中被隐匿或排挤,不再充当事实上的历史叙述者。"[③]实际上,文学史的叙述往往不能充当"历史的叙述者",因为"所有的历史都是当代史"。20世纪70年代末期,三种同名《中国现代文学史》几乎同时面世:其一为唐弢、严家炎主编,分为三册,前两册为唐弢主编,第三册由唐弢、严家炎合编;其二为田仲济、孙昌熙主编;其三为北京大学等九所高校联编。[④]为了叙述的方便,下文将三本文学史依次简

---

① 蔡天心:《再论〈暴风骤雨〉》,载《文学理论研究》1980年第1期,第145—151页。
② 田美琳:《略论〈暴风骤雨〉的创作特色》,载《宁夏大学学报》(哲学社会科学版)1980年第2期,第35—40页。
③ 温儒敏、李宪瑜、贺桂梅等:《中国现当代文学学科概要》,北京大学出版社2005年版,第96页。
④ 唐弢、严家炎主编:《中国现代文学史》(一、二、三),人民文学出版社1979—1980年版。田仲济、孙昌熙主编:《中国现代文学史》,山东人民出版社1979年版。北京大学、南京大学、厦门大学等《中国现代文学史》编写组编:《中国现代文学史》,江苏人民出版社1979年版。此外,这一时期出版的同名文学史还有,中南七院校编著:《中国现代文学史》(上、下),长江文艺出版社1979年版;东北三省《中国现代文学史》函授教材协编组编:《中国现代文学史》(上、下),1979年,内部使用;十四院校编写组编著:《中国现代文学史》,云南人民出版社1981年版;等等。

称为唐本文学史、田本文学史、北大本文学史。三本文学史中,唐本文学史影响最大。

三本文学史都对《讲话》前延安文艺界的基本情况进行了介绍。唐本文学史在第十五章第一节主要介绍了延安文艺座谈会召开前的时代大背景和延安文艺界在思想认识、文艺创作、宗派主义情绪等方面存在的一些主要问题,着重介绍了王实味的《政治家·艺术家》《野百合花》《硬骨头与软骨病》在解放区造成的影响。田本文学史在第九章着重介绍了抗战前期的文学,主要内容包括中国文艺协会的成立和抗战文艺运动的发展、文艺思想斗争和文学创作等,同时用较大篇幅介绍了延安文艺座谈会召开的背景。该著概括性地介绍了当时的时代背景,总结了1919年至1942年二十三年革命文艺的基本特征,肯定了延安文艺座谈会前解放区在文艺理论、创作实践上取得的成绩,揭示了当时文艺界在文艺为什么人、大众化、文艺与政治的关系、歌颂与暴露,以及文艺的出发点、人性论等方面存在的问题;为了解决这些问题,使文艺更好地为抗战服务,毛泽东在深入了解的基础上召开了延安文艺座谈会。北大本文学史则介绍了延安文艺座谈会召开前党的整风运动的情况。

三本文学史都用较大篇幅对《讲话》的主要内容进行了介绍,并高度评价了《讲话》的意义。唐本文学史第十五章第二节介绍了《讲话》的主要内容,概括了《讲话》的历史意义,认为《讲话》"明确指出了文艺为人民大众首先为工农兵服务的方向,这是文艺史上的一个突出贡献";是"自有无产阶级文艺运动以来最重要的中国化的马克思主义文艺理论著作","为我国革命文艺运动的发展指出了明确的方向,开辟了广阔的道路"。[1]田本文学史指出,《讲话》是"划时代的文献","解决了我国文艺为工农兵服务和如何为工农兵服务这一根本问题","开辟了中国现代文学的新阶段"。[2]相对来说,北大本文学史对《讲

---

[1] 唐弢、严家炎主编:《中国现代文学史》(三),人民文学出版社1980年版,第198—199、211页。
[2] 田仲济、孙昌熙主编:《中国现代文学史》,山东人民出版社1979年版,第443—444、457页。

话》基本内容的介绍比较简要。

在叙述《讲话》后延安文艺运动的新面貌时,三本文学史各有侧重。唐本文学史介绍了《讲话》后延安文艺界的思想斗争和文艺的新面貌,主要表现在:一是对王实味文艺思想的批判,二是文艺界为贯彻毛泽东文艺思想开展的各种活动,如群众文艺创作,民族的、阶级的斗争与劳动生产成为作品的主题,喜闻乐见的形式和大众化的语言创作,等等。田本文学史认为,《讲话》后文艺界开展的整风运动,不仅活跃了文艺气氛,还贯彻了毛泽东的文艺思想。田本文学史指出,当时"文艺运动的一个显著的特点是工农兵群众的文艺活动得到了更大的发展","涌现出许多优秀作家和作品",开始出现"新的题材、新的主题、新的人物、新的形式",显示出"一种共同的风格:质朴、刚劲、生气蓬勃"。解放区文艺在形式(群众化)、创作方法(革命现实主义、革命浪漫主义)上都有了新的发展。同时指出,《讲话》后的解放区文艺"并不是完美无缺的。许多作品中所反映的生活还不够深广,艺术形象比较单薄"。①北大本文学史的介绍则更为简略。

对《讲话》后解放区的文学创作的介绍与评价是三本文学史的重点。唐本文学史以"沿着工农兵方向前进的文学创作"为总题概括,在第十六章至第十八章进行全面叙述。第十六章介绍戏剧创作情况,着重介绍了延安和陕甘宁边区新秧歌运动与新歌剧创作的基本情况,以及新秧歌运动在其他抗日民主根据地、部队的发展概貌;《白毛女》的创作背景、主要内容、故事情节、演出盛况、剧本修改等方面的情况;解放区的旧剧改革运动(以集体创作的京剧《逼上梁山》《三打祝家庄》和马健翎的新秦腔《血泪仇》为范例);解放区的话剧创作情况。第十七章介绍诗歌、通讯报告和散文的创作,着重介绍了各解放区工农兵群众诗歌创作情况、说唱文学和部队文艺;李季的长篇叙事诗《王贵与李香香》和阮章竞的《漳河水》;孙犁、邵子南、田间、陈辉、魏巍、曼晴、方冰、章长石、钱丹辉、林采、林山、陈陇、徐明、流笳、邢野、陈山、张志民、李冰、贺敬之、严

---

① 田仲济、孙昌熙主编:《中国现代文学史》,山东人民出版社1979年版,第451、452、453、454、456页。

辰、郭小川、刘御、鲁藜、戈壁舟、蔡其矫、萧三等人的诗歌创作；冀中解放区征集编辑的《冀中一日》和第三野战军政治部征集整理的《渡江一日》两个大型报告文学集的创作情况；周游、冠西、周元青、华山、郑笃、严辰、仓夷等人的创作情况；"人民文艺丛书"收录作品的情况；同时，对孙犁、吴伯箫、刘白羽、曾克、韩希梁的创作进行了介绍。第十八章介绍小说创作情况，着重对赵树理、丁玲、周立波、欧阳山、柳青、马烽和西戎、孔厥和袁静、草明等创作的中长篇小说进行了介绍和评述。

田本文学史的第十二章对解放区创作情况进行整体描述。第一节介绍解放区的小说创作，着重介绍了赵树理的《小二黑结婚》《李有才板话》《李家庄的变迁》三篇小说；然后，对1945年抗战胜利后的代表性小说进行了浏览，着重介绍了丁玲的《太阳照在桑干河上》和周立波的《暴风骤雨》。需要重视的是，作者在肯定这些作品成绩的同时，指出了它们的缺点和不足，如评述《吕梁英雄传》《高干大》《种谷记》以及草明、刘白羽的创作等；认为卓有影响的《太阳照在桑干河上》和《暴风骤雨》也存在缺陷。第二节介绍解放区的诗歌创作。指出《讲话》后的诗歌创作吸收了民歌等民间文艺的有益成分，在艺术形式上呈现出生动活泼、声调铿锵、节奏明快、多种多样的特点；对李季、张志民、阮章竞、田间、李冰等创作的叙事长诗，以及贺敬之、严辰、戈壁舟的诗歌进行了评述。第三节介绍解放区秧歌剧、歌舞剧的创作情况，指出秧歌剧作为小型歌舞剧，在表现丰富深刻的社会内容方面还存在很大的局限，1944年由贺敬之等联合创作的大型歌舞剧《周子山》是对小型歌舞剧的发展，但也是小型秧歌剧到大型歌舞剧过渡阶段的作品，而1945年由延安鲁艺集体创作的《白毛女》"才是在秧歌剧基础上发展而成的大型歌舞剧的代表作"[1]；然后对《白毛女》《赤叶河》《女英雄刘胡兰》《王秀鸾》等进行了介绍。第四节介绍解放区的旧戏改革运动，重点介绍了马健翎的《血泪仇》，集体创作的《逼上梁山》《三打祝家庄》和新话剧《把眼光放远一点》《同志，你走错了路》，等等。

---

[1] 田仲济、孙昌熙主编：《中国现代文学史》，山东人民出版社1979年版，第493页。

北大本文学史分三章介绍延安文艺创作情况。第十三章"解放区的戏剧"介绍旧戏改革的开端、新歌剧《白毛女》、解放区其他歌剧和《同志,你走错了路!》等话剧的创作情况;第十四章"赵树理等的解放区小说"重点介绍了赵树理的解放区小说、丁玲的《太阳照在桑干河上》、周立波的《暴风骤雨》和其他长篇、短篇小说的创作;第十五章"解放区的诗歌和散文"介绍了群众诗歌创作和李季的《王贵与李香香》、阮章竞的《漳河水》等诗歌以及其他延安作家的散文创作。

概括来说,三本文学史都介绍了延安文艺座谈会召开前解放区文艺界的基本情况、《讲话》的主要内容及其对解放区创作的重大影响,都重点介绍了解放区的文学创作情况,在时间界限上都包括抗战后期和解放战争时期,基本都采取分章节的形式介绍了解放区的戏剧、小说、诗歌等不同文体的创作情况。三本文学史皆以《讲话》为主流叙述,但其描述比之于"文革"时期对《讲话》影响下的延安文艺评述更为贴近历史的真实。

整体而言,在"徘徊中前进"的过渡阶段,由于时代风云的局限和思想解放的推动,延安文艺研究呈现出拨乱反正的时代主题特征,也体现出马克思主义理论方法的复苏。以揭批林彪、"四人帮"集团为目的的批评大潮,努力将文艺导引至毛泽东文艺思想指导的正确道路。因此,这个时期的延安文艺研究呈现出三个主要特征:一是研究明显受到时代气候的影响,在"春江浩荡暂徘徊"(毛泽东《七律·和周世钊同志》)的时代风云中艰难推进。不理解这个阶段的历史特征,就难以深度理解延安文艺研究其时的曲折面貌和时代局限。二是相关研究是配合拨乱反正展开的,内容上为配合性的揭批,形式上遗留着明显的"文革"文风。三是与主流意识形态保持一定的疏离,通过对延安文艺史料的搜集、整理,对延安作家评述、文艺作品的细读,以及按照学术研究的内在规律和学理规范进行阐发等途径,进行着学术层面的探索和努力。显而易见,当时的政治气候、社会背景对延安文艺研究有着深刻的影响。这一时期延安文艺研究呈现出的这些特征,既是学术界在"徘徊中前进"的历史时期的具体体现,也是其推进历史进程的动力展示。

从延安文艺研究学术发展史来看,这个阶段的延安文艺研究处于20世纪80年代学术探索的萌芽阶段,研究视角相对单一,批判性的功利目的比较明显,理论程度不强,学术规范尚未建立,但在某些方面已经呈现出新的气象,预示着80年代随着思想解放运动的深入推进和文艺思潮的不断涌现,研究将进入一个新的发展阶段。

第二章 探索与自觉：新时期延安文艺研究理论方法的多元发展

20世纪80年代，基于政治氛围的宽松、党的文艺政策的重大调整、各种文艺文学思潮的兴起和学术界文艺界思想的空前活跃，文艺界冀望通过思考和评价中国现当代文学史中的文艺运动、文艺事件和作家作品等，反思近现代以来文艺发展中的经验教训，尝试回答实践中面临的迫切问题，为新时期文艺的建设提供新的发展动力，从而呈现出学术自觉的时代特征。

在这个大背景下，延安文艺研究呈现出新的特点。总体来看，20世纪80年代对延安作家及其作品的研究，大略可以分为两个阶段。第一个阶段的关键词是"重评"，主要在20世纪80年代前期展开，与当时的思想解放运动相契合。这类研究以"文革"中对延安文艺作品的评价为批驳对象，通过拨乱反正，将之还原到《讲话》后文艺创作的正确的框架中。第二个阶段的关键词是"重写"，主要从80年代中后期展开，与其时"20世纪中国文学"整体文学观的提出和"重写文学史"实践等思潮相契合。这类研究以80年代前期对延安文艺作品的重评为基础，通过尝试突破性的重写，反思历史，将延安文艺放在20世纪中国文学发展的大框架下进行讨论，同时试图寻找延安文艺研究与近现代文学发展史、现当代文学学科建设之间的关系。具体而言，本书将以丁玲、艾青、萧军、赵树理及其作品的研究为前期主要代表，以丁玲、何其芳、赵树理等作家及其作品的研究为后期主要代表，来审视20世纪80年代前期的"重评"和后期的"重写"，探讨延安文艺研究在80年代呈现出的基本特征，同时探寻其与80年代文学思潮之间的内在联系。此外，为了考察延安文艺研究的整体推进情况，本章还拟就延安文艺不同文体的述评研究进行综合性评述。当然，20世纪80年代的延安文艺文献史料的搜集、整理和出版以及对相关资料的考证、辨伪等也取得了很大的进展，为延安文艺研究开展历史审视提供了坚实的史料基础，这部分内容将在第六章进行论述。

整体而言，20世纪80年代的延安文艺研究，无论是史料的梳理累积，还是前期的"重评"及后期的"重写"，都彰显和推进着新时期的理论探索与学术自觉。本章探究延安文艺研究相关问题的时间限定为20世纪80年代，但并不完全局限于1980年至1989年，个别讨论溢出该时间限定。

第一节

延安文艺的重评及其专题研究的拓展

延安文艺作家作品的重评与20世纪80年代初的时代氛围密切相关。1979年，发表在《上海文学》上的一篇《为文艺正名》的评论员文章（执笔者李子云、周介人）拉开了20世纪80年代关于文学与政治关系反思的帷幕。文章分析了文艺公式化、概念化的倾向，阐释了文艺与生活、与政治的关系，指出文艺要想获得真正的解放，就必须对"文艺是阶级斗争的工具"这个口号进行拨乱反正的批驳。①文章发表后，在全国引起很大的反响，文艺界也展开了大规模的论争。论争推动了思想解放运动的发展，也间接或直接影响到邓小平在1979年第四次文代会《祝词》中关于文艺与政治关系的表述。根据邓小平《祝词》中关于文艺与政治关系的表述精神，《人民日报》以社论的形式提出"文艺为人民服务、为社会主义服务"的指导性口号②，标志着"文革"后党的文艺方针政策的调整。此

---

① 本刊评论员：《为文艺正名——驳"文艺是阶级斗争的工具"说》，载《上海文学》1979年第4期。
② 《文艺为人民服务、为社会主义服务》，载《人民日报》1980年7月26日。社论指出：文艺"为人民服务、为社会主义服务，这个口号概括了文艺工作的总任务和根本目的，它包括了为政治服务，但比孤立地提为政治服务更全面，更科学"。胡乔木从文学的"党性""人民性"的角度对这一口号进行了论证，认为"'文艺为人民服务，为社会主义服务'的提法比'为政治服务'的提法更本质，它的范围比'为政治服务'广阔得多。'为政治服务'，政治本身不是目的，而是达到我们的目的的一种手段"，"政治的目的是为人民的利益"；"政治要从属于人民，从属于社会主义，这样的政治才是正确的"；"所以，我们提出文艺'为人民服务，为社会主义服务'，这就把直接的、根本的目标摆到了我们面前，而不需要经过一个间接的目标"；"如果说我们'为人民服务，为社会主义服务'，也就是'为政治服务'，那么，这正好说明我们的政治跟人民的利益、社会主义的利益完全一致，以人民的利益、社会主义的利益为归依"。参见胡乔木：《关于文艺与政治关系的几点意见》，见《胡乔木文集》（第2卷），人民出版社1993年版，第537页。

后，中宣部对新口号的内涵做出解释："文艺为人民服务的涵义是：为最广大的人民群众、首先是为工农兵服务。文艺为社会主义服务的涵义是：为社会主义的政治、经济、文化、军事等各个方面的根本需要服务。"①

在这样的背景下，严家炎发表《从历史实际出发，还事物本来面目》一文，从文学史研究的角度出发，指出文学史为政治服务本身"无可非议"，但"不能通过修改历史事实这种手段来为所谓'政治'服务"。②严家炎从历史实际出发的文学研究史观在当时引起极大的反响，成为后来"重写文学史"的先声。林默涵认为："文艺史上任何一种文艺现象都是历史的产物，都必然要受历史的局限。延安文艺也是如此。"③由此，文艺界开始了在规模、层面、程度等方面更为深入宏阔的拨乱反正，重新评价许多曾经被否定或者由于种种原因被贬低的作家作品，延安文艺研究进入重评的历史阶段。为了比较明晰地探寻该阶段延安文艺研究的时代特征，本节以研究界对丁玲、艾青、萧军等延安时期的代表性作家及其作品的研究为例展开论述。

一、丁玲及其作品重评

丁玲是延安时期注重人物情感塑造、心理剖析，具有鲜明创作个性的著名作家，是享有"纤笔一枝谁与似？三千毛瑟精兵"之誉的举足轻重的作家。1979年1月，丁玲回到北京，1979年11月参加第四次文代会。此时，她并未完全恢复名誉，其"恢复党籍"的要求尚未得到答复。然而，关于丁玲及其作品的重评已经拉开序幕。笔者以学界在20世纪80年代早期对丁玲及其作品的重评为主要标本，来探究该阶段延安文艺研究的主要特征。

最早对丁玲及其作品进行重评的是1979年末冯夏熊的《丁玲的再现》。在这

---

① 徐庆全：《风雨送春归——新时期文坛思想解放运动记事》，河南大学出版社2005年版，第316—317页。
② 严家炎：《从历史实际出发，还事物本来面目——中国现代文学史研究笔谈之一》，载《中国现代文学研究丛刊》1980年第4期，第29页。
③ 林默涵：《延安时期文艺的历史地位和时代意义——与〈延安文艺研究〉编辑部同志的谈话》，见《林默涵文论》，文化艺术出版社2016年版，第434页。

篇近乎丁玲小传的文章中,简要评论了丁玲"艺术家的本色",并对其《莎菲女士的日记》《太阳照在桑干河上》等作品的创作特色进行了评述,对其延安时期的作品进行了肯定性重评。文章认为丁玲在延安时期创作的短篇小说《夜》,"反映出丁玲的艺术风格。体贴而透视,深细而简洁,朴素而优美,短短的篇幅就把一个新世界、一种新精神如何从旧境界的变更中成长着,描绘得一清二楚";认为《太阳照在桑干河上》"是丁玲十年来心血所结成的果实,是她心灵所开放的花朵,是她的艺术发展的结晶,也是丁玲文学创作的高峰,甚至在它被封禁以后,还仍然是文学青年们所秘密传阅的书籍之一"。①这说明,在"徘徊中前进"后期,学术研究的氛围已经相对宽松。

稍后对丁玲及其作品进行重评比较有影响的评论家是严家炎和袁良骏。严家炎通过文本细读对丁玲的《在医院中》进行重新评价,指出"陆萍与周围环境之间的矛盾",实际上是革命者所代表的现代科学文化要求与小生产者落后的"思想习气所形成的尖锐对立",小说"继承了'五四'新文学的战斗传统,在共产党领导的区域内第一次提出反对小生产思想习气的问题";提出"围绕《在医院中》发生的这桩公案,有必要重新审议"。②"重新审议",实乃其时重评的注语。袁良骏通过对《莎菲女士的日记》的文本细读,对有关贬斥莎菲形象的言论进行了批驳,指出莎菲在中国现代文学史上具有"不可或缺、不能取代的典型意义";莎菲形象的塑造,"不仅表现了作家突出的艺术才能,也表现了作家严肃的创作态度","大大丰富了我国文学艺术中各种典型人物的千姿百态的画廊"。③虽然《莎菲女士的日记》并非丁玲延安时期的作品,但袁文的研究目的与采用文本细读的研究方法,无疑具有重评的意味。在此之后,袁良骏结合时代和历史背景,对丁玲的《梦珂》《莎菲女士的日记》《庆云里中的一间小房屋》《韦护》《一颗未出膛的枪弹》《在医院中》《太阳照在桑干河上》等作品进行

---

① 冯夏熊:《丁玲的再现》,载《延河》1979年第12期,第11、13、14页。
② 严家炎:《现代文学史上的一桩旧案——重评丁玲小说〈在医院中〉》,载《钟山》1981年第1期,第252、254、255页。
③ 袁良骏:《褒贬毁誉之间——谈谈〈莎菲女士的日记〉》,载《十月》1980年第1期,第253、255页。

分析，通过与同时代其他作家作品进行比较，指出丁玲的小说创作之所以取得巨大的成就，形成了"独特的艺术个性"，源于丁玲"高度的时代敏感，卓越的艺术胆识，现实主义的深刻性以及手法、技巧的细腻与豪放的统一"。①可以看出，这些论作均具有开启丁玲重评的先声效应。

严家炎、袁良骏等人的文章主要是对丁玲1942年前的创作进行重评，这可能与1958年的"再批判"②有关。《文艺报》1958年第2期上张光年的《莎菲女士在延安——谈丁玲的小说〈在医院中〉》一文，对丁玲及其作品进行了全面的否定和批判，主要是因为丁玲延安时期的创作关注"人的价值"。严家炎等人的重评固然与拨乱反正一致，但也在这个维度上与新时期人性与人道主义文学思潮一脉相承。

严家炎对《在医院中》富有理论发现的重评，引起学术界重新审视丁玲解放区时期作品所展现出来的现实主义的勇气和深刻。蔡传桂指出："实事求是地对她（丁玲）的文学创作进行再评价，研究和总结她的创作经验，对于还历史的本来面目，拨乱反正，繁荣创作是一件十分有意义的工作。"他通过对《梦珂》《莎菲女士的日记》《一九三〇年春上海》《水》《一颗未出膛的枪弹》《我在霞村的时候》《三八节有感》《在医院中》《太阳照在桑干河上》等作品的研究，将丁玲的创作概括为三个时期：探索时期（1927年至1930年）、发展时期（1931年至1942年）和成熟时期（1942年以来），高度肯定丁玲的创作坚持"与时代的步伐紧密相联"。③张辽民对《我在霞村的时候》中贞贞形象的分析，旨在"进一步透视作家艺术创造的奥秘，揭示出作品固有思想和艺术特征，给予它在中国现代文学史上应有的地位"。他指出，丁玲冲破了简单化地反映生活和描写人物的程式，敢于面对复杂的现实，敢于对生活进行独立的分析和思考。《我

---

① 袁良骏：《论丁玲的小说》，载《中国社会科学》1985年第4期，第174页。
② 《文艺报》1958年第2期辟出《再批判》专栏，发表了六篇批判文章，其中有关丁玲作品批判的文章有王子野的《种瓜得瓜，种豆得豆——重读〈三八节有感〉》和张光年的《莎菲女士在延安——谈丁玲的小说〈在医院中〉》。
③ 蔡传桂：《丁玲的创作道路》，载《安徽师大学报》（哲学社会科学版）1980年第2期，第82—90页。

在霞村的时候》没有停留在以往同类题材陈旧的主题上，而是独辟蹊径地从人们"对贞贞行为所引起的社会反应这个角度展开描写，是颇有新意的"；丁玲出于对妇女命运的关注和对受伤心灵的心理把握与体验，揭示出"丰富性、复杂性和独特性"；丁玲从一对情人恋爱纠纷和爱情悲剧中，"隐微曲折、不露痕迹地反映出中国社会历史的前进和变迁"，用艺术语言表达出客观的革命结论，即"贞贞的道路既是中国被压迫妇女解放的道路，也是我们中华民族解放的方向"。①陈荣毅在《关于丁玲研究的两个问题》中就丁玲"莎菲的形象塑造"和"早期创作的转变"进行了分析，指出莎菲是"一个'五四'潮落到大革命失败期间的一个具有独特经历和个性鲜明的叛逆女性的形象。这个形象的典型意义在于对当时的黑暗现实的否定，并且也是对这种绝望的个人挣扎的道路的否定"。丁玲的《田家冲》已经"创造出由屈让忍耐到觉悟斗争的农民形象，剖析他们革命前后的思想状况"，这表明她已经"有意识地去描写工农大众"，而且"没有以革命加爱情为主线和推动力来展开情节"，她的创作"已经挣脱革命加爱情的题材的窠臼，转到反映工农革命"方面。因此，虽然文章讨论的是丁玲到延安之前的作品，但提出"探讨丁玲的创作发展，应当实事求是地考查其作品之间的相互联系和相互作用"；丁玲研究"应该将问题放到一定的历史范围内进行实事求是的分析。只有这样，才能对丁玲的创作及其发展作出公正和全面的评述"。②作为丁玲晚年主持的《中国》的编辑成员，杨桂欣在这个阶段发表了一系列重评丁玲及其作品的论作，其《重读丁玲的三个短篇》对丁玲作品一度被误读的原因进行了分析，对丁玲创作在文学史发展上的典型意义进行了评述，也值得学界关注。该文通过对丁玲三个短篇——《莎菲女士的日记》《我在霞村的时候》和《在医院中》的重评，指出在时代的变革中，作为作家的丁玲"始终把自己的注意力集中于人，青年人，尤其是青年女子，关心她们的生活和命运，努力发现她们在坎坷的征途上所生长出来的新的思想、新的品德、新的情操，尽全力描写她们的奋斗

---

① 张辽民：《一个忍辱负重的倔强女性——评丁玲〈我在霞村的时候〉中的贞贞》，载《文史哲》1983年第5期，第13、17、18、19页。
② 陈荣毅：《关于丁玲研究的两个问题》，载《天津师院学报》1981年第3期，第79—81页。

和挣扎,生动地表现她们在苦难中、更在幸福中——在中国共产党的教育和影响、关心和培养之下,迅速进步和成长的历程"①。此外,周健通过对丁玲延安时期创作的诗歌《七月的延安》,随笔《游击生活》,报告文学《彭德怀速写》《记左权同志话山城堡之战》,小说《一颗未出膛的枪弹》等作品的研究,指出丁玲的陕北创作呈现出讴歌新生活、描写新人物、塑造新的艺术典型和追求新的艺术表现手法的创作特点,而走向这样的创作道路是丁玲敏锐地看到新天地具有强大生命力。②

在对丁玲作品重评的文章中,重评对象相对集中在《太阳照在桑干河上》上,这大概因为"对于《太阳照在桑干河上》的历史评价,实际上也是一个对于《讲话》以后解放区文艺的评价问题"③。赵园、徐其超、李德尧和杨桂欣等均有论作问世。赵园在1980年重评《太阳照在桑干河上》时,通过文本细读指出,小说之所以具有经典的魅力,在于其真实地描述了"现实关系",展现了当时"中国农村社会的图景";小说在"反映真实的阶级关系的基础上",描绘了农民翻身的曲折过程、确定斗争对象的认识过程和从实际出发而与教条主义等发生冲突的现实状况,从而使小说从图解政策的作品中脱颖而出,具有"更充分的现实性和典型意义";小说的这一特点,"突出地反映了丁玲的创作特色",即"敢于面对复杂现实,敢于对生活进行独立的分析和思考,敢于怀疑流行的意见与作法","力求使自己作品的主题和人物,出于自己对生活的发现"。赵园指出,丁玲的"成熟的政策思想,深刻的认识能力,支持了现实主义的文学实践",所以,小说在"经历了如此巨大的动荡之后,仍令人感到真实可信"。通过对小说中"文采""黑妮"形象的分析,联系当时流行作品中扁平化的人物刻

---

① 杨桂欣:《重读丁玲的三个短篇》,载《齐齐哈尔师范学院学报》(哲学社会科学版)1982年第4期,第69页。
② 周健:《丁玲在陕北》,载《西北大学学报》(哲学社会科学版)1981年第1期,第47—54页。
③ 李德尧:《论〈太阳照在桑干河上〉的现实主义成就——兼评支克坚同志〈从新的思想高度研究中国现代文学史〉》,载《荆州师专学报》(社会科学版)1983年第3期,第41页。

画，赵园进一步指出，丁玲"真正艺术家的勇气"和现实主义创作态度令人钦佩；"小说是对那一历史时期中国农村的成功的艺术表现"，"为农村题材小说创作的进一步繁荣，准备了条件"，其"在中国现代文学史上的地位""不可低估"。①徐其超的文章指出，小说创作"坚实地走上革命现实主义的道路"；通过"巧妙而自然的环境展示""复杂而多样的性格描绘"和"真实而鲜明的典型概括"，展示波澜壮阔的时代变革。针对小说的人物描写，指出丁玲正因为"投身于沸腾的生活洪流"才使作品呈现出鲜明的个性特色，尤其是在复杂的社会矛盾中展现人物之间的复杂关系，用言语和行为举止来展现人物丰富的内心世界。《太阳照在桑干河上》的特色可概括为："具体分析社会的内在的矛盾斗争的复杂关系，并在这种复杂关系中分析人物的思想、行动及其相互关系；深入发掘人物的丰富的内心世界，并且让人物用自己的言语和行动来表现它，不把复杂的精神性格简单化、抽象化；保持人物性格的一贯性，注意在斗争中显示其发展变化；既不脱离生活原型，又不是原型的简单映象，个性独特鲜明，具有普遍意义；写人和写典型，服从并且服务于写真实的生活和社会"。②李德尧指出，这篇小说"把农民推翻封建土地剥削制度的革命意识的觉醒与对他们精神创伤的深刻剖析结合起来"，"从中国共产党领导农民彻底推翻封建统治的历史背景上来表现农民新的革命思想面貌，生动地显示了中国农民革命意识的觉醒是历史的必然，同时又说明农民的翻身觉醒，不是由农民自身完成，只有中国无产阶级先锋队的教育及其领导的伟大土地革命，才使农民丢掉沉重的精神负担，跨入新民主主义革命时代，成为自觉求翻身解放的农民"；小说"以各种类型的各具个性的人物的群体，多侧面地反映出土改中的复杂的人情世态及其发生的深刻变化，它虽然没有留下形象的丰碑，但是它在继承我国古典小说人物性格描写的传统基础上所进行的人物典型化的探索，仍然是弥足珍贵的一页"。李文还高度肯定了小说的"现实主义成就"，认为小说是当时解放区作品

---

① 赵园：《也谈〈太阳照在桑干河上〉》，载《芙蓉》1980年第4期，第226—232页。
② 徐其超：《革命现实主义的最初胜利——试谈〈太阳照在桑干河上〉的人物描写》，载《南充师院学报》（哲学社会科学版）1980年第1期，第52—60页。

中反映农民翻身斗争主题的"杰出代表",是表现民主革命农民觉醒主题的突出成就。①杨桂欣认为,该小说是丁玲"独特的思考和勇敢的表现",艺术结构"匠心独运",同时"摒弃脸谱化、创造新典型","吸收外来营养、创造民族化作品"。②杨桂欣还通过对小说中顾涌形象的分析,指出丁玲的创作与图解政策的作品"毫无共同之处",而是对文艺"干预生活"功能的积极发挥。该文指出:作为革命者,丁玲"站在党的立场上""思考工作中的问题";作为作家,丁玲"艺术地再现生活的真实",并在创作中寻找解决现实矛盾的"正确政策"。③

此时,我们回头来看20世纪50年代初冯雪峰对《太阳照在桑干河上》的评价就别有意义。冯雪峰指出,小说是"社会主义现实主义的最初的比较显著的一个胜利",其现实主义成就主要表现在:对人民生活和斗争的"深入的观察、体验与研究",对社会进行具体且全面的分析,拒绝概念化道路;坚持写真实生活、社会中的矛盾斗争及其复杂关系,坚持写真实的人及其思想与行动,"奠定了现实主义的写人和写典型的基础";艺术表现能力"相当优秀"。④不难看出,20世纪80年代初期对丁玲及其作品进行重评,阐释的丁玲创作的特征似乎又回到冯雪峰评价的框架上来。

从而也可以看出,80年代初期重评的主要特征是走出"文革",回到十七年时期。文艺界的这种具体反映和研究特征无疑与当时的拨乱反正相契合,说明这个时期的延安文艺研究与80年代初期的政治气候密切相关。

---

① 李德尧:《论〈太阳照在桑干河上〉的现实主义成就——兼评支克坚同志〈从新的思想高度研究中国现代文学史〉》,载《荆州师专学报》(社会科学版)1983年第3期,第42、44、46页。
② 杨桂欣:《我论〈太阳照在桑干河上〉》,载《北京师院学报》(社会科学版)1983年第3期,第25—35页。
③ 杨桂欣:《革命责任心和艺术匠心的完美结合——评丁玲笔下的顾涌形象》,载《中国现代文学研究丛刊》1984年第1期,第137页。
④ 冯雪峰:《〈太阳照在桑干河上〉在我们文学发展上的意义》,原载《文艺报》1952年5月25日第10号,见袁良骏编:《丁玲研究资料》,天津人民出版社1982年版,第340、341页。

二、延安作家作品重评

20世纪80年代初期对丁玲及其作品的重评具有切面标本性意义,学界在延安文艺研究领域的重评在当时是比较普遍、多方位展开的工作。这与其时的政治氛围密切相关。重评一方面呼应思想解放运动,一方面助推文艺界冤假错案平反。正如严家炎所说:"只有坚持从历史实际出发,才能科学地评判现代文学史上发生的那些争论,才能破除历来陈陈相因、沿袭下来的一些并不正确的说法,才能纠正历史上的一些冤案和错案。"[1]在延安文艺研究的重评浪潮中,艾青、萧军、赵树理等延安时期的作家及其作品在学界视野的重评中呈现出新的风貌,如黄修已的赵树理及其作品研究,杨匡汉、杨匡满、骆寒超、谢冕等人的艾青研究,严家炎、张毓茂等人对萧军及其作品的研究,等等。

赵树理是现代最重视继承和发扬民族传统并取得卓越成就的作家,黄修已对赵树理的重评研究可能最具代表性。黄修已以结构主义批评方法,对赵树理创作中的形象系列、创作母题、情节构成进行了整体分析和评述;将农民形象细分为二诸葛系列、三仙姑系列、孟祥英系列、翻得高系列、小字辈系列、万宝全系列,列举了各系列的代表性人物和人物特征;将创作主体分为启发农民觉悟、改造农村家庭、发展农村生产力、推动农村进步的依靠力量等,归纳了这些主题的核心是反映农村社会的改造问题;将情节构成细分为开门见山式、峰回路转式,指出这些结构均体现出起承转合的传统创作特点,并将赵树理的结构特点与西方小说进行了比较,分析了赵树理采用此创作结构的民族特点。[2]黄修已还以比较分析的视角,将高晓声的《李顺大造屋》、张弦的《被爱情遗忘的角落》以及电影《喜盈门》等,与赵树理的相关作品进行比较分析和阐发,指出这些20世纪80年代创作的作品与赵树理作品在主题反映、创作方法、人物塑造以及通俗易懂的

---

[1] 严家炎:《从历史实际出发,还事物本来面目——中国现代文学史研究笔谈之一》,载《中国现代文学研究丛刊》1980年第4期,第30页。
[2] 黄修已:《赵树理创作形象、母题和情节的构成》,载《贵州社会科学》1983年第3期,第87—95页。

创作形式等方面的继承性与共通性，从而完成了对赵树理作品生命力的考察和探究，指出赵树理并没有过时，其创作经验值得重视。[①]当然，黄修己对赵树理的研究集中体现在专著《赵树理评传》（江苏人民出版社1981年版），论传对赵树理不同时期的创作、社会影响以及他人的评论和争论进行了系统的梳理，在很大程度上弥补了以前赵树理研究的不足。

此外，李文儒从历史时代的要求和个人的条件与努力等方面探究了赵树理的成功原因。他认为，赵树理的成功是时代要求和个人条件相统一相结合的结果，是"主观所构成的条件与客观的历史要求的遇合"。从客观方面来说，时代对文学提出新的要求，即文学事业作为革命事业的一部分，必须正确处理和解决与农村农民的关系；文学本身的发展向作家提出新的要求，即文学要发挥宣传农民、教育农民、歌颂农民的作用；把握革命发展的党的呼唤与领导对文学提出新的要求，即文学要配合群众运动、研究群众思想、符合群众需求。从主观方面来说，赵树理的家庭出身和生长环境，使他懂得农民痛苦、熟悉农村风土人情、通晓农民艺术，个人还具有较好的文学基础，等等。因此"对于赵树理，没有那个时代，那个根据地，没有农民的新生活，没有领导的支持，没有评论家的评荐，就没有赵树理；反过来说，没有赵树理个人的经历，没有他的坚持不懈的努力，他的深厚的文学功底，也就没有赵树理"。[②]张恩和从赵树理坚持为农民写作的创作目的以及注重农民的欣赏习惯、艺术趣味与审美思想等方面，阐释了赵树理小说创作的民族化、大众化特色。他认为："赵树理坚持为农民创作，努力在民族化大众化的道路上迈进，他的精神，他的方向，是完全应该肯定的。从五四文学革命开始的新文学运动，总的说来正是朝着民族化大众化的方向发展的。尽管在二、三十年代，新文学有这样那样的缺点，没有很好接通和人民大众的关系，但是革命的文艺家一直在努力解决这个问题。他们为此进行过多次讨论和各种探

---

① 黄修己：《从比较分析看赵树理作品的生命力》，载《北京大学学报》（哲学社会科学版）1984年第3期，第18—24页。
② 李文儒：《论赵树理的成功》，载《中国现代文学研究丛刊》1984年第1期，第116、119页。

索。赵树理是在他们的基础上,在他们之后,用自己的创作闯出了一条新路,他在民族化大众化方面取得的成绩是不能低估,更不能抹煞的。"①戴光宗在研究赵树理小说的民族特色时指出:在小说结构方面,赵树理继承了评书体小说单线发展的写法,绝少西洋的横断面结构,同时适应时代要求,摈弃传统的章回体形式,接受五四新小说的形式,融会贯通,进行艺术冶炼,使小说的结构艺术形成了鲜明而新颖的民族特色;在小说内容方面,从时代原因(《讲话》后创作具有中国作风、中国气派的作品要求)和个人原因(生活环境、艺术修养等)两个维度,赵树理的小说承担起表现工农兵的斗争生活、创造人民大众喜爱的民族风格作品的历史任务。②同时,通过对《小二黑结婚》《李有才板话》《登记》《锻炼锻炼》等作品的研究,他认为,考察赵树理的全部小说,可以发现其结构上始终遵循着两条原则:照顾群众的欣赏习惯和为"问题"服务。③高捷指出,赵树理小说的艺术美的核心是"老槐树下有能人",即"饱蘸情感对劳动人民由衷地谱写着赞歌",这也是赵树理被誉为"人民作家"的原因;赵树理的创作态度和创作目的都是缘于工作中遇到的问题,都是劝人向善的,这也是问题小说的由来;赵树理的美学思想把人民群众作为审美对象和服务对象,在艺术表现形式上则必然要求群众化、民族化以适应群众的审美习惯,形成了"自己的一套写法";在语言表达上,注重"说话的习惯",形成了来自民间、群众喜闻乐见的语言艺术。④董大中从文本分析入手,结合作品产生的时代背景,从主题表达、人物塑造、艺术形式等方面对《邪不压正》进行了重评,认为小说虽然有明显缺

---

① 张恩和:《论赵树理小说创作的民族化大众化特色》,载《北京师范大学学报》1982年第3期,第43页。
② 戴光宗:《赵树理小说的民族特色两题》,载《中国现代文学研究丛刊》1980年第4期,第243—253页。
③ 戴光宗:《赵树理小说的结构艺术》,载《宁波师专学报》(社会科学版)1983年第1期,第42—47页。
④ 高捷:《赵树理小说的艺术美》,载《中国现代文学研究丛刊》1981年第2期,第174—187页。

点,但仍是一部不该被否定的好作品,其基本倾向值得肯定。①杨志杰、彭韵倩将赵树理的创作分为三个阶段,分析其作品反封建的历史意义和现实价值,指出肃清封建影响仍是文学战线的一项重要任务,赵树理的创作为此提供了丰富的成功经验。②黄建国以小说《小二黑结婚》为例,从塑造人物性格、人物对话等方面探讨了赵树理小说寓庄于谐、含蕴深刻的语言艺术。③80年代初期,关于赵树理的研究还有作家传记的撰写,如韩玉峰等的《赵树理的生平与创作》、黄修己的《赵树理评传》和高捷等的《赵树理传》等。其中,黄修己的《赵树理评传》作为国内研究赵树理的第一本评传,以介绍赵树理的生平和创作经历为经,以分析他的作品为纬,涉及各个时期赵树理创作的影响、社会作用以及人们对他的评价和争论,是其时成就最大、学界瞩目的比较全面系统的研究。④

艾青被视为中国现代诗的代表诗人之一。在对艾青及其作品的重评中,杨匡汉、杨匡满对艾青创作所坚持的"人民性、现实性、战斗性的传统"给予了高度评价,指出诗人"无愧为艺术的斗士",不会轻率地用政治政策来"糊裱诗章",而是通过"激情与沉思",将忠于生活现实和忠于艺术感受结合起来,将"深沉与奔放、雄伟与细腻、抒情与哲理、朴实与绮丽熔铸一体"。⑤谢冕以诗人的气质,回顾了艾青"重新放歌"前的诗歌创作历程,分析了新时期以来艾青的诗歌创作特征,指出20世纪50年代"艾青在或毁或誉的十字街头,茫然不知何往",然后被迫"消失"了二十一年,但"火把没有熄灭",重新出现的艾青

---

① 董大中:《重新认识〈邪不压正〉》,载《中国现代文学研究丛刊》1982年第3期,第138—150页。
② 杨志杰、彭韵倩:《论赵树理创作中的反封建主题》,载《文学评论》1981年第3期,第20—30页。
③ 黄建国:《从〈小二黑结婚〉看赵树理小说的语言艺术》,载《河北大学学报》(哲学社会科学版)1981年第3期,第160—164页。
④ 20世纪80年代初期出版的赵树理研究著作有,韩玉峰、杨宗、赵广建等:《赵树理的生平与创作》,山西人民出版社1981年版;高捷、刘芸灏、段崇轩等:《赵树理传》,山西人民出版社1982年版;黄修己:《赵树理评传》,江苏人民出版社1981年版;等等。
⑤ 杨匡汉、杨匡满:《艾青诗歌艺术风格散论》,载《文学评论》1980年第4期,第44页。

"仍然披着火的颜色,血的颜色,旗帜和青春的颜色"。①骆寒超分析总结了艾青诗歌抒情结构的四条规律:一是为时代抒情,全身心体察着时代的"黑暗、光明和斗争";二是用悲郁的调子抒唱灾难与黑暗时,也对未来和光明保持信念;三是"用欢乐的心情抒唱光明的时代时,也决不忘却光明之外还有着黑暗",应通过战斗"去消灭黑暗";四是"光明始终是他抒情的核心"。②朱栋霖突破以往从时代背景、个人经历和世界观等角度研究作家的程式,从创作主体的审美思想入手,指出艾青以独特的审美情感和心灵去观察、体验和感受生活,通过艺术凝练进行融汇提升,在创作中构建了丰富深刻的情感世界,形成了兼具狂野奔放色彩和忧郁基调的艺术风格。③

有研究者通过对艾青与西方象征主义诗人波德莱尔、凡尔哈仑、叶赛宁等人的对比分析,指出艾青"吸收了象征派理论和技巧中的合理因素",但"对艺术不断追求,不断探索,不断创新","在诗的意象创造中力求真实、明确、生动和贴切";因此,"艾青是一位从本质上有别于象征主义的革命现实主义诗人",奏出了"民族的时代壮歌","是诗坛上的革命现实主义者"。④吴欢章在研究艾青"诗美"时认为,艾青的诗作反映生活的真实,"从他的诗里,我们可以听到生活的众多的音籁,看到生活的绚烂的色彩,嗅到生活的泥土的芳香";他的诗作能够"化静为动""化物为人""化虚为实","在诗歌创作中,总是坚持用描写的个别性和丰满性来显示形象的具体性";艾青诗作的构思方式多种多样,能够"把活的美与善统一地表现出来";"他的诗篇里渗透着、浸润着、奔涌着强烈而深沉的火热诗情";通过语言美"把客观生活的某种特征和自己内心的某种感受统一起来,创造出第三种语言现实——充满美和诗意的形象世界"。艾青"在诗歌创作中,十分注意并且善于创造深邃悠远的意境",其

---

① 谢冕:《他依然年青——谈艾青和他的诗》,载《中国现代文学研究丛刊》1980年第3期,第94页。
② 骆寒超:《论艾青诗的抒情结构》,载《浙江学刊》1981年第2期,第107页。
③ 朱栋霖:《论艾青诗的艺术风格》,载《苏州大学学报》1984年第1期,第38—42页。
④ 陈曦、文楚:《艾青与象征主义》,载《中国现代文学研究丛刊》1983年第3期,第244—263页。

"最主要的特征就在于形象的具体生动性和反映生活的深广性的融汇和统一",这是艾青"研究中国古典诗学的优良传统和借鉴外国现代诗歌的有益经验的结果"。①常文昌认为,艾青的诗歌从内容上可以分为偏重抒情和偏重理智两类,从形式上可以分为自由体和民歌体两类,进而分析了艾青诗歌的思想性和艺术性特征。②此外,海外华人聂华苓也对艾青及其作品进行了研究。③当时出版的有关艾青研究的专著、专辑或传记有高瑛编的《艾青》,杨匡汉、杨匡满的《艾青传论》,海涛、金汉编的《中国当代文学研究资料丛书·艾青专集》,骆寒超的《艾青论》,翟大炳编的《艾青诗歌论及其他》等。④

萧军是延安时期极具个性的作家。在对萧军的重评中,严家炎认为,其时出版的文学史上对萧军的评价和批判是没有根据的,如果亲手翻阅1948年东北的《文化报》和《生活报》,就会明白萧军的遭遇"真是冤枉"。他从史料入手,揭示了萧军被批判的错误,认为萧军《八月的乡村》是具有进步倾向的作品,萧军是文学史上有突出贡献的代表性作家,"应该还历史的本来面目,使萧军三十多年的冤案得到昭雪"⑤。张毓茂探讨了萧军的创作历程和艺术特色,重评了长篇小说《八月的乡村》《过去的年代》等作品。他认为萧军的作品"体现出掌握着真理的文艺家的罕见的勇气和力量",萧军其人"始终保持着对于现实勇猛地突进,充满着磅礴的气势和敏锐的洞察力,特别是身处逆境,执笔为文,不失本色,这就更加弥足珍贵"。⑥铁峰对《文化报》与《生活报》论争的起因、实质

---

① 吴欢章:《论艾青的诗美》,载《复旦学报》(社会科学版)1982年第3期,第47—54页。
② 常文昌:《论艾青的诗歌创作》,见甘肃省文艺评论学会编:《文艺评论选辑》,甘肃人民出版社1983年版,第217—228页。
③ 聂华苓:《漪澜堂畔晤艾青》,见《爱荷华札记——三十年后》,生活·读书·新知三联书店香港分店1981年版,第215—233页。
④ 高瑛编:《艾青》,人民文学出版社1983年版;杨匡汉、杨匡满:《艾青传论》,上海文艺出版社1984年版;海涛、金汉编:《中国当代文学研究资料丛书·艾青专集》,江苏人民出版社1982年版;骆寒超:《艾青论》,浙江人民出版社1982年版;翟大炳编:《艾青诗歌论及其他》,芜湖师范专科学校,1983年。
⑤ 严家炎:《从历史实际出发,还事物本来面目——中国现代文学史研究笔谈之一》,载《中国现代文学研究丛刊》1980年第4期,第34页。
⑥ 张毓茂:《略论萧军的思想和创作》,载《求是学刊》1982年第2期,第12页。

与处理进行了梳理,并依据1948年《文化报》《生活报》的原始材料,剖析、澄清了当时强加给萧军的逐条"错误"。他指出,"对萧军及其《文化报》的批判,是因《生活报》的某些批判者背离党的统战政策,故意挑剔、作难萧军及其《文化报》而演成的一场错误批判",因此应该遵照"实事求是的精神",对此做出"正确的判断","恢复萧军在现代文学史上应有的声誉和评价"。①徐塞将萧军的创作分为三个阶段,通过对《八月的乡村》《五月的矿山》《过去的年代》等作品的分析,指出萧军在题材的选取、场面的开展、情节的处理上给人以粗犷豪放的感觉,在人物的内心剖析、风土景色的描绘上给人留下精工细刻的印象,而鲜明的乡土色彩与富于感情色彩的群众语言的运用给人亲切的感受;这种风格是其在长期的社会实践和创作实践中逐渐形成的。②

  由于区域原因,1983年5月,吉林大学在长春召开萧军创作学术讨论会,萧军在会上做了《我是怎样走上文学道路的》报告,并回答了有关创作方面的问题。会议以萧军的文学创作为重点,围绕如何总结萧军的创作道路、如何认识萧军作品的思想艺术价值及其特色和萧军在中国现代文学史上的地位等问题展开研讨。与会者认为,萧军的作品"具有深厚的思想内容和独特的艺术风格","富于时代特征和生活气息;洋溢着一种顽强不屈的斗争精神和正气。具有鲜明的现实主义特色和粗犷、刚劲、潇洒、豪放的风格";"他的艺术风格也有一个不断发展变化到逐步形成的过程。一般说,从《跋涉》到《八月的乡村》是初期阶段,艺术上尚有某些粗糙松散之感;而到《羊》、《第三代》时期,则逐步呈现着艺术上的成熟和创作风格的最后形成"。③应该说,会议的研究成果代表了20世纪80年代初期学界对萧军研究的基本特征。此外,《求是学刊》1983年第4期发表了

---

① 铁峰:《对萧军及其〈文化报〉批判的再认识》,载《中国现代文学研究丛刊》1984年第4期,第156—157页。
② 徐塞:《萧军创作的艺术风格初探》,载《锦州师范学院学报》(哲学社会科学版)1982年第4期,第66—72页。
③ 凤吾:《萧军创作学术讨论会情况综述》,载《吉林大学社会科学学报》1983年第5期,第94—96页。

一组文章①，对萧军的《跋涉》《第三代》等作品从创作风格、创作价值等方面进行了重评。

综合上述学界对丁玲、艾青、萧军等延安时期作家及其作品的重评，可以看到，20世纪80年代早期的"重评"主要具有以下几个基本特点：一是纠正作家的冤假错案，以严家炎、铁峰重评萧军为代表，两文均提出要使萧军冤案得到昭雪，恢复其声誉；以陈荣毅对丁玲的重评为代表，他认为应该给予丁玲"公正和全面的评述"。这是20世纪70年代末期延安文艺研究的延续，更多地体现着时代的需要，显示着文艺与政治的纠葛。二是重评的重点是对"文革"中受批判的作家及其作品进行重新解读，将之还原到十七年的叙述框架中，基本上没有突破《讲话》的范围，即使有的重评文章已经提出要将《讲话》本身放在文学史发展的框架下讨论。这一点应该是重评的核心所在，也大概是重评的局限所在。三是将作家放在文学史的角度进行评价，以严家炎、袁良骏、李德尧对丁玲及其作品的重评为代表。严家炎认为，"从整个文学发展史上看，《在医院中》自有其不可磨灭的独特贡献"，是"《组织部新来的青年人》这类作品的先驱"；袁良骏指出，"《莎菲女士的日记》应该归入中国现代文学史上当之无愧的第一流作品之列"；李德尧指出，"《太阳照在桑干河上》在中国现代文学史上有着不容忽视的历史地位"。②

如果进一步分析重评所显现出来的特点，结合当时的社会生活环境，不难看出，延安文艺研究在20世纪80年代早期所呈现出来的基本面貌与当时的社会生活环境息息相关。第一，政治上大规模地平反冤假错案。"文革"后平反冤假错案

---

① 这组文章包括李文焕、徐波的《萧军小说的创作风格——从〈跋涉〉到〈第三代〉》，金训敏的《萧军及其创作的价值——鲁迅论萧军给我们的启示》，刘中树的《跋涉者的足迹——论萧军的短篇小说》，李凤吾的《时代的画卷 民魂的探索——试论萧军的长篇小说〈第三代〉》。
② 参见严家炎：《现代文学史上的一桩旧案——重评丁玲小说〈在医院中〉》，载《钟山》1981年第1期，第254页；袁良骏：《褒贬毁誉之间——谈谈〈莎菲女士的日记〉》，载《十月》1980年第1期，第255页；李德尧：《论〈太阳照在桑干河上〉的现实主义成就——兼评支克坚同志〈从新的思想高度研究中国现代文学史〉》，载《荆州师专学报》（社会科学版）1983年第3期，第44页。

的时间非常长,一直延伸至20世纪90年代,直至1991年公安部对王实味的托派身份平反,但以20世纪80年代早期最为集中。因此,对丁玲、萧军等当时还没有平反的作家及其作品进行重评,有服务于作家平反的目的。当时的时代背景是拨乱反正,这个"正"是相对"文革"的"乱"而言的,返回的是《讲话》之后及十七年时期。因此,延安文艺研究也不可能摆脱这样一个大的框架。第二,80年代早期,学术研究进一步规范,更加注重评价研究对象的选题内容、艺术特色、审美特征等,延安文艺研究自然也具备了这样的特点。第三,在文学史的视野下开展作家作品评判。80年代早期,学界就如何研究文学史发表了很多看法。严家炎当时发表了一系列中国现代文学史研究笔谈,《从历史实际出发,还事物本来面目》只是其"笔谈"之一。范宁指出"文学史研究的对象是文学发展中的规律性问题",文学"现象是复杂的","比规律丰富",因此应将"文学史研究对象转移到规律研究方面来"。[1]刘献彪认为,要对中国现代文学史研究进行检讨,要"按照文学史的要求,从史的角度出发",来"说明现代文学的历史"。[2]陈学超提出设想:"将鸦片战争以后八十年的文学史和'五四'以后三十年的文学史结合起来,建立'中国近代百年文学史'。"同时,提出了建设近代百年文学史研究格局的相应理由。[3]因此可以说,正是在文艺界文学史研究的背景下,延安作家及其作品的重评才被纳入文学史研究的视野。

---

[1] 范宁:《论研究中国文学史规律问题》,载《中国社会科学》1980年第2期,第117—130页。
[2] 刘献彪:《中国现代文学史研究的检讨——读有关中国现代文学史著作的札记》,载《学习与探索》1981年第3期,第114页。
[3] 陈学超:《关于建立中国近代百年文学史研究格局的设想》,载《中国现代文学研究丛刊》1983年第3期,第13—15页。

第二节

延安文艺思潮及其理论方法研究的不断探索

20世纪80年代是一个充满激情与理想的时代,各种文艺思潮、文艺论争风起云涌,西方各种主义和方法大量涌入,形成"泥沙俱下、众声喧哗、生气淋漓"①的局面。尤其在80年代中后期,"人道主义思潮""文学主体论""本体论"的兴起,"方法论"的引进、"20世纪中国文学"的提出和"重写文学史"的实践等理论思潮,对当时文艺界的研究产生了重大影响。本书以此为切入角度,来讨论在各种文艺思潮影响下的延安文艺研究概况及理论方法在研究方面的不断探索。也可以认为,20世纪80年代中后期的延安文艺研究的"重写",是在思想解放运动深入推进的背景下,在80年代前期"重评"基础上的进一步深化,同时在理论方法上呈现出更多的借鉴与拓展。

一、"人道主义思潮"下的延安作家作品研究

从20世纪80年代初开始,文化思想界的"人道主义思潮"兴起,人们从科学技术等诸多学科领域对人性的概念内涵、人性与阶级性、马克思主义与人道主义、人道主义与文学等方面进行了深层次的思考。有学者指出:"与'新时期''新启蒙主义'相一致,'新时期文学'的性质也发生了根本的变化。随着'启蒙'合法性取代'阶级斗争'的合法性和'人性'话语取代了'阶级'话语,形成了20世纪80年代波澜壮阔的人性和人道主义潮流。与此同时,'新

---

① 马国川:《写在前面的话》,见《我与八十年代》,生活·读书·新知三联书店2011年版,第5—6页。

时期文学'也经历了一个从'人民文学'向'人的文学'不断退行和'人的文学'逐步取代'人民文学'的过程。"①可以说,"人道主义思潮"的出现,是对"文革"非人道、反人道的文化思想的一种反叛,因此,呼唤人性、人道主义就成为当时合乎逻辑的历史性要求——虽然该思潮在较大范围内引发了商讨与争论。"人道主义思潮"大概发端于朱光潜的两篇文章,可能以钱谷融"文学是人学"的命题最具代表性。1978年,朱光潜在《社会科学战线》上发表文章,重提"人道主义""人性论"②;1979年,又在《关于人生、人道主义、人情美和共同美的问题》一文中,从马克思主义的经典论著出发,论述"人性"和"人道主义"③。朱光潜的阐发得到人们的广泛反应。1980年,钱谷融再度明确提出"文学是人学"的命题④,指出:"文学既以人为对象,既以影响人、教育人为目的,就应该发扬人性、提高人性,就应该以合于人道主义的精神为原则。"⑤这在当时的文化思想界引起了强烈的关注和各种争论。⑥但形势所趋,钱谷融的专著《论"文学是人学"》最终还是在争论之中于1981年由人民文学出版社出版。"这表明'文学是人学'这一命题正式得到了官方的认可,人们终于迎来了一个

---

① 旷新年:《人民文学:未完成的历史建构》,载《文艺理论与批评》2005年第6期,第27—28页。
② 朱光潜:《文艺复兴至十九世纪西方资产阶级文学家艺术家有关人道主义·人性论的言论概述》,载《社会科学战线》1978年第3期,第262—274页。
③ 朱光潜:《关于人生、人道主义、人情美和共同美的问题》,载《文艺研究》1979年第3期,第39—42页。
④ 《新港》1957年第1期发表巴人的《论人情》,讨论人性论;不久,王淑明发表《论人情与人性》,肯定和支持巴人的观点。1957年春,钱谷融在华东师范大学的一次学术会议上提交1957年2月8日完成的《论"文学是人学"》一文,该文于1957年5月5日由《文艺月报》全文刊载,引起巨大反响。1958年春,姚文元发表《评钱谷融先生的"人道主义"论——和钱谷融等辩论》,对之予以批判。
⑤ 钱谷融:《〈论"文学是人学"〉一文的自我批判提纲》,载《文艺研究》1980年第3期,第11页。
⑥ 1983年3月16日,周扬在《人民日报》发表《关于马克思主义几个理论问题的探讨》,引起很大反响。王元化认为,这篇"文章的要害,是对人道主义有明确的肯定,对马克思经典著作中关于'异化'问题表述有充分的正确的阐述,实质上是承认和肯定共同人性"。参见《王元化:我在不断地进行反思》,见马国川:《我与八十年代》,生活·读书·新知三联书店2011年版,第15页。

可以倡言'文学是人学'的新时代。"①之后，随着对戴厚英《人啊，人》的论争，至20世纪80年代中期，经李泽厚、高尔泰、刘再复等哲学家、美学家的理论阐发，以及关于"人道主义"和"异化"问题的大讨论，包括文学创作领域一系列关于"人学"作品的涌现，"人道主义思潮"成为80年代"最为醒目且持续时间最长的一组话语形态"。正如有的学者所言："人道主义话语在批判50—70年代尤其是'文革'的社会主义实践的历史问题中浮现出来，并借助'新时期'的知识生产机制而不断复制并扩大再生产，最终成为一种统摄知识界的新主流意识形态。"②

20世纪80年代中期，刘再复在对"文学是人学"命题进行反思的基础上③，连续发表文章论述文学的主体性。他在《论文学的主体性》中提出："人的主体性包括实践主体性与精神主体性。文艺创作强调主体性，包括两层基本内涵：一是把人放到历史运动中的实践主体的地位上，即把实践的人看作历史运动的轴心，把人看作人。二是要特别注意人的精神主体性，注意人的精神世界的能动性、自主性和创造性。……主体性的实现还要求作家必须肩负社会责任和历史使命，这种历史使命感在文学创作中往往表现为深广的忧患意识，表现为把爱推向整个人间的人道精神。"④这是从创作主体来讲的。对于长期被忽视的接受主体，刘再复在后续的文章中发表了自己的看法，他提出："接受主体性的实现包括两种基本途径：一是通过接受主体的自我实现机制，使欣赏者超越现实关系和现实意识，以获得心灵的解放，从而实现人的自由自觉本质（即人性的复归）；

---

① 李扬：《中国当代文学思潮史》，上海社会科学院出版社2005年版，第109页。
② 贺桂梅：《"新启蒙"知识档案——80年代中国文化研究》，北京大学出版社2010年版，第51、52页。
③ 贺桂梅认为："刘再复的'主体论'不过是人道主义思潮中要求'人的价值'、'把人当作人'等人性论的复述。刘再复的'创新'之处在于，他不仅仅做了一次大胆而无顾忌的偏移，更重要的是，他给予了个体主体性一个重要的命名或发明：'内宇宙'（或'内自然'）。在每个人的社会性（'外面'）存在的'内部'，还存在着另一个'独立的无比丰富的神秘世界'即'自我'，并且正是这个'内面'的'自我'，成为了人的'主体性'的源泉。"参见贺桂梅：《"新启蒙"知识档案——80年代中国文化研究》，北京大学出版社2010年版，第107—108页。
④ 刘再复：《论文学的主体性》，载《文学评论》1985年第6期，第11页。

二是通过接受主体的创造机制,即通过欣赏者的审美心理结构,激发欣赏者审美再创造的能动性。"①此后,讨论文学"本体性"的思潮涌起。至此,文学的本质特征得到批评家的广泛关注,文学开始回归自身。虽然"主体性""本体论"理论提出后在文化思想界引起了较大的论争②,但其理论意义和现实意义都不容否定,对新时期的文学创作和文艺批评具有巨大的启示意义。

与此同时,随着"人道主义""人性论"的提出和争论,人们开始反思新时期以来的批评理念,普遍认为过去的政治化的文学批评过于附从时代的主题,也有着较强的个人主观随意性,因此,寻找和构建规范的文学批评方法成为文艺界的时代呼声。在这样的背景下,世界范围内的科学方法的革命引起了理论界的关注,文学理论界也开始了文学领域内的方法论引进。"许多各有侧重的文学批判方法如俄苏形式主义、新批评、结构主义、符号学、叙述学、读者反应批评、心理分析批评、原型批评等批评方法陆续登陆"③,1985年甚至被称为"方法年"。对于方法论的潮涌,高尔泰认为,文学领域"新观念、新方法、新技巧的推广,本质上是一个思想解放运动",方法论本身只是一种科学方法,而"只有那种浸透着作者激情和灵感的、浸透着作者的历史感、现实感和使命感的方法论和技巧,才有可能是创造性的、活的方法论和技巧"。④而批评方法的引进,极大地促进了文学研究方面研究个性的形成和思维空间的拓展。刘再复在当时就敏锐地体察到文学研究的趋向,并指出这种趋向主要表现在四个方面:"一是从外到内,即从侧重研究文学的外部规律(文学与经济基础以及上层建筑各个部分的关系)转到侧重研究文学的内部规律(文学自身的审美特征等);二是从一到多,即从单向的线性的思维转入多向的立体的思维;三是从微观研究走向宏观研

---

① 刘再复:《论文学的主体性(续)》,载《文学评论》1986年第1期,第3页。
② 贺桂梅对"文学主体性"的论争进行了概括性描述和剖析。她指出:论战双方围绕刘再复的文学主体性理论展开交锋,一方为捍卫马克思主义文艺理论的陈涌、程代熙、敏泽等,一方是支持刘再复理论的何西来、徐俊西、王春元等。这次论争可以视为新时期话语转型的一次事件或一个象征,改变了80年代前期的话语格局。参见贺桂梅:《"新启蒙"知识档案——80年代中国文化研究》,北京大学出版社2010年版,第105—106页。
③ 李扬:《中国当代文学思潮史》,上海社会科学院出版社2005年版,第119页。
④ 高尔泰:《"人应当成为人"》,载《文艺理论研究》1986年第6期,第54页。

究（指微观与宏观的结合）；四是从封闭性研究走向开放性研究。"①其时的延安文艺研究也充分体现着这种研究趋向。

简单来说，反映在延安文艺研究方面，是许多评论家在"人道主义""主体性""本体论"等思潮的影响下，借鉴引介进来的各种方法论来重新研究延安时期的作家作品、文学现象等。这从当时学界对延安作家孙犁、何其芳、丁玲等作家及其作品的研究中不难看出。这也基本是20世纪80年代中后期延安文艺研究的主要特征之一。

孙犁是延安时期具有独特创作特色的后起代表性作家。对于孙犁创作的艺术风格，许多研究者予以关注。冯健男认为，孙犁在生活中发现美、感受美，以"人生崇高的愿望"表现美，从而使其作品在再现一定的时代和环境时呈现出生活美之极致。②郭志刚在《论孙犁作品的艺术风格》中认为，孙犁是五四以来在文坛上建立起自己卓异艺术风格的作家之一。孙犁善于在平凡的生活中展现时代旋律，着力于在作品中呈现美的意境，体现着中国传统文论中的艺术含蓄，现实主义创作中渗透着浓郁的地方色彩，善于通过典型环境的塑造来展现人物的内心世界，在行文表达上多采用"质以传真"的群众语言，从而形成了别具一格的艺术风格。③郭志刚从"题材与人""真情与矫情""璞与玉""激情与信仰"等

---

① 刘再复：《研究个性的追求和思维成果的吸收》，载《中国现代文学研究丛刊》1985年第2期，第7—8页。该文认为，文学研究的四个趋向又具体地表现为以下七个方面：（1）文艺美学的发展使文艺研究从外部向内部掘进（提出情感性重于形象性，揭示文艺创作的情感逻辑规律和创作过程的非自觉性特点，艺术形式美的独立价值等，从而引起艺术审美观念的变化）。（2）比较文学研究蓬勃发展（从影响比较到平行比较，从表象比较到深层比较）。（3）文学研究的心理方法引起重视（从普遍心理学角度发展到变态心理学角度）。（4）西方批评流派和批评方法的引进（如原型批评法、心理分析批评法）。（5）运用系统方法研究文艺现象已作了初步的尝试（如对艺术媒介、艺术魅力作系统分析）。（6）文艺研究与自然科学的互相渗透（如用模糊数学、模糊逻辑的一些观念审视人物形象和其他艺术形象）。（7）文学宏观研究提到议事日程（当代、现代、古代文学领域都开始注意这个问题）。
② 冯健男：《孙犁风格浅识》，载《河北师范大学学报》（哲学社会科学版）1982年第2期，第11—19页。
③ 郭志刚：《论孙犁作品的艺术风格》，载《中国现代文学研究丛刊》1983年第3期，第114—141页。

角度，对孙犁充满"泥土芬芳和汗水气息"的作品进行了剖析和梳理，探寻作者在质朴的情节和语言中表达时代真诚呐喊的现实主义创作特征。[1]郭志刚认为，孙犁充满激情与思想的创作，源于对生活中美好事物的体察和珍惜，善于与读者交心，展现着生活性、艺术性和政治性的统一。[2]金梅以孙犁的短篇小说为例，分析了孙犁关注生活中的美好事物、展现人物高尚情操以及表现革命乐观主义的艺术境界。她指出，孙犁的短篇小说通过创造高昂热烈而又浓重的抒情色调、展现人物崇高思想和优美情操的典型环境、情景交融的艺术境界及"于精妙隽永处见深情"的托物言情，形成了独树一帜的艺术风格。[3]金梅还对孙犁小说中的形色神态和环境描绘予以关注，指出孙犁善于从特定的生活情景中看取和表现人物思想和情感的美，并通过各种艺术手段创造出一种情景交融、互藏互出的艺术境界[4]；孙犁的状景抒情，都与人物的行动、心理和情绪等交织在一起，呈现出鲜明的美学意境[5]。周申明认为，长期以来，孙犁的作品没有得到足够的重视，应该给予其应有的评价，还原其在现代文学史上的地位。他从孙犁的《邢兰》《荷花淀》《山地回忆》《秋千》《风云初记》《碑》等作品的文本分析入手，对作者以"谈笑从容"的笔调展现时代变革的现实主义创作进行了评述。周申明认为，孙犁的人物塑造在彰显其丰富内心世界的同时，呈现出极具个人特色的美感；其创作主题在展现历史风云画卷的同时，更为含蓄慰藉。[6]贺立华认为，孙犁以心灵和感情的真实，借鉴中国传统小说的情感意蕴，以纵的继承、横的借鉴

---

[1] 郭志刚：《论孙犁现实主义创作的特征》，载《社会科学战线》1983年第1期，第290—297页。
[2] 郭志刚：《充满激情和思想的现实主义——孙犁创作散论》，载《北京师范大学学报》1983年第2期，第59—67页。
[3] 金梅：《试论孙犁的美学理想和短篇小说》，载《文学评论》1982年第3期，第16—28页。
[4] 金梅：《形色神态与环境描绘——孙犁小说艺术探索》，载《当代文坛》1984年第12期，第15—17页。
[5] 金梅：《孙犁小说状景抒情的独特性》，载《天津社会科学》1985年第4期，第64—68页。
[6] 周申明：《孙犁小说的现实主义力量》，载《中国现代文学研究丛刊》1981年第4期，第173—189页。

达成艺术的融合，形成了自己小说创作散文化、诗化的独特风格。[①]可以看出，对孙犁的研究主要集中在以下几个方面：一是孙犁作品中对人性美的展现，二是孙犁小说独特的艺术风格，三是孙犁创作的现实主义特征。这三个方面为研究者所关注，其实反映了20世纪80年代"人道主义""主体论"等思潮、理论方法与文学界开展研究之间的相互影响关系。这些研究特征也体现在当时对何其芳创作的研究方面。

何其芳是著名的文艺理论家、诗人、作家。1938年8月，他辗转奔赴延安，在鲁迅艺术学院任教，1942年参加延安文艺座谈会。1937年5月，他的散文集《画梦录》因"独立的艺术制作"和"超达深渊的情趣"获《大公报》文艺奖。何其芳早期的诗歌，华丽哀婉，引人神伤，充满个性的光芒。到延安后他"洗心革面"，创作了《我们的生活是多么广阔》《我为少男少女们歌唱》等充满时代革命强音的作品。《预言》是何其芳1931年秋创作的一首诗。全诗共分六节，以"年轻的神"为线索，"抒写了诗人对已经过往的爱情的眷念与回想。诗中悄然而来又悄然而去的年轻的神，是爱神的象征，是诗人由渴望到怅惘的爱情的一段心灵历程的记录"。从审美的角度，孙玉石指出，该诗是"梦中升起的小花"，诗人"用和谐和富于音乐性的语言抒情，使这朵小花具有鲜明的音乐美感的特质"。"就这首诗形象的象征性来看，又更接近于法国象征派诗人的作品的特征"；诗人的"人格和思绪"在其中"闪烁和升腾"。[②]叶橹认为，"《预言》这种诗，人们的确无法用三言两语把它的主题说得很清楚、明确，但是人们又无法否认它是一首真正属于'诗'的诗"，表达了"一颗年青的心灵对于周围世界所感受到的种种情绪：是孤寂中的期待？还是对于友谊温暖的祈求？是寻求一种相互支持的力量？还是对失去的爱情的怅惘？似乎都是，又不尽然"。而这可能恰巧是何其芳作为一个诗人的独特的艺术品质，很容易让人承认他的诗心与

---

① 贺立华：《孙犁小说的情感素质简论》，载《河北师范大学学报》（社会科学版）1987年第1期，第33—38页。
② 孙玉石：《梦中升起的小花——何其芳〈预言〉浅析》，载《名作欣赏》1985年第2期，第12—14页。

才情。此外,叶橹通过对何其芳《秋天》《慨叹》《墙》等诗作的分析,认为这些作品都体现着诗人的自我。1940年何其芳到延安后,他诗中自我的"内涵极大地丰富起来","在题为《夜歌》的不同篇章里,诗人从不同的角度叙述了自己的经历,自己的感受"。研究指出,诗人在抒情诗中表现的自我,更接近诗人自身的灵魂,因此没有必要对诗人表现自我而"惴惴不安"。①很显然,叶橹的研究非常强调创作者自身的主体性特征,其关注的是在时代的大变动中,诗人一直守护自我的努力。与单独剖析《预言》中诗人的坚守自我不同,有的研究者将该诗放在何其芳表现自我的发展历程中去考量。如有的研究者以诗集《预言》以及《夜歌》和《何其芳诗稿》为研究对象,指出何其芳在诗歌的艺术形式上走了一个"之"字形,即格律—散文化—格律,是一条否定之否定的道路,探索这条道路形成的原因具有时代意义。②从文本不难看出,这条否定之否定的道路,也是自我到他我再到自我的过程。有的研究者认为,《预言》"有些情调甚至与那个历史年代奔腾呼啸的潮流相悖",但它表现了自我的感伤,"映照出时代、社会和环境折光的小资产阶级知识分子的失恋形象";表现了"成人的孤独和寂寞","徘徊于现实的土地之上";表现了"诗人人生观和艺术观自发的觉醒和朦胧的转变","留下了诗人这一时期穿过迷幻枯寂的莽原徘徊前行而又自发地寻求光明的履痕"。到延安后,随着人生观和艺术观的改变,何其芳的诗风发生了改变,其《夜歌》表现了诗人内心世界的转变过程,开始"为时代为人民唱出激动人心的乐曲",展示出"愤世嫉俗,忧国忧民的青年诗人的形象"和"'共产主义诗人'和'青年宣传家'的形象"。从《预言》到《夜歌》,展现了何其芳"从'画梦'到搏击的思想演变的漫长历程",也展现了诗人从抒情歌者到革命战士转变的完成。③从这个意义上来说,研究者虽然用心理分析法来说明诗人在诗歌中展现自我,但撰文的目的却不是表达创

---

① 叶橹:《从何其芳的诗看"自我"》,载《扬州师院学报》(社会科学版)1983年第3期,第23—28页。
② 邢铁华:《何其芳及其诗浅论》,载《社会科学研究》1982年第5期,第55—62页。
③ 周棉:《从"画梦"的孤旅到搏击的战士——从〈预言〉和〈夜歌〉看何其芳诗歌的表现自我》,载《徐州师范学院学报》(哲学社会科学版)1982年第2期,第41—47页。

作者应该具有主体意识，而是服务于将诗人回归至十七年框架中的重评需要。所以，这篇20世纪80年代早期的论作既显现着拨乱反正的主题，又体现着借鉴新的方法论去分析文本的复杂特色，从而具有80年代延安文艺研究的复合性整体特征。

在20世纪80年代初期对丁玲及其作品重评的基础上，80年代中后期的丁玲研究呈现出深受其时文化思想思潮和文艺研究方法影响的特点。林伟民认为，丁玲注意"用与人相通的感情去体验人，描写人，从而能'钻到人的心里面去'体验人物的心灵和分析人物的感情，写出人物心理状态和内心奥秘"，能够"把一部分灵魂赋予所创造的人物，同时她本人也变成她创作想象中的形象"。丁玲塑造人物具有两个显著特点："第一，有丰富的感情，而这种感情都是出于对生活的真诚表露。第二，都是普普通通的活生生的人，而这种人物是扎根于现实生活的土壤中，有深厚的基础。"作家的感情倾向本身是通过作品中的人物形象展现出来的，丁玲的创作尤其注重"写人的思想感情，写人与人之间的感情关系"，擅长"描绘人物心理和思想感情活动，并且围绕着人物的变化、人与人之间关系的变化，发现和开拓一个美好的心灵，揭示出人物思想感情演变和发展的过程"，这从丁玲塑造的陆萍、程仁、杜晚香等人物形象中都可以感受得到。[1]陈惠芬认为，丁玲在延安创作的短篇小说《夜》是"一颗失落的明珠"；这篇小说"不但擅长精细的心理分析，而且善于捕捉人物倏忽闪现、稍纵即逝、甚至是朦胧潜伏着的意念感受，从而钩沉出人物心灵的奥秘，并在灵与肉的冲突中展现人物的精神世界和道德情操"。陈惠芬通过对男主人公何华明"想爱又不敢爱"的矛盾心理的细读，指出"《夜》所描写的正是这样一颗为矛盾所困挠的苦恼而又淳朴的灵魂，一片朦胧而又明朗，理想而又现实的意识世界"；体现着心灵细致"蕴藉的艺术风格"，又何尝不是含蓄地指出《夜》实际上刻画了特殊时期对人性的压抑？[2]可以看出，上述研究无疑体现了心理分析批评等西方文艺理论及其方法在

---

[1] 林伟民：《丁玲创作活动中的"自我"》，载《齐鲁学刊》1983年第3期，第86—90页。
[2] 陈惠芬：《一颗失落的明珠——丁玲短篇小说〈夜〉赏析》，载《名作欣赏》1983年第1期，第9—11页。

文学研究中的借用。

从"人道主义""人性论""主体性""本体论"等命题提出后受到的争议可以看出，20世纪80年代中期的文学研究非常纠结，一方面是坚持对"坚持和发展"的局部的拨乱反正和向十七年的回归，另一方面是在文化思想领域的不断突破，坚持对文学自身本质的发掘。比照本时期的延安文艺研究，反观刘再复提出的"四个趋向"及其"七个具体表现"，不难发现它们之间存在着高度的契合。也就是说，我们从80年代中期的延安文艺研究中，可以更多地看到研究思维的拓展、研究向纵深拓进的基本迹象，以及各种文艺思潮及其理论方法在研究中的借鉴和应用。

二、"重写文学史"思潮背景下的延安作家作品研究

20世纪80年代"民间半民间的启蒙运动"与"体制内的思想解放运动相呼应，为中国的改革开放奠定了思想基础"。[①]有学者指出："在20世纪，中国知识分子在文学领域中实现了两次历史性的突破，一次是在'五四'，一次是'新时期'。""'五四'时期陈独秀的《敬告青年》一文是'二十世纪中国知识分子的第一个独立宣言'，而'五四'时代则是'知识分子的主体意识第一次伟大的觉醒'。解放后，在文学中工农的地位取代了知识分子的主体地位，'知识分子的启蒙主体性地位已经完全失落'。……'新时期'在确立了'现代化'和'人的文学'的目标之后，知识分子通过启蒙主义话语重建了自己中心的地位。"[②]因此有学者说："八十年代是有钙质的时代，是有勇气提出新思想的时代。"[③]

---

① 《金观涛：八十年代的一个宏大思想运动》，见马国川：《我与八十年代》，生活·读书·新知三联书店2011年版，第173页。
② 转引自旷新年：《人民文学：未完成的历史建构》，载《文艺理论与批评》2005年第6期，第28页。
③ 《刘再复：那是富有活力的年代》，见马国川：《我与八十年代》，生活·读书·新知三联书店2011年版，第136页。

伴随着80年代"文化热"①的出现,对于文学界来说,产生了两个影响深远的命题:"20世纪中国文学"和"重写文学史"②。但两者实际上可以视作一个命题,前者是对后者理论层面的提出,后者是对前者实践层面的构建。追溯来看,"重写文学史"上承80年代初严家炎提出的"从历史实际出发"重评作家作品的呼吁,紧联"20世纪中国文学"命题用"现代化叙事"取代"阶级斗争叙事"的核心精神,影响波及文学史观、评价标准、研究方法、经典作家作品定位等多个方面。

1985年,黄子平、陈平原、钱理群提出"20世纪中国文学"的文学史观。他们指出:"20世纪中国文学"的提出"不单是为了把目前存在着的'近代文学'、'现代文学'和'当代文学'这样的研究格局加以打通,也不只是研究领域的扩大,而是要把二十世纪中国文学作为一个不可分割的有机整体来把握";"这一概念涉及的文学史研究的方法论问题";"一个重要的方法论特征就是强烈的'整体意识'",而"整体意识""意味着打破'文学理论、文学史、文学批评'三个部类的割裂",渗透了"历史感"(深度)、"现实感"(介入)和"未来感"(预测),同时"蕴含了通往二十一世纪文学的一种信念、一种眼光

---

① 马国川认为:"八十年代中期,政治氛围相对宽松,到处洋溢着启蒙和人本主义的活跃气息。"其时,"以金观涛为主编的《走向未来》丛书编委会,以甘阳、王焱、苏国勋、赵越胜、周国平等为主力的《文化:中国与世界》丛书编委会,以汤一介、乐黛云、庞朴等为主力的'中国文化书院'编委会,……这三大文化机构的成立,可以说是'文化热'"。参见《李泽厚:我和八十年代》,见马国川:《我与八十年代》,生活·读书·新知三联书店2011年版,第59页。
② "重写文学史"的口号提出后,引起热烈讨论和争议。王瑶和唐弢赞同"重写文学史",希望"重写文学史"能做到"百花齐放、百家争鸣",而不是定于一尊。徐中玉认为,提出"重写文学史"是对历史负责,为恢复历史本来面目,而不是一时的标新立异、哗众取宠。但也有人提出异议,比如艾斐认为文学史没有必要重写,只需要修改、补充和提高,汪曾祺认为"重写文学史"的时机还没有成熟。参见王瑶的《文学史著作应该后来居上》(载《上海文论》1989年第1期)、唐弢的《关于重写文学史》(载《求是》1990年第4期)、徐中玉的《对历史负责》(载《文艺报》1989年5月27日)、艾斐的《求异思维与求实精神——关于"重写文学史"的质疑与随想》(载《理论与创作》1989年第5期)、汪曾祺的《重写文学史还不到时候》(载《文论报》1989年3月25日)。本注释参见王兆鹏、孙凯云:《回眸"重写文学史"讨论》,载《暨南学报》(哲学社会科学版)2005年第2期。

和一种胸怀"。①应该说，命题的提出与韦勒克、沃伦的《文学理论》和夏志清《中国现代小说史》在国内的引介不无关系。《文学理论》在当时被视为文学理论的《圣经》，其提出的有关"内部研究"和"外部研究"的理论对文艺评论界产生了重大的影响，促发了"文学回到自身"和"把文学史还给文学"的潮流。夏志清认为，反映中国革命的很多小说，"情节与人物都依照着一定的模型，宣传色彩较浓。共产主义艺术必须是乐观的，必须颂扬党过去及现在的光荣，以及向往一个更好的将来"②。出于对"文革"的反拨，黄子平等也认为，"20世纪中国文学""首先意味着文学史从社会政治史的简单比附中独立出来，意味着把文学自身发生发展的阶段完整性作为研究的主要对象"③。在这一点上，它们的内核是一致的，即将文学从政治的附从地位中解放出来（但这实际上反映的还是文学与政治的二元对立）。这样的思维反映在批评界，就是"划一的、依靠某种政治权威来制订强制性的批评尺度，使它具有新闻检查官的职能，而无视文学之为文学，文学批评之为文学的选择的做法，是极不可取的"④。其实，如果再换个说法，就是唐弢1982年所言的"文学应当首先是文学，文学史应当首先是文学史"⑤。如此观照80年代的"重写文学史"命题，可以看出，它是"20世纪中国文学"命题进入学术研究实践层面的体现。

一般认为，"重写文学史"命题提出的显性标志是1988年7月《上海文论》

---

① 黄子平、陈平原、钱理群：《论"二十世纪中国文学"》，载《文学评论》1985年第5期，第3—13页。
② 夏志清：《中国现代小说史》，刘绍铭、李欧梵、林耀福等译，复旦大学出版社2005年版，第302页。
③ 黄子平、陈平原、钱理群：《论"二十世纪中国文学"》，载《文学评论》1985年第5期，第3页。
④ 郭小东：《批评的尺度》，见郭小东等：《我的批评观》，漓江出版社1987年版，第35—36页。
⑤ 唐弢：《中国现代文学研究近况》，见《唐弢文集》（第9卷），社会科学文献出版社1995年版，第350页。

第4期上陈思和、王晓明主持的《重写文学史》专栏的诞生。①但王晓明认为，1985年在北京万寿寺召开的中国现代文学研究创新座谈会以及会上"20世纪中国文学"的提出，就"郑重地拉开了'重写文学史'的序幕"。②有的学者认为，"重写文学史"的"起点"甚至可以"追溯到1978年前后对于《部队文艺工作座谈纪要》以及'文化大革命''左'倾文艺路线的否定"③。可见，这两个命题之间的内在联系与不可分割。陈思和认为，"重写文学史"是对"中国新文学的重要作家、作品和文学思潮、现象"等进行"重新研究、评估"。专栏开设，其缘由是"从新文学史研究来看，它决非仅仅是单纯编年式'史'的材料罗列，也包含了审美层次上对文学作品的阐发评判，渗入了批评家的主体性"；其目的"在于探讨文学史研究多元化的可能性"，"冲击那些似乎已成定论的文学史结论"；其基本途径"一是以切实的材料补充或者纠正前人的疏漏和错误，二是从新的理论视角提出对新文学历史的个人创见"。④可以看出，"重写文学史"与"审美""批评""主体性"等20世纪80年代的关键词之间存在着密切的联系。所以，文学（史）研究领域的重写不仅在时间跨度上可以远溯至70年代晚期，而且在思潮的融合上也与80年代的各种思潮、方法论之间存在着密切的关系，在"当时是出于拨乱反正的政治需要"⑤，自然也属于文艺界思想解放运动的组成

---

① 《上海文论》创刊于1987年1月，1992年第6期刊出后停刊。1988年第4期，该刊开始以"重写"之名对当代文学史上的重大事件进行新的探讨，发表了一系列重新评价中国现当代文学史上重要作家作品的文章。关于《重写文学史》专栏的意义，王兆鹏等认为："在重写文学史的初始阶段，'重写文学史'专栏促进了文学观念的更新，对于'重写文学史'讨论在以后更深更广地展开起到先导性的作用。"参见王兆鹏、孙凯云：《回眸"重写文学史"讨论》，载《暨南学报》（哲学社会科学版）2005年第2期，第70页。目前，研究者大多将目光聚焦在《上海文论》的《重写文学史》专栏上，主要关注"重写文学史"的文学史意义。
② 王晓明：《主持人的话》，载《上海文论》1988年第6期，第4页。
③ 旷新年：《"重写文学史"的终结与中国现代文学研究转型》，载《南方文坛》2003年第1期，第3页。
④ 陈思和：《主持人的话》，载《上海文论》1988年第4期，第4页。
⑤ 陈思和：《关于"重写文学史"》，载《文学评论家》1989年第2期，第8页。陈思和指出，"在当时是出于拨乱反正的政治需要，实际上却标志了一场重要的学术革命"；提出"重写文学史"就是对现代文学史"作一次审美意义上的'拨乱反正'，这对于前一次在政治意义上的拨乱反正，应是一个新的层次上的反复"。

部分。在学界看来,"从中国现代文学研究的历史上来看,凡是社会思想和文学思想发生重大变化的时候,便会产生一种'重写文学史'的冲动式要求"①。"'重写文学史'是20世纪80年代最重要的文化思潮之一,在80年代的语境中,它不仅建构起了全新的中国现当代文学史的学科话语,确立了影响深远的现代化文学叙事观念,同时也是80年代众多的应对'文革'后严重的文化危机的社会话语之一种,与同时期的政治话语、美学话语、哲学话语等人文社科话语一起,构成重建文化主体和意识形态正当性的力量之一"②。"'重写文学史'在后来被视为是一个'反对政治'的'文学性'实践;然而,实际上却明显地甚至直接地受到政治的规划,无疑具有政治实践的意义"。因此,"在今天,我们应该批判性地重新检讨充满了意识形态的'预设性'或'后设性'的'重写文学史'运动","让中国现代文学重新回到中国现代文学发生发展的具体历史场景,最大限度地历史化文学"。③

因此,将"20世纪中国文学"和"重写文学史"视为一个相互呼应的思潮的整体,似乎也未必不可,只是前者强调文学史的整体意识,后者注重批评和构建的实践操作。比如李扬认为,"20世纪中国文学"和"重写文学史"两个命题提出的基础背景是一样的,即"随着思想解放运动的开展","文学先是从从属于政治的尴尬境遇中解脱出来;随后主体性理论、方法论的更新又为人们提供了重新评价过去历史的理论武器,清理旧有文学史框架中不合理因素"。④在"20世纪中国文学"思潮引起强烈关注、"重写文学史"思潮积极推动的背景下,对现当代作家、作品以及文学思潮、现象进行重新解读的热潮出现了。当然,重写不仅局限于80年代后期,也可以远溯到70年代晚期。

这一阶段的延安文艺研究也呈现出这样的特征,即对作家作品从新的视角提

---

① 王富仁:《关于"重写文学史"的几点感想》,载《上海文论》1989年第6期,第33页。
② 王晓明、杨庆祥:《历史视野中的"重写文学史"》,载《南方文坛》2009年第3期,第79页。
③ 旷新年:《"重写文学史"的终结与中国现代文学研究转型》,载《南方文坛》2003年第1期,第4、6页。
④ 李扬:《中国当代文学思潮史》,上海社会科学院出版社2005年版,第120—121页。

出富有个人创见的重写。批评界对丁玲、赵树理、何其芳等延安时期的代表性作家作品的解读极具代表性。刘增杰提出，应对解放区文学的论争进行再认识。他通过对1942年解放区对《丽萍的烦恼》和《腊月二十一》以及何其芳的《叹息三章》论争[①]的反思，提出应该重新认识这场论争，不在于当时对作品"得失的具体评论，而在于在论争过程中对作品所进行的严厉的政治评判"；一些论者不考虑作品"健康的基调和作家创新的勇气，离开了作品本身，对作家进行了严苛的要求和讨伐"，在论争结束后，"用政治运动方式对作者思想的批判还在进行"，甚至连刊发《丽萍的烦恼》的《西北文艺》也被迫停刊；这种以立场为基准的论争和评判将艺术问题归结为政治问题，以政治评判作为作品讨论的做法值得反思。他指出，"一些文学论争在解放区文学发展进程中产生过较大的影响，解放后却回避了对它们的正面评价"。[②]郑波光对赵树理的"艺术迁就"进行了审视，认为"从战争年代对文学接受的要求看"，赵树理的创作具有最佳的"审美效果"，但赵树理满足于"老百姓喜欢看，政治上起作用"的创作，"过分迁就农民的审美习惯和审美要求，以至对一些带有普遍意义的艺术规律和外国作家的有益经验，也以农民的好恶而拒绝采用"；其艺术迁就主要体现在对"文学接受高层次"的拒绝，由于"生活在一个更强调急功近利的时代"，赵树理"成了

[①] 狄耕（张棣赓）的短篇小说《腊月二十一》发表于《解放日报》1942年8月4日。整风中鲁艺师生对《腊月二十一》进行了讨论。一些人认为《腊月二十一》是当前文艺创作中歪风之一例。狄耕对此有不同意见。但周扬在发表于《解放日报》1942年11月8日的文章《〈腊月二十一〉的立场问题》中认为，作者"没有站在人民的，民族的立场上，至少在这篇小说中所表现出来的是如此"。女作家莫耶的短篇小说《丽萍的烦恼》发表于1942年3月15日出版的《西北文艺》第2卷第1期。当时的批评者除了指出人物塑造方面的一些具体缺点外，还特别指出抗战中的英雄和英雄的事迹应该比《丽萍的烦恼》更值得歌颂，向作者提出了以主要精力塑造英雄人物的要求。1942年2月17日，何其芳在《解放日报》发表诗歌《叹息三章》，4月3日，在《解放日报》发表《我想谈说种种纯洁的事情》《什么东能够永存》《多少次呵我离开了我日常的生活》三诗。这六首抒情诗反映了到达延安的知识分子前进中的思想矛盾、追求革命的赤诚以及在向旧的生活告别时的某些眷恋。但诗歌很快就受到吴时韵、金灿然、贾芝等人的批评，要求作者停止这种"无益的歌声"。
[②] 刘增杰：《解放区文学论争的再认识》，载《河南大学学报》（哲学社会科学版）1988年第2期，第14、16页。

毛泽东文艺思想的具体范本，作为一种'方向'被提倡"，但其创作的路子无疑是更狭窄了。研究认为："被动地适应，消极地迁就，严重限制了赵树理的艺术视野，限制赵树理艺术才能更大的发挥。"这种结果的出现有着"深刻的历史原因"，"不能不令人遗憾"。①

《上海文论》所开设的《重写文学史》专栏中的文章无疑更具有重写的特征。戴光中提出应对"赵树理方向"进行再认识。该文首先指出，把"方向"用于文学界，要求大家"看齐"，本身就"违背艺术创作的规律"。该文对赵树理创作坚持的内容上的"问题小说论"和艺术上的"民间文学正统论"进行了剖析，指出"问题小说论""在政治需要重于艺术需要的战争年代"，是"切合时宜"的，也能满足"人民群众的精神要求"，但进入和平建设年代，如果"还是一味地坚持向它'迈进'，自然就会妨碍甚至扭曲当代文学的正常发展"，其症结在于"就事论事，只重眼前暂时的社会功利，企求立竿见影的宣传效果"；"民间文学正统论"是赵树理"内心强烈的农民意识和艺术上的民族保守性"的反映，"建立在一种常识性错误观念之上"。由此基础上生发的"方向"导致创作"逆流"，"背离""世界文学的发展潮流"，走向"封闭性的死胡同"。由此认为，"民间文学正统论"与抗战期间向林冰提出的"中心源泉说"异曲同工，是当时宣扬民间文学"人民性、进步性"的体现和呼应。事实上，许多作家"是在自觉或不自觉地，衷心或违心地按照这种精神进行思考和行动"，但这正是问题的"弊端"。②

王雪瑛对丁玲的小说创作进行了扫视性的整体评价。她认为，丁玲在以《梦珂》《莎菲女士的日记》为代表的早期作品中，敢于自我审视，以个人生命体验为基础的"心理上自我保护的路径"塑造了文学上生动的女性形象。但随后的《韦护》《一九三〇年春的上海》等作品则存在"明显的缺陷"，"革命似乎始终是以一种答案和结果的形式影响和决定人物的心态和行动"，但对革命的"向

---

① 郑波光：《赵树理艺术迁就的悲剧》，载《文学评论》1988年第5期，第118、169页。
② 戴光中：《关于"赵树理方向"的再认识》，载《上海文论》1988年第4期，第13—17、62页。

往"和"真诚","不能代替对革命的认识和思索",因此,丁玲涉足自己不熟悉的题材,"失去了自我体验的支持",也就难免失败了。但丁玲"沿着失败的路子往前走",其《水》《田家冲》在"概念化""公式化"方面的缺陷,更为突出。研究以"创作主体性"的角度论述了丁玲对自己不熟悉题材的驾驭是失败的,认为丁玲"不惜背离自己的创作个性",是"为了适应生存环境的变化"。研究指出,"一踏上解放区的土地,丁玲就被两个自我搅扰住了,一个是热情、利落、面向新生活的'我',另一个却是敏感、孤独、压抑,困于冰山之下的'我'",但此时的丁玲"只能把自己的情绪和情感暗暗地植入政治性的主题,曲折地抒发自己的情怀"。所以,丁玲到陕北创作的第一篇小说《一颗未出膛的枪弹》,"无论是环境,还是人物,简直是用童话的笔法写成的"。而稍后创作的《我在霞村的时候》和《在医院中》,反映了丁玲两个自我的交战,是其抒情习惯还没有被理智完全压倒的体现。但在一切被"战争需求限制住的解放区",《三八节有感》《在医院中》等作品的宿命只能是在整风中"受到严厉的批判"。于是,丁玲再次将自我逐出了创作世界。在《太阳照在桑干河上》中,人物的塑造都是从"阶级属性出发","人物的言行举止"都充分表现出"阶级性",而"缺乏个性";"全书中没有哪一个人物,哪一个场景,哪一个细节,哪一段情节,不是围绕着这个政治性的主题展开的";其中看不到丁玲的独特感受,只有政治性主题。如果丁玲"能够以自己的真实情感为出发点,勇于释放自我",完全可以创作出与此不同的小说。王雪瑛总结到,丁玲从创作独具特色的作品开始到创作概念化的作品终结的创作道路,让人"惋惜和悲哀"。丁玲迫于外界的强大压力,在创作上由"自我抒谴转变为自我封闭,由倾听自己的心声转变为图解现成的公式",因此要研究丁玲创作道路的变异过程,就要探寻其艺术个性背离的深层原因。[①]

郭小川是当代杰出诗人,他以乐观主义精神和昂扬的旋律,对时代的许多重大问题做出了诗人的回答,留下了时代的足迹。1989年,《上海文论》发表了两

---

① 王雪瑛:《论丁玲的小说创作》,载《上海文论》1988年第5期,第21—29页。

篇关于重新评价郭小川、何其芳的文章。周志宏、周德芳的《"战士诗人"的创作悲剧——郭小川诗歌新论》重新审视了郭小川的诗歌思想及艺术价值,认为郭小川本身是一个才华横溢的诗人,但在面对"政治需要与现实主义的独立品格之间"的矛盾时,诗人选择了"服从前者而牺牲后者",从而成为一个"精良的战士",丢失了诗人的宝贵品格,在创作上表现为"观念斫伤了诗情",构成了"郭小川的悲剧"。[①]王彬彬将"何其芳道路"作为一种文学现象来考察,通过对何其芳早期作品《预言》《画梦录》以及《夜歌》和后期散文创作的分析,认为何其芳从具有唯美倾向的诗人向"优秀文化战士"的转变过程中,艺术上未能随着思想的进步而同步前进,"艺术个性有着某种程度的失落"。何其芳的创作道路分为两个阶段,虽然王彬彬不想在此采取"褒贬的态度",但却指出:"任何一个有起码艺术感觉和艺术良知的人,都承认何其芳文学观念和人生态度转变后,就没有多少真正有艺术价值的创作了。"何其芳创作道路的异变源于其非"玩具"即"工具"的文学观念,"否定了文艺的玩具作用后便不遗余力地鼓吹文艺的工具作用"。[②]

不难发现,这些对赵树理、丁玲、郭小川、何其芳及其作品的研究意在通过重新评价,将文学从政治的从属地位中解放出来,从而构建新的文学史,以达到重写的目的。在有的学者看来:"延安时期的文学通常被不言而喻地看做是纯粹的政治运作的产物,研究这个时期的文学多少被视为某种政治表态,于是不大有人对其更复杂的内容作学术性的分析。当政治环境许可时,人们首先想到去做的往往是揭示其中的政治话语运作方式,以求对主宰了中国内地文化界几十年的话语专制系统表示一种拒绝和批判。这种拒绝和批判无疑有相当深刻的意义,它不仅提供了政治立场,而且提供了历史的立场。但这种批评却有自身的局限性,比

---

① 周志宏、周德芳:《"战士诗人"的创作悲剧——郭小川诗歌新论》,载《上海文论》1989年第4期,第25—29页。本文的作者,目录中为"周志宏、周德芳",正文中为"周志宏、周德芬",第30页"主持人的话"中又为"周志宏、周德芳",故应为"周志宏、周德芳"。
② 王彬彬:《良知的限度——作为一种文化现象的何其芳文学道路批判》,载《上海文论》1989年第4期,第15—24页。

如，它容易流于一种简单的贬斥。"①如果观察上述研究的重写路径，其中闪烁着夏志清小说史中评述解放区文学作品的评判逻辑，即文学与政治二元对立的思维。这也可以理解为"重写文学史"思潮直接影响下的延安文艺研究的主要特征，但不难发现，强调"文艺为政治服务"与以文学与政治二元对立思维开展研究，在内质上具有否定之否定的统一性，均无法达到让文学脱离政治的目标。

---

① 孟悦：《〈白毛女〉演变的启示——兼论延安文艺的历史多质性》，见唐小兵编：《再解读：大众文艺与意识形态》（增订版），北京大学出版社2007年版，第48页。

第三节

专业研究团体及专题研究领域的形成与学术实践

20世纪80年代的延安文艺研究可以从前期的"重评"和中后期的"重写"中凝练出基本特征和主要特色，但研究的推进和拓展，其丰富性和多样性又远比重评、重写复杂得多。这主要体现在专业研究团体及专题研究领域的形成与学术实践方面。

概括来说，20世纪80年代延安文艺研究丰富的学术实践主要包括以下几个方面：一是中国解放区文学研究会的成立。1985年9月26日，由天津、河北、陕西社会科学院文学研究所等科研单位共同发起，中国解放区文学研究会成立。研究会"以弘扬解放区精神为主旨，以研究解放区文学为己任"，通过举办学术研讨会、开展解放区文学研究优秀成果奖评选活动等形式，不断推进解放区文学研究。在此前后，天津、江苏、安徽、河北、广东、陕西等地，陆续成立了本地区的研究会或者有关组织。关于延安文艺研究的学术组织，目前存有1986年成立的中国延安文艺学会，总部设在延安，现任会长为王巨才。二是在不同层次的研究会、学会等组织的推动下，在学者的努力下，延安文艺史料的收集、整理和出版工作取得了很大的成效，如湖南文艺出版社、湖南人民出版社组织出版的"延安文艺丛书"、刘增杰主持编选的《抗日战争时期延安及各抗日民主根据地文学运动资料》以及艾克恩编纂的《延安文艺运动纪盛》等。三是解放区文学专门研究刊物的涌现，比如中国解放区文学研究会主办的《中国解放区文学研究》《中国解放区文学年鉴》，四川省社会科学院文学研究所和重庆地区中国抗战文艺研究会联合组编的《抗战文艺研究》（1981年创刊），陕西省社会科学院文学研所、陕西省延安文艺学会主办的《延安文艺研究》（1984年创刊）等。四是围绕某一作家或文学组织展开专题研究，出现了一批对解放区作家某个阶段、某种文体或某种文学风格进行总结的述评性研究成果[①]，不胜枚举，此处不做讨论。五是解放区文学专史等著作的涌现，如艾克恩编纂的《延安文艺运动纪盛》、刘增杰主编的《中国解放区文学史》、任孚先等的《山东解放区文学概观》、王剑清与冯健男的《晋察冀文艺史》等的出版。六是解放区文学综合性研究的涌现，如现当代文学史论著中对解放区文学的专章讨论，研究界对解放区小说、诗歌、散文、报告文学、戏剧、秧歌剧等不同文体进行综合性述评，等等。目前，关于延安文艺研究学会、延安文艺研究期刊的研究等，还存在较大的学术空白，具有极大的提升空间。

本节主要讨论的综合性研究，仅聚焦当时出版的延安文艺研究专史以及延安文艺不同文体的专题性综合研究，即上述第五、第六方面，对于偏重搜集、整理和出版的史料性论著则放到本书第六章进行讨论。

一、文学史视域下的延安文艺研究

20世纪80年代，延安文艺研究在综合性研究方面获得了较大的发展，在文学史成就上体现在两个方面：一是解放区文学史的出版和区域性解放区文学史的编撰出版，二是在现代文学史中解放区文学构成了举足轻重、不可或缺的叙述地位。

先看第一个方面，解放区文学史的出版和区域性解放区文学史的编撰出版。延安文艺运动大事记、解放区文学专史以及区域性专史的编撰主要有：艾克恩编纂的《延安文艺运动纪盛》（文化艺术出版社1987年版）、刘增杰主编的《中国

[①] 如袁良骏的《论丁玲的小说》（载《中国社会科学》1985年第4期）和《丁玲散文论》（载《河北学刊》1985年第5期）、闻鼎的《"写出新生活的内容和外观"——简论孙犁四十年代的散文创作》（载《延安文艺研究》1986年第3期）、欧阳若修的《试论陆地四十年代的小说创作》[载《广西师范学院学报》（哲学社会科学版）1982年第2期]、张树建的《论丁玲陕北时期的短篇小说创作》（载《绍兴师专学报》1988年第1期）等等。

解放区文学史》（河南大学出版社1988年版）和蓝海（田仲济）的《中国抗战文艺史》（山东文艺出版社1984年版）等，其中刘增杰主编的文学史影响最大。区域性解放区文学史主要有任孚先等的《山东解放区文学概观》（山东人民出版社1983年版）和王剑清、冯健男主编的《晋察冀文艺史》（中国文联出版公司1989年版）等。

艾克恩编纂的《延安文艺运动纪盛》以编年史体例，对1937年1月至1948年3月开展的延安文艺活动进行了筛选和梳理，展示了中国共产党领导下的延安文艺运动盛况。论著的出版，得到丁玲、萧军、贺敬之、林默涵、苏一平、钟敬之等高度肯定，也引起了热烈反响。[①]丁玲在序言中指出，该著以编年体例详尽地记述了延安及其所波及的广大地区文艺活动的全貌，以实事求是的态度力求保持历史原貌，为后来者提供了"比较可信和可靠的依据"。该编著虽然是延安文艺基础史料的梳理，但显然不是简单的作品、文献展示，而是有所概括和整理，显现出编纂组的史识眼光与态度。编著收录的内容非常博杂，有党颁布的文艺政策，党的领导人的会议报告、讲话和题词，文艺社团、文学组织、文艺期刊、文艺活动和演出，有关文艺活动和事件的信件，主要期刊、报纸登载的文艺作品或其概要，延安文人的讲座、讲学、报告、讲义、提纲等，文艺活动、文艺事件、文艺论争的概况，以及对文艺作品、文艺活动的历史评述，等等。可以说，编著以时间为序，全景式地记录了当时延安纷纭壮阔的文艺运动。但编者也存在着一些不足，比如对1937年以前的延安文艺运动的阙如等：1935年10月有关"长征"的创作；1935年冬列宁剧团更名为工农剧社，1936年1月又更名为人民抗日剧社；1936年11月22日中国文艺协会的成立及《文协月刊》的创刊，以及毛泽东、张闻天等领导人在协会成立大会上的讲话；1936年11月30日《红色中华》之《红中副刊》的创刊；等等。而这些文艺活动无疑是延安文艺运动的重要构成部分。

---

① 马卫在《〈延安文艺运动纪盛〉引起强烈反响》（载《文艺理论与批评》1988年第2期）一文中介绍了丁玲、贺敬之、萧军、王玉清（陈云秘书）、李若冰、王丹一（艾思奇夫人）、钟敬之以及其他研究者对该书的支持与评价情况。

刘增杰主编的《中国解放区文学史》从"文学运动篇"和"文学创作篇"两个方面，系统论述了解放区文学的发展历程，对解放区不同文体的文学创作面貌进行了梳理。"文学运动篇"主要介绍了解放区文学与苏区文学的承续关系，解放区文学初期的生成发展，《讲话》指引下的文艺整风运动和当时的文学批判与文学论争、抗战后解放区文学的发展；"文学创作篇"分别介绍了解放区短篇小说、中长篇小说、诗歌、戏剧，以及报告文学、散文、杂文等文学创作的基本特征与发展概貌。全书以解放区文学与时代、政治的关系为内在基轴，通过对解放区文学的历时性描述，对解放区文学创作进行了总结、分析和评述，体现出客观严谨的研究态度和学术能动的个性特征。当然，作为1949年后的第一部解放区文学研究专史，论著囿于学术环境等因素还存在一些缺憾，如全书尚缺乏应有的理论穿透力，对《讲话》以及与之相应的文艺整风运动的评价尚待进一步开掘，对新四军地区的文学运动与创作缺乏必要的总结，对某些问题（如王实味问题）的论述还没有完全摆脱旧有文学观念的束缚，等等。

结合刘增杰在总结自己的学术生涯时对该书的评价①以及学界的评述，可以看出论著显现出如下几个特征：第一，研究思维的调整。这主要体现在对解放区文学的宏观把握上。论著从历史实际出发，在对延安文艺的宏观把握上，坚持历史唯物主义的研究方法，审视整个解放区文学的创作特色，对其进行了接近实际的理解和探讨；既肯定了解放区文学的巨大成就，又指出其思想、艺术上的局限，从而摆脱了简单否定或简单肯定的思维定式和研究模式，改变了以往把丰富复杂的文学现象单一化、简单化、绝对化的思维定式，摒弃了对解放区文学不适当的贬抑和一味颂扬两种极端的倾向，开拓、丰富和发展了现代文学史的研究领

---

① 刘增杰在《东方文坛》（《青岛大学学报》）2005年第6期刊发的《路上——我的学术经历》一文中，对该书的评价为："第一次梳理出了解放区文学思想论争的线索，鲜明地指出存在的三个问题：第一，在艰苦的战争环境下，对一些作品的缺点看得过于严重了，批评得过于严厉了；第二，在论述某些文学论争时，存在着以偏概全的现象，许多有创见的观点受到了漠视；第三，一些文学论争在解放区文学发展过程中产生过较大的影响，解放后却回避了对它们的正面评价。上述研究，动摇了延续多年的对解放区文学论争一味肯定的基本格局。"

域。这种研究视角的调整所带来的创新也为当时的研究者所肯定。①应该说，这是本书最突出的亮点，是其学术价值的核心所在。第二，"回到原初"的探究。学术研究的态度取决于对史料的占有和分析以及在此基础上采取的审美和批判眼光。刘增杰认为，研究解放区文学应该"回到原初"，"应该切入当时解放区群众的生存状态，切入解放区文学（创作与论争）原初的存在，触摸到当时作家的精神深处，逼近研究对象、拥抱研究对象，走出人云亦云、程式化的研究模式，使研究日益接近理论形态"。②正是在这样的学术态度中，论著体现出研究者严肃的学术态度，从史料出发"回到原初"，放弃预设的结论，开展严肃的学术探索。在占有详尽资料的基础上，论著"较高层次地揭示了中国解放区文学运动的必然性，比较深刻地揭示了解放区文学在文学观念、描写对象等诸多方面的巨大变革"③。此外，刘增杰等研究者从文学自身的艺术规律出发，结合时代背景，理解历史语境中的创作，重新审视解放区文学作品、文学论争和文艺事件等，"对过去有意回避或很少有人问津的文学批判与文学论争，鲜明地提出了有异于前人的观点"④，如对解放区当时引起争议的《腊月二十一》《丽萍的烦恼》等作品的探讨，既肯定了作品的思想价值，也指出文本艺术方面的不足；同时重新审视延安文艺史上的一些文学现象，深入探讨其艺术品格和审美价值，"论述了

---

① 《笔谈〈中国解放区文学史〉》，其中一篇为杨立民：《深入的研究　良好的开端》，载《河南大学学报》（哲学社会科学版）1989年第2期，第11页。杨立民在评述《中国解放区文学史》时指出，对延安文艺的研究，"首先需要分析解放区文学与中国'五四'为肇端的现代文学的源和流关系，从文学自身以内的规律上，从文学主题的走向，审美理想、审美意识及文学形式的嬗递等方面，阐明解放区文学是中国现代文学的一个必然发展，是发展中的必要一环，这样，再结合解放区文学发生的时代条件、地域条件的研究，所获得的结论，就会饱满，厚重，使人信服地看到解放区文学在中国整个现代文学乃至当代文学中所占有的不能忽视，无法抹煞的地位，以及其艺术品格、美学品格的优劣高下"。
② 刘增杰：《回到原初——解放区文学研究中的一个问题》，载《中国现代文学研究丛刊》1999年第4期，第74页。
③ 《笔谈〈中国解放区文学史〉》，其中一篇为张福民、王忠仁：《新的台阶——〈中国解放区文学史〉座谈会综述》，载《河南大学学报》（哲学社会科学版）1989年第2期，第14页。
④ 《笔谈〈中国解放区文学史〉》，其中一篇为张学新、刘宗武：《研究模式的初步调整》，载《河南大学学报》（哲学社会科学版）1989年第2期，第9页。

解放区文学在中国现代文学发展史上的历史地位和重大影响"①。第三，对文艺思潮的呼应。该书在史料发掘的基础上，梳理了解放区文学生成、发展的基本轮廓与轨迹。与当时的创作思潮、流派相呼应，在对解放区小说创作的研究中，该著采用创作流派的分析方法，将丁玲的社会剖析小说、赵树理的乡土小说、孙犁的抒情小说以及刘白羽的新闻体小说进行分析和评述，认为这四种不同艺术个性的小说群体，构成了延安时期小说创作"四峰并立"的格局："丁玲的短篇小说以其对现实的敏锐感触、对社会的深刻剖析见长；赵树理则以大众化风格为其艺术追求的极致，这是一个当时在艺术上就拥有较多追随者、影响最大的小说群体；孙犁的短篇小说在艺术上闪射出了特异的光彩；刘白羽的新闻体小说则以其反映现实的迅速及时取胜。"②可以看出，与当时的"新启蒙"思潮相呼应，该著"在对解放区文学思潮的考察中肯定王实味、丁玲等引发的延安文学新潮，对于他们的文艺理念、创作态度表示了赞赏，也对他们在文学论争及整风运动中遭受倾轧和碾压深感遗憾与痛惜"③；与20世纪80年代关于人和人性问题的讨论和思考相呼应，该著对延安文艺"另类"作品进行了新的考察，体现出研究者鲜明的主体色彩。

20世纪80年代出版的区域性的解放区文学史专著，主要有任孚先等的《山东解放区文学概观》、屈毓秀等的《山西抗战文学史》和王剑清、冯健男主编的《晋察冀文艺史》等④。《山东解放区文学概观》介绍了山东解放区文艺的发展情况，阐明了山东解放区文艺的特点：第一，它是产生、发展在中国共产党领导的人民武装开辟的解放区里的文艺创作和实践，逐步纠正了许多脱离实际、脱离群众的小资产阶级思想倾向；第二，它与党、人民军队、人民群众呼吸与共、休

---

① 《笔谈〈中国解放区文学〉》，其中一篇为钱丹辉：《把解放区文学研究工作推进一步》，载《河南大学学报》（哲学社会科学版）1989年第2期，第8页。
② 刘增杰主编：《中国解放区文学史》，河南大学出版社1988年版，第135页。
③ 左玉玮：《凌云健笔意纵横——浅谈现代文学史家刘增杰的学术研究》，载《汉语言文学研究》2016年第2期，第137页。
④ 任孚先、赵耀堂、武鹰：《山东解放区文学概观》，山东人民出版社1983年版；屈毓秀、石绍勋、尤敏等：《山西抗战文学史》，北岳文艺出版社1988年版；王剑清、冯健男主编：《晋察冀文艺史》，中国文联出版公司1989年版。

戚相关，和党所领导的军事斗争、开辟发展革命根据地的斗争及其他各项斗争紧密结合，服务于人民群众的抗日斗争；第三，它产生、发展于广大农村革命根据地，具有浓厚的农村色彩，它的取材主要是农村生活，服务对象主要是农民和战士（穿着军装的农民），具有鲜明的民族化、大众化的特征；第四，山东解放区的文艺工作者多是青年知识分子和从农民、战士中涌现出来的文艺活动的积极分子，其文艺创作注重在工作中学习，在工作中提高。①该书分上、下编，分别介绍了抗日战争和解放战争两个时期山东解放区小说、报告文学、戏剧和诗歌的创作情况与基本特点。

屈毓秀等五人合著的《山西抗战文学史》共三编十七章，对全面抗战初期（从1937年七七事变到1939年12月的晋西事变）、全面抗战中期（从1940年初到1942年5月毛泽东发表《讲话》）以及全面抗战后期（从《讲话》发表到1945年日本投降）的山西抗战文学进行了整体描述，对不同阶段的文学创作和发展进行了概述，总结和分析了不同阶段的政治、战争形势和作品的创作特色，分章节对报告文学、小说、散文、诗歌、戏剧的创作情况进行了介绍。论著指出，山西抗战文学受抗战形势及文学自身发展规律的影响呈现阶段性特征，并对山西抗战文学对新文学的发展的贡献进行了归纳，即"自始至终与山西的抗战现实紧密联系，最鲜明地体现着时代精神，强烈的战斗精神"，"是抗日民族统一战线旗帜下的爱国抗日文学，是爱国的作家艺术家与群众性文艺运动相结合的产物，它在前所未有的规模和程度上实现了文学和群众生活的密切结合"，"基本上是民族化、大众化的文学"。②

王剑清、冯健男主编的《晋察冀文艺史》在综述了晋察冀边区的文艺建设概况后，分章（全书共十章）介绍了边区诗歌、小说、通讯报告及散文杂文、剧社及剧运、戏剧、曲艺及其他乡村艺术形式、音乐、美术、摄影与电影的基本情

---

① 任孚先、赵耀堂、武鹰：《山东解放区文学概观》，山东人民出版社1983年版，绪论第21—25页。
② 屈毓秀、石绍勋、尤敏等：《山西抗战文学史》，北岳文艺出版社1988年版，第13—16页。

况。论著的绪论总结了边区文艺的性质和特点：一是为民族解放战争和人民解放战争服务，具有鲜明的战斗性；二是民族的、科学的、大众的文艺；三是发展了革命的现实主义创作方法，提倡内容和形式多样化；四是专业与业余文艺相结合，普及与提高相结合，理论与实践相结合；五是以马克思主义、毛泽东思想为指导，发展革命文艺。该书介绍了晋察冀文艺兴起的背景，将边区文艺划分为初创（1937—1938）、发展（1939—1942）和繁荣（1943—1949）三个阶段，并介绍了三个阶段文艺的发展概貌。

总体来看，这几部关于延安文艺的区域性研究专史，任孚先等的论著虽然介绍了抗日战争和解放战争时期山东解放区的文学发展情况，铺排了各种文体的文学创作及其基本特点，但缺少山东解放区文学运动、文学论争等方面的内容，且没有进行进一步的学理分析，故而使研究处于相对散落的状态，缺少体系性的整体审视。此外，由于该书出版较早，在阐释解放区文学发展概貌时，依然受到当时文学观念的束缚，比较强调党对文艺工作的引导，缺乏对文艺创作本身规律的探讨与深入研究。屈毓秀等人的论著介绍了山西抗战文学的基本概况，以及不同文体创作形式的发展状况和基本特点，但缺少对文艺运动、文学论争、文学思潮等方面内容的归纳，对各种文艺发展也缺乏学理分析，比较强调文学服务于救亡、服务于政治的时代命题。王剑清、冯健男的论著介绍了晋察冀边区的文艺建设概况，铺排了边区各种文艺的发展状况和基本特点，但没有对边区文艺运动、文学论争、文学思潮等方面的内容进行归纳和介绍，也没有对各种文艺发展进行学理分析，更多的是史料的碎片化堆积，而缺少体系性的学术研究。此外，该书阐释边区文艺发展的基本特点时，受到当时文学观念的束缚，更多的是强调《讲话》对晋察冀边区文艺创作与发展的引领和影响，以及文艺服务于政治和战争的工具性特征，缺乏对文艺创作本身规律的探讨与研究，从而呈现出比较僵硬的理论色彩。

与延安文艺研究史和区域解放区文学史相比较，现代文学史叙述中的解放区文学则呈现出另一种面貌。20世纪80年代出版的现代文学史，以1979年至1980年唐弢、严家炎合编的三卷本《中国现代文学史》影响最大，其中有关解放区文学的论述在上一章中已经做了讨论。①在此之外，80年代比较有影响的现代文学史论著还有林志浩主编的《中国现代文学史》（上、下册）、许志英等编的《中国现代文学史简编》、田仲济和孙昌熙主编的《中国现代小说史》（"中国现代文学史丛书"之一）和钱谷融的《中国现代文学史指要》等。②为了考察80年代前期文学史中的解放区文学叙述，本书以黄修己的《中国现代文学简史》（以下简称《简史》）为例，来观察文学史叙述下的延安文艺研究。

黄修己的现代文学史研究工作卓有成效③，其《简史》出版后，学术界从不同角度、不同方面肯定了论著在现代文学史编纂上的重要突破，认为它是一部具有创新精神的中国现代文学史著作。《简史》第十九章至第二十二章，分别介绍

---

① 1984年，唐弢出版了《中国现代文学史简编》（人民文学出版社），再次引起学界关注。
② 林志浩主编：《中国现代文学史》（上、下册），中国人民大学出版社1980年版；许志英等编：《中国现代文学史简编》，江苏人民出版社1983年版；田仲济、孙昌熙主编：《中国现代小说史》，山东人民出版社1984年版；钱谷融：《中国现代文学史指要》，华东师范大学出版社1988年版。除此之外，当时的中国现代文学史著作还有孙昌熙和朱德发的《中国现代文学史新编》（宁夏人民出版社1987年版）、孙中田的《中国现代文学史》（上、下册，高等教育出版社1988年版）、陈安湖和黄曼君的《中国现代文学史》（华中师范大学出版社1988年版）、刘献彪的《中国现代文学手册》（上、下，中国文联出版公司1987年版）、冯光廉的《中国现代文学史教程》（上、下，山东教育出版社1984年版）、沙作洪的《中国现代文学史》（上、下册，福建教育出版社1985年版）、王长水的《中国现代文学史》（"中国现代文学史丛书"之一，山东文艺出版社1985年版）、萧新如和吴天霖的《中国现代文学史》（东北师范大学出版社1986年版）、邵伯周的《简明中国现代文学史》（天津人民出版社1986年版）、王锦泉的《中国现代文学专题史》（浙江文艺出版社1986年版）、李复兴的《中国现代文学史》（山东大学出版社1987年版）、颜雄的《简明中国现代文学史》（湖南大学出版社1988年版）、九院教材编写组的《中国现代文学史》（人民文学出版社1980年版）、复旦大学中文系现代文学教研室编著的《中国现代文学史》（上、下册，复旦大学出版社1980年版）、东北师范大学主持编写的《中国现代文学史》（上、下，辽宁人民出版社1980年版）等等。
③ 黄修己先后出版了《中国现代文学简史》（中国青年出版社1984年版）、《中国现代文学史讲授纲要》（辽宁教育出版社1986年版）、《中国现代文学发展史》（中国青年出版社1988年版）。为配合师生教学和学习所需，黄修己还出版了《中国现代文学史参考资料》（上、下册，中央广播电视大学出版社1983年版）、《现代文学讲义》（上、下册，辽宁广播电视大学1985年版）、《中国现代文学作品选》（上、下册，北京十月文艺出版社1985、1986年版）和《〈中国现代文学简史〉复习手册》（学林出版社1986年版）等。

了解放区文艺发展的整体情况和解放区小说、戏剧、诗歌及散文的创作情况。第十九章"解放区文艺的勃兴和文艺整风运动"梳理了以陕甘宁边区为代表的解放区文艺发展的基本脉络，介绍了1942年前解放区诗歌、小说、戏剧、杂文等方面的创作实绩、主要特点和存在的不足等，以及文艺整风前的背景情况、延安文艺座谈会的召开情况和《讲话》的主要内容，简述了解放区文艺整风的历史意义。第二十章"新的天地新的风格"主要介绍了《讲话》后解放区小说创作出现的崭新面貌，部分代表性作家的小说创作情况，以及不同题材小说的创作特色，并对部分代表性小说进行了重点评述。第二十一章"解放区戏剧运动"介绍了解放区戏剧的创作和戏剧运动的开展情况，着重描述了前期马健翎的戏剧创作以及《讲话》后《兄妹开荒》《白毛女》的创作以及水浒戏改编情况，简要介绍了解放区话剧创作的基本情况，对部分代表性戏剧作品等进行了重点评述。第二十二章"解放区诗风的变化和散文成就"介绍了解放区群众性的诗歌创作、业余诗人（如毕革飞等）的创作，以及长篇叙事诗、抒情诗、街头诗等诗歌所取得的成就，总结了解放区诗风的转变，叙事诗、抒情诗的创作特色，着重分析评价了李季的《王贵与李香香》、阮章竞的《漳河水》、艾青的《献给乡村的诗》等作品。此外，论著还介绍了解放区的杂文、报告文学、散文的创作成就，总结了报告文学的创作特色和取得的成绩，着重分析了周游的《冀中宋庄之战》、华山的《英雄的十月》、刘白羽的《红旗》等报告文学作品。

  黄修己《简史》中的解放区文学叙述主要表现出以下几个特点：第一，坚持文学史观的审视。《简史》将解放区文学"按照现代文学的演进过程，分成'发生期'和'发展期'两大部分，而以'发展期'为主体，分为三个阶段，比较清楚地勾划出现代文学的发展线索"[①]，从而将解放区文艺的发展放在现代文学史发展的框架下进行探究，"始终坚持把对文学现象的研究详述作为《简史》的

---

① 李平：《一部具有创新精神的中国现代文学史著作——黄修己〈中国现代文学简史〉评介》，载《电大教育》1984年第1期，第47页。

中心内容"①。体现在作家作品评述方面，则是注重将之放到文学历史发展的过程中，考察其历史地位和独特贡献。第二，对延安文艺不同文体进行综合性专题研究。如对解放区戏剧的评述："蓬蓬勃勃发展起来的群众戏曲运动，以《兄妹开荒》为代表的短小精悍、及时反映现实生活的小秧歌剧风行一时，《白毛女》等民族新歌剧的诞生，对历史悠久的传统戏曲的改革有了良好开端，话剧进入农村，向民族化迈进，产生题材广泛的新作品……所有这些，共同组成了解放区戏剧运动的热火朝天的景象。"②对"伟大历史的记录"——解放区报告文学——的评述，认为创作者"饱含着炽热的充沛的感情"，"把事件写得有血有肉"，语言上更加"口语化、通俗化"，达到了"现代报告文学的最高成就"等。③第三，坚持历史唯物主义史观。竭力排除长期以来的"左"倾思潮，尊重历史、实事求是，努力用文艺审美标准去分析、评论过去的研究中存在着偏颇的问题。在肯定解放区作家作品的同时，指出其不足，如在肯定了《讲话》指导解放区文艺蓬勃发展的重大意义之后，指出《讲话》"提出了发展革命文艺的方针、政策，丰富了马列主义的文艺理论"，"但在一些方面，也有不确切的地方"，"对以后的文艺创作也带来不利的影响"；认为解放区戏剧在取得重大成就的同时，存在"剧作家对生活消化不足"和"对传统消化不足"的缺点等。④

当然，《简史》在解放区文学的叙述中还存在着一些问题，比如对《讲话》后解放区文艺发生崭新变化的历史必然性阐释得不够，对部分作品的评述还失之于粗略，对有些当时引起争议的作品（如《腊月二十一》《丽萍的烦恼》等）和一些比较有争议的作家（如萧军、王实味等）似乎有意忽略，等等。不过《简史》在对解放区文艺的叙述中，对新四军解放区的创作有一定的涉及，较此前文学史论述有了视野上的扩展与拓进，体现出独特的史学研究的眼光。

---

① 陈国城：《突进与徘徊——〈中国现代文学简史〉漫评》，载《安庆师院学报》（社会科学版）1987年第2期，第62页。
② 黄修己：《中国现代文学简史》，中国青年出版社1984年版，第460页。
③ 黄修己：《中国现代文学简史》，中国青年出版社1984年版，第477、482、483页。
④ 黄修己：《中国现代文学简史》，中国青年出版社1984年版，第403、460页。

二、延安时期不同文体的作品研究

随着解放区文学被放在现代文学史发展的视野下进行审视,许多学者开始尝试对不同文体的文学形式进行综合性研究,这可以视为20世纪80年代对解放区作家及其作品进行研究的进一步推进,也可以视为解放区文学史逐步形成的一些基础性工作。这方面的研究以20世纪80年代中后期湖南文艺出版社、湖南人民出版社陆续出版的"延安文艺丛书"各单卷本的前言最具代表性,前言一般都对延安时期本卷的文体创作进行了概述,总结其题材选用、艺术特色、时代内涵等内容。

实际上,学界对解放区文艺较全面较客观的研究始于1980年前后。1979年,刘庆锷等人首开陕甘宁文艺的综合性研究,分析了解放区戏剧的崭新主题(革命战争、大生产运动、反封建斗争、文化教育)和崭新的人物形象(农民、革命战士、领导干部),并简要分析其艺术形式。[①]解放区的诗歌、戏剧创作非常繁盛,也最为80年代的研究者所关注。下面,分别梳理当时对解放区文艺不同文体的综合性研究情况。

其一,诗歌研究。研究界对延安时期诗歌的关注尤多,研究成果也极为丰盛。《中国解放区文学史》作者之一王文金着重探讨了解放区诗歌的发展轨迹、创作特点与创作得失等。他认为,解放区诗歌以延安文艺座谈会的召开为标志,分为前、后两个时期。第一个时期,主要是朗诵诗的创作和诗朗诵活动的开展以及街头诗的兴起。诗朗诵活动始于1937年底,由柯仲平发起,后来由战歌社和西北战地服务团推动发展。街头诗运动于1938年由战歌社发起,陕甘宁边区随之出现街头诗创作的热潮,1938年后,随着抗战文艺工作团的铁流社和西北战地服务团的战地社在晋察冀边区开展活动,街头诗在晋察冀边区得到更大的发展。1940年后,随着边区诗歌形式问题的讨论,诗歌创作由最初的重在宣传鼓动转入更为广阔的创作领域,诗人开始更加注意"提高理论修养和诗歌质量","诗歌的艺

---

① 刘庆锷、魏树仁、吕振波:《试谈陕甘宁边区的戏剧创作》,载《北京师院学报》1979年第1期,第65—74页。

术风格和语言形式呈现多样化的同时，趋于向民歌靠拢"。第二个时期，解放区诗歌出现"大众化、民族化的诗歌创作的新潮流"，创作潮流以民歌体新诗为主。这个时期，一方面是人民群众创作"自己的诗"，农民、战士、工人都开始写诗："熟悉民风民情的大众诗人""应运而起"，用民歌的形式开展创作；部队创作也吸收了民歌的形式，用群众易于接受的快板、顺口溜等，抒发战士情怀，反映前线斗争；工人的诗歌创作则相对"比较沉寂""比较幼嫩"。另一方面是诗人们创作民歌体的长篇叙事诗，如李季的《王贵与李香香》、阮章竞的《漳河水》等。由于"民歌长于抒情，也长于叙事"，因此民歌体叙事长诗得到繁荣发展。在讨论本阶段解放区诗歌的得失时，王文金指出，解放区诗歌"面向社会和人生"，主要遵循现实主义的道路，取得了较大的成就，但也出现了一些"内容浅薄""罗列现象"的作品；由于时局所限，诗人和诗歌"服从于政治需要，往往比考虑艺术的要求更多"，导致诗歌创作出现"重思想内容，重实用"的问题，"忽视了对诗的形象美的熔造"；对中国古典诗歌和西方诗歌的学习借鉴不够，"表现出了明显的封闭性"。但总体而言，"在诗歌内容和艺术形式总体观照的情况下"，许多诗人坚持自己的创作特色，"仍以其独特的艺术个性翘首诗坛"。[①]80年代初期，延安时期的当事人严辰、白原在接受采访时，总结了延安时期的诗歌创作，郭宝臣将之整理后发表于1983年第1期的《诗刊》。该文总结了延安时期的诗歌特点：一是具有"强烈的时代感"，解放区的战斗、革命激情和阶级情谊以及新的时代风尚感染着诗人，促使他们的诗歌创作呈现出"新的生活""新的情绪"，全面深刻地反映对敌斗争、大生产运动等解放区生活；二是创作上"对民族化、群众化的探索"，呈现出"通俗、朴实，具有浓郁的生活气息"的特征；三是"形式的丰富多样"，"有的采用自由体，有的运用民歌体，有的借用外来形式"，叙事诗、抒情诗和古体诗词都有发展；四是"与戏曲、音乐等结合比较紧密"，许多"歌词本身就是很好的诗"，也"有不少诗"

---

① 王文金：《解放区诗歌运动及其创作略论》，载《河南大学学报》（哲学社会科学版）1988年第2期，第19—23页。

被"谱上了曲子"。①

与此相近,张鸿才将解放区诗歌创作概括为三个特点:一是题材的突破。五四时期的新诗主要表现小资产阶级的情绪,而解放区诗歌重在表现工农兵劳动、战斗的时代新声,反映出"歌颂伟大的抗日战争和人民解放战争"和"劳动人民在党的领导下建设新生活的斗争"两大主题,形成"革命时代的英雄史诗",可视为"中国新诗发展中的一大变革"。二是"叙事长诗的大量涌现"。顺应表现宏大历史主题的时代要求,民歌体叙事长诗走向历史前台。长篇叙事诗以人民大众开展阶级斗争为主题,以融会现实主义与浪漫主义作为艺术手法,"坚持形象思维方法,注意从现实生活中提炼人物和事件"。三是在"民族化、群众化的艺术形式创造方面"进行尝试。解放区诗歌呈现出民族化、大众化的艺术形式,其原因之一是《讲话》文艺思想的明确指导,比如文艺创作要采用群众喜闻乐见的形式,要更好地为人民大众服务等;原因之二则是诗人与工农兵打成一片,"为创造合乎工农兵斗争需要的诗歌艺术形式,提供了现实的条件";原因之三则是诗人们努力学习和借用古典诗词、民间诗歌。②有的学者认为,解放区诗歌运动是"新诗美学的一次革命"。研究从李季《王贵与李香香》发表后在解放区和国统区受到盛赞的原因入手,剖析了五四后新诗的发展脉络以及存在的不足,指出解放区诗歌的成功在于其抒情形象的变化和形式向民间借鉴的尝试,顺应了解放区倡导的"创作为中国老百姓所喜闻乐见的中国作风、中国气派的作品"的时代要求。③

其二,戏剧研究。王富仁以宏阔的视野,从文学史流变和戏剧自身发展的角度,总结了解放区戏剧的五个主要特征。这五个特征,大体可以分为两类。第一类是从中国现代文学史发展的角度,对比五四以后文学发展的状况来进行阐发

---

① 郭宝臣:《回顾延安时期的诗歌创作——访〈延安文艺丛书·诗选〉主编严辰、白原同志》,载《诗刊》1983年第1期,第53页。
② 张鸿才:《生活·政治·解放区诗歌——〈在延安文艺座谈会上的讲话〉学习札记》,载《西藏民族学院学报》1982年第2期,第10—18页。
③ 陆仁:《新诗美学的一次革命——兼论〈讲话〉发表前后的解放区诗歌运动》,载《福建论坛》1982年第4期,第94—100页。

总结，包括两个特征：一是解放区"戏剧第一次成了一个历史时期的主要文学样式，并为其它文学样式的发展开辟着新的道路"，之前其他文学样式占主流，"只有在四十年代的解放区，戏剧才真正成了整个文学的潮头"，而这种特殊地位与"解放区文艺的对象密切相关"。二是"只有解放区戏剧运动是一个以歌舞剧为中心的全面的戏剧运动"，这个"全面"包括"民间歌舞剧、传统戏曲、话剧"等。其中，"民间的秧歌剧是其源头，并且一直是这个戏剧运动的主潮"，"继秧歌剧而起并且艺术成就最高的则是新型歌剧"；除此之外，是"传统戏曲的推陈出新"，主要是"京剧和秦腔的改革利用"；但是话剧的"影响范围是不够广泛的"。第二类是从解放区戏剧的题材、艺术形式和艺术特征等方面来进行总结，包括三个特征：一是题材方面，"秧歌剧以农民生活及军民关系为主要题材，军队生活在话剧中有较多的表现，传统戏曲的最高成就表现在新编历史剧的创作里，新型歌剧对农、兵、工的生活都有较突出的表现"，"单纯的知识分子生活的题材都极少"。二是"喜剧和带有悲剧过节的正剧是全部解放区戏剧的戏剧形式"，"以悲剧形式结尾的戏剧不再存在"，这是由"当时戏剧创作的目的在于教育人民、鼓励人民积极参加抗日斗争和革命斗争所决定的"。三是解放区戏剧的艺术特征体现在"戏剧主题的一义性、戏剧情节的单纯性、戏剧冲突的明确性、戏剧语言的直露性"。戏剧作为解放区"直接进行革命思想教育的艺术形式"，"必须要把戏剧主题异常清楚地表露给观众"，所以"必须是一义性的"，不能使之"带有不可明辨的多义性"。而主题的单一性须由"较为单纯的戏剧情节中表现出来"，"情节的单纯性"不是指情节不够曲折起伏，而是指"情节发展都围绕一个明确的矛盾冲突进行，没有过多的其它因素的掺入，基本上呈现着一因一果的形式"。戏剧的矛盾冲突非常明确，能够让观众"迅速做出理智的和感情的判断"。而"矛盾冲突的明确性，又是与人物语言的直露性联系在一起"，人物语言能直接"反映人物的思想、感情和内心隐秘"，显示人物的"思想观点和倾向"。①此外，杨忠将延安戏剧运动分为三个时期并总结了各个

---

① 王富仁：《解放区戏剧的主要特征》，见《文化与文艺》，北岳文艺出版社1990年版，第232—239页。

时期的特点。他认为,第一个时期是"蓬勃兴起时期",时间为1937年7月至1942年5月;第二个时期是"戏剧运动深入发展,改革取得重大成果时期",时间为1942年5月至1945年底;第三个时期是"巩固和发展改革成果时期",时间为1946年初到全国解放。[①]

戏剧中的新秧歌剧、话剧在学界也得到了总结性研究。刘建勋在对陕甘宁边区的新秧歌剧作的总结研究中,揭示了新秧歌剧作的创作主题,评价了剧作的主要特点和存在的主要不足,总结了新秧歌剧作对1949年后文艺创作的影响。[②]1942年后,话剧创作比较沉寂,远远没有像秧歌剧、歌舞剧一样得到更大的发展。但话剧创作毫无疑问也在整风后发生了巨大的变化。曹树钧对解放区话剧创作的总结研究就表达了这样的观点。他认为,文艺整风后的话剧创作在创作思想、作品内容与形式方面都发生了巨大的变化,这些变化主要表现在以下三个方面:一是"话剧工作者开始更加自觉地深入生活,努力在作品中塑造性格鲜明的工农兵形象";二是"在火热的斗争中自觉改造世界观,提高思想水平,使作品具有广泛的社会意义";三是"重视'民族形式'和民族的欣赏习惯,努力创造为最广大人民群众喜闻乐见的艺术表现形式,为话剧民族化积累宝贵的经验"。其中第二个变化是关键性的变化,作品努力"反映人民火热的斗争生活,表现新的人物,歌颂人民群众的革命的优秀品质"。曹树钧认为,话剧创作的不足主要表现在:一是"有些地方片面强调戏剧为当前某项具体政治任务服务,有忽视话剧创作本身规律"的问题;二是"注意了创作数量的发展,忽视了艺术质量的提高,不少作品在思想上不够深刻,或者注重了思想性,艺术表现力较差"[③]。值得重视的是,曹树钧对话剧创作的不足的总结,为当时戏剧总结性研

---

① 杨忠:《延安戏剧运动的分期》,载《抗战文艺研究》1986年第3期,第124—125页。需要说明的是,第一个时期的截止时间与第二个时期的起始时间均为1942年5月,此处据实参考。
② 刘建勋:《陕甘宁边区的新秧歌运动和新秧歌剧作》,载《人文杂志》1984年第4期,第121—124页。
③ 曹树钧:《话剧创作的新生面——简论文艺整风后解放区的话剧创作》,载《抗战文艺研究》1985年第4期,第12—23页。

究所少见。

其三，小说研究。对延安时期小说的研究，主要着眼于题材的丰富及其民间的气息。学界认为，延安时期小说的创作题材囊括了生活诸多方面，如解放区小说的创作题材比较广泛，"对当时的现实生活各个领域，几乎都有所反映"①。万平近认为，《讲话》后的小说呈现出浓郁的民间气息。他概括了1942年后解放区小说的显著特点、基本主题和语言特色，并通过对赵树理的《李家庄的变迁》、孙犁的《芦花荡》《荷花淀》、丁玲的《太阳照在桑干河上》和周立波的《暴风骤雨》等作品的分析，认为这些作品"在富有乡土气息的画面中写出了'新的人物，新的世界'"；在表现阶级斗争主题时，展现出不同地区的斗争特点；在表现地方色彩时，又不疏离时代斗争的主体特征。与此前的乡土文学不同，解放区小说的基本主题非常明显地集中在反映乡村生活习俗变化和揭批农村封建迷信活动两个方面，不仅展示了农村出现的新风尚和妇女的生活面貌，还"揭穿了巫神的骗术，教育了群众"；在语言变革方面，则大多摆脱欧化倾向，不管是人物对话还是细节呈现，"无论叙事还是抒情绘景"，都使用朴素、简练、生动的群众语言，从而使小说富有浓郁的民间气息。因此延安文艺座谈会后的小说，无论是在主题表现、叙事抒情方面，还是在语言使用方面，均呈现出"鲜明的地方色彩和浓郁的乡土气息"，从而"增强了文学作品的中国作风和中国气派"。②关于延安时期小说的研究非常丰富，万平近的观点基本上具有代表性，其他不再赘述。

其四，散文研究。主编《延安文艺丛书·散文卷》的雷加等人对延安时期的散文进行了综述性研究。他们指出，解放区散文"作为文学的一支轻骑兵"，结合战时形势和根据地的发展状况，"反映人民的愿望和要求，表达出人民的心声"，起到了"团结人民、教育人民、打击敌人的作用"。由于解放区的散文

---

① 《延安文艺丛书》编委会编：《延安文艺丛书·小说卷》（上），湖南文艺出版社1987年版，前言第4页。
② 万平近：《鲜明的地方色彩 浓郁的乡土气息——读一九四二年后解放区小说漫笔》，载《福建论坛》1982年第3期，第55—61、67页。

"多半是在马鞍上、行军中间,或者是在战斗的间歇里"完成的,所以难免有比较草率、主题过于单一的问题。但应该肯定的是,解放区散文"象柳芽一样,也象芳草地一年一度的泛青一样",传递着"春天的气息"。解放区散文的题材主要包括游击战、过封锁线、生产开荒的篝火和歌声、新区的生活、翻身故事、知识分子奔向革命、长征的回忆、将军与战士的人物肖像等,从而"描绘了革命根据地一幅幅生动的画面,剪下了一个个人物的侧影","不仅是革命根据地生活的一面镜子,而且是战斗的号音,明亮的火把","不仅有着火一样的情感,充满着必胜的信心,而且闪耀着人民智慧的光芒"。总之,解放区散文"无论是叙事记人或状物抒情,都描摹出这一历史时期风云特点,具有强烈的时代感"。作为散文一支的杂文创作,也配合时代需要"在团结人民、打击日本帝国主义和国民党反动派的斗争中发挥了重要作用"[①]。

其五,报告文学研究。《延安文艺丛书·报告文学卷》的主编黄钢等人在该书的前言部分对延安时期报告文学兴盛的原因和主要特征进行了综述概括,指出延安时期报告文学兴盛的原因主要包括几个方面:一是抗战的需要,因为报告文学可以迅速直接地反映战争形势;二是大量卓有成就的作家投身报告文学创作,"不少党的非党的文艺战士"在马背上、堑壕中、窑洞里、硝烟中书写反映时代巨变的生动图景;三是许多年轻的报告文学作者成长起来,以笔为枪,记录波澜壮阔的民族抗战;四是党外人士的关注,"一些曾到延安作短期访问的记者、作家和知名人士"如范长江、任天马、李公朴、赵超构等,通过报告文学作品对延安、晋察冀等解放区进行了报道。延安时期报告文学作品的特色包括以下几个方面:一是主题丰富,内容新颖,全方位地展示延安时期的历史面貌;二是专业作家与大众作者汇成创作大军,走向斗争和生活一线,使作品"蕴含着炽热而深沉的革命感情";三是"具有浓厚的民族化、大众化的艺术形式和风格",注意适

[①] 《延安文艺丛书》编委会编:《延安文艺丛书·散文卷》,湖南文艺出版社1987年版,前言第1—5页。

应人民群众的欣赏水平和习惯，呈现出"朴实明快、具体生动"的创作特点。①尹均生对延安时期报告文学形成的原因、历史内涵和民族现实主义特色进行了总结归纳。他认为，延安报告文学兴起的原因主要包括几个方面：一是"抗日战争伟大的救亡图存需要这种新型、轻捷、富于鼓动性的文学形式"；二是"为适应斗争的需要，党的有力倡导"；三是"革命斗争不仅鼓励着进步的文艺家，无产阶级的使命感也促使战斗者自己拿起笔来宣传革命"。其历史内涵主要包括：一是"及时报道了当时震撼中国大地的事变，提供了今天反思历史的导游图画"；二是"澄清舆论迷雾，展现了历史潮头叱咤风云人物的风貌"；三是作为"战争特写"和"风情图画"，"开掘了在严酷战争环境中人民美好的心灵世界"。其民族现实主义特色主要包括：一是"运用民族现实主义的创作方法，在时代的大背景和艰险的斗争环境中，展现英雄人物的形象"；二是"在忠于生活真实的基础上，开掘人物性格丰厚的内涵，体现共产主义、革命人道主义和人性美的高度和谐与统一"；三是"作家的生活积累，不同的生活经历和艺术素养，决定了延安抗战报告文学风格的多样化"。②可以看出，黄钢、尹均生关于延安报告文学的研究非常相近，都关注创作主题以及该文体产生的历史、社会原因，只是后者的研究对创作主体也进行了一定的考察。

刘增杰将学界对解放区文学的研究分为三个阶段："第一个阶段是以颂扬为基本格调的研究阶段（时段为20世纪40年代至70年代末）"，该阶段"受既定观念和结论所役使"，"不具有平等的、对话的、交流的性质"，也没有"独立的发现"。"第二个阶段（约为20世纪80年代）是解放区文学研究的蜕变阶段"，研究有所发展，"一些研究突破传统的理论束缚，开始展现出富有生气的创新性探索，但与此同时，另一些研究则仍缺乏深沉的历史意识"。"随着研究者文学

---

① 《延安文艺丛书》编委会编：《延安文艺丛书·报告文学卷》，湖南人民出版社1984年版，前言第1—7页。
② 尹均生：《烽火硝烟谱写出宏伟历史画卷——延安时期的抗战报告文学》，原载《抗战文艺研究》1988年第2期，见《国际报告文学的源起与发展》，华中师范大学出版社2009年版，第193—206页。

观念的变化，知识结构的调整，思维方式的更新，研究视角的转换，促使一些富有新意的研究著作和论文相继问世，标志着解放区文学研究第三阶段的来临"，这个阶段（20世纪90年代以来）解放区文学研究获得了根本性的改变。按照刘增杰的说法，80年代解放区文学研究的蜕变，主要展现在两个方面，既有突破，又有保守，"两种研究观念和方法对峙着，争辩着，甚至火气十足，相互指责，水火不容"，显示出胶着的状态。[①]其实，简单来说，80年代的解放区文学研究一方面强调坚持基础上的发展，一方面要求文学回归自身，摆脱政治的附庸地位。这个特征在整个80年代都有反映，但前者主要体现在前期，后者主要体现在中后期。

这种胶着的状态实际上也意味着研究的进步，是从颂扬向质询的渐进性进步。重新审视80年代的解放区文学研究，可以看出，80年代初期，在思想解放运动的推进下，结合有关延安时期许多作家冤假错案的甄别和平反，延安文艺研究在反思解放区文学局限性的基础上，开始了一系列重评工作。重评的基本途径是，坚持实事求是的科学态度，坚持历史批评和审美批评的标准，对延安作家及其作品（不必全是延安时期的作品）进行重新分析和阐释，其最初目的在于清理、纠正延安文学研究中的旧案。换句话说，这些研究是文艺界的拨乱反正，是政治甄别在文艺界的具体反映。或者说，是为被清理出文学史的延安作家寻找"回归"的依据。这一阶段的重评工作，"对于推进文学研究领域内的思想解放，消除长期以来人为地造成的种种丑化或神化的现象，科学地把握历史批评和审美批评的标准，培养起严谨求实、勤于思考、勇于探索的学风，都有重大的意义"[②]。概言之，在拨乱反正基调下的重评，是80年代前期解放区文学研究的主要特征。

相较于此，80年代中期的解放区文学研究，在"主体性""本体论"等思潮和各种方法论的推动下，一方面坚持着"坚持和发展"的拨乱反正取向和向十七

---

① 刘增杰：《于平静里寓波澜——读王培元〈延安鲁艺风云录〉》，载《中国现代文学研究丛刊》2005年第4期，第261—262页。
② 严家炎：《世纪的足音》，作家出版社1996年版，第292页。

年回归的努力，一方面在文化思想领域不断突破，坚持对文学自身本质的发掘。待1985年"20世纪中国文学"的提出和1988年《重写文学史》专栏的开设，强调对已有定论的作家作品的评论成为一种强大的潮流，坚持"让文学成为文学，让文学史成为文学史"，其核心是对拨乱反正的反拨和调整，或者说是更深层面的、从文学史角度出发的拨乱反正，让文学摆脱政治的从属、附庸地位。综合80年代中后期的解放区文学研究，可以看出清晰的修正、反抗与突围的脉络。同时，从80年代延安文艺研究专史和文学史中的延安文艺观照以及对延安文艺不同文体的综合性研究中，也可以看到本阶段延安文艺研究的理论探索与学术自觉。

总括来看，20世纪80年代的延安文艺研究，初期是在思想解放运动的推进下，结合有关延安时期许多作家冤假错案的甄别和平反，坚持实事求是的科学态度，坚持历史批评和审美批评的标准，对延安作家及其作品进行重新分析和阐释，通过重评，清理、纠正延安文艺研究中的旧案；中后期则是在文艺思潮和方法论不断涌现的推动下，以新的理论方法和研究视角，在重新认知文艺与政治关系的基础上，对延安作家作品进行新的阐发，进而冀望实现打通20世纪中国文学研究视野的文学史的重写。而综观20世纪80年代的重评与重写，深思其形成的拨乱反正与反思历史的评述环境，在延安文艺研究中可以清晰地看到这个思想演进的轨迹和学术发展的特征。但从今天的视野来看，无论是80年代早期的拨乱反正，还是中后期的调整和突破，其实都是文学与政治的纠葛，是文学与政治二元对立模式于不同程度、不同层面在不同阶段、不同角度的反映，其内核恰恰是文学与政治的难分难解。从这个层面来说，80年代的延安文艺研究又是一个整体，是文学与政治联姻框架下的共荣与冲突。

第三章 规范与多元：20世纪90年代延安文艺研究及其学术思潮的演变

20世纪80年代的延安文艺研究与思想解放运动的不断深入推进紧密相关，因此，随着思想解放运动逐渐落下大幕，延安文艺研究在20世纪90年代呈现出相对沉寂寥落的状况。其比较显性的标志是：1992年1月，创刊于1981年的《抗战文艺研究》在出版第三十一期后更名为《新文学研究》[①]；同年年底，创刊于1984年的《延安文艺研究》发表《改名改版启事》。这两份期刊的更名和改版预示着80年代专门（或主要）以延安文艺研究为主要内容的期刊的终刊，昭示着延安文艺研究渐趋冷寂和沉静。当然，对延安文艺的关注仍在继续，比如1990年安徽延安文艺研究会的成立等。但整体来说，20世纪90年代的延安文艺研究正如刘增杰所指出的，慢慢回归"社会生活结构中应处的位置，消融于中国现当代文学研究的整体格局之中"[②]。

现在来看，90年代是延安文艺研究的低潮时期。与前相较，80年代的研究"众声喧哗"：配合思想解放运动的推进，研究界大力引介西方理论和思潮，不断提出各种新的命题，延安文艺研究在思想解放运动的大潮中得到关注和重视。与后相较，新世纪以来的延安文艺研究"多姿多彩"：新的研究学人不断涌现和汇入，研究视野视角和理论方法更为拓展和推进，历史化的还原与基于学术审视的重构呈现出勃勃生机。在这两个时代之间，20

---

① 龚明德：《〈抗战文艺研究〉略叙》，载《博览群书》2011年第3期，第118—120页。
② 刘增杰：《静悄悄地行进——论90年代的解放区文学研究》，载《文学评论》2002年第2期，第88页。

世纪90年代作为前者的延续和后者的前发,宛如延安文艺研究两座山峰之间悄设的桥梁。这个桥梁既是80年代延安文艺研究的延续,也为新世纪研究开启了先声。

作为延续,对王实味遗案的清理依然体现着拨乱反正的努力,"再解读"延续着"重写文学史"的追求和呼吁,等等。随着1991年2月公安部对王实味的平反,重新审视王实味遗案、王实味作品及其相关文学思潮的研究,成为80年代拨乱反正研究背景下对延安作家作品研究的延续。同时,作为"重写文学史"的延续,"再解读"思路先有海外学者对延安时期的作家作品进行解读,后有大陆学者从此研究思路出发,对延安文艺在文本分析和历史解构的基础上进行重新审视。

作为新世纪延安文艺研究的开启,从"再解读"出发已经凸显了延安文艺研究新的学术规范正在形成。同时,随着90年代文化思想界"思想淡出,学术凸显"[①]的转型,有着严格学术训练、学科背景和专业素养的学院派学者走上延安文艺研究的历史前台,他们深入历史现场,强调个人感受,借用西方文

---

① 关于20世纪90年代的思想界,李泽厚后来在接受访谈时说:"我有个说法:思想淡出,学术凸显。大致意思是说中国的学术研究表面上热闹繁荣,但却鲜有真知灼见的思想出现。"而80年代的学人"都怀着理想和希望,把学术工作和中国政治和社会变革的进程相联系"。(参见《李泽厚:我和八十年代》,见马国川:《我与八十年代》,生活·读书·新知三联书店2011年版,第67—68页。)对此,1994年11月王元化在接受访谈时说:"最近泽厚将学术界一些人开始出现探讨学术的空气说成是学术出台思想淡化",其实当时的"学术空气还十分微薄",而且在相当长的时期内,都不会成为可以和其他文化活动抗衡的力量。"我不认为学术和思想必将陷入非此即彼的矛盾中。思想可以提高学术,学术也可以充实思想。"(参见王元化:《关于近年的反思答问》,见《九十年代反思录》,上海古籍出版社2000年版,第73—74页。)然而,似乎李泽厚、王元化的谈话没有在一个维度上展开,前者是对现状的表述,后者更偏重对未来的寄望。

艺理论和研究方法，从不同研究视角开展更为规范的学术探索。甚至有关王实味遗案的研究，也与之前纠葛于文学政治二元对立的研究模式不同，研究者更多地从史料出发，体现出强烈的史料意识和学术探索精神。

为了便于整体把握20世纪90年代延安文艺研究承前启后的学术研究特征，本章拟从三个学术研究点来考察其基本面貌，分别是从"再解读"出发、学院派力量的崛起和王实味遗案研究。从"再解读"出发的研究，既是80年代"20世纪中国文学"史观和"重写文学史"思潮的延续性学术研究实践，也蕴含着90年代学术规范逐步确立过程中学界的学术探索。因此，它最能呈现90年代延安文艺研究承前启后的特征。学院派的崛起，是90年代"思想淡出，学术凸显"的具体体现，这种学术转型与学界文化界对学术传承的重视不无关系。人们更关注20世纪30年代清华大学文学院建构的学术传统，"四大导师"成为新的时代楷模，从陆键东的《陈寅恪的最后二十年》一纸风行即可窥见端倪。同时，这与学界强调对学术史的重写、建立新的学术规范的时代风气相契合。此外，"与国际学术接轨"，推进中国学术"走向世界"的努力，也呼唤学院派的学术研究走上历史前台。学院派力量的崛起旨在从学术规范建立的角度对90年代延安文艺研究所呈现出来的特点进行把握。作为个案标本的王实味遗案研究分为两个层面：一是遗案本身的研究，包括其发生、平反的过程等；二是王实味作为作家，其作品及与之相关的文学思潮的研究。这既是20世纪90年代延安文艺研究借助王实味平反公布而打破沉寂研究局面的代表，也是延续和体现80年代研究的典型，还是90年代延安文艺研究史料意识的自觉及学术思想拓展的具体体现。

第一节

"再解读"与海外学术思潮、方法的引进及影响

20世纪90年代涌现的"再解读"思潮①在很大程度上被视为"重写文学史"思潮的延伸,或者说是"重写文学史"思潮进入具体实践的批评过程。这个批评过程产生了一批富有代表性的成果。②有学者指出:"'再解读'研究为重新读解当代(乃至20世纪)的重要文本和文学现象,提供了颇为有效的研究方法和思考角度。一个最为明显的'成效'是,这种研究思路能够呈现被视为'一体化'时期的各种文学力量和文学形态之间的关系,能够呈现这一时期文学(文化)的多层次内容,以及这些有差异的文学内容或冲突或融合的编码过程,从而暴露看起来很'光滑'、'铁板一块'的文本中蕴涵的缝隙和矛盾。……是上世纪90年代以来产生了较大影响的一种研究路向。"③从"再解读"出发,许多中国学者借鉴海外"再解读"研究思路中诸如文本分析、历史解构以及利用后现代主义、新左派理论等,对中国20世纪40—70年代文学(尤其是50—70年代文学)进行重

---

① 有研究者认为,"再解读"不能作为一种思潮,而是"重写文学史"思潮的具体实践。如贺桂梅认为,"再解读"仅是一种研究思路;刘再复、林岗认为,"再解读"是"重写文学史"思潮中对一些有代表性的作品和基本文学现象进行理性重评的具体的批评过程。

② 如唐小兵编选的《再解读:大众文艺与意识形态》(香港牛津大学出版社1993年版)和黄子平的《革命·历史·小说》(香港牛津大学出版社1996年版)等。唐小兵著作中的许多文章发表于1991—1992年的《二十一世纪》杂志,2007年由北京大学出版社出版简体字增订版。黄子平的著作在做了部分内容的增删后,于2001年改名为《"灰阑"中的叙述》,由上海文艺出版社出版。

③ 贺桂梅:《"再解读":文本分析和历史解构》,载《海南师范学院学报》(社会科学版)2004年第1期,第8页。

读，进行新的阐释。其中比较有代表性的如李杨、贺桂梅等人的研究。

在这种研究思路的影响下，部分延安时期的作品、文学事件等成为"再解读"的对象。当然，由于生活场域、文化背景等方面的不同，海外学者与大陆学者的"再解读"研究在研究思路、研究方法、价值观念等方面又存在着较大的区别。下面分别从两类"再解读"思路的梳理中探析其重读延安文艺的研究特征。

一、海外学者的延安文艺"再解读"

在"再解读"思路的影响下，延安文艺得到新的关注。"再解读"的"研究思路基本上是选择一个特定的文本，呈现文本的修辞策略、叙事结构、内在的文化逻辑、差异性的冲突内容或特定的意识形态内涵在文本中的实践方式"①。因为"本文是一切，因而蓄藏着解释的无限可能性。同时，本文又是不确定的，它以其符号性与其他本文构成一种不断运动的参照关系，在无限意义生成活动中滑向意义的无限分延之中"②。在海外研究者那里，我们可以看到解放区文学作品被抬上"再解读"的手术台，意义无限分延。

黄子平对《在医院中》的再解读，讨论的是革命的社会实践与疾病这一社会病理学概念之间的隐喻关系。他从文学史和社会思想史的角度，借助后现代主义的批评手法，以五四时期和延安整风时期关于文学、医学的对立或借喻关系为切入点，通过对《在医院中》的文本分析和1958年"再批判"的反思，着力探讨"作品与多重历史语境之间的关系"，"作品与其他话语之间的互文性"，从而揭示或解释"作品进入20世纪的'话语—权力'网络后的一系列再生产过程"的内在联系。黄子平认为，20世纪中国早期的文学生产经历了从"治疗"到"再治疗"的重新编码，《在医院中》的"住院治疗""成功"已经昭示着"杂文时代"的结束和"秧歌剧时代"的到来。然而，通过"角色规范"的调整"重新达到群体和谐"，从而去争取对"外面世界"的胜利的"住院治疗"，却让作者生

---

① 贺桂梅：《"再解读"：文本分析和历史解构》，载《海南师范学院学报》（社会科学版）2004年第1期，第6页。
② 王岳川：《后现代主义文化研究》，北京大学出版社1992年版，第104页。

发出"巨大的疑问":"如果文学家能被'治愈',文学(作为知识者对时代、民族的道德承诺的写作和生存方式的文学)真的能被治愈吗?""社会群体真的可以视作与人的身体一样的有机整体吗?文学真的是医治这个有机体的一种药物吗?文学家的道德承诺与他们实际承受的社会角色之间,真的毫无扞格吗?"显然,作者认为,"作为知识者对时代、民族的道德承诺的写作和生存方式"已经失去了对"国民性病根"的疗效,从而引发革命对文学进行"医治"的文学生产的反思。[1]

唐小兵对《暴风骤雨》的再解读,探寻的是"转述式文学"如何成为一个革命时代的大众文学。唐文在对"暴力""写作方式的暴力"等概念进行阐释后指出,小说作者不但"直接写进一种明确、普遍性的语言",还"围绕着作品本身""反复为自己界定语境,急切地把小说创作和新兴的权力结构及体制化的意识形态衔接起来",从而"开创了一种新的写作方式,一种实质上否定了写作行为本身的写作方式",一种与"新的政治意识形态休戚相关"的写作方式。这种"从结构上预先确定了作品的叙述方式和情节模式"的写作方式,其"基本出发点是图解一场暴烈的农民运动",是"解释、说明新的社会秩序的意识形态重构"。在写作的语言形态上,小说作者似乎刻意在创作中使用农民语言,但这些"农民语言从来而且早已被打上无形的引号,被减缩成一个符号,征兆某种'真实'或者是某种特定的生存方式";"农民语言在某种意义上只允许提供有装饰意义的词汇",而"作品的主导语言"是"体制化了的语言",从而形成"语言的暴力"。在语言的象征形态上,小说中以"暴力"为语法的身体语言,正是"暴力革命则使人成为工具"的过程的具体呈现。通过对小说文本的详细分析,唐小兵认为,支配20世纪40—70年代的"转述式文学"的"想象逻辑"正是这样一种"暴力辩证法","在最表面也是最深刻的意义上,回响和阐释着主流意识形态,服务于体制化了的'象征秩序'",而这种保守的非革命的文学形式"是

---

[1] 黄子平:《病的隐喻与文学生产——丁玲的〈在医院中〉及其他》,见唐小兵编:《再解读:大众文艺与意识形态》(增订版),北京大学出版社2007年版,第19—33页。

对文学革命的终极否定"。①

孟悦通过对歌剧、电影和革命芭蕾舞剧三种不同形态《白毛女》文本的比较，讨论不同文化力量在文本内的交锋与回合。孟悦认为，歌剧《白毛女》呈现的基本上是"民间道德逻辑及美学原则的运作及其与政治主题间的关系"，两者"妥协"的结果是，"一个按照非政治的逻辑发展开来的故事最后被加上了一个政治化的结局"。与歌剧文本相比，电影《白毛女》"以市井流行文艺中的富于悲欢离合的娱乐性形式翻译并转换了歌剧所表现的乡土伦理原则"，"'情'与'巧'的叙述原则"取代了民间伦理逻辑，"为观众提供了相当宽裕的非政治的欣赏角度和解释的可能性"。而舞剧《白毛女》中，"政治话语运作大大压过了非政治的声音，大部分非政治的细节都被删除掉了"。由此，孟悦认为，不能对"革命文学"这个复杂的历史现象进行简单化研究，而应去深入发掘掩藏在"不同话语、不同文化传统之间"的互动与渗透，因为文本不仅仅是"政治话语的压迫工具"。②

刘再复、林岗对罗兰·巴特提出的法国革命式写作和马克思主义式写作（斯大林式写作）两种政治式写作进行了区别分析，通过对茅盾《春蚕》、赵树理《李家庄的变迁》、丁玲《太阳照在桑干河上》等文本的分析，讨论了中国现代小说政治式写作的发展途径。研究认为，《春蚕》是"政治意识形态形象图解的开始"，是马克思主义式写作；而《李家庄的变迁》在延续"图解"的基础上，已经发展成为"你死我活"的残酷斗争的叙述：一极是"反面角色的罪恶集中化"，一极是"人物的政治理想化"，体现出法国革命式写作和马克思主义式写作的融合。在这种写作中，叙述者"不会感到残酷"，因为他在描写"血淋淋事实的背后"，有历史的必然法则——历史要前进，历史规律是无情的——在支持。《李家庄的变迁》所采用的政治式的写作，在《太阳照在桑干河上》中表现

---

① 唐小兵：《暴力的辩证法——重读〈暴风骤雨〉》，见唐小兵编：《再解读：大众文艺与意识形态》（增订版），北京大学出版社2007年版，第111—127页。
② 孟悦：《〈白毛女〉演变的启示——兼论延安文艺的历史多质性》，见唐小兵编：《再解读：大众文艺与意识形态》（增订版），北京大学出版社2007年版，第48—69页。

得"更为完整",形成了一种"以社会政治分析和政治价值判断作为写作前提,以政治意识形态语言支配一切文学语言的写作方式"。这种写作方式"丧失人性的光辉",远离文学本性,成为"面对人类不幸而无动于衷的冷文学"。该研究认为,《太阳照在桑干河上》的写作模式为"新时代的小说写作提供了一种创作基调和叙事模式",影响到此后三十年的政治式写作,并不断发展,《艳阳天》《金光大道》已成为"对政治意识形态的无条件顺从",但这也使政治式写作走向了"终结的末路"。[①]

魏美玲通过对《小二黑结婚》《李有才板话》《李家庄的变迁》的解读,对赵树理小说的艺术性提出了质疑。魏文认为,赵树理小说具有"强烈的主题意识""讲求故事性和连贯性""运用民间的语言""人物命名别用用意""明朗乐观的笔调"等特点,但由于要迁就读者,所以存在着"结构松散、叙事琐碎","情节安排近于格式化,不善于处理冲突,营造高潮","景物描写粗疏,不注重以景物来渲染气氛,未能融景入情"等缺陷。因此,赵树理的小说"难以有高度的文学的价值,只能作为上乘的政治宣传品,而非出色的文学作品"。[②]魏美玲的论文虽然进行了较多的文本分析,但借用西方理论的阐释并不多,结论又是比较熟悉的概念化模式。

黄子平认为,"再解读"在研究对象和方法上表现出如下特征:一是重新解读左翼文学经典的热情;二是将包括结构主义、后结构主义、女性主义、文化研究、后殖民主义等多种批评方法结合于经典重读的方法导向;三是从阐释经典转变为"回到历史深处去揭示它们的生产机制和意义架构"[③]。但是,从以海外学者为主的"再解读"文章来看,文本分析构成"再解读"的研究前提和基本途

---

① 刘再复、林岗:《中国现代小说的政治式写作——从〈春蚕〉到〈太阳照在桑干河上〉》,见唐小兵编:《再解读:大众文艺与意识形态》(增订版),北京大学出版社2007年版,第34—47页。
② 魏美玲:《艺术还是宣传?——略论赵树理的〈小二黑结婚〉〈李有才板话〉〈李家庄的变迁〉》,见陈荒煤、黄修己等:《赵树理研究文集》(上卷),中国文联出版公司1998年版,第416—426页。
③ 黄子平:《"灰阑"中的叙述》,上海文艺出版社2001年版,前言第3页。

径。这种文本分析一般包含以下几种情况：一是讨论作品的具体修辞层面与深层意识形态功能之间的关联。如黄子平对《在医院中》的解读文章。二是通过考察同一作品在不同历史阶段呈现出不同版本或不同形态的变化逻辑，探究不同力量在文本内的冲突或磨合关系。如孟悦对《白毛女》三种文本形态的考察。三是"把文本重新放置到产生文本的历史语境之中，通过呈现文本中'不可见'的因素，把'在场/缺席'并置，探询文本如何通过压抑'差异'因素而完成主流意识形态话语的全面覆盖"①。如唐小兵对《暴风骤雨》、刘再复和林岗对《太阳照在桑干河上》以及李杨对《暴风骤雨》的解读等。

同时，我们应看到，"再解读"研究运用了诸多西方20世纪60年代之后的文化理论和意象所指等。如黄子平的"病的隐喻与文学生产"，显然借鉴了苏珊·桑塔格的"疾病的隐喻"，桑塔格正是通过对结核病、癌症等疾病的隐喻，将身体的病转换成一种道德批判，进而隐喻政治压迫的过程。而此过程与黄子平文章的行文逻辑完全一致；刘再复、林岗的文章也是将罗兰·巴特《写作的零度》（李幼蒸译，中国人民大学出版社2008版）中的政治化写作模式引入对《太阳照在桑干河上》的解读，而且在写作目的上与之相类，均对左翼文学提出了深刻的批评。此外，虽然海外的"再解读"研究者都强调从文本分析出发，形式上摆脱夏志清文学史研究的意识形态立场，但从唐小兵《再解读：大众文艺与意识形态》一书收录的文章来看，其研究结论带有强烈的预设性，难以摆脱意识形态上先入为主的研究模式。

这样，在20世纪90年代初期以海外研究者为主体的"再解读"框架下的延安文艺研究，在研究形式上呈现出着重文本分析和历史解构的新取向，在研究结论上反映出文学沦为政治婢女命运的预设需求。这种文本分析和历史解构侧重以西方文化理论将延安文艺所蕴含的主流意识形态消解为知识化资源，淡化其精神意蕴，而这实际上又与传统文学史观形成了对立。

---

① 贺桂梅：《"再解读"：文本分析和历史解构》，载《海南师范学院学报》（社会科学版）2004年第1期，第8页。

二、从"再解读"出发的大陆学者的延安文艺研究

随着20世纪80年代西方理论的涌入,大陆学者也开始借鉴西方学术的研究思路和研究方法,深入文本本身,弱化文学与政治二元对立的研究模式,将之作为文学文本和历史文本,进行文学史发展框架下的"再解读",从而给予文本更多的"同情之理解"。几乎与唐小兵、黄子平等同时,李杨已经开始着手对20世纪40—70年代的社会主义现实主义作品进行再解读(当然他未必满意这个名词,但研究思路是一致的)。此后,这种从文本分析入手,借用西方后现代主义、新左派理论等开展学术研究的模式被更多的研究者用来进行历史解构。

与孟悦关注《白毛女》的"形式的意识形态"不同,李杨对《白毛女》的解读,则是尝试着以"探究不同的历史中不同的意识形态意义所决定的审美方式,揭示其能指和所指之间的意指关系所暗含的社会无意识或政治无意识"。李杨指出,周扬将歌剧《白毛女》的创作主题定为"旧社会把人逼成'鬼',新社会把'鬼'变成人"。而要突出这一主题,就"应该抓住农民与地主的阶级斗争这个重点,把两个时代、两种社会制度进行鲜明的对比",传达出"新旧社会的对比是通过政权的对比来实现的"政治需求,同时"直接表现了中国农民的政治解放"。歌剧《白毛女》践行的是"普通社会长期以来形成的伦理原则和审美原则"的修复或想象,是"政治的道德化",是政治对民间的借用。不过,"歌剧《白毛女》回归民间伦理的目的是为了最终摆脱民间伦理。现代性的这一构造方式决定了歌剧《白毛女》的成功,也决定了这一现代性主题最终将被现代性本身的发展所颠覆"。芭蕾舞剧《白毛女》则要显示"文化革命",而"'文化革命'是一场比政治革命与经济革命彻底得多的革命。它是一场自我的革命。在这场革命中对立的双方,不是政权,而是我们内在的本质"。因此,"歌剧《白毛女》对民间伦理的借用已经成为了新意识形态生长的障碍"。芭蕾舞剧通过对黄世仁、杨白劳、喜儿等人物以及相关情节的重新塑造,将之"本质化和抽象化","每一个人物的意义都由它所属的抽象阶级本质所决定"。由此,李杨指出:"从'借用'民间文艺形式到'改造'民间文艺形式到'再造'民间形式,

歌剧《白毛女》可以说是既是延安大众化文艺运动的高峰,又是这一运动的必然终结。"芭蕾舞剧《白毛女》的诞生,说明"革命文艺在经历了以普及为目标的延安时期以后,正在开始回归'提高'这一现代性的启蒙目标。革命文艺的创造者已经不再像从前那样尊重已经存在的艺术传统,这种'古为今用,洋为中用'的创造热情,将不仅仅体现在未来的艺术实践中,同时也将体现在政治实践中"。①

钱理群从知识分子改造的角度,通过对卞之琳小说《海与泡沫》的文本细读,着重阐释文本中的两套话语及由之组成的知识分子群体游戏语言,并进而讨论小说在"现代中国知识分子精神史"上的别样价值。《海与泡沫》对应的是知识分子改造的时代主题,小说的核心是"'海与泡沫'的象征意义的思考(与阐释)"。通过文本细读,我们可以发现"小说文本采用了两套话语:一套是大家经常在各种集会上看到、听到的'原则'、'纪律';一套是要靠别人作注释才能明白的、只能心领神会而不能言说的话语"。"在这两套话语中,后一种话语不仅常常包含着前一套话语中的真实意义,而且往往构成为前一套话语的'反题'。"这两套话语构成了"集体开荒中的知识分子群体游戏语言"的历史痕迹。而"群体游戏语言"的背后,展现的是"延安时期中国知识分子的精神历程",这成为"这部作品于小说史之外的另一种价值"。②而李杨在《暴风骤雨》中发现的两种话语与此不同。他认为,小说展示的是"一个完整的话语组织过程",小说中并存着两种声音,一种是反映农民翻身解放的"农民的声音",另一种是说服农民的、代表着组织的"'现代'的声音"。小说是上述两种声音的碰撞和一种声音说服另一种声音的过程,是"代表'历史'的工作队把一套革命性的社会理论带到一个处于自然状态的封建村庄中来,通过开斗争会的形式,重组话语程序,使愚昧落后的农民逐渐掌握这一新的话语并以此认识生活"的过

---

① 李杨:《〈白毛女〉——在"政治革命"与"文化革命"之间》,见《50~70年代中国文学经典再解读》,山东教育出版社2003年版,第267—311页。
② 钱理群:《"现代中国知识分子精神史"中的一页——卞之琳〈海与泡沫〉细读》,载《齐鲁学刊》1999年第1期,第58—61、65页。

程，揭示了土改成功的历史叙事。①

通过对《太阳照在桑干河上》文本的深入解读和对历史的体察，於可训认为，从阅读经验出发，可以看出《太阳照在桑干河上》较之同时代反映土改的作品，更能体现出丁玲的生命体验和历史的原生状态。丁玲惯常的对人性的深入解剖和透视，使作品呈现出鲜明的个性特征，尤其是在人物塑造方面，从小说中不仅可以看到人性的善恶，还可以看到"不同阶级的人性赖以生长的社会制度和历史文化的共同根基"。小说对土改斗争的反映，也不完全是对政策的图解。丁玲仍然保持着一定的创作个性和独立思考，并没有完全放弃个人立场，虽然小说"仍然留有许多这个年代的政治和文学所难以抹去的历史痕迹"。②

在对赵树理文学的考察中，贺桂梅提出重新审视现代性的问题，认为赵树理文学的"暧昧的'陌生'感和疏离的样态"，具有"重新理解"的"想象"和"可能"。她从两位日本作家（洲之内彻和竹内好）的两篇观点相互冲突的论文说起，讨论赵树理小说"是否具有'现代性'及如何理解这种现代性"。在20世纪40年代的转折点上，从创作语言来看，赵树理文学的典范性，"既不如'方向'说那样，是忠实地实践《讲话》的政治化作家；也不如'民间文化论'那样，是'农民作家'的代表"，而是其独特的"中介性"。赵树理小说按照言文一致的原则，"创造了一种按照现代语汇和句法结构起来的、包容了政治语言和区域性方言土语的、比'五四'白话更有效的整合语言"。或者说，赵树理"通过克服人物语码和书写语言系统的分裂"，形成了一种"统合性"的新语言，打造出一种"跨越阶层、地域的现代白话"的赵树理独有的"新文体"小说。在此方面，"延安作家缺乏一种基于乡村群体经验并以之作为文化媒介的阶级共同体想象"，其"阶级主体想象"是"以个人经验为媒介，达成一种理论化描述"的途径来完成的。赵树理（以《小二黑结婚》《李家庄的变迁》为例）将无产阶级

---

① 李杨：《抗争宿命之路——"社会主义现实主义"（1942—1976）研究》，时代文艺出版社1993年版，第101页。
② 於可训：《一部书的命运和阐释的历史——重读〈太阳照在桑干河上〉》，载《江汉论坛》2003年第12期，第61页。

新人既表现为"一个个具体的面貌",也展现出"集体的形态",从而在实践上解决了"典型"理论试图解决的问题。这样,赵树理的小说其实显示着某种复杂性,即在小说的主题空间中,尽管存在着不同的个体农民,但他们并不居于中心位置;"一旦农民个体在某一叙述时段占据核心位置,也并不表明他超越了他所存在的空间集体",而只是以一种新的因素进入"集体空间"。所以,赵树理小说的"农民形象在当代文学的'典型'和现代文学的'个人英雄'之间,确有某种'媒介'的意义"。赵树理小说在语言上的统合性和在主体上的媒介性,根源在于创作坚持"新质发于旧胎"。这个创作原则建基的基本前提,是"文学应当成为一种更为大众化的公共性场域"。在具体的创作实践中,赵树理坚持"新质发于旧胎",在文本构成方面,很少表现"现代思想的'外来'输入";在乡村革命的表现方式方面,更注重"被摧毁的乡村秩序的修复和重建",即赵树理想象的世界,不是别一个世界,而是"恢复并重建一个'合情合理的世界'"。这就从"事实上承认民间旧文艺本身是可以自发地完成向现代的转化的",不必一定来自"西方"。这种"新质发于旧胎"的创作立场与五四新文艺传统形成了矛盾,造成现代性的悖论。而赵树理创作道路呈现出的"悖反"现象,"显示的是一种探询别样的'现代'文学的曲折轨迹"。因此,面对赵树理文学"内涵的复杂性",有必要反省既成的"现代观"和"定型化的关于现代的想象方式"。[①]

对于以政治性解读"赵树理方向"的定论,李杨也提出了质疑。在"赵树理小说的形式意义"中,李杨认为,陈荒煤总结赵树理小说的三个特点[②]显然是有意拔高了小说的政治性。而"赵树理方向"的真正意义是民族形式,这也是"赵树理小说对叙事文学的最大贡献"。赵树理小说显现的是叙事的中国话语形式。因此,"赵树理的小说无疑属于'社会主义现实主义'范围,具有一种作为叙事文学的现代性"。但是赵树理"始终没有清醒地意识到自己作品的这种现代性",

---

① 贺桂梅:《赵树理文学的现代性问题》,见唐小兵编:《再解读:大众文艺与意识形态》(增订版),北京大学出版社2007年版,第86—110页。
② 陈荒煤在《向赵树理方向迈进》中总结出赵树理创作的三个特点——"政治性很强""民族新形式""革命功利主义",首先提出了"赵树理方向"。《向赵树理方向迈进》一文发表于1947年8月10日的《人民日报》(时为晋冀鲁豫中央局机关报)。

而是在"强调文学创作要直接为当前的中心任务服务"的指导下,使小说呈现出"一种被动的叙事性"。这从《小二黑结婚》中可以明显看出。赵树理创作观上"近视性"的"被动的叙事状况",导致他"不能走到'时代'的前头"。在毛泽东的普及与提高的辩证法关系中,赵树理未能理解"'普及'只是一个相对于'提高'才有意义的概念"。从这个角度来说,我们"不得不对以'政治性'来解释'赵树理方向'抱有怀疑"。①

从以上研究来看,我们很难说大陆的学者对海外"再解读"思路借鉴了多少,但无疑这种从"再解读"出发的研究确实拓展了20世纪90年代的延安文艺研究视野。对比来看,海外"再解读"思路的文本分析和历史解构被大陆学者借用得多,而其结论预设(尤其是含有政治意识形态的预设)则被淡化,代之以从学理层面推纳出的价值观念。但正如唐小兵所说,《再解读》提供的"是一种文本策略,是对中国现当代文化政治、社会历史的一次借喻式解读"②。这就使大陆学者的"再解读",更为重视重读性批评,重视文学史研究视野,从而构成另一种形式的"重写文学史",体现出知识范式上的深刻转型。这种转型不在于评价而在于探寻,在于以更加细致入微的理论辨析和更加复杂丰富的理论方法构建起一套学术研究的规范。这也是90年代延安文艺研究从"再解读"出发所呈现出的最大特点。

---

① 李杨:《抗争宿命之路——"社会主义现实主义"(1942—1976)研究》,时代文艺出版社1993年版,第78—96页。
② 唐小兵:《我们怎样想象历史》(代导言),见唐小兵编:《再解读:大众文艺与意识形态》(增订版),北京大学出版社2007年版,代导言第17页。

第二节

学院派学术思想的活跃及研究领域的坚守与突进

20世纪80年代的学术研究,较多地体现着理想主义的情怀,有着明确的社会关怀和问题意识,论题本身与社会现实紧密联系,"在淆乱粗糙之中,自有一种元气淋漓之象"[①]。到了90年代,这种注重个人感觉、注重研究者主体性的研究模式日渐式微,更多地体现出一种新的面貌:研究者以学科背景和职业素养为基础,更注重文本分析和对西方理论的借用,语言学、结构主义、精神分析法、解构、无意识、女性主义、后殖民主义等,被广泛地拿来作为研究的工具,个体化感觉被坚实的知识与理论替代,学术研究的学院派浮出历史地表。学院派既是对轻慢理论的20世纪80年代感受式、印象主义式研究的纠偏,也是学术研究进一步规范的自身需求。从总体特征来说,学院派研究大概呈现出李泽厚所概括的"思想淡出,学术凸显"的特点。

对于学院派的崛起,陈平原总结了几个方面的原因:一是社会科学的迅速崛起。社会学家有理论背景、工作方法、学科积累,因此讨论具体的社会问题,更具优势,更能深入。人文气息浓郁的"启蒙话语,甚至'广场语言'",并不被认可。二是与80年代学位制度的建立有关。学位制度的建立,意味着国家教育的正规化,追求与国际接轨,在操作层面以美国为榜样。"大学里的课程设计、学科建设、论文评估、学位授予等",都对思想文化进程产生影响,"有没有受过良好的学术训练,差别很大",比如"撰写论文,有严格的形式方面的要

---

① 《梁启超论清学史二种》,朱维铮校注,复旦大学出版社1985年版,第2页。

求"。在这种背景下，经过"隔代遗传"，学术转型得以很快完成，"几届研究生出来，整个学界风气大变"。①此外，笔者认为，学界风气的转变还与文学期刊和学术期刊的界限开始分明、电视及报纸等大众媒体的逐步兴起等有较大的关系。

与此相映，贺桂梅认为，远溯来看，"20世纪中国文学"的三位提出者（黄子平、陈平原、钱理群）作为"新一代"学者，本身即是学位制度建设成效的体现者，他们"应被看作70—80年代转型时期高等教育体制改革的产物：他们都获益于1978年开始恢复、在1981年正式实施、1982年开始完善其制度化建制的研究生学位制度"。可以说，20世纪"70—80年代转型期大学教育体制与学位制度的建立，并不仅仅是一种制度的转变，它更是一种知识构成、思想谱系上的变化"。"伴随着90年代以来学院建制的扩张和学科体制的完善"，研究者"作为'学术人'的主体含义才成为不言自明的历史前提"。1991年，由汪晖、陈平原、王守常主编的《学人》杂志（江苏文艺出版社出版）倡导"学术规范"和"学术史研究"。这一"文化空间"的"浮现"，"潜在而并非不重要地规约着当代知识生产的方向和内容"。他们"对80年代中国学术'失范'纠偏，从'思想史'向'学术史'的转移，强调'学术'与'政治'的区分"等，往往被认为是新一代学人"社会位置与主体形象的重新定位"。②

学术研究中学院派的崛起，对延安文艺研究产生了很大的影响。80年代那种常见的"借经术文饰其政论"的研究途径，以及置对方"于不利政治语境的批评模式"，"单一的社会学批评模式"，"正在解放区文学研究中悄然离去"。③学院派更多地从作家作品本身出发，在文本分析的基础上，结合对时代环境、社会环境、文学史发展等的考察，坚持自身艺术感受，对作家作品、文学事件、文

---

① 查建英2005年1月3日对陈平原的访谈。参见查建英主编：《八十年代：访谈录》，生活·读书·新知三联书店2006年版，第118—147页。
② 贺桂梅：《"新启蒙"知识档案——80年代中国文化研究》，北京大学出版社2010年版，第320—329页。
③ 刘增杰：《静悄悄地行进——论90年代的解放区文学研究》，载《文学评论》2002年第2期，第88页。

艺运动等开展新的阐释。

简单概括来说，崛起的学院派也只是一个宽泛的说法，大意可以指出身为大专院校或者科研机构，受过系统规范的学术训练，有着相对深厚的学科背景和专业素养的研究者。但其各自的研究思路、研究方法、价值观念等又存在较大的差别。梳理来看，其研究大概可以分为四类：一是在学科专业素养的支撑下，学术研究中别有"人间情怀"；二是着重理性阐释，淡化预设价值立场的相对纯粹的学术研究；三是在文本分析和理论借用的基础上，以新的视角阐释文本意义；四是讲究"回到原初"，以史料为基础展开深入的研究。这四类研究之间，各有门径，各呈其彩，也互有渗透。所以，这样的区分难免粗糙甚至武断，但有助于我们了解学院派20世纪90年代延安文艺研究的不同面貌。

一、突出"人间情怀"与淡化价值立场的延安文艺研究

关于学术研究中不失"人间情怀"，陈平原的理解最具代表性。他认为，保持"人间情怀"，就是在研究中一方面要有对历史、社会以及现实的深入思考，一方面有理性科学的原则，遵循学术规范。① 从这个角度来说，钱理群、蓝棣之、程光炜、孟繁华等学者的延安文艺研究具有这样的特点。

钱理群的"批判萧军"以1948年8月为切入点展开。开篇是叶圣陶当月日记的几段摘抄，大略是批判的背景。"批判萧军"源自《文化报》与《生活报》的论战。《生活报》上"铁拳"的"猛然出现，却使人悚然"。此后，"铁拳""成为一种象征物"。这场论争缘何充满"火药味"？应该"从延安时期说起"。"精神流浪汉"萧军到延安后，与"旧中国的反叛者"毛泽东在气质上"确有相

---

① 陈平原：《学者的人间情怀》，载《读书》1993年第5期，第76—78页。在该文中，陈平原认为，"选择'述学'的知识者"，应"既保持其人间情怀，又发挥其专业特长"，简单地说，就是研究者"首先是为学术而学术，其次是保持人间情怀——前者是学者风范，后者是学人（从事学术研究的公民）本色"。在某种程度上，也是因为"人生体验而来的理解与感悟"，"不能代替严谨的学术思考"。因此，"学者选择学科选择课题时不可能不受现实人生的制约，可一旦进入具体研究，从搜集资料、设计理论框架到撰写论文，都要依循理性和科学的原则，尽量避免因为政治见解或现实需要而曲学阿世"。

通之处",但留恋"血气之勇"的萧军难以融进延安,这是由于"集权的,秩序的,规范的要求"与"流浪汉""个体独立的,反叛的,自由的天性之间"存在着难以弥合的冲突。虽然经过整风,大多数知识分子完成了"归依"的过程,而萧军仍是"精神流浪汉,不驯的野马"。而这"几乎决定并预示了萧军今后的命运"。追溯延安时期的萧军,就比较能理解1948年8月的萧军。抗战胜利后回到东北的萧军,依然坚持五四启蒙主义思想,通过演讲、创办出版社和报纸等文化活动,引起群众的强大反响,也树立了个人的威望。但在"需要树立'革命话语'的权威的时代",萧军的行为显然"不合时宜"。因此,萧军必须为此"付出代价"。在铺垫了这些背景后,研究者才进入"历史现场",从《文化报》《生活报》原始材料出发,简述了双方的论战情况,直至最后对萧军的"结论"和"决定"。该文指出,争论的结果是"一方利用自己掌握的政治经济权力,根本剥夺了对方的话语权,以维护'精神理论'上的绝对'统一与集中',树立'革命话语'的不容置疑的权威"。东北文艺协会的《关于萧军及其〈文化报〉所犯错误的结论》显现出的"对'革命的小资产阶级知识分子'的特别警惕,及对'进步文艺界'某些人的不信任感","都是不祥的预告";东北局《关于萧军问题的决定》"其指向已不是萧军一人,成了建国后无间断的全民性的大批判运动的先声"。因此,1948年对萧军批判的"结局与解决方式,影响是深远的"。[1]

通过对"再批判"中丁玲作品的解读,蓝棣之认为,"再批判"时批判文章的问题在于"攻其一点,不及其余","断章取义",是"不客观、不全面"的,也"不符合原作文本的根本含义"。通过文本分析,研究者对丁玲创作《莎菲女士的日记》的目的以及小说的核心进行了新的阐发,指出女主角从情与欲的冲突中摆脱出来,并在审视身体心灵之战后进行"抒诉忏悔",作者丁玲对"女性身上的文化积淀和世代相传的信息,挖掘得相当独特、新颖而深入"。因此小说的思想倾向是积极的,"正统的","谈不到什么很异端"。作为革命者,丁

---

[1] 钱理群:《批判萧军——1948年8月》,载《文艺争鸣》1997年第1期,第22—29页。

玲将《我在霞村的时候》的主人公命名为贞贞,并将之描写为"洒脱、明朗、愉快"的女子,认为她"那么坦白,没有尘垢"等表现,可以看出丁玲"表现的勇气是令人惊讶的"。丁玲之所以刻画贞贞,是她有着类似的人生体验,失去自由的体验,作为女性的体验,不被世俗理解的体验,以及寻找重新做人道路的体验,等等。在这个取向上,蓝棣之与冯雪峰对贞贞的评价是一致的。蓝棣之认为,将丁玲的作品放在一起并结合其身世体验来进行研究,就不难发现,丁玲的创作是基于"女性的体验和思考",是"女性苦苦挣扎的艺术记录",是作者"由切身的体验扩展开来的对女性疾苦和命运的关注"。从这个意义上说,丁玲"堪称中国的波伏娃"。①

程光炜结合时代环境和作家个人的选择对何其芳、卞之琳和艾青20世纪40年代的创作心态进行了考察。他认为,"服务于抗战,服从于抗战"是中国现代作家所依存的时代环境,也是何其芳、卞之琳、艾青等作家奔赴延安的历史原因。由于中国知识分子素来具有担当天下的使命感,他们才会做出这样的选择。因此,他们的选择是"历史的严峻安排,与知识者自身的使命、历史自动性"的"相遇",有着"来自自觉意识的支持"和"中国知识者与生俱来的社会思想基础"。三位作家的历史呈现是:卞之琳最后离开延安返回西南联大,但"独具魅力的诗人"已经"不复存在";何其芳经过痛苦的改造,在诗歌创作上"失语";艾青调整诗歌话语体系,开始着力塑造劳模形象。②孟繁华通过审视何其芳的心灵冲突和话语方式,揭示其"精神蜕变的自我苦斗"。该研究认为,奔赴延安"以身许国"的作家的"唯一的选择",就是要么彻底融入集体意识,创造时代强音;要么沉默,保持人格完整,获得内心宁静。如果想将两者调和为一体,只能面临永远的精神困境。从主观上来说,何其芳渴望跟随"时代的步伐",但其内心又力图保持"冷静严肃的思考"和对艺术的追求。在延安,表现

---

① 蓝棣之:《女性的愤懑和挣扎——丁玲〈莎菲女士的日记〉、〈我在霞村的时候〉解读》,载《贵州社会科学》1998年第4期,第64—72页。
② 程光炜:《何其芳、卞之琳和艾青四十年代的创作心态》,载《文学评论》1993年第5期,第153—156页。

出来的是"精致""独语"的《夜歌》,在新中国成立后表现出来的是"思绪万端矛盾重重"的《回答》。在被批判后,何其芳两次选择了沉默,但他一直没有停止对自己的"检讨"。因此,何其芳一生都在这种精神困境中纠葛和挣扎。何其芳这种"精神蜕变的自我苦斗",典型地反映了那一代知识分子的命运。①

学院派开展的第二类文学研究,大体遵循这样一种路径:从作家作品的实际出发,注重理性阐释,转换研究视角,淡化意识形态立场预设的解读倾向,使研究呈现出别样的面貌。应该说,这是学院派开展文学研究中更为基础、成效也更为显著的一类研究。

刘增杰在研究中提出解放区短篇小说呈现出"四峰并立"的观点,并从创作思潮流派的视角,梳理了解放区短篇小说的创作特征和发展轨迹。他认为,丁玲初到陕北的《一颗未出膛的枪弹》表现出作者独特的"政治敏感和艺术胆识";带有社会剖析性质的《我在霞村的时候》《在医院中》《夜》体现出作者"以清醒的自觉,批评现实生活中旧的传统观念、小生产者习气"的创作意识,"具有左翼作家作品的强烈社会批判品格"。由于历史和现实的因素,丁玲"别辟新路,没有在这一领域继续进行新的探索",该流派也便没有得到进一步发展。赵树理的《小二黑结婚》可以被视为解放区"大众化小说流派创作的起点",其相继创作的《李有才板话》《孟祥英翻身》《传家宝》等都呈现出该流派的特点:主题上反映解放区农村的初步变革,结构上讲究叙事的连贯,语言上注意对大众口语的凝练和通俗易懂,艺术形象引人深省,等等。该流派后来在晋绥地区得到较大的发展。孙犁的抒情小说在解放区别具特色,呈现出"浪漫主义的格调",既真实再现战斗生活,又"在艺术上独辟蹊径,卓然独立"。与之相近的是康濯小说的艺术风格,具有"画面美"。但这种抒情风格"并未形成一个真正的小说创作流派"。刘白羽记录"急风暴雨时代"的短篇小说具有新闻特征,"用近似速写的方法"的创作,使作品具有较强的新闻性,但缺少艺术上的精雕细刻,缺乏生命力。新闻体小说"未在艺术上形成严格意义上的小说群体",在当时的历

---

① 孟繁华:《精神蜕变的自我苦斗——何其芳的心灵冲突与话语方式》,载《社会科学战线》1996年第3期,第159—167页。

史条件下,他们很难发展成为严格意义上的创作流派。因此,"创作群体"的提出,主要是为了把握这四种短篇小说创作类型。①

学界似乎很少对丁玲延安时期的杂文给予关注,但杨桂欣对此进行了研究。杨桂欣认为,丁玲的杂文"继承和发扬了鲁迅杂文的革命战斗传统","是中国新文学史不可或缺的重要篇章"。丁玲发表在《解放日报》1941年10月23日的《我们需要杂文》充分体现了自己的杂文创作主张:为着真理,在革命队伍内部开展自我批评和自由论争,积极反对革命队伍内部的封建主义。而丁玲在创作《我们需要杂文》之前,杂文创作实践在批判革命队伍内部的错误倾向和不良风气方面"已经非常自觉",而且"相当丰富"。之后,丁玲创作的《三八节有感》,"直言不讳","泼辣""无忌",希望延安的妇女问题得到正确解决,"但决不急于事功",是"批评革命内部封建主义的杰作"。离开延安后直到新中国成立前,丁玲创作了约二十篇杂文,其中《老婆疙瘩》《窃国者诛》成为"歌颂人民政权的黄钟大吕"和"刺向敌人的匕首标枪"。新中国成立后丁玲还进行了不少的杂文创作,其痛砭时弊的锋芒不减。该研究认为,丁玲的杂文创作个性一以贯之,具有"独特的创作风格";在延安时期拿起杂文武器,是对鲁迅杂文传统的继承、探索和发扬;丁玲的杂文"既有小说式的描绘和刻画,也有散文的抒情和诗意",形成了文学色彩浓郁的艺术风格。②

在不同研究视野的观照下,研究者还就相同的论题得出不同的研究结论,形成学术争鸣。张晓东从丁玲小说创作题旨的演变来探寻丁玲"从叛逆者到殉道者"的生命历程。他认为丁玲一方面强调创作自己熟悉的世界,一方面强调作家的阶层意识和写作态度,这种矛盾或者说是统一使她的文学风格在前后不同阶段呈现出巨大差异。丁玲初入文坛坚持自我探索,早期作品具有鲜明的个人风格,其中具有悲剧意识的生命底蕴震撼人心。到延安后的《一颗未出膛的枪弹》"表达了丁玲内心的某种企盼",是"希望被接纳,被信任的强烈愿望"的流露和表

---

① 刘增杰:《四峰并立:论解放区短篇小说创作》,载《中国现代文学研究丛刊》1992年第2期,第13—21页。
② 杨桂欣:《论丁玲的杂文》,载《文艺理论与批评》2000年第6期,第82—95页。

达，但《我在霞村的时候》《在医院中》又显示出作者的焦躁和郁愤。随着形势的发展，丁玲开始深入生活，去创作反映时代变革的作品，创作了符合时代需要的《太阳照在桑干河上》。然而，这部小说的创作预示着丁玲作为独立作家的"死亡"。① 与此相反，张建英对延安时期丁玲缺乏主体意识进行"图解"创作的说法提出质疑。通过细读丁玲作品，该研究认为，延安时期的丁玲创作，在主题表现方面，敢于直面解放区的社会现实矛盾，能够在宏大题材上展现创作个性；在人物塑造方面，擅于运用心理描写，能够深入人物内心，使小说中的人物形象具有爱憎分明的个人感情；在艺术处理方面，注重情节的淡化，使作品呈现出浓郁的抒情色彩和时代特征。因此，小说风格独特，具有强烈的个人创作特性，体现出作家创作的主体性。②

与讨论《太阳照在桑干河上》是否为"图解"政策的作品不同，王晓琴认为，小说"自有着一种格调不同的'女性的笔致'"；作为反映土改的代表作品之一，小说对农民的解放没有用惯常的"翻身"而是用"翻心"来叙述，表明"作者对历史变革的特异感受"：重视的是农民社会心理的变革。在这一创作思想指导下，作者"以她女性的善感更多地描写了受压抑而善感的女性"，如董桂花、周月英、黑妮、顾二姑娘等，"小说中的人物往往寥寥几笔就极尽传神而逼真"。从小说中可以看出，作者非常注意观察农民的言行举止，并从中体察他们"翻心"的感受，其中表现出的"普通农民具有现代意义的心理变化"在"同时代其他作家的作品中是很难读到的"。这也体现出"女性作者精微独到的深刻"。此外，小说的"叙事风格是委婉和悦的"，"节奏舒缓，行文似蛇灰蚓线"。在描述土改这样的宏大主题面前，小说"既见历史的浓重氛围，又见线条的清晰、完备"，体现出作者"叙事的婉曲和深切"。该研究认为，"女性的笔致传达出"作者"独特的思考角度和思索重心"，也使作品呈现出"独特的风格

---

① 张晓东：《丁玲：从叛逆者到殉道者——丁玲及其小说创作》，载《阜阳师范学院学报》（社会科学版）1996年第4期，第31—40页。
② 张建英：《谈丁玲延安时期小说创作的主体性》，载《常德师范学院学报》（社会科学版）2000年第6期，第66—68页。

特色";如果读者能进一步结合"历史的变革过程"深入体会,则更能体味"作者的真诚、细致和善感"。①

二、重视理论借用与讲究"回到原初"的延安文艺研究

20世纪80年代,西方理论方法的大规模引介,不但在文化理论界产生"文化热""美学热""《文心雕龙》热"等文化思潮,同样深刻影响到学术研究领域。比如李泽厚认为,可以从文化史、哲学、语义分析、结构层次、接受、心理等角度开展文学研究。②这种研究随着90年代学院派的崛起得到更为明显的体现。学院派开展的第三类文学研究,明显具有借用西方理论方法的特征,注重文本分析,采用多样化的研究角度,这与"再解读"思路有某种相似性,但研究预设则更为淡化。可以看出,文本分析往往作为研究的基础工作,对西方理论、方法、主义的借用成为学理分析的工具或视角。当然,文本分析与理论借用融为一体,展现出学科完善、专业细化下的学人素养的理论功底和思辨思维。这在年轻一代学人的学术研究中表现得尤为明显。

王明丽以女性意识的角度和性别/政治的立场,对丁玲延安时期的小说创作进行了考察。该研究认为,丁玲在延安时期发表的涉及妇女问题的一系列作品③,是其"基于女性性别的立场,对女性自我与革命的关系这一极富社会政治色彩的问题"进行的"独特且极富个性深度的思考","深入而且是独具慧眼地发掘出""主流意识形态在确立其权威话语的过程中,对于女性的普遍性压

---

① 王晓琴:《"女性的笔致"——〈太阳照在桑干河上〉风格谈》,载《中国现代文学研究丛刊》1994年第2期,第107—110页。
② 李泽厚:《文学研究视角及其他——答〈福建论坛〉记者问》,见《李泽厚对话集·八十年代》,中华书局2014年版,第43页。1986年10月9日,李泽厚在接受访谈时提出:"对任何作品的理解,今天和过去,'原来的意思'和现在所认为的'原来的意思'并不是一回事。这都涉及角度问题。我是赞成多样化的,学术领域也应该是这样。研究文学,老是用过去那种方式来进行作家作品分析,那是很不够的。我们还可以从文化史角度,从现在对世界和生活的理解的哲学角度,从语义分析的角度,从作品的结构层次的角度,从作品和作家的接受情况和接受历史的角度,从作品展示的个体心理和社会心理、有意识的心理和无意识的心理等等角度去研究讨论。"
③ 指《我在霞村的时候》《夜》《在医院中》《三八节有感》《风雨中忆萧红》等。

抑和对于女性自我意识的遮蔽",从而完成了对革命内部的封建性——男权意识的批判。丁玲的创作"立足于'女性/政治'的写作立场","达到了相当的'人学'高度",但受主流话语支配,呈现出"交融、互渗而又矛盾对立的文本风格"。①胡彦从意象、女性意识等角度入手,探讨丁玲早期作品中的女性形象。该研究认为:"睡眠、死亡、同性恋是三个出现在丁玲早期作品中的文学意象。""睡眠"意象蕴含着"文化价值追求",与主人公的"生存理想所欲达到的自在自为生命状态具有同构性"。换句话说,"睡眠"也是"'莎菲型'新女性在幻灭后而采取的退缩无为的生存态度"。《隔绝》的女主人公绣华是"过客对死亡的自我承担","死亡转化为生存,生命的个体存在和价值因死亡而得以体现";《自杀日记》中"伊萨的存在是作为死亡的存在而得以表现的";《阿毛姑娘》中阿毛的死具有哲学意义,对她来说,"死亡不是一种现世反抗,死亡是她个体生命确立后,从浮世苍生中醒悟,而走向的生命存在之所"。概括来说,这些女主人公的死亡意蕴在于"对生存的人的命运及存在的思考"。胡彦认为,《莎菲女士的日记》中莎菲和蕴姊的关系,《在暑假中》《岁暮》中的新女性的情感生活等,都具有同性恋倾向;丁玲对同性恋的描述,"目的并不在于传达、揭示其性心理的变态",而在于揭示女性的"第二性"地位,"她们不愿沉沦、妥协于虚伪、黑暗的现实人生的精神意向"。②箭鸣借用日本厨川白村的"苦闷的象征"命题,指出莎菲形象的最大特征是"苦闷"。其苦闷不是来自友情、爱情的缺失,也不是时代的赋予,而是成长道路上觉醒前对"自我存在""自我意识"的无知以及"梦醒后无路可走",而这样的成长道路又是由自身的"性格、思想、人生观"决定的:"倔强、傲慢、孤高的性格"造成"思想的进步性、积极性和落后性、局限性并存",而这些"形成了以我为中心考虑一切的个人主义人生观"。而且莎菲梦醒之后的苦闷依然存在,这是由莎菲本身和

---

① 王明丽:《女性·革命·政治——论丁玲女性意识的深化和超越》,载《西北师大学报》(社会科学版)2000年第5期,第47—53页。
② 胡彦:《睡眠、死亡、同性恋——对丁玲早期作品中新女性生存状况的探讨》,载《中国现代文学研究丛刊》1994年第2期,第101—106页。

当时的社会现状决定的。此外，通过对文本和丁玲创作自述以及冯雪峰等人评论文章的分析，箭鸣认为，将《莎菲女士的日记》无限拔高是不符合实际的，其面世引起较大的反响更可能源于当时的社会心理与文人心理。①

对赵树理《小二黑结婚》的研究，唐克龙从"个人化叙事与主流的意识结合的可能性"和"创造性继承与转化传统的可能性"两个方面，论证了小说是"个人化叙事与主流意识的整合"的典型。他认为，《小二黑结婚》中作者"叙事思维的力求圆满，结构的苦心经营"，"语言的反陌生化"，都是其创作"认同策略"的成功体现。②陈侠对《小二黑结婚》中的民俗审美价值进行了关注。陈侠结合赵树理的成长环境，通过对小说中人物形象的解读，以及对小说艺术形式和结构的剖析，指出作者"从民间故事吸取营养，把对人物的描写融入到故事的叙述中"，从而使作品蕴含的"传统文学和民间文学的血液，迎合了民众百姓的审美趣味"，具有"民俗审美的意象美"。③

田金霞探讨了丁玲延安时期生活与创作的"悲剧情结"。该研究认为，丁玲的"辉煌"与"劫难"都与延安密不可分，其延安时期的生活与创作有着深刻的"悲剧意蕴"。通过对丁玲延安时期小说作品的文本分析，可以看出丁玲创作中无法挣脱的"文学与政治的歧途"、现代思想与封建意识的剧烈冲突，以及充满孤独和忧患的"悲剧心态"，这是酿成丁玲"充满心灵的搏斗"的"成长的过程"呈现"悲壮色彩"的主要原因。④同一时期，田金霞还就丁玲早期小说中的"生与死主题"进行了解读，认为丁玲是在自我意识觉醒、五四落潮时期步入文坛的，因而生与死的主题被其纳入早期创作，并通过"个人独特的生命体验和生活背景"，对主题进行了独特的阐释。丁玲作品对生与死主题的阐释是通过知识

---

① 箭鸣：《苦闷的莎菲与莎菲的苦闷——兼评莎菲形象的"再评价"》，载《中国现代文学研究丛刊》1994年第2期，第87—100页。
② 唐克龙：《〈小二黑结婚〉：个人化叙事与主流意识的整合》，载《延安大学学报》（社会科学版）1998年第4期，第57—61页。
③ 陈侠：《"文摊"上的一枝奇葩——析〈小二黑结婚〉中的民俗审美价值》，载《太原教育学院学报》2000年第2期，第18—22页。
④ 田金霞：《论丁玲延安时期生活与创作的悲剧情结》，载《湘潭师范学院学报》（社会科学版）2000年第4期，第88—92页。

女性的爱情、归宿和死亡选择等方面展开的，体现出作者"对时代氛围的深刻感受及个人生命体验的真实抒写"的独特的艺术风格。①

不难看出，上述研究者基本都属于学界的陌生面孔，论文所发表的刊物也多为非主流学术期刊，之所以选择他们及其研究成果作为该时期从"再解读"出发的一类研究样本，主要基于这些研究成果散发出的深镌其时学术特征的陌生的新机。这些研究借用了女性意识、性别/政治立场、意象、同性恋、第二性、苦闷心理、叙事、反陌生化、悲剧情结、生与死的主题等西方文艺理论的话语和研究视角，体现出研究方法的借鉴和研究的多样化特点。

学院派开展的第四类文学研究，注重在史料基础上开展解放区文学研究，践行"回到原初"的研究命题，成为这类研究的基本遵循。

先以刘增杰的研究为例来看这类研究的基本特点。刘增杰在20世纪90年代前后的研究，不仅表现在对《文艺月报》第13—15期的"发现"，对孙犁九篇佚文的钩沉，对解放区文学研究"回到原初"的呼吁，还表现在其大量的解放区文学研究论作之中。刘增杰整理了被雷加因"未能找到"而"感到惋惜"②的《文艺月报》第13—15期的目录，对刊载在《文艺月报》第14期上的短篇小说（刘白羽的《胡铃》、方纪的《意识之外》、周立波的《阿金的病》等）进行了分析，认为这些小说"格调健康高尚，感情真挚热烈，生活气息浓厚，是当时延安短篇小说创作中成就较高的作品"。这三期期刊中，"诗歌创作中最有分量之作"的是艾青发表在第14期上的《太阳的话》，体现着诗人"深沉的哲理思索和热情澎湃的激情"。同时，《文艺月报》"重视文艺理论建设、重视研究创作现状"的办刊个性在这三期中也有着明显的体现。欧阳山的《公式主义是怎样产生的？》"较早地提出了如何克服创作中的公式主义这一重大课题"；严文井的《关于使人读不下去的文章》探讨的是如何克服公式化、概念化的创作倾向；高阳的

---

① 田金霞：《论丁玲早期创作中对生与死主题的诠释》，载《常德师范学院学报》（社会科学版）2000年第3期，第36—38页。
② 雷加在《新文学史料》1981年第2—4期、1982年第1期上连续发表长文《四十年代初延安文艺活动》，其中介绍了《文艺月报》第1—12、16—17期的主要内容，对没能发现《文艺月报》第13—15期感到惋惜。

《现实》"是对现实主义的热情呼唤",此外,一些关于文艺理论的译作也体现出《文艺月报》"对理论问题的兴趣"。第15期是纪念萧红特辑(也刊有其他文章),在悼念的文章(白朗的《遥祭》、高原的《悼迺莹》、刘白羽的《纪念肖红》和萧军的《零落》)中,可以看出"萧军的激越悲愤,刘白羽的质朴深情,白朗的亲切细腻"和高原的"惋惜之情"。①刘增杰还对孙犁没有收入《孙犁文集》及《孙犁著作年表》的九篇佚文进行了整理分析。这九篇佚文中,有八篇刊载于1942年的《晋察冀文艺》,其中《王福禄——人物素记之一》《〈铁的子弟兵〉读后》刊载于1月20日,《新人物·感情·气氛》刊载于2月20日,《检查自己》《加强文艺武装力量》刊载于4月20日,《诗言志》《战争和田园》《朗诵》刊载于5月出版的5、6期合刊;另外一篇《论概括的能力》载于1942年12月15日出版的《华北文化》第6期。孙犁的短论体现了其"正在形成的美学观":一是"初步阐述了创作与现实的关系",二是"要求文艺工作者重视文学技巧的磨炼",三是"有针对性地提出了克服创作中的'团圆主义'问题"。而"政治思想的提高和艺术技巧的提高并重"是短论阐述的中心,也是孙犁美学观的基点。刘增杰认为,囿于时代的局限,短论也存在一定的不足,但能给读者带来"美的思考和启迪",说明孙犁是一位"创作与理论同时起步的作家"。②此外,刘增杰从史料出发,对何其芳的《叹息三章》、王实味问题、解放区文学理论建设等问题进行了学术探索。③

从作品诞生、版本变迁入手,挖掘其中的史料价值,并在此基础上开展学术研究,也是20世纪90年代学院派延安文艺研究的一种途径。钱理群通过对《太阳照在桑干河上》诞生过程的描述,阐释了"新的小说的诞生"的基本特征与时代意义。钱理群认为,小说的出版对于丁玲本人乃至新文学的发展是一个"重要的

---

① 刘增杰:《新发现的三期〈文艺月报〉》,载《新文学史料》1989年第3期,第206—210页。
② 刘增杰:《孙犁的九篇佚文》,载《河南大学学报》(哲学社会科学版)1990年第2期,第60—62页。
③ 刘增杰:《回到原初——解放区文学研究中的一个问题》,载《中国现代文学研究丛刊》1999年第4期,第74—87页。

时刻"，"应该视为新文学史上的一个'重大的事件'"。因为这部小说创造了"社会主义现实主义小说的新模式"，"随着这种新模式逐渐成为小说（以至整个文学创作）的主导性模式"，文学进入"社会主义现实主义文学"的新时代，从而"具有一种'划时代'的意义"。该书的诞生过程中，"毛泽东两次关注丁玲及其书的出版，就很不寻常"。由此可以"看出一种新的文学作品的生产、流通方式的产生"，其实"反映了一个重要的事实，即文学艺术已经真正成为'党的事业'的一个重要部分，列入党的领导机构（而不仅仅是党主管文艺的部门）的重要议事日程"，"意味着毛泽东已经把未来文学的发展列入他的'新中国'的蓝图之中"，新中国成立后提出的"'全党管文艺'（以及'第一书记管文艺'）的思想，这时已经初见'端倪'"。"新的小说的诞生"的基本特征包括：创作主体方面，传统意义上的"作家"成为"新型文艺工作者"；描写对象方面，知识分子"退席"，"工农大众"成为"新时代"的"主人公"；创作思路方面，则要求"不仅是要用党的意识形态来观察、分析一切，而且要把党的意识形态化为自己的艺术思维，成为文学创作的有机组成"；语言方面，是"农村土语方言的运用"（以《暴风骤雨》为例）。由此，在1948年前后，"相对成熟的'社会主义现实主义文学'的新模式"横空出世，并很快以"自己"为标尺，开始了对"异己"文学的批判（比如1948年对萧军的批判），于是"一个独断话语权的文学秩序"建立起来。[1]

龚明德的《〈太阳照在桑干河上〉版本变迁》，从版本学的角度，展现了小说的首次出版过程、版本变迁情况以及版本之间不同内容的修订。该研究以北京图书馆手稿部藏存的《太阳照在桑干河上》手稿和小说的不同版本为基础，描述了丁玲的创作情况，如创作的目的、创作的过程、手稿的具体情况等，以及初稿形成后，胡乔木、萧三、艾思奇等人的审读，丁玲与毛泽东、周恩来、朱德的面谈等，直至修改完善后小说在东北光华书店的初次出版等。这个出版过程揭示了解放区宏大题材的文学创作的特点：领导阶层高度重视。此后，该书还出现了新

---

[1] 钱理群：《"新的小说的诞生"》，载《文艺理论研究》1997年第1期，第2—12页。

华书店、人民文学出版社、湖南人民出版社的各种修改版和重印版等。该文还对小说从1948年到1984年间不同版本的出版机构、出版时间、修改内容、目次调整及其与时代的关系等进行了详细考证,揭示出这部小说的时代命运。[①]全文没有评价,只是客观记述,但其"压在纸背"的言语,仍然可让读者产生丰富的联想。

---

① 龚明德:《〈太阳照在桑干河上〉版本变迁》,载《新文学史料》1991年第1期,第120—124、177页。

第三节

史料整理与历史阐释：
史料意识的自觉及学术思想的拓展

20世纪90年代，学术思想的拓展体现为史料意识的自觉，即在梳理史料的基础上对历史进行更为符合实际的阐释。由于"90年代解放区文学遗案研究中的最大进展，当属对王实味及与之相关文学思潮的新阐释"①，故本节以学界对王实味案及相关文学思潮的研究为个案，来审视延安文艺研究中史料意识的自觉。

作为"现代中国受难文人的第一个殉难者"②，王实味作为作家的身份显然不如其作为受难者的标本更具典型意义③。随着1991年2月7日公安部对王实味托派问题的最后平反，文艺界和学术界对王实味遗案、王实味作品以及与之相关的文学思潮的研究较为集中地涌现，成为20世纪90年代有关延安遗案研究中的一个醒目存在。这既是80年代旧案研究的历史延续，也带有90年代文艺研究的时代特征。

下面分两个层面来说，第一个层面主要是对王实味遗案这一文艺事件的研究，关注的是王实味的受难者身份，以及拨乱反正的历史延续性。第二个层面主要是对王实味作品及其相关文学思潮的研究，关注的是王实味的作家身份，考察其在延安文艺发展史上的价值与意义，以及90年代延安文艺研究所体现的重视史

---

① 刘增杰：《静悄悄地行进——论90年代的解放区文学研究》，载《文学评论》2002年第2期，第91页。
② 黄昌勇：《关于王实味的随想——〈王实味备忘录〉编后》，载《书屋》1997年第6期，第36页。
③ 正如朱正所说："王实味之所以值得后人来研究，因为他是一个典型，一个以文字取祸的典型。"参见黄昌勇：《王实味传》，河南人民出版社2000年版，序—第6页。

料基础上的学理阐释的学术特征。

一、作为标本的王实味遗案研究

要对王实味遗案进行现实反思，就必须理清该案的历史形成。1998年底至1999年初，宋金寿在《北京科技大学学报》上陆续发表四篇文章，"系统地阐述王实味冤案发生和发展的全过程，并探讨毛泽东与王实味冤案的关联和王实味冤案对毛泽东决策的影响"[①]。宋金寿认为，"从某种意义上说，没有延安整风运动，就没有王实味冤案"，这说明，王实味案的形成有一个复杂的背景。毛泽东的原意是，"要造成一河大水，马克思列宁主义的革命的水，实行思想革命"，应对王明的挑战，纠正王明"左"倾机会主义。但由于大家对"造水"的原因不甚明了，导致在整风运动初期出现"泥水俱下，鱼龙混杂""乱箭齐发"的混乱局面。一些作家如丁玲、萧军、艾青、罗烽、王实味等在期刊上发表文章，坚持延续杂文的传统，揭露延安时弊，从而干扰了大方向。这种局面的出现令人始料不及，毛泽东决定必须进行"纠偏"，而其途径则是以批斗王实味的托派"尾巴"为切入口刹住"歪风"。该说得到黎辛的肯定，认为其"切合实际，是经过调查研究后说的"[②]。

那么，王实味为什么会成为"延安文人被卷入整风运动中不可或缺的牺牲"[③]呢？这其实包含两个问题：其一，为什么要有人牺牲？其二，为什么是王实味牺牲？先说其一。按照宋金寿、黎辛等人的说法，是整风过程中出现复杂局面需要"刹"风来"纠偏"，但由于此风不好"刹"，就需要有人"祭旗"。姑且认为此说"切合实际"，然而却引出另外一个问题："纠偏"反映的问题实质

---

① 本处及以下引用宋金寿文章的文字，除另做说明外，均出自其发表在《北京科技大学学报》（人文社会科学版）1998年第3期至1999年第2期的四篇《毛泽东与王实味的定案》的文章，不再另做标注。
② 黎辛：《〈野百合花〉·延安整风·〈再批判〉——捎带说点〈王实味冤案平反纪实〉读后感》，载《新文学史料》1995年第4期，第76页。
③ 朱鸿召：《王实味在延安》，见朱鸿召编选：《王实味文存》，上海三联书店1998年版，第325页。

是什么？也许，王实味表达的中心议题是左翼知识分子以党的道德化的理想批评现实中的反道德化现象。具体而言，就是在平均主义的结构中表现出对特权问题和权力异化问题的焦虑和敏感；现实中存在的等级差序是从思想转化为制度的必要建构，但在另一方面，又冲击共产革命的核心价值。过去，这两者的关系是隐藏的，但王实味用明确的语言将之表达出来，从而对革命的"意义"系统造成冲击。从这个角度来说，王实味的表达和体制化力量的反应，建构起现代中国历史上知识分子和集体主义体制紧张性关系的经典叙述。但这似乎与宋金寿、黎辛等认为的"纠偏"是为了保证毛泽东发动整风运动的目标不被偏离存在着较大的分歧，耐人寻味。

再说其二。牺牲选择的对象为什么会是王实味，而不是更具代表性的人物，如丁玲、萧军等人呢？综观学界的论说，这个问题大概可分为三个方面。一是王实味的托派嫌疑。根据宋金寿的系列文章可以看到，正是由于王实味在1941年2月向中组部交代的材料中，有不少言论涉及自己与托派理论的纠葛，如其对斯大林、狄拉克的评判，认为"托派理论有些地方是正确的"等。客观来说，历史上王实味的确与托派王凡西、陈清晨等有过交往，其个人受到托派思想的影响也显而易见，但王实味不是托派亦是定论。不过在当时中共深受共产国际的影响，认为托派是无产阶级"死敌和匪帮"的历史环境下，这一点最容易被人"抓住把柄"。事实也证明，康生正是以此为据，将王实味问题升级定性的。二是王实味个人的性格问题。宋金寿的系列文章指出，"据一些老同志讲，王实味性格孤傲，脾气暴躁"，"情绪偏激"，"不大与人交往"，"行为怪癖"，是"延安四大怪人"之一。换句话说，王实味人缘不佳，没有群众基础。所以说，"王实味的这种坏脾气和傲慢，不是他犯错误的主要原因，但对他犯错误确实起了很大的作用"。三是王实味的名望不高。据胡乔木回忆："尽管《野百合花》引起很大争论，比丁玲的《三八节有感》争论得更尖锐，但《三八节有感》在文艺界有相当代表性"[1]；在延安文艺座谈会后，丁玲和萧

---

[1] 胡乔木：《胡乔木回忆毛泽东》，人民出版社1994年版，第55页。

军还是两个代表性人物。但丁玲是什么人?是初入文坛即让人"不免为她的天才所震惊"①,且"震惊了一代的文艺界"②的天才女作家;是1933年入狱后引起蔡元培、鲁迅、宋庆龄等社会各界人士高度关注的著名作家;是到达延安后享受毛泽东"洞中开宴会,招待出牢人"的贵宾;是贺龙批评时语气也比较委婉的"老乡"。萧军呢?萧军是鲁迅葬礼上的抬棺人之一,在延安以"鲁迅弟子"自居,数次与毛泽东彻夜长谈。而这些,都是王实味不具备的。关于这一点,黄昌勇在《〈野百合花〉的前前后后》《〈野百合花〉与延安文学新潮》《宿命中的沉浮——丁玲与王实味》(下文均有另述)等文中也有述及。

继续按照宋金寿系列文章的思路来看王实味案的形成。宋金寿认为,王实味冤案是"由罗迈'引发',康生插手,毛泽东过问并最后认定"的。此说明确了王实味事件形成的三个关键因素和基本步骤,基本得到大家的认可。王实味事件肇始于其所在单位中央研究院的整风运动。③其时中央研究院为了纠正整风偏向,着力"从整顿党风入手",具体过程包括"对王实味的批判和斗争"。康生的"插手"主要体现在他对王实味托派问题的定性。康生在得知《野百合花》被国民党作为反共宣传材料在香港报纸上刊载的消息后,去组织部查阅了王实味的交代材料,然后认为王实味问题属于"敌我性质"。这样,"经过康生的'加工',王实味便成了'托派'"。循此逻辑,李维汉在有关王实味的座谈会结束后的总结发言中说,王实味"是一个托洛斯基份子。支配着王实味的思想的是托洛斯基份子的思想"。④系列文章认为,毛泽东起初认为王实味的"问题并不严

---

① 毅真:《丁玲女士》,见袁良骏编:《丁玲研究资料》,知识产权出版社2011年版,第190页。
② 钱谦吾:《丁玲》,见袁良骏编:《丁玲研究资料》,知识产权出版社2011年版,第193页。
③ 王实味当时是中央研究院中国文艺研究室的特别研究员。中央研究院的院长本来是张闻天,但张闻天"为了不阻碍毛主席整风方针的贯彻",下乡调查农村工作,走前委托李维汉负责研究院工作。参见程中原:《转折关头:张闻天在1935—1943》,当代中国出版社2012年版,第235页。
④ 罗迈(李维汉):《论中央研究院的思想论战——从动员大会到座谈会》,载《解放日报》1942年6月28日第4版。

重",后来在1942年5月28日的中央学习组会议上才对康生的这个结论予以"承认",并进而改变了态度。

然而,实际情况可能更为复杂。看两个例子,《野百合花》第三、四节在《解放日报》1942年3月23日发表后,毛泽东读后说:"这是王实味挂帅了,不是马克思主义挂帅。"①1942年3月,王实味在《矢与的》墙报上发表两篇文章②,毛泽东提着马灯看后就指出"思想斗争有了目标了"③。这说明,毛泽东态度的转变并不是在5月底。系列文章最后指出,6月19日,毛泽东在中央政治局会议上说,"现在的学习运动,已在中央研究院发现王实味托派",从而"实际上表明了毛泽东对王实味案的最终肯定"。所以,"王实味是随着运动的深入发展,说得明白一点是为了运动深入的需要而被逐步升级成为'托派分子'的"④。这样,系列文章完成了"由罗迈'引发',康生插手,毛泽东过问并最后认定"的王实味案形成的叙述。不过,毛泽东对王实味的"过问"还包括一个细节:他将王实味与丁玲区别开来。丁玲回忆,在4月初的一次高级干部学习会上,许多人对《三八节有感》和《野百合花》提出批评,作为学习会主持人的毛泽东在总结时说:"《三八节有感》同《野百合花》不一样。《三八节有感》虽然有批评,但还有建议。丁玲同王实味也不同,丁玲是同志,王实味是托派。"⑤

黄昌勇的研究补充了"毛泽东对王实味案的最终肯定"后的事件进程:6月15日至18日,延安文艺界在文抗作家俱乐部召开座谈会,通过了《关于托派王实味事件的决议》。会后,文抗理事会开除王实味会籍。7月到10月,在康生的影响下,王实味等人被打成"五人反党集团"。10月23日,王实味被开除党籍。10

---

① 王首道:《回忆毛泽东同志在延安时期对干部的培养和关怀》,载《人民日报》1978年12月16日。
② 王实味在《矢与的》墙报创刊号上发表署名文章《我对罗迈同志在整风检工动员大会上发言的批判》和《零感两则》,在第3期上发表《答李宇超、梅洛两同志》。
③ 李维汉:《回忆与研究》(下册),中共党史资料出版社1986年版,第483页。
④ 宋金寿:《为王实味平反的前前后后》,见温济泽等:《王实味冤案平反纪实》,群众出版社1993年版,第117页。
⑤ 丁玲:《延安文艺座谈会的前前后后》,载《新文学史料》1982年第2期,第46页。

月底,王实味问题被正式定性:"罪名是:'反革命托派奸细分子,暗藏的国民党探子、特务,反党五人集团成员'。"①

概括来说,王实味案的形成非常复杂,既有整风运动的大背景,也有王实味个人的"小"问题;既有中共高层的综合考量,也有边区内外的推波助澜。但王实味的"罪名"最终成为历史存在。要为王实味平反,就需要一一解脱王实味的各项"罪名"。为王实味案平反的过程一直持续到1991年初。

叙述王实味案平反的代表性文本主要是温济泽的《王实味冤案平反纪实》。温谈及摘掉王实味罪名的几个步骤:第一步,"五人反党集团"在1982年被中组部否定;第二步,"探子、特务"的罪名在1986年《毛泽东著作选读》的注释中被认为不能成立;第三步,托派问题在1991年由公安部做出结论。对此,黎辛认为:"把《毛泽东著作选读》本注释的关于王实味是'暗藏的国民党探子、特务一事,据查不能成立',说成是摘帽或平反,也不合适。反革命分子的结论是有关的党政组织才有权作的。……编选和注释毛泽东著作的部门是党的有权威的部门,但它的职责范围决定它无权处理与党的纪律和政府法令有关的问题。书籍的注释就是注释,不能另派用场,不能代替复查结论。"黎辛还认为:"至于毛泽东在《扩大的中央工作会议上的讲话》中,说过'王实味,是个暗藏的国民党探子、特务',被解释为又给王实味戴了一顶反革命帽子,(见《纪实》一页)这不合适。这只是时间变了,对托派的看法不同了,把王实味的托派奸细分子换个说法而已。""如果王实味还有这顶帽子,现在公安部的复查结论又没有论及这顶帽子,是否复查还不彻底?"②从组织对王实味问题的平反只有两次决定来看③,黎辛的说法可能更具科学性。《王实味冤案平反纪实》指出,王实味的平

---

① 黄昌勇:《生命的光华与暗影——王实味传》,载《新文学史料》1994年第1期,第188—189页。
② 黎辛:《〈野百合花〉·延安整风·〈再批判〉——捎带说点〈王实味冤案平反纪实〉读后感》,载《新文学史料》1995年第4期,第85页。
③ 一次是1982年(没有提及王实味,但事实上已经纠正)关于"五人反党集团"的《关于潘芳、宗铮、陈传纲、王汝琪等四同志所谓"五人反党集团"问题的平反决定》,一次是1991年关于王实味托派问题的《关于对王实味同志托派问题的复查决定》。

反问题最先由李维汉在1981年向中组部提出。①中组部随后于1982年2月,做出了对"五人反党集团"问题平反的决定,解除了王实味"五人反党集团"的罪名,但其托派分子的问题被搁置起来。李维汉没有放弃,1984年去世前,将该问题嘱托给温济泽继续努力。

关于王实味托派分子问题被搁置的原因,以及该问题最后被平反的经历,则以宋金寿的《为王实味平反的前前后后》更具代表性。宋文指出,王实味托派分子问题被搁置的"症结",是王凡西在《双山回忆录》中将王实味作为托派的表述。为此,宋金寿于1984年8月在中共中央党史研究室的内刊《党史通讯》上发表《关于王实味问题》,提及王实味当时被定性为托派在历史、现实方面的依据,但该文对王实味被认定为托派提出了质疑。王凡西在读到宋金寿的《关于王实味问题》后,于香港《九十年代月刊》1985年5月号上发表《谈王实味与"王实味问题"》,澄清王实味不是托派。有了王凡西的表态,宋金寿于1986年6月又向中组部提出重新审查王实味案的申请。后来,中央高层开始关注王实味案,直接体现就是对《毛泽东著作选读》中有关王实味注释的表述做了调整。再后来,在温济泽的努力下,1988年夏,宋平批示王实味案交公安部办理。1988年12月,公安部做出《关于对王实味同志托派问题的复查决定》。1991年2月7日,公安部正式公布决定,并向王实味的家属做了宣布。至此,王实味"历时50年的冤案,经过12年周折,最后画上了句号"。②

王实味冤案平反后,有关该冤案的形成和平反以及有关王实味的传记类作品开始涌现。20世纪90年代前后,宋金寿、温济泽、黎辛等分别发表了王实味冤案形成和平反的相关文章,具体内容上文基本都做了概述,其中重要的是温济泽等

---

① 晚年的李维汉在撰写回忆录时,提出要对由自己"引发"的王实味"悬案"进行重新审查。温文照录了后来出版的《延安中央研究院回忆录》(湖南人民出版社1984年版)和《回忆与研究》(上、下册,中共党史资料出版社1986年版)中没有收录的一段文字《一个悬案》(原为初稿中的一节)。《一个悬案》记录了李维汉向中组部提出重新审查王实味问题的三点意见,提出要对王实味案进行重新审查。在此基础上,李维汉向组织部专门写了重新审查王实味问题的报告。
② 宋金寿:《为王实味平反的前前后后》,见温济泽等:《王实味冤案平反纪实》,群众出版社1993年版,第97—134页。

的《王实味冤案平反纪实》。值得注意的是温济泽的《再谈王实味冤案——冤案的始末及教训》一文。该文对《野百合花》文本进行了解读，介绍了当时批斗王实味的基本情况（这方面最详尽的当然是温济泽的《斗争日记》）、"五人反党集团"的形成，总结了王实味案形成的历史背景和主观原因，指出整风运动的成就还是主要的。该文认为，造成王实味案的主观原因包括："对敌情的过火估计"，康生"一个人说了算的主观武断的恶劣作风"，解决思想问题不该用"群众运动的斗争方式"，当时流行的"宁'左'毋右的不正常心态"和"不愿听不同意见的专横态度"。[①]黎辛认为："王实味案是一个把思想问题上纲到政治问题，并从政治问题上纲到反革命问题的冤错假案的典型。"[②]结合90年代有关知识分子操守问题的讨论，黄昌勇在反思王实味案时指出："历史与时代的宿命自然值得记取，但知识者自身的完善与自省也同样引人深思。"[③]需要说明的是，戴晴在20世纪80年代就推出了报告文学《王实味和〈野百合花〉》，在当时引起极大的反响，实质上推动了王实味案的平反。此外，朱鸿召的《王实味在延安》记述了王实味在延安的工作、创作以及被斗争的历史场景。余杰的《王实味：前"文革"时代的祭品》对王实味案的发生做出了反思。[④]

与此同时，有研究者发表和出版了王实味专辑类的论文和论著，这些成果主要算史料，如凌云的《王实味的最后五十个月》、徐一青的《王实味撤离延安及被秘密处死的经过》、雪苇的《我和王实味》等。黄昌勇的《生命的光华与暗影——王实味传》勾勒了王实味童年、求学之路、文学创作，以及在延安的

---

① 温济泽：《再谈王实味冤案——冤案的始末及教训》，见温济泽等：《王实味冤案平反纪实》，群众出版社1993年版，第50—60页。
② 黎辛：《谈点情况和感想》，载《文艺理论与批评》1997年第4期，第16页。
③ 黄昌勇：《关于王实味的随想——〈王实味备忘录〉编后》，载《书屋》1997年第6期，第37页。
④ 戴晴：《王实味和〈野百合花〉》，载《文汇》1988年第5期；朱鸿召：《王实味在延安》，见朱鸿召编选：《王实味文存》，上海三联书店1998年版；余杰：《王实味：前"文革"时代的祭品》，载《黄河》1998年第4期。

工作、创作和后来的遭遇,但基本没谈王实味的翻译工作。①当时出版的有关王实味的专著还有戴晴的《梁漱溟 储安平 王实味》(江苏文艺出版社1989年版)和黄樾的《延安四怪:王实味、塞克、萧军、冼星海》(中国青年出版社1998年版)等。

二、作为作家的王实味及其作品研究

从史料出发梳理王实味冤案的复杂形成和平反的曲折过程,虽然在形式上还属于20世纪80年代拨乱反正的继续,但在学理层面无疑已显示出90年代研究界在历史阐释中的史料意识。下面,从学术研究的角度来看90年代学界对王实味作品及与之相关的文学思潮的研究情况。

总体来说,在1991年王实味被平反前,研究者对于这桩遗案基本保持沉默。实际上,关于对王实味案的平反,却早已开始。只是由于环境,这种探索呈现出曲折发展的形态。1989年,杨桂欣在《齐鲁学刊》第1期上发表《回眸时看"再批判"》。该文发表时被编者加了按语,说明了文章发表的曲折经历:"本文写于1979年底至1980年年初,1980年先后有三家刊物(包括本刊)表示愿意发表。但由于受到某些阻力,故均未发出。"②这说明,20世纪80年代初已有研究者开始关注王实味案。在1988年底关于刘增杰《中国解放区文学史》的座谈会上,王维国谈到,这本解放区文学史论著"较为客观地描述了王实味事件的始末,给人耳目一新之感"。但王维国认为,论著没有收入的《王实味的文艺观和王实味思潮》③一文,"其思考的深入,分析之透辟远在该著作之上",并疑问"为何作者不将它写进著作之中",得到的答案是"经探询方知是前段时间政治气候变化

---

① 黄昌勇:《生命的光华与暗影——王实味传》,载《新文学史料》1994年第1期,第169—195页。
② 杨桂欣:《回眸时看"再批判"》,载《齐鲁学刊》1989年第1期,第1页。
③ 该文未见单独发表,其核心思想可能被整合进《挑战与互补:王实味等人文学观透视》一文,后被收入刘增杰的《战火中的缪斯》(河南大学出版社1992年版)。《战火中的缪斯》后来又被收入刘增杰与关爱和主编的《中国近现代文学思潮史》(上海文艺出版社2008年版)。

影响所致"。①杨桂欣的文章被推迟八年发表,刘增杰的文章不能收入论著,说明虽然当时有关王实味研究的外部环境并不成熟,但研究在80年代已经起步。

20世纪90年代对王实味及其作品以及与之相关的文艺思潮的研究主要分为三类:一是偏重对王实味遗案进行历史审视;二是从史料出发,发掘整理进而分析王实味的作品;三是从学术研究的角度,对王实味作品及相关文学思潮进行重新阐释。这三类研究实际上也代表着学术界90年代解放区文学研究的主要特征,即注重史料的整理与历史的阐释。

其一,对王实味遗案进行历史审视,其目的在于推进遗案平反或者汲取遗案教训。黄昌勇的《〈野百合花〉的前前后后》通过对当时延安文学新潮相关背景和细节的分析,以及对王实味杂文的文本阅读和王实味与丁玲性格、文学思想的比较,阐述了作为新潮代表人物的丁玲与并非潮流主导者的王实味在20世纪40年代命运不同的原因。黄昌勇认为:"王实味的文艺思想是在五四新文学启蒙话语系统的背景下生成的,只不过批判者们把它置换成了托洛茨基主义文艺的话语系统。"相较于丁玲等文学新潮人物,"王实味执著于理论的探讨,而丁玲等人则更注重创作实践对生活的干预,而正是这一区别,使王实味与丁玲等新潮其他参与者又有了不同的命运分野"。②后来,黄昌勇将这一观点进行了完善,通过对王实味与丁玲的文学思想以及各自所处时代、社会环境的阐发,结合1958年"再批判"运动的生发逻辑,解释了他们各自"宿命中的沉浮"。③杨桂欣的《回眸时看"再批判"》就1958年"再批判"被批判的五篇杂文进行了剖析,对丁玲、王实味等人的文章在白区引起反应就断定他们是"以革命者的姿态写反革命的文章"表示质疑;认为这些杂文"直抒己见"地提出了"正确处理革命队伍内部矛盾"的课题,没有越出"团结—批判—团结"的处理内部矛盾的"公式"。在对王实味的《野百合花》进行文本解读后指出,王实味文中确实存在着以偏概全的

---

① 《笔谈〈中国解放区文学史〉》,其中一篇为王维国:《从重新探讨王实味问题谈起》,载《河南大学学报》(哲学社会科学版)1989年第2期,第9页。
② 黄昌勇:《〈野百合花〉的前前后后》,载《新文学史料》2000年第3期,第58页。
③ 黄昌勇:《宿命中的沉浮:丁玲与王实味》,载《文艺争鸣》2002年第3期,第51页。

"错误",但将此"错误"认定为"反革命"则是不合逻辑、不合法规的;王实味"用杂文的语言形象地阐述抗日民族统一战线中坚持独立自主原则的必要性",符合当时的斗争形势,"为什么政治家讲的真理文艺家不能讲呢"?该文发问,如果王实味是托派、反革命,"怎么能写出革命的文章来"?对王实味的认定"不能老是一笔糊涂账",必须予以澄清。①该文写于70年代与80年代之交,带着典型的拨乱反正意味。此外,木芙在研究王实味案时,概述了《野百合花》《政治家·艺术家》创作时延安的文化和时代背景,在文本分析的基础上概括了两文的基本内容,指出王实味对解放区的政治生活的带有一定"缺陷"的批判,"是一个十分有价值的主题",提出了改造国民性当然也包括革命者都需要"改造"的问题。该文认为,即便在外部形势严峻的情况下,也应听取革命内部的善意批评,"正视'自我'的'缺陷'",保持"机体的健康";而"王实味'现象'应该得到文学史的公正评价",现有文学史对其"回避"或"为既定的政治结论作注释",都是"不公正"的。②可以看出,该文与杨桂欣的文章在批评途径和目的诉求上非常接近。

其二,从史料出发,发掘整理进而分析王实味的作品。其特点是,细读文本,在此基础上对王实味及其作品进行重新阐释。倪墨炎发掘整理了王实味到延安前出版的小说作品:《杨五奶奶》(载《晨报副刊》1926年2月27日)、《毁灭的精神》(载《现代评论》1927年10月至11月第148期至第152期)、《陈老四的故事》(载《创造月刊》1929年1月第2卷第6期)、《小长儿与罐头荔枝》(载《新月》1929年10月第2卷第8期)等;中篇小说单行本《休息》,作为徐志摩主编的"新文艺丛书"第8种于1930年4月由中华书局出版。倪墨炎认为:"王实味的小说总的说来思想性和艺术性都是不差的"。而王实味在赴延安前的译作主要有:霍布门(今通译霍普特曼)的《珊拿的邪教徒》(中华书局1930年版)、都德的《萨芙》(商务印书馆1933年版)、高尔斯华绥的《资产家》和奥尼尔的九幕长剧《奇异的插曲》(中华书局1936年版)、哈第(哈代)的《还乡》(中华

---

① 杨桂欣:《回眸时看"再批判"》,载《齐鲁学刊》1989年第1期,第1—3页。
② 木芙:《一个需要重新审视的问题》,载《齐鲁学刊》1989年第4期,第81—83页。

书局1937年版）。倪墨炎的文章主要着力于发掘王实味的小说创作和翻译著作，对其评价往往三言两语，呈现出更多的史料性质。在总结王实味到延安前的著、译后，倪墨炎认为："他同情被侮辱与被损害的人，他不满于反动统治。他有过救国无门、救民无路、感到前途渺茫的苦闷，但他始终追求进步，向往革命，希望变革旧社会。他后来终于毅然找到了去延安的道路，并在延安重新加入了中国共产党，是合乎他的内在的思想逻辑的。他是革命者。"①

作为学术研究的一种历史取向，黄昌勇等人对王实味的研究也有着相似的学术探索路径。黄昌勇摆脱之前诸多有关王实味研究中纠结于文学与政治关系的探究模式，尝试着探寻王实味小说的美学特性，并从审美品格的视角，对王实味的《杨五奶奶》《毁灭的精神》《休息》《陈老四的故事》《小长儿与罐头荔枝》等作品进行了文本分析和学理评述，尤其指出王实味在乡土体小说和自叙传小说创作领域的尝试，"虽不尽如人意、却闪现着他宽广的文学活力和视域"②。黄昌勇认为，在解放区40年代初期新的文学潮流中，王实味并不是主导人物，但《野百合花》《政治家·艺术家》的艺术力量"在那次文学新潮中无人堪比"，虽然其思想、意识"的确找不出太多的新识卓见"。通过文本分析，可以说王实味并不比丁玲等人"走得更远或者说更为激进"。即使是受批判最多的《野百合花》，也是"以说理为主"，态度诚恳，愿望和出发点是希望根据地变得更好。但王实味之所以最后"被历史所选择"，是"王实味的思想具有系统性"。然后经过陈伯达与周扬的文章"真正从理论系统上"进行"清算"，王实味才最终被定性为托派分子。③张永泉通过对王实味杂文的重读，认为如果细读《野百合花》文本，就不难发现，强加在其上的"歪曲了延安现实生活"，"具体描写是不真实的"，"迎合并利用了青年知识分子中的小资产阶级思想，挑动他们对领导者鸣鼓而攻之的情绪"和对同志进行"冷嘲暗箭的表现手法"都是错误的。相

---

① 倪墨炎：《王实味到延安前的文学活动》，载《新文学史料》1989年第4期，第119页。
② 黄昌勇：《论王实味的小说创作》，载《中国现代文学研究丛刊》1994年第2期，第226页。
③ 黄昌勇：《〈野百合花〉与延安文艺新潮》，载《延安大学学报》（社会科学版）2000年第4期，第71—76页。

反，作品反映现实生活、具有高度革命责任感，表现手法直言不讳，态度诚恳坦白，字里行间充满着希望延安变得更好的热情。至于《政治家·艺术家》被说成"把艺术与政治分开而且对立起来，挑拨艺术家与政治家的关系"，"将艺术家凌驾于政治家之上"的"宣判"也是错误的，因为"只要不事先带有某种早已确定好了的结论，而用自己的眼睛去阅读原文，就会得出与此完全相反的认识"。该文还认为，王实味等人在解放区首次提出坚持政治斗争和思想启蒙是应该引起重视的，可惜的是却被作为"毒草铲除"了。对王实味遗案的审视，要站在"文学史研究的角度去进行总结"，对这两篇杂文的批判造成的"更严重的影响"是"给文艺创作留下了经久不治的内伤"，影响到十七年的文学价值评判，比如"写本质论"和写光明还是写黑暗与此密切相关。①

其三，从现代文学发展思潮的视角，对与王实味相关的文学思潮进行重新阐释。对解放区文学史来说，王实味似乎是一个绕不过的存在。1988年，刘增杰在出版《中国解放区文学史》时，应该已经对王实味及与之相关的思潮进行了较为深入的思考和研究。虽然由于某些阻力导致其《王实味的文艺观和王实味思潮》没能进入论著，但从王维国对该文的评价可以看出刘增杰反思历史、探索求实的学术勇气。《中国解放区文学史》中的"对王实味文艺观的批判"部分，看似比较平淡，但通过对《野百合花》和《政治家·艺术家》的文本解读，对延安批判王实味过程的冷静描述，显示出作者弱化文学与政治二元对立批评模式的倾向，重点转向学理上的审视，客观上得出对王实味的批判和处理方式是特殊环境下产物的结论。②这在以"重评""重写文学史"等思潮弥漫的80年代已属不易。到90年代初期，刘增杰对王实味的研究已然深入一步。他指出，王实味与丁玲、艾青等人的文学活动，实际上构成了延安文坛一股"短暂的、充满生机的文学新潮"，新潮"既是对于延安文学主潮——工农兵文学思潮的挑战，也是对工农兵

---

① 张永泉：《现代文学史上的一桩遗案——重读王实味的两篇杂文》，载《海南师院学报》1993年第3期，第5—19、51页。
② 刘增杰主编：《中国解放区文学史》，河南大学出版社1988年版，第75—80页。论著认为："对王实味的批判以及对王实味问题的处理方式，是在特殊的战争环境下、在解放区文学发展的一定阶段出现的历史现象。"

文学思潮的补充、丰富和发展",是解放区文学发展史上"值得重新审视的文学事件之一",是"奇异的闪光"。其突出表现在以下几个方面:一是"从研究艺术家与政治家担负任务的不同入手,开始探索艺术家的特殊使命,强调文学独特的审美功能";二是"要求强化文学的社会批判意识,主张在歌颂光明的同时,应该更重视揭露现实中的黑暗,并进而埋葬黑暗";三是"以开放的眼光关注现代文学的发展,强调继承'五四'文学传统,主张对传统文学采取清醒的批判态度"。可以看出,其中的区别政治家、艺术家的不同职责与埋葬黑暗等特征,王实味的杂文功不可没。刘增杰指出,"新潮"的文学史价值在于开始了对"文艺与政治关系的思索,体现了文艺工作者对30年代以来文艺与政治关系问题处理上的某些失当的初步反思"。延安文学新潮最终在批判王实味的运动中夭折。对王实味的批判留下了深刻的历史缺憾:一是以人论文,二是以政治评判代替审美分析,三是以政治运动取代文学论争。正是"批判者把新潮的开拓视为倒退,把新潮倡导者的功绩看作罪行",才酿造了可悲的王实味事件。[①]刘增杰对王实味的研究后来取得进一步突破。有关王实味的美学观,刘增杰指出,王实味"集中探讨的,是文学与政治的关系问题,其他问题均由此而派生"。"他的见解突破了流行的思维模式,具有独树一帜的异端色彩。"刘增杰认为,王实味美学观的异端色彩包括:"第一,强调文学独特的审美功能",即强调文学家不同于政治家,应有其担负的特殊任务,应以文学作品改造革命战士的灵魂,"纠正了对文艺与政治关系的狭隘化、绝对化、简单化的理解",是"试图调整文艺和政治关系的一次有意义的尝试"。"第二,要求强化文学的社会批判意识",可以既歌颂光明也暴露黑暗。"第三,从文学的审美特性出发","隐约地开始了对创作主体心灵的研究",其"艺术感受更接近于鲁迅的内心世界"。"第四,以开放的眼光关注现代文学的发展,对传统文学形式采取清醒的批判态度",希望纠正"对五四新文学传统的漠视和对旧的文学形式的盲目推崇"的偏向。"第五,反对'只此一家,别无分出'的批评态度"。"文学批评中'只此一家,别无分

[①] 刘增杰:《文学的潮汐》,河南人民出版社1992年版,第140—150页。

出'的桎梏，会窒息文学批评鲜活的生命，并带来文学创作的单一和苍白。"概括来说，王实味的文学思想，尽管存在着"缺陷"，也仍然"闪射出""特异的色彩"。①不难看出，刘增杰对王实味文学思想的理解在学理上更为成熟，已经开始疏离文学与政治二元对立的批评模式，转向学理阐释。

在资料整理和论著方面，20世纪90年代末期，朱鸿召编选的《王实味文存》和黄昌勇编选的《王实味：野百合花》相继出版。②《王实味文存》收录了王实味的作品、延安时期批斗王实味的相关文章、关于王实味平反过程的文章和王实味夫人刘莹的相关申诉材料及怀念文章，还有作者编选的"王实味年谱"。《王实味：野百合花》前面有王实味的小传，但其主要内容是收集了王实味的作品包括延安时期的创作、到延安前的小说创作，附录了温济泽的《斗争日记》等文，具有较高的史料价值。

黄昌勇的《王实味传》应该视为综合以上三个方面研究特征的作品，也是黄昌勇关于王实味研究的代表论著。作为第一本王实味传记，该书简述了王实味的一生，包括他的创作、翻译情况以及在延安时期的命运沉浮，附录了王实味代表性杂文和"王实味年谱简编"。作者在后记中对该书的编撰特点进行了概括："一是，以严谨的史料考辨，力争最大限度地向人们再现传主一生真实的活动场景；二是从性格悲剧的构成解剖传主人生际遇的动因；三是从中国现代文艺思潮的回旋波动，阐释王实味作为一个新文学的实践者与时代要求的冲撞；四是……对延安整风重新解构，力争传达实际上形成20世纪那种普遍的政治文化运行的模式"③。钱理群在序言中对该著进行了肯定性的评价，指出论著对20世纪中国知

---

① 刘增杰：《战火中的缪斯》，河南大学出版社1992年版，第59—64页。
② 朱鸿召编选：《王实味文存》，上海三联书店1998年版；黄昌勇编：《王实味：野百合花》，中国青年出版社1999年版。
③ 黄昌勇：《王实味传》，河南人民出版社2000年版，第292—293页。

识分子悲剧命运的探索发人深思。①

本章以从"再解读"出发的研究、学术界学院派的崛起和作为标本的王实味遗案研究为关键词,来审视20世纪90年代延安文艺研究呈现的基本特征。虽然对研究面貌不能全景展现,但更便于把握作为低潮时期的研究特征。

虽然有学者认为,"'再解读'是在90年代中国市场经济兴起后,'革命史'被'矮化'的特殊历史时段里出现的一个舶来式的学术思潮。……与东欧社会主义'解体'后,西方对革命的'再解读'的社会思潮相配合"②,但学界更多地将"再解读"视为"重写文学史"思潮的延续和学术实践。且不管"再解读"是舶来还是延伸,事实上是,"1990年代以来,一种以经典重读为主要方法、被宽泛地称为'再解读'的研究思路,最先由海外的中国学者实践,逐渐在现、当代文学研究领域引起广泛注意。这种研究把西方上世纪60年代之后的各种文化理论——包括结构主义-后结构主义、精神分析、后殖民理论、后现代主义、女性主义、西方马克思主义等——引入当代文学研究实践中。……侧重探讨文学文本的结构方式、修辞特性和意识形态运作的轨迹,对于突破社会-历史-美学批评和'新批评'这种上世纪80年代'主流'批评样式,把文学研究推向更具体深入的层面"③。本章有关从"再解读"出发的研究中可以看出学界的学术探索逐步形成的规范。整体来说,"再解读"思路一方面是对80年代"重写文学史"的追续,一方面又在理论方法借用、学术研究规范等方面对新世纪的研究进行着导引和示范,因此也最能体现90年代研究在延安文艺研究学术史上的桥梁作用与过渡意义。

---

① 在序言中,钱理群指出:"作者以'不为尊者讳'的史家态度与笔法,对知识分子(包括一些声名显赫的知识分子代表人物)在批判王实味运动中的种种表现,所作的如实叙述,是特别让人感到沉重的。本世纪为什么一再出现鲁迅所说的'使劲地拉住了那颈子上套上了绞索的朋友的脚'的悲剧,这是人们不能不深长思之的。"参见黄昌勇:《王实味传》,河南人民出版社2000年版,序二第3页。
② 程光炜:《文学讲稿:"八十年代"作为方法》,北京大学出版社2009年版,第81页。
③ 贺桂梅:《"再解读":文本分析和历史解构》,载《海南师范学院学报》(社会科学版)2004年第1期,第6页。

学院派的崛起，则意味着80年代着重思想批判的落幕和新世纪强调学术规范的启轫，在更大程度上预示着新世纪延安文艺研究的基本走向。其中，第一种视角的别有"人间情怀"的研究，有着80年代研究较重思想的遗风，体现的是陈平原所说的写文章压在"纸背"的表达；第二种视角偏重抛弃政治预设，结论更是在学术探究下的自然呈现；第三种视角强调对西方文艺理论和方法的借鉴，更多是在形式上的体现，"新潮"化的理论名词俯仰可见；第四种视角是坚持"论从史出"的探究模式，史料的整理与分析是观点的前提和基础。

对王实味遗案的研究，从学术探索谱系来看，体现着延安文艺研究90年代与80年代的延续关系，但更重要的是，对遗案的研究更能看到研究界基于史料分析、进行历史性理性评判的史料意识和学术探索。王实味遗案之所以引起关注，在于其"悲剧意义早已逾越了作为个体生命本身的遭遇沉浮，他的悲剧其实已预示了一大批中国现代知识分子未来的人生轨迹。从某种程度上说，王实味的遭遇可视为中国现代知识分子中某一重要类型的起始点，回首既往的历史，我们会看到无数后来者在类似的境遇、不同的时期演出一幕幕沉重的历史剧"①。所以，王实味遗案的形成及其平反有着深刻的历史和现实意义。②王维国在1988年底的座谈会上看到刘增杰关于王实味的研究不能被收入其个人论著的时候，开始思考"文学研究工作者'内心的自由'"的问题。③随着学术研究环境的改变，可以

---

① 黄昌勇：《王实味传》，河南人民出版社2000年版，第11页。
② 鉴于20世纪文学与政治的复杂关系，在1991年王实味案平反前，学界对王实味的研究几乎处于空白状态——1989年杨桂欣、倪墨炎文章的发表，其实也是在王实味被"实际平反"之后。凌云的《王实味的最后五十个月》说明，1988年12月王实味已经平反，只是鉴于形势直到1991年才予以公布。
③ 《笔谈〈中国解放区文学史〉》，其中一篇为王维国：《从重新探讨王实味问题谈起》，载《河南大学学报》（哲学社会科学版）1989年第2期，第9—10页。该文指出，"外在的自由"不是"经常地、充分地具备"，因此研究者"内心的自由"便"显得至为重要"；"在政治判决面前无所作为，缺乏学术研究独立品格的状况，不能不说是中国文学研究界的悲哀"。造成这个局面的原因，固然是"因长期左倾思潮束缚而造成的精神上的禁锢，严重妨碍了文学研究工作者的独立观察和思考"，但研究者应认识到"用政治批判代替学术讨论的作法违背了艺术的规律"，从而主动追求"内心的自由"，经过"思考和分析，不因政治气候的变化而丧失学术研究的独立品格"，唯有如此，"众多的'内心的自由'便会保证学术研究'外在的自由'的永存"。

看到，刘增杰、黄昌勇等对王实味事件形成的判定有着深刻的学理分析，与之前关于王实味冤案形成的政治性论述语调已经大为相同。诸多学人对王实味作品、延安文学新潮等方面的研究，也都折射出90年代延安文学研究的一个走向和趋势，即逐渐疏离80年代文学与政治二元对立模式的批评模式，转向学理层面的重新阐释。

此外，20世纪90年代的文学史研究论著开始从文学发展的总体格局中审视延安文艺，从而显出理论色彩。陈思和在《中国当代文学史教程》中提出中国文学发展中"两种传统"的命题："自战争开始，中国文学史的发展过程实际上形成了两种传统：'五四'新文学的启蒙文化传统和抗战以来的战争文化传统。毛泽东的文艺思想及其影响下的抗日民主根据地和后来的解放区文艺运动，正是来自于战争的伟大实践。"[①]洪子诚在《中国当代文学史》中探讨了延安文艺的指导思想以及当代文学与解放区文学的历史联系，以宏阔的目光对延安文艺的相关问题进行了理论探索。该著认为，延安文艺的指导思想毛泽东文艺思想"带有强烈的'实践性'的特征"，毛泽东"在文学领域所提出的问题，以及对这些问题的回答，在很大程度上都是对现实紧迫问题的回应"；被视为当代文学起点的第一次文代会，"在对40年代解放区和国统区的文艺运动和创作的总结和检讨的基础上，把延安文学所代表的文学方向，指定为当代文学的方向，并对这一性质的文学的创作、理论批评、文艺运动的方针政策和展开方式，制订规范性的纲要和具体的细则"。[②]当代文学一体化的进程于此拉开帷幕。此外，温儒敏的《中国现代文学批评史教程》、田中阳和赵树勤主编的《中国当代文学史》、冯光廉和谭桂林的《中国现代文学史研究概论》等[③]，也对延安文艺研究中的部分重大问题进行了颇有理论高度的探讨。

90年代有两本解放区文学史出版：一本是汪应果等的《解放区文学史》（漓

---

① 陈思和主编：《中国当代文学史教程》，复旦大学出版社1999年版，前言第4页。
② 洪子诚：《中国当代文学史》，北京大学出版社1999年版，第10、14—15页。
③ 温儒敏：《中国现代文学批评史教程》，北京大学出版社1993年版；田中阳、赵树勤主编：《中国当代文学史》，湖南师范大学出版社1998年版；冯光廉、谭桂林：《中国现代文学史研究概论》，南京大学出版社1995年版。

江出版社1992年版）。该书分三编将"前期解放区文学"（1936—1942）、"毛泽东文艺思想的确立"和"后期解放区文学"（1942—1949）展开论述。另一本是许怀中主编的《中国解放区文学史》（海峡文艺出版社1994年版）。该书按照文学体裁，分别对解放区文学中的诗歌、小说、散文、报告文学、戏剧、文艺理论等进行了论述。两书多是对解放区文学的综合性陈述，学术层面的理论研究并不深入。此外，还涌现了一批延安文艺研究的专著，如刘增杰的《战火中的缪斯》《文学的潮汐》，刘增杰、王文金合著的《迟到的探询》[①]，王培元的《抗战时期的延安鲁艺》等，都在史料挖掘、理论建构、审视反思等方面进行了较为全面的学术探索。其中，刘增杰的研究在前文论述较多，不再赘述。王培元的研究具有很大的史料价值和理论价值，其"在政治的涡流中"一章具有口述历史的现场还原意味，描述了延安"抢救失足者运动"中的悲喜剧，描绘出文艺工作者的苦难史，认为"抢救运动毒化了延安的政治空气，败坏了人与人之间正常的情感和关系"，"也使很多人之间结下了冤恨的疙瘩"，"成为解放后文艺界若干矛盾纷争的种子"。[②]当然，朱鸿召的《王实味文存》等类型的学术史料的挖掘和整理，丁玲、艾青、孙犁、赵树理等作家文集及传记的出版、年谱的编辑整理等，都是学术研究不同形式不同层面的展现（偏重史料整理的，将在第六章予以探讨），为延安文艺研究的进一步发展奠定了基础。

[①] 刘增杰：《战火中的缪斯》，河南大学出版社1992年版；刘增杰：《文学的潮汐》，河南人民出版社1992年版；刘增杰、王文金：《迟到的探询》，河南大学出版社1996年版。
[②] 王培元：《抗战时期的延安鲁艺》，广西师范大学出版社1999年版，第351、352页。

第四章 拓展与阔深：新世纪以来延安文艺研究思想的新趋向

新世纪以来,文学研究借鉴新历史主义理论,突破启蒙主义文学观念和叙述框架,历史建构过程的历史批评成为文学史研究的重要路向;同时,逐步摆脱从后设性理论和概念出发阐释文学现象的"汉学心态",通过原始资料的钩沉和考辨来"复原""历史现场"以建构文学的历史叙述成为研究的新趋势,文学史研究的史学品格得到强化。① 随着学院派的涌现、"再解读"研究思路的拓展,20世纪90年代的延安文艺研究呈现出更为规范的学理性探索,这种在延安文艺中探究历史文本背后的意义结构和运作机制的努力,对新世纪的延安文艺研究产生了极大的影响。延安文艺研究进一步突破工农兵文学的研究范式,以富有文化意味的研究方法和视角继续对延安文艺的丰富内涵进行揭示与阐释,体现出一种高度的文化自觉。

"理论在一个国家的实现程度,总是决定于理论满足这个国家的需要的程度。"② 众所周知,延安文艺在形成过程中所担承的复杂性远远超出了文艺作品本身,延安文艺现象可以被理解为一种文化现象。因此,单纯从审美角度似乎不能揭示延安文艺的丰富性和文化内涵。新世纪以来,研究者对延安文艺采取一种较文学本身更为阔大的研究视角,比如文学-文化的视角、文学-社会的视角等,走进历史深处,以期进一步理

---

① 温儒敏:《现代文学研究的"边界"及"价值尺度"问题——对中国现代文学研究现状的梳理与思考》,载《华中师范大学学报》(人文社会科学版)2011年第1期,第73—74页。
② 马克思:《〈黑格尔法哲学批判〉导言》,见中共中央马克思恩格斯列宁斯大林著作编译局编:《马克思恩格斯选集》(第1卷),人民出版社1995年版,第11页。

解、揭示并阐释延安文艺在生成、发展过程中所蕴含的丰富意味。

结合具体研究成果来说,新世纪的延安文艺研究大体上可以分为几个方面:一是探索延安文艺形成的历史成因,着力于对左翼文学、鲁迅精神与延安文艺关系的考察,以及对《讲话》进行新的阐释,探寻延安文艺及其体制化生成的历史成因。简言之,试图回答"延安文艺是如何形成的""延安文艺复杂化形成的历史背景如何"等问题。二是进行学理层面的尝试性重构,即对延安文艺的性质进行概括,试图对延安文艺的性质、特征、形式变革等进行描述。简言之,试图回答"延安文艺本质上是一种什么形态的文学"及其外在形式发生了哪些重要的变革以及具有何种特征等问题。三是在重视史料的基础上,以严谨的学术态度,突破延安文艺的碎片化研究,力图在延安文人研究、不同文体作品的综合性研究等方面取得较大进展。

第一节

延安文艺与20世纪中国文艺传统及其关系研究的拓进

走过20世纪90年代的沉寂，在新的历史起点上，延安文艺该如何研究，成为学界首先要面对的一个问题。那么，延安文艺的范围该如何划定？一般认为，延安文艺指1942年后产生并发展起来的后期延安文艺。为此，朱鸿召提出要"重新厘定延安文学传统"，将延安文艺以1942年为界，前期称为"实践形态"的延安文艺传统，后期称为"观念形态"的延安文艺传统。①这样的划分，虽然也对延安文艺研究产生了一定的影响，比如李军在论述左翼文学与延安文艺的关系时，主要考察的是左翼文学资源对前期延安文艺的影响等（下文另述），但学界在考察延安文艺形成的历史成因时，更多地采取观念形态的延安文艺，即约定俗成的知识谱系中的延安文艺。

在探寻延安文艺形成的历史成因时，本书主要从作为其重要理论资源的左翼文学、鲁迅精神两个方面来谈，同时就延安文艺体制化生成的相关研究进行梳理。②

---

① 朱鸿召：《重新厘定延安文学传统》，载《学术月刊》2006年第2期，第101—103页。朱鸿召认为，"现有知识谱系中的'延安文学传统'，是以1942年5月毛泽东《在延安文艺座谈会上的讲话》以及相关文艺政策为核心，经过概念演绎和作品印证，由文艺理论工作者阐释出的符合政治目的性的意志传统"，是"观念形态"的延安文学传统。与此相对应的是"实践形态"的延安文学传统，其"时间上包括整个延安时期（1937—1947），尤其是1942年整风运动之前的文艺运动和文学创作"。他认为："两种'延安文学传统'的分界点在延安整风运动，尤其是审干'抢救'运动。"

② 需要说明的是，新世纪以来的延安文艺研究出现了一种倾向，即延安文学从延安文艺中被剥离出来成为单独的研究对象。这不仅是因为概念涵盖的问题（延安文艺一般当然涵盖延安文学），更可能是学界为摆脱"延安文艺座谈会"（对应"延安文艺"）这个富有浓厚政治色彩词语的一种姿态，因此这种现象本身即可视为对延安文学或延安文艺进行历史化研究的象征。

一、左翼文学与延安文艺之关系研究

延安文艺与20世纪30年代的左翼文学是两个性质不完全相同的文学运动,但两者之间又存在着一定的承继转异关系。王瑶在《中国新文学史稿》中已经关注左翼文艺与延安文艺运动的关系问题,对左翼文艺大众化讨论与延安文艺大众化形成的关系进行了研究,指出无论是在文艺大众化历史阶段的分期问题上,还是在讨论的主要内容上,左翼文艺大众化争论与延安文艺运动都有着紧密联系。①新世纪以来,在研究延安文艺的历史化形成中,不少研究者对左翼文学与延安文艺的关系以及两者之间的差异等方面进行了深入研究。

按照朱鸿召对"观念形态"和"实践形态"的延安文艺的厘定与区分,在探究左翼文学与延安文艺的关系时,有的学者着重对前期延安文艺(或者说实践形态的延安文艺)进行了考察。比如李军提出,前期的延安文学与左翼文学的关系密切,"左翼创作理念成为影响前期延安文学的重要因素"。李军通过对周扬延安初期文艺理论的阐释,揭示出"政治理性下的文学特殊性追求"的左翼文学资源;通过对周立波文艺理论和创作的分析,展示出左翼文学所坚持的"人性与审美的文学观";通过对萧军、舒群、丁玲、罗烽、艾青等人坚持鲁迅创作精神的文学思想的分析,揭示出左翼文学的"现实主义的文学观"。左翼文人通过编辑文艺期刊、开展报告讲座、组织文艺社团、举行文艺活动等形式,传播文艺主张。左翼文学资源的传播"扭转了苏区文艺极不成熟的局面,使前期延安文学显得血肉丰满、呈现出丰富的个性与艺术的魅力"。②由于学术讨论范围的界定,李军主要描述了前期延安文艺继承左翼创作理念的繁盛风貌,但没有对前期延安文艺蕴含的左翼文学精神是如何发展变异而进行深入讨论。

当然,更多的学者是从观念形态的延安文艺来探究其形成的复杂原因。洪子

---

① 王瑶的《中国新文学史稿》初版本于1951年9月由开明书店出版,只有上册。下册于1953年8月由新文艺出版社出版。1954年3月新文艺出版社出版上下两册的《中国新文学史稿》。
② 李军:《前期延安文学中的左翼文学资源及传播》,载《洛阳师范学院学报》2007年第6期,第76—80页。

诚在探寻当代文学的源流时指出,20世纪40年代是文学的转折时期,文学格局中各种倾向、流派、力量的关系进行了重组。在毛泽东文艺思想指导下的文学写作,在诸多方面呈现出规范化特征。他认为,延安文艺对左翼文艺"文学与政治的关系"进行了简化、直接化的处理,即"现实政治是文学的目的,而文学则是政治力量为实现其目标必须选择的手段之一",从而使文学走向一体化的道路。[①]一体化在40年代后期更是"把政治斗争、政党活动方式引入文学领域","通过确立文学的评价准则,来划分文学界各个派别,各种作家的不同归属,不同类型;并进而确立不同的作家类型的等级,以区分依靠、团结、争取、打击的不同对象"。[②]可以说,洪子诚的研究,从文学史的角度点明了延安文艺所处的历史位置,他对左翼文学与延安文艺最终一体化的提法也相当谨慎。

对于这个一体化的过程,王富仁、王培元等学者进行了剖析。王富仁在讨论左翼文学的几个问题时指出,"左翼文学本身也不是一个统一的文学。是没法用一个人、一种倾向、一种理论对它做出一个确定无疑的界定的文学";左翼文学在40年代的解放区受到压制,只有极少部分人(如周扬)成为毛泽东文艺思想的阐释者,而更多的人(如丁玲、萧军)则被"改造成适合毛泽东文艺思想"。他认为,"左翼文学被另种文学所改造,这是一种消解形式"。同时,在40年代,因为全面抗战,一些左翼文学家已经不再坚持原来的立场,左翼文学又被"民族主义所消解"。[③]与此同时,王培元对王富仁的观点进行了呼应和补充。他指出,延安文艺可以视为"后左翼文学",但左翼文学在延安经历了"消解"的"过程"。毛泽东在鲁艺成立大会上的讲话(1938年4月10日)和不久后第二次到鲁艺的讲话(28日),希望"亭子间的人"和"山顶上的人"能融合起来,在"大观园"中"生活"和"考察"。但鲁艺未能领会其意。而且,在随后一段时间内,延安"文艺界中弥漫着比较浓厚的民主自由空气",文艺期刊蓬勃,文艺

[①] 洪子诚:《中国当代文学史》,北京大学出版社1999年版,第12页。
[②] 洪子诚:《问题与方法——中国当代文学史研究讲稿》(增订版),生活·读书·新知三联书店2015年版,第170页。
[③] 王富仁:《关于左翼文学的几个问题》,载《中国现代文学研究丛刊》2002年第1期,第23—29页。

创作多元,一度成为"杂文时代"。甚至在整风运动开展之后,出现了在十五年后被"再批判"的丁玲、萧军、艾青、王实味等人的一系列杂文。很快,这些继承左翼文学传统的杂文受到了批判。《讲话》后,毛泽东"文艺为工农兵服务,文艺从属于政治"的文艺思想"实际上宣布了以鲁迅为旗帜和灵魂的左翼文学精神的终结"。座谈会后不久,"延安文艺界一度出现的那种活跃、兴盛、丰富多彩的创作格局消失了"。① 对比两人的观点,可以看出,王富仁认为,延安文艺是对左翼文学的"改造"性"消解";王培元认为,左翼文学精神"基本被消解、改造、否定和异化"。但左翼文学在延安是如何被消解和异化的呢?王富仁没有展开,王培元只勾勒了一个大致轮廓。

刘增杰与王富仁、王培元持相近的观点,认为左翼文艺在延安融入工农兵文艺。刘增杰以实证研究的方法,力争接近历史现场,通过对奔赴解放区的左翼文艺家的历史考察,揭示出左翼文艺转至工农兵文艺的复杂性和艰巨性。刘增杰谈道:奔赴延安的文艺家们起初在"回家"的感觉中度过了一段"甜蜜的岁月",他们"积极投身于文艺大众化的实践","创作反映新生活的作品,促进解放区文艺的初步繁荣"。但他们很快发现这个"温暖的家"并非"世外桃源",还有许多需要改进的地方。于是他们创作了"一批以现代理性批判意识为内核的新的作品和论文",对这些弊端进行精神"大扫除"。这些文字"显示了左翼文学所具有的现实主义的生机与活力"。然而,左翼文学的理论和创作与毛泽东的文艺主张还存在着"不少的差异"。文学观念上的冲突因为政治、军事形势而难免"表面化"和"尖锐化"。王实味事件是斗争尖锐化的典型表现。刘增杰通过对丁玲、何其芳和周立波等个案的分析,指出他们思想转变的多样性。丁玲的转变最为"明显",在对王实味的批斗中,丁玲"反戈一击","回头是岸",然后投入符合工农兵需要的作品创作。周扬的转变与丁玲非常接近。作为左联原来的负责人,周扬很快做出"检讨和自我批评"。(刘增杰没有指出的是,众所周知,周扬不久后成为延安文艺的阐释者和代言人。)何其芳原是抒情诗人,整风

---

① 王培元:《左翼文学是如何被消解的》,载《中国现代文学研究丛刊》2002年第1期,第68—73页。

后"猛然惊醒",发现"旧我未死,心多杂念",原来的自己像"半人半马的怪物",从而"否定""过去",抛弃"抒情个性"。从1942年春天到1949年,何其芳只作了三首诗,且都不是抒情诗。周立波有着深厚的学养,但在1940年给鲁艺学生讲授名著选读时,就提出左翼文学没有"走出这狭窄的小巷,走到大野"的主张,说明在座谈会前他就有着一定的"思想高度"。但即便是这样,在整风中,周立波"检讨"自己原来的道路是错误的,"对自己的缺点无限上纲"。周立波表现的是"后悔",是要"脱胎换骨"。刘增杰总结,座谈会后,延安文人下乡深入生活,创作风格发生深刻变化,而《太阳照在桑干河上》《暴风骤雨》的出版,标志着过渡期已经基本过去,"左翼文艺家已消融于工农兵文艺的主潮之中"。①

周平远等在研究苏区文艺与延安文艺的关系时指出,"苏区文艺是中国共产党和苏区中央政府全面开展并领导文艺工作的最初尝试,其历史实践不但体现了党的执政能力和创新能力,体现了执政党和国家意识形态对文艺的支配作用,先进文化体制对文艺的引领作用、文艺在实践党和国家意志的社会变革与历史进程中所具有的文化功能与社会作用,而且在文艺理论、文艺政策、文艺体制、文艺形态、文艺批评诸方面,预设了延安文艺模式,从而深刻影响了共和国文艺及其走向";"由于苏区文艺的思想和理论旗帜是苏维埃文化,延安文艺的思想和理论旗帜则是新民主主义文化。因此,从苏区文艺到延安文艺的过程,其实也就是从'苏维埃文化'到'新民主主义文化'的过程。这一文化性质和文化旗帜的变换过程,集中凸显了马克思主义文艺理论和文化理论从'苏俄化'到'中国化'

---

① 刘增杰:《从左翼文艺到工农兵文艺——对进入解放区左翼文艺家的历史考察》,载《中国现代文学研究丛刊》2006年第5期,第108—121页。刘增杰认为,这两种文艺的"差异"主要体现在:左翼文学家思想上"保持着小资产阶级自由主义知识分子的心态,尊崇个性,纪律观念淡薄",创作上"坚持批判现实主义原则","对当时已经流行的社会主义现实主义创作方法则知之不多";而毛泽东的文艺主张则是"文艺服从于政治,服从党在一定革命时期内所规定的革命任务"。此外,两者"在歌颂与暴露、作品表现人性等方面,也有着明显的分歧与冲突"。

的理论创新的内在理路和历史脉络"。①

对于上述学者所言的左翼文学经过消解、改造融入延安文艺的一体化的过程,有的学者认为,笼统地说左翼文学的一体化是不确切的。比如赵稀方认为,将20世纪20年代的革命文学、30年代的左翼文学、40年代的延安文艺、1949年后的十七年文学以及"文革"文学统称为左翼文学的一体化论述存在着"缺口"与"缝隙";"左翼文学总是反抗性的文学,体制化的文学是不太有资格称为左翼文学的";左翼文学与延安文艺之间存在着超乎人们想象的差距,因此具有丰富历史内涵的左翼文学不应被化约式处理。②有的学者直言"延安文艺并非左翼文学"。比如周景雷认为,左翼文学和延安文艺虽然都强调文学的政治性等,但实际上存在着较大的差异。左翼文学与延安文学的差异主要表现在三个方面:其一,生存和发展的政治形态不同。前者是在国统区的文学创作,主题是"反帝、反封建和宣扬阶级斗争","缺少从容","更多的是悲壮";后者是在"人民政权"下的文学形态,"成果并不十分丰富",但"群众性文艺活动"活跃。其二,文学大众化运动的形态不同。前者的"大众化运动是一种'文化大众化'或形式主义大众化","着眼于如何用民间形式让大众获得新的文化";后者的文艺大众化是思想大众化或革命大众化,文艺思想统一,"更深刻、更具有持久的影响力"。其三,文学主题意识不同。前者承继五四提出的"救亡和启蒙"的任务,知识分子"扮演着启蒙社会的精英角色";后者由于战争形势的需要,"救亡"任务被唯一化,歌颂"翻身"成为新的主题。③该文对左翼文学和延安文艺进行了平行对比,没有做出评判,也没有对两者之间的承继关系和转变原因展开分析。

当然,左翼文学有关文艺的阶级性和党性原则、文艺与政治的关系、文艺的大众化等主张都为延安文艺提供了重要的理论借鉴和资源基础,但由于其理论体

---

① 周平远等:《从苏区文艺到延安文艺——马克思主义文论中国化历史进程》,社会科学文献出版社2014年版,引言第2—3页。
② 赵稀方:《俄苏文学翻译与左翼文学资源》,载《中国现代文学研究丛刊》2004年第2期,第32—33页。
③ 周景雷:《延安文学并非左翼文学》,载《江西社会科学》2003年第3期,第107—108页。

系的不够完善和实践上的无法充分展开,未能形成一种真正对社会形态产生重大影响的文学力量。因此,在边区政权具有了相对独立的空间,同时由于战争、军事等形势的需要而开始启动构建新的文学理论体系的时候,左翼文学以及其他文学思潮就必然被边区政权在新的历史阶段进行重新阐释和改造,而改造的目的是让文学转轨于时代需要,并开始进入大规模的实践阶段。从这个角度切入,学界对左翼文学汇入延安文艺的复杂化过程进行了较多关注。胡玉伟认为,以《讲话》为标志,文学艺术以一种特殊方式参与了新历史的建构以及"理想中国"的想象性书写,成为革命进程中的重要事件和历史话语的实践者。《讲话》揭示了文学创作活动中主体与对象的关系,强调了文学的实践性质。"实践的文学观念"是《讲话》的精神核心。《讲话》不但系统地指出了革命文学实践的性质、方向、任务,同时指出了实践的步骤、方式和具体要求。毛泽东为知识分子作家指出的新生之路是,与革命实践相结合,走向民间,与工农兵相结合,"经过长期的甚至是痛苦的磨练",在实践中实现"脱胎换骨"的彻底改造。五四新文化运动以来,知识分子以精英式的启蒙者姿态倡导"文艺走向民间""文艺大众化"的运动,但实际的效果并不理想,知识分子与民间仍处在相互隔膜、自说自话的状态,这种状况在《讲话》发表之后发生了彻底的变化,从此,知识分子和民间被统合在历史的旗帜下,向着预设的共同目标前行。[①]与此相类,石凤珍的论证是,左翼文艺大众化停留在抽象的理论幻想层面,而延安文艺则走向如火如荼的实践层面。延安文艺借助"政党对文艺直接干预的政治之力"发生了重大的改变:创作道路被要求从个人主义向集体主义转向,知识分子被要求经过思想改造实现自身的大众化;大众化诉求的基础由民族-大众化向阶级-大众化转变,大众的文艺主体和表现对象由原来的工人阶级转换为工农兵群众;文艺创作被要求具有"老百姓所喜闻乐见的中国作风和中国气派"的民族形式。[②]石凤珍的论

[①] 胡玉伟:《〈在延安文艺座谈会上的讲话〉与一九四〇年代的文学转型》,载《当代作家评论》2011年第4期,第109—117页。
[②] 石凤珍:《左翼文艺大众化讨论与延安文艺大众化运动》,载《文学评论》2007年第3期,第158—162页。

述揭示了左翼文学向延安文艺转变的关键因素,并触及延安文艺的性质定位。姜洪真承袭了上述观点,认为"延安文艺运动是对左翼文艺大众化的一种历史性的超越",其"价值和意义在于延安文艺运动对左翼文艺大众化内容的革命性突破"。"突破"主要表现在"文艺与政治的关系""大众的认定和文艺发展方向"和"知识分子大众化"三个方面。①在此之外,有学者以《讲话》指代后期延安文艺,并以之讨论其与左翼文学的关系,认为"政治上,延安文学的党性远胜于左翼文学;组织上,延安文学的一体化色彩强于左翼文学"。②

但正如王富仁所指出的,左翼文学并不是一个统一体,其内部存在着较大的分歧。20世纪30年代关于以周扬为代表提出的"国防文学"和以鲁迅为代表提出的"民族革命战争的大众文学"两个口号的论争,实际上可以看出左翼主流文艺观点和鲁迅文艺思想的差别。在讨论左翼文学与延安文艺关系的时候,首先要对这两种左翼文学形态进行鉴别、分析。在这个向度上,宋琦、周俊在讨论左翼文学与延安文艺的关系时指出,延安文艺是对左翼文艺有选择的"批判性整合",一方面对左翼主流观点进行了继承和发展,一方面对鲁迅文艺思想进行了借用与改造,并对这种选择性整合从毛泽东、鲁迅两个视角进行了比较分析。③

因此,延安文艺经过对左翼文学的消解和改造,最终形成一体化的文学是一个非常复杂的取舍、整合的过程。延安文艺的资源可以包括苏区文学、左翼文学、五四文学以及民间文学,甚至俄苏文学和世界范围内的红色文学等多种文学形态。④有的学者也将五四文学纳入延安文艺构建的理论资源。如钱理群认为,毛泽东在《新民主主义论》中对鲁迅的评价是与其"对五四新文化运动的重新评价联系在一起"的。说"重新评价",是毛泽东对瞿秋白关于五四新文化运动定性做出的历史性调整,进而"将五四新文化运动的旗帜牢牢地拿到了自己手

---

① 姜洪真:《延安文艺是对左翼文艺大众化的历史性超越和革命性突破》,载《文艺理论与批评》2014年第3期,第32—34页。
② 刘忠:《〈讲话〉对左翼文学的吸收与改写》,载《中州学刊》2007年第4期,第219页。
③ 宋琦、周俊:《〈在延安文艺座谈会上的讲话〉对中国左翼文艺思想的整合》,载《东岳论丛》2010年第3期,第74—77页。
④ 袁盛勇:《直面和重写延安文艺的复杂性》,载《学术月刊》2006年第2期,第105页。

里"。①但对于笼统概念上的左翼文学来说,它更多地被改造、融入延安文艺的构建,两者之间既有着复杂的关联,又分别是两个不同的文学形态。但研究传统文化、五四文学以及苏区文艺、左翼文学与延安文艺的联系,有助于我们"在中国现代文艺史背景中,揭示苏区文艺与延安文艺的历史地位、作用与意义;在中国现代文化史背景中,揭示从苏维埃文化到新民主主义文化的'中国化'的历史经验与规律;在马克思主义'中国化'历史语境中,深化马克思主义文论学术史、学科史研究"。②

至于要探究左翼文学与延安文艺在精神气质上的根本不同,大概还需要从延安文艺对鲁迅精神的利用、限制、改造等重塑行为上进行深层解读。

二、鲁迅文艺思想与延安文艺之关系研究

鲁迅文艺思想如何融汇于延安文艺,是历史化探寻延安文艺形成的基本命题之一,它不但是鲁迅研究的问题,还是关涉五四文学与延安文艺、30年代左翼文学与延安文艺的关系问题,更是关涉20世纪中国文学史结构的重大问题。作为后鲁迅时代的鲁迅研究,学界起初关注较多的是毛泽东对鲁迅的论述。这看似是鲁迅研究的议题,但实际上包含着鲁迅与延安文艺的关系问题。因为如何表述鲁迅,使之符合新的时代形势的需要,是20世纪40年代延安文艺需要解决的主要问题。在这个基础上,学界开始关注鲁迅传统在延安形成的问题,也就是鲁迅或鲁迅精神如何在延安被重塑成为延安文艺的理论资源。在此之后,是关于鲁迅在延安及其与延安文艺如何融汇的具体细节及拓展性研究。概括来说,在鲁迅研究与延安文艺研究的二维交汇的学术点上,从鲁迅精神与延安文艺形成关系的研究角度来说,学界基本上从三个层面展开,当然这三个层面在时间上没有层递关系,更多的可能是视角问题。

---

① 钱理群:《独自远行——鲁迅接受史的一种描述(1936—1949)》,见陈平原主编:《现代中国》(第2辑),湖北教育出版社2002年版,第77页。
② 周平远等:《从苏区文艺到延安文艺——马克思主义文论中国化历史进程》,社会科学文献出版社2014年版,引言第3页。

新世纪以来,蓝棣之用症候式分析的方法,对毛泽东有关鲁迅的论述文本中的"沉默、空白和沟壑"进行分析,以期"完整理解"毛泽东关于鲁迅论述的"理论框架"。该研究开篇提出几个问题:一是《新民主主义论》对鲁迅的高度评价与《讲话》对鲁迅方向的沉默,"其中的含义值得探讨";二是鲁迅身边的人后来都受到批判,而被鲁迅批判的人却受到重视,是否有必然性?三是毛泽东曾给予鲁迅多种称谓,但从未说过鲁迅为政治家,原因还在?四是对鲁迅的评价,毛泽东与瞿秋白之间的差异是什么?对于第一个问题,蓝棣之结合毛泽东给周扬信中对鲁迅作品的评价、《新民主主义论》的核心问题、《新民主主义论》中关于鲁迅的评价等分析指出,"我们在此的误解和误读在于:毛泽东讲鲁迅是新民主主义文化的方向,而我们却误以为毛泽东认为鲁迅是任何广泛意义上的新文化的代表,以为毛泽东称他为任何意义上的新文学的方向"。其实,鲁迅的"没有丝毫"的"奴颜媚骨"如果放在解放区,"就会站在人民的对立面"。所以,《讲话》才会"对鲁迅创作保持沉默",才会说"杂文时代在革命根据地已经成为过去";对于解放区以后力图推进的表现"新的人物,新的世界"的创作,才会将《毁灭》作为经典之作的范例。对于第二个问题,鲁迅身边人与鲁迅批判者的命运。蓝棣之先从《讲话》前后文艺整风的对象说起。萧军在20世纪80年代做报告时让人认为,《讲话》就是针对他的。似乎以此相证,胡乔木在回忆录中,也指出整风主要是围绕着两个人:萧军和丁玲(虽然事实上牵连了很多人)。1949年后,胡风、丁玲均受到批判。而胡风、萧军、丁玲等都是"鲁迅身边的人"。与此相反,周扬、何其芳、刘白羽等受到鲁迅批判的人,却"是受到毛泽东重视的作家"。其原因大概是"胡风、萧军他们比较教条地理解鲁迅,却不把毛泽东文艺思想认真看待;周扬、何其芳比较教条地理解毛泽东文艺思想,却不把鲁迅的文艺思想看作教条"。对于第三个问题,毛泽东"闭口不说鲁迅是政治家"的原因。蓝棣之认为,其原因是鲁迅在关于"国防文学"和"民族革命战争的大众文学"论争中的表现。在思想上,毛泽东更接受周扬、周立波等的提法,认为鲁迅、冯雪峰、胡风等人的口号在性质上过于"狭窄"。同时可以看到,鲁迅点名批评的周扬到延安后得到充分信任;徐懋庸因为"两个口号"问题受到鲁迅的严厉批评，到延安后也得到安抚。毛泽东以"政治家的清醒和智慧"赞成"国防文学"的口号，以便"广泛联系群众"。因此，毛泽东从未在心里认为鲁迅是政治家。对于第四个问题，瞿秋白与毛泽东对鲁迅评价的差异。蓝棣之认为，两人的差异在于瞿只是肯定鲁迅的革命思想，而毛则是将鲁迅放在新民主主义的框架内进行评价。胡风、冯雪峰、萧军等"视而不见"的恰恰是毛泽东论鲁迅的"框架"。① 不难看出，蓝棣之提出的四个问题，既是其探究毛泽东论鲁迅文本中"沉默、空白和沟壑"的途径，也是毛泽东在延安构建新的意识形态时形塑鲁迅的"理论框架"。

蓝棣之在论述毛泽东对鲁迅的评价之间的"沉默、空白和沟壑"时，其实也隐藏着"沉默、空白和沟壑"。比如，其评述毛泽东从不将鲁迅称为政治家，其潜台词是毛泽东才是政治家。这个"沉默"被钱理群道破。钱理群认为，毛泽东是鲁迅接受史上的重要人物，毛泽东对鲁迅思想进行了出于政治家谋略的改造。这个改造的过程如何，钱理群主要从毛泽东作为政治家的眼光和谋略进行了分析。1937年10月19日，在陕北公学纪念鲁迅逝世周年大会上，毛泽东以政治家的身份与战略眼光宣布鲁迅是现代中国的"圣人"，从而将"不能用任何话语来加以规范"的"鲁迅纳入传统的评价系统之中"。毛泽东这样做的谋略"是看重与强调鲁迅对中国民众（特别是青年）的思想影响力，而他自己是更愿意成为这样的'现代中国的圣人'的，尽管那时他还在忙于具体事功的建立，在思想影响上还不能不借助鲁迅之力"。因此，这次纪念讲话，毛泽东有着"更为深远的考虑"。毛泽东将鲁迅定位于"党外的布尔什维克"，"明确地把鲁迅思想纳入马克思主义的话语"。实际上"这一纳入过程"从瞿秋白将鲁迅视为"同路人"即已开始，但毛泽东将鲁迅"提升"为"党外的布尔什维克"，"则不是一个学理的判断，而是出于政治家的需要"。这在《新民主主义论》中"可以看得更为清楚"。在该文中，毛泽东"第一次将鲁迅定位为'中国文化革命的主将'，强调'鲁迅的方向，就是中华民族新文化的方向'"，将鲁迅称为"主将""旗

---

① 蓝棣之：《症候式分析：毛泽东的鲁迅论》，载《清华大学学报》（哲学社会科学版）2001年第2期，第72—78页。

手""文学家、思想家、革命家"以及"民族英雄",虽然符合民众的需求和期待,但实际目的在于将"鲁迅的旗帜牢牢地掌握在自己手里","由此也开始了将鲁迅'英雄化'的历史过程"。虽然这个过程在1942年春遇到了"麻烦",以丁玲、萧军、艾青、王实味等鲁迅精神继承者所呼吁的在解放区重建"杂文时代"的"新潮"引起文艺界的"混乱",但很快就由毛泽东出面进行了纠偏。然而,在批判王实味的斗争中,谈及"文艺与政治""光明与黑暗,歌颂与批判""杂文时代"这类问题时,就不得不涉及鲁迅,甚至出现"批判者既要削弱以至阉割、否定鲁迅的批判精神,又要利用鲁迅旗帜的尴尬"。因此,1942年鲁迅追随者们面临的这个历史过程就是一次"权力与思想的对峙"。"对峙"的结果是,丁玲、艾青等人"回头",而"迎头冲上"的王实味"先被送上审判台",最后"追随鲁迅而'远行'"。应该说从此开始,毛泽东的文艺思想已经在新的政权(局部的或全面的)牢固树立起来。①

上述从毛泽东对鲁迅的评述角度进行研究,阐发鲁迅精神与延安文艺形成之间的关系,也对后来的学者产生了重大影响。周维东认为,延安时期,毛泽东对鲁迅的评价具有"模糊性"和"策略性"。通过对比论证,他指出,毛泽东在延安时期对鲁迅的评价,由于"没有丰富的论据做支撑",所以呈现出"暧昧不明"的"模糊性";而评价的"模糊"实际上又牵涉着评价的"策略性",即在确立鲁迅崇高地位的模糊性中,对之进行开发和利用。他认为,毛泽东对鲁迅的"模糊性"评价是"有意利用表述的模糊性来消解鲁迅精神与延安文化精神之间的差异性",其原因包括两个方面:"一,利用对鲁迅形象的塑造完成对中国共产党自身文化界形象的塑造,从而在抗日统一战线中获得文化领导权和舆论主导

---

① 钱理群:《独自远行——鲁迅接受史的一种描述(1936—1949)》,见陈平原主编:《现代中国》(第2辑),湖北教育出版社2002年版,第57—83页。关于"鲁迅思想"被改造的后续部分,钱理群谈到,随着武装夺取政权的节节胜利,1948年"即将诞生的新中国文艺(以至整个思想文化)的指导思想的问题便突显出来。这本是确定无疑的",取得革命胜利的毛泽东思想的旗帜理应插到包括文艺思想在内的任何领域,但毛泽东宣布过"鲁迅的方向是新文化的方向"。这个"棘手"的问题最后还是靠"党的意志"对鲁迅思想的重新阐释才得以解决,即进行了"以权力为支撑的对鲁迅的阐释权的垄断"。而这可视为政治家对鲁迅重塑的延续。

权;二,针对延安文化界复杂的构成,利用鲁迅的权威确立中国共产党对边区文化领导的权威性。"对鲁迅评价的"策略性"主要指,"在确立鲁迅崇高地位的模糊性中,鲁迅(被)阐释成为一个开放的结构,使鲁迅的文化资源可以不断被开发和利用,鲁迅的形象也在不断开发中被不断塑造和改写,致使鲁迅唯一留下的只是现代中国'圣人'的塑像,而曾经活跃在中国文坛的、有血有肉的、现实可感的鲁迅离我们越来越远"。①此后,周维东就此进行了进一步的阐发和总结,指出"毛泽东对鲁迅评价的模糊性源于建立文化统一战线的政治策略,以及通过鲁迅公众影响建构延安新民主主义文艺思想的叙事策略"②。

对延安时期"鲁迅传统"的复杂化形成,袁盛勇较为详细地进行了论述。他认为,在延安,"鲁迅愈来愈被抽象化,单一化,符号化,也即越来越被意识形态化",经历了"一个合乎意识形态逻辑的发展过程"。与蓝棣之、钱理群主要着眼于毛泽东对鲁迅的改造不同,袁盛勇既关注领袖对鲁迅思想的意识形态化改造,也关注文人对鲁迅的阐释如何与之形成合力,共同塑造延安鲁迅传统。延安初期,鲁迅作品在延安引起极大的影响,这与萧军、萧三、刘雪苇、丁玲、周立波、雷加等人的阐释和推动有关,当然也离不开政权负责人如张闻天的推动。但抗战时期关于民族形式问题的争论,背后已经分明含有"浓厚的党派意识形态色彩"。周扬认为鲁迅小说存在"缺陷"、冯乃超用语"嘲讽",以及周立波、何其芳等人认为"阿Q时代已经死去"等言论,已经开始了"对鲁迅小说传统的潜在消解"。而真正消解的"关键性因素"是"毛泽东新民主主义意识形态权威的确立"。袁盛勇借鉴蓝棣之、钱理群的分析思路,指出毛泽东对鲁迅小说有"有意的冷淡";通过《讲话》中关于"杂文时代""鲁迅笔法"的表述,说明毛泽东"从特定的政治立场、阶级立场出发"对鲁迅杂文和鲁迅笔法进行了限定,并开始了"合乎新的意识形态需求的转换"。毛泽东说鲁迅是"圣人",要考虑这

---

① 周维东:《延安时期毛泽东评价鲁迅的模糊性与策略性》,载《现代中国文化与文学》2010年第1期,第21—32页。
② 周维东:《"统一战线"战略与延安时期的鲁迅文化——以毛泽东对鲁迅的评价为中心》,载《社会科学研究》2011年第1期,第186页。

是领袖在说鲁迅有"政治远见"的语境中说的,是"毛泽东对于鲁迅的试图予以意识形态化的评价";毛泽东在《新民主主义论》中对鲁迅的高度评价也应"仔细分析",其语境是在毛泽东对五四新文化运动的重新评价时说的,"有着特定历史与意识形态规定性","只能是加上了'新民主主义'这一限定词的鲁迅"。按照这个意识形态构建逻辑,《讲话》提出"工农兵方向",而没有提"鲁迅方向"。其中缘由,与蓝棣之、钱理群的分析一致。随着整风运动的推进,作为革命家的鲁迅被矗立起来,呈现在"延安文艺界乃至政治-文化界的视野中"。在毛泽东作为政党领袖如此构建鲁迅的过程中,延安文人也参与其中,如艾思奇、陈伯达、周扬、唐乔、成仿吾、萧三、周文、张仃、徐懋庸等,都对鲁迅的民族主义情怀、无产阶级立场、语言观等进行了符合新形势需要的阐释。艾思奇和周扬更是"把鲁迅话语尽可能纳入到马克思主义话语,特别是毛泽东正在予以积极创构的新民主主义意识形态话语中来加以理解和定位"。徐懋庸努力将对鲁迅的阐释"与当时的整风话语有机地贯通起来,并借助鲁迅的话语权威配合整风运动的有效开展"。因为毛泽东对鲁迅的评价"原本有其难以分割的多重意图:既想表达对鲁迅精神世界的客观性认知,又想借重鲁迅这面旗帜达到团结文化人的目的,更想在鲁迅那里获取思想资源并把它转化为新的意识形态的一部分,并以之促使其意识形态权威者形象的迅速确立"。①

"'鲁迅'在延安"论题,关涉"延安文艺"和"鲁迅"这两个20世纪中国文学的命题,在新世纪以来备受学界关注。作为延安学的一个重要论题,"'鲁迅'在延安"的关注点不同于鲁迅研究,而在于"'鲁迅'作为一个话题在延安是如何展开的,鲁迅是如何被言说、被叙述的",从而将鲁迅研究放置在延安这

---

① 袁盛勇:《延安时期"鲁迅传统"的形成》(上、下),载《鲁迅研究月刊》2004年第2期,第21—31页;2004年第3期,第28—41页。该文认为,萧军总结"鲁迅精神"是"一种批判精神,也是一种具有人道主义情怀的革命精神";但鲁迅追随者,如萧军、丁玲、王实味等"凭借对鲁迅精神的继承而去争取'人'的地位的努力,注定会是知识分子一厢情愿的想法,在一个日渐走向极端的政治-文化语境中,它注定会走向失败"。鲁迅小说、杂文的命运说明延安对"作为文学家的鲁迅的不断弱化",而弱化"表现出新的意识形态"对鲁迅及其作品的"冷淡和疏离"。

个"充满矛盾和冲突但也有着某种一致性的阐释鲁迅的复杂体系"中，以及在此基础上的追溯现代文化中的鲁迅文化的形成，等等。①这就为延安时期的鲁迅研究的内容和边界进行了限定与廓清。潘磊对"'鲁迅'在延安"进行了一系列研究，比如论述了延安的鲁迅纪念活动、延安"鲁迅风"杂文的"承继与偏离"，考察了萧军在延安文艺整风中的精神历程以及与曾彦修先生谈"'鲁迅'在延安"等②。潘磊关于该论题的研究集中体现于其专著《"鲁迅"在延安》。该著以史料为基础对延安时期关于鲁迅精神遗产的接受、诠释和意义转化的历史脉络进行了辨析和梳理，通过对延安时期"鲁迅"形象的分析与描述，展现了当时的历史文化环境，梳理了延安知识分子的精神脉络，以及"鲁迅"以其主体性如何参与延安文化的形成过程等。③

此后，关于"'鲁迅'在延安"论题的延伸，可以田刚、郭国昌等人的研究为代表。田刚的《"鲁迅"在延安》通过对史料的梳理，介绍了鲁迅作品在延安的编辑出版和改编情况、延安的鲁迅纪念活动以及在延安成为显学的鲁迅研究、鲁迅作品传播等情况。饶有意味的是，田刚指出，在文艺座谈会结束后的1942年10月，纪念鲁迅逝世六周年的大会是在萧军舌战主席团成员丁玲、周扬、刘白羽、柯仲平、李伯钊、艾青和陈学昭等"六个多小时"的局面中于次日凌晨两点"不欢而散"的（如果用蓝棣之的症候式分析，可以认为，"鲁门弟子"萧军如果任性"开炮"就将面临被"围剿"的现实）。1943年的鲁迅逝世七周年纪念日，"延安并没有举行任何纪念鲁迅的活动。而同一日的《解放日报》以近三个版面的篇幅，全文发表毛泽东的《在延安文艺座谈会上的讲话》"。对于这种现象，田刚文认为，"'讲话'以如此的方式隆重出台，这其中颇具有一种象征

---

① 潘磊：《"鲁迅"在延安——延安学的一个重要论题》，载《延安大学学报》（社会科学版）2005年第2期，第5—8页。
② 潘磊：《略论延安的鲁迅纪念活动》，载《鲁迅研究月刊》2005年第2期，第29—35页；潘磊：《承继与偏离：延安"鲁迅风"杂文新论》，载《前沿》2010年第18期，第18—20页；潘磊：《延安文艺整风中萧军精神历程考察》，载《枣庄学院学报》2009年第3期，第9—11页；潘磊、曾彦修：《曾彦修先生谈"'鲁迅'在延安"》，载《新文学史料》2006年第2期，第13—17页。
③ 潘磊：《"鲁迅"在延安》，广西师范大学出版社2008年版，引论第3—7页。

的意味：从此开始，延安大型的鲁迅纪念活动不再举行，代之而起的乃是以'讲话'为精神核心的一种新的文学体制和文学规范。一个新的文学时代由此而拉开序幕"①。可以看出，这种以鲁迅逝世周年纪念日为切入点的延安文艺活动研究，在某种程度上也体现出"沉默、空白和沟壑"。延安文艺形成的复杂性还体现在此前左联内部关于"国防文学"和"民族革命战争的大众文学"两个口号的论争方面。田刚认为，两个口号的论争"表面上看是夹杂着浓厚的宗派恩怨的'政治路线'的争执，但实际上是一场'文学'论争，是一场如何处理'文学与政治'关系的论争。以周扬为代表的'国防文学'派主张'文学'与'政治'同一的观点，而以鲁迅为代表的'民族革命战争的大众文学'则坚持'文学与政治的歧途'的文学观"②；"而毛泽东在'文学'与'政治'的关系的理解上，承继的并不是鲁迅的'精神传统'，而恰恰是当年'革命文学家'和'国防文学'者的思想逻辑"③，这一逻辑以《讲话》中有关文艺与政治关系的权威论断，得到了合理的发展和归结。在此基础上，对于在鲁迅精神影响下延安初期出现的批判现实主义的文艺思潮，田刚给予关注并进行了更为深入的论述，指出：《讲话》借重鲁迅这一资源，"按照毛泽东思想的话语方式，实现了对鲁迅及其作品的新的阐释，实现了无产阶级革命文化对中国现代新文化的主导地位的占领。这不但启动并促成了20世纪中国文学由'五四'启蒙文学向延安'工农兵文艺'的重大转型，也由此形成了一套至今还影响着中国的文学阐释话语系统"④。郭国昌、程乔娜对解放区鲁迅形象建构的双重矛盾进行了探讨。他们认为，"鲁迅形象建构存在两种类型：一是中国共产党主导下的作为'文学旗手'的鲁迅形象，它是中国共产党的政党意识形态的载体。二是知识分子主导下的作为'文学偶

---

① 田刚：《"鲁迅"在延安》，载《延安大学学报》（社会科学版）2012年第3期，第36—43页。
② 田刚：《关于"两个口号"论争的重新检讨》，载《中国现代文学研究丛刊》2010年第1期，第16页。
③ 田刚：《"两个口号"论争与党的抗日民族统一战线政策》，载《东岳论丛》2009年第9期，第15—22页。
④ 田刚：《鲁迅与延安文艺思潮》，载《文史哲》2011年第2期，第116页。

像'的鲁迅形象，它是'五四'以来形成的知识分子批判精神的延续。对鲁迅形象的不同建构显示了解放区文学观念的复杂性及其深刻矛盾，延安文艺座谈会后鲁迅形象建构统一于单一的'文学旗手'，则是毛泽东的'政治标准第一'评价体系的集中体现"；"作为文学偶像的鲁迅形象则彻底退出了从国统区来到解放区的知识分子作家的文学建构活动"。解放区鲁迅形象建构的结果是"毛泽东取代了鲁迅，成为新的'文学旗手'"。①通过这样的分析，郭国昌进一步指出："解放区前后期文学旗手的调整意味着中国共产党以毛泽东'文艺理论'为主体的延安文艺政策的形成，也表明以工农兵为核心的延安文艺体制的确立"；"文学旗手的调整过程既是中共的政治意识形态对作家的规范过程，也是知识分子作家融入延安文艺体制的过程"。②

关于在延安通过对鲁迅的改造和借用从而形成延安文艺，田刚的阐释可能更具总结的意味："毛泽东在延安时期对鲁迅的理解，是按照'六经注我'的方式，从自己革命家或政治家的价值立场出发而进行的。在毛泽东的视域中，鲁迅并不是周海婴心目中以'立人为本'、'独立思考'、'拿来主义'、'韧性坚守'为基点的启蒙主义者，而是一个具有'中国共产党人所领导的共产主义的文化思想'的'党外的布尔什维克'。毛泽东与鲁迅，两者对于中国历史、现状和出路，对于文艺与政治关系等方面的看法和主张，有着根本性的不同。从他们身上，我们看到的正是鲁迅所谓的'文艺与政治的歧途'。但毛泽东却充分借重了'鲁迅'这一思想资源，并按照自己的话语方式，对鲁迅及其作品进行了新的阐释，从而掌控了对于鲁迅及其作品的话语权，实现了无产阶级革命文化对中国现代新文化的主导地位的占领。"③

---

① 郭国昌、程乔娜：《解放区鲁迅形象建构的双重矛盾》，载《西北师大学报》（社会科学版）2012年第2期，第20、26页。
② 郭国昌：《文学旗手的调整与延安文艺新方向的确立》，载《中共党史研究》2016年第11期，第28页。
③ 田刚：《毛泽东与鲁迅："文艺与政治的歧途"》，载《文史哲》2012年第2期，第116页。

三、延安文艺体制化的生成研究

站在文学史的立场，可以看到，20世纪80年代以前的现当代文学史写作中，延安文艺以及20世纪五六十年代文学因其鲜明的政治倾向性而获得了过高的评价；在此后的文学史书写中，它又伴随着对文学史写作中意识形态色彩的消解而遭到过分的贬抑。两者都不免失之偏颇和偏狭。如何理解和认识由延安文艺而渐进形成的体制化文学的文学史意义，并进而对之进行合理的评判，必须深入考察百年中国文学语境中所呈现的复杂性与阶段性。① 具体到延安文艺发展阶段来说，其体制化的生成自然引起学界的广泛关注。延安文艺体制形成的过程相当复杂，与延安时期的政治、经济、军事、文化等时代背景有关，也与延安文人、文学观念和文学形式等的变迁及相关文化政策的变化紧密相关。除过上文讨论的与左翼文学、鲁迅形象及精神的建构有关的延安文艺研究之外，还有许多学者从创作方式、出版机制、传播接受机制等方面对延安文艺的体制化生成进行了考察。

在延安文艺体制生成与建立的复杂性方面，新世纪涌现出一批研究成果。② 杨洪承以《讲话》中所说的延安有"手里拿枪的军队"和"文化的军队"为据，指出只有以军队思维和视野，才能够准确理解受战争包围、受经济封锁的延安，需要文化军队以光明向上的主题和大众易于接受的形式给予精神鼓舞，如此才能理解文艺整风与思想整风的一致性，理解作家的改造和转变，进而理解延安文艺

---

① 吴秀明、郭剑敏：《论延安文艺和体制化文学在打通现当代文学史中的特殊意义》，载《学术研究》2006年第12期，第115—119页。
② 论著有李建军的《现代中国"人民话语"考论——兼论"延安文学"的"一体化"进程》（华中师范大学，博士论文，2006年）、张根柱和付道磊的《延安文学体制的生成与个性的嬗变》（中国矿业大学出版社2008年版）等。此外，像黄科安的《延安文学研究：建构新的意识形态与话语体系》（文化艺术出版社2009年版）、吴秀明的《当代历史文学生产体制和历史观问题研究》（中国社会科学出版社2011年版）、周维东的《中国共产党的文化战略与延安时期的文学生产》（花城出版社2014年版）和胡玉伟的《传统的建构与延拓：解放区文学研究及其他》（中国社会科学出版社2017年版）等，也以较大的篇幅对此进行阐发。

体制化的生成乃是民族抗战大时代的必然选择,其历史合理性自然不容否定。①李建军从"人民话语"合法性构建与延安文学一体化形成的关系方面进行了探究。他指出,"人民话语"始终是现代中国文化文学历史进程中的一种核心话语,它不仅关涉现代中国文学的主题内涵、意义阐释,也联结着现代中国文学的生产、复制等过程。在历史、思想、文化、文学相结合的研究视野下,李建军采取回溯与比较两种主要研究方式,将"人民话语"这一现代中国文化文学中的一种元话语、元观念置于其生成、发展的历史语境中,在历时性和共时性两个层面对其进行考察。他指出,作为一种"现代性方案",现代中国"人民话语"的形成有着极其复杂的古今、中西资源,更与现代中国的"现代化"建设、"民族国家想象"有着基本同步的关系。从某种程度上讲,它既是现代中国政治意识形态建构的产物,本身也构成一种意识形态,包容着一个时代的价值、信仰、观念等多层面的丰富内涵。在整个现代中国"人民话语"的建构过程中,文学作为可利用资源,参与了这一话语的营造过程。在此,"人民话语"的政治权势及其规约通过文学手段得以呈现并扩展,而文学的"组织"叙述又进一步强化了人民话语的合法性指涉功能。延安文学被纳入"人民话语"建设的轨道,成为一种高度组织化的文学形态。②郭国昌认为,在解放区文学走向体制化的进程中,文艺政策的确立发挥了决定性作用。以延安文艺座谈会的召开为分界线,延安文艺政策的建构经历了前期以"民族—国家—个人"为中心向后期以"阶级—政党—大众"为中心的转换。正是在这种转换中,作为一种文艺思想的"毛泽东的文艺理论"逐渐被固定化,成为延安文艺政策的理论核心。解放区的作家从具有独特个性的文化人转变为自觉执行延安文艺政策的党的文艺工作者,通过特殊的文学生产方式参与到解放区的群众文艺运动中。解放区文学走向体制化的过程也就是中国共

---

① 杨洪承:《空间视域中的文学史叙述和其构形考察——以二十世纪四十年代"延安文学"为例》,载《当代作家评论》2012年第4期,第116—124页。
② 李建军:《现代中国"人民话语"考论——兼论"延安文学"的"一体化"进程》,华中师范大学,博士论文,2006年,内容摘要第1页。

产党的文艺政策逐渐确立的过程，其实质就是文学的意识形态化。①

赵卫东从体制建立的理论基础、《讲话》的内涵以及知识分子的有机化完成等方面进行论述。他认为，苏区的文学宣传传统为延安制定文学政策提供了直接经验。延安依据革命、战争动员对象而确立的大众意识形态话语，要求文学必须按照工农的尺度来表现生活，构成延安文艺体制模式的现实理论基础。知识分子话语在强势主流意识形态话语压力之下产生分化，文人之间的不睦与残留的一些不良作风，是《讲话》形成的诱因之一，但《讲话》的形成根本上与毛泽东对战时环境的把握和对民主实用主义特点的理解有关。后来，知识分子按照工农尺度不断进行自我改造，瓦解了他们进行文学和文化创造的自信，也深刻影响了延安文艺的品格。在从"服务""结合""改造"三个关键词入手来把握《讲话》的表层内容和深层含义后，赵卫东指出，《讲话》成为制定文艺政策和文艺体制的依据，这宣告了延安文艺创作思想上一体化的完成。文艺界的整风体现了共产党意识形态的文化诉求，也标志着延安"政党知识分子有机化"的完成。延安文艺体制中的制度安排、美学追求、创作方法也由此得以确立。赵卫东认为，一直以来，研究者对延安文艺体制生成过程核心因素的解读，过度地聚焦在延安文艺座谈会与毛泽东《讲话》这一事一文上。实则，文艺座谈会之后还有文艺界整风运动、文艺工作者下乡运动以及秧歌剧运动这三事，以及《讲话》之后联翩而来的毛泽东的《文艺工作者要同工农兵相结合》、党务广播《关于延安对文化人的工作的经验介绍》、中共中央宣传部印发的《关于执行党的文艺政策的决定》这三文。"四事""四文"既连续而发、互文而作，又步步为营、环环相扣，共同完成了延安文艺体制建构这篇大文章。这一体制具有鲜明的人民性，也因而得以被延安乃至后来的文艺工作者心悦诚服地接受和践行。②

---

① 郭国昌：《〈在延安文艺座谈会上的讲话〉的发表与延安文艺政策的确立》，载《中共党史研究》2014年第12期，第26—37页。
② 赵卫东：《"四事"与"四文"的连动——重论延安文艺体制的建构过程》，载《中国现代文学研究丛刊》2021年第3期，第1—17页；赵卫东：《延安文学体制的生产与确立》，载《世界文学评论》2008年第2期，第287—289页；赵卫东：《延安文学体制的生成与建立》，浙江大学，博士论文，2004年。

胡玉伟从历史规约的角度阐发了延安文艺的形成及其特质。他认为，历史规约作为一种潜隐的力量控制着解放区文学行为的基本走向和基本方式，其作用更具有本原性。历史对解放区文学来说绝非仅仅是外在的制约性因素和塑型的力量，而是通过它有效的渗透和折射最终成为贯穿于作家思维的精神理路和影响文学创作内部法则的逻辑力量。胡玉伟通过探究历史对解放区文学的规约机制及其对文学观念、作家精神结构、叙事模式等方面的深层影响，以及对解放区文学一些基本主题、叙事模式和精神倾向等的描述、解析，还原和浮现其中蕴含的复杂因素，进而探寻解放区文学的存在之由和变迁之故。这种将历史的外在和延安文人的内在联系起来探究延安文艺形成的方法，体现在对延安文艺体制化生成的认识上的进一步深入。[①]杨向荣从复合语境的角度分析了《讲话》的形成原因，认为"《讲话》受到中国传统思想文化的影响，并将'五四'以来的文艺话语、马克思主义文论话语和中国的政治文化语境有机地结合起来。多层次的文论话语构建与特殊的中国经验相结合，最终造就了这一中国现代文论史上的重要理论成果"。[②]徐明君的论著《鲁艺文艺道路研究：以秧歌剧为中心的考察》在知识分子现代化的大背景下探讨了延安文艺形成的历史背景与原因，并对延安时期与东北时期秧歌剧的艺术特征、思想内涵进行梳理。全书以葛兰西的文化理论为方法，以鲁艺人探寻文化报国途径为主线，对鲁艺秧歌剧的形成和发展进行了论述，探索了知识分子与民间文化的内在联系，总结了党领导文化建设的经验和规律。该书还论述了东北文艺与延安文艺的内在联系，对当代东北文艺如何继承鲁艺传统、弘扬鲁艺精神进行了深入思考，并提出了建设性建议。[③]此外，张根柱、付道磊就延安文艺体制的形成、演变及由此带给延安文人、延安文艺的影响，对体制化的生成与个性的嬗变，进行了探讨。

出版机制和媒体管理机制作为延安文艺机制形成的组成部分，受到学界的关

[①] 胡玉伟：《"历史"的规约与文学的建构——中国解放区文学研究（1942—1949）》，东北师范大学，博士论文，2006年。
[②] 杨向荣：《复调语境中的〈在延安文艺座谈会上的讲话〉》，载《文学评论》2015年第6期，第14—19页。
[③] 徐明君：《鲁艺文艺道路研究：以秧歌剧为中心的考察》，人民出版社2016年版。

注。郭国昌从新华书店和文学出版体制的关系方面对此进行了探究。他认为:"作为解放区文学生产制度的一个重要组成部分,解放区文学的出版体制是以新华书店为中心建立起来的。""新华书店的建立不仅从文学生产制度层面规范了解放区文学的出版体制,而且也从意识形态的传播层面统一了解放区文学的政策观念。"1942年以前,解放区尽管出现了政党式和作家式两种不同的文学社团活动模式,但文学的出版体制是相对自由的,是以文学社团为中心的社团化的文学出版方式。1942年后,社团化的文学出版方式被书店化的出版方式取而代之。这一转变与新华书店功能的一体化直接相关。新华书店原来只具有单一的发行功能,但随着延安新华书店总店的成立及其发行观念政治化的形成,它开始逐步建立起"编辑、出版、发行合一的体制",实现了一体化功能的转化。与之相应,社团化的文学出版方式逐步失去继续出版的合理性。从社团化到书店化,不仅是一种文学出版方式的转化过程,而且是一种文学出版规范的建构过程。因为,当以审查制度为核心的文学出版规范形成时,解放区文学出版体制也就完全建立了。"审查制度不仅是对作家创作中的政治倾向的有意甄别,而且也是对文学作品中的思想意识的严格控制,极大地规范了文学作品的创作、出版和发行。"[1]李军以较为翔实的文艺史料,结合文本细读的研究方法,论述了《解放日报·文艺》的生成语境、主编丁玲的编辑思想,解读了《文艺》栏目的部分副刊文本和解放区"另类"左翼作家作品,评析了《文艺》栏目的文艺思想,描述了《文艺》栏目的停刊概况,指出由不完全的党的文艺转向完全的党的文艺的历史时刻的《解放日报·文艺》的历史宿命,展现了解放区文艺转折时期的转换特征。[2]

韩晓芹、杨琳从现代传媒的生成方式、传播途径、受众反馈、文本效果等

---

[1] 郭国昌:《新华书店与解放区文学出版体制的形成》,载《中国现代文学研究丛刊》2010年第2期,第37—48页。
[2] 李军:《解放区文艺转折的历史见证——延安〈解放日报·文艺〉研究》,河南大学,博士论文,2006年;李军:《解放区文艺转折的历史见证——延安〈解放日报·文艺〉研究》,齐鲁书社2008年版;李军:《〈解放日报·文艺〉与解放区文艺的转折》,载《中国现代文学研究丛刊》2010年第2期。

方面,探讨了延安文艺体制化生成的媒介特征。比如韩晓芹认为:"《解放日报》副刊不仅是中国解放区的文艺档案馆,延安文艺政策的晴雨表,还是解放区文学转折的历史见证,它不仅记载、反映并且指导了延安及中国解放区的文艺运动,更通过自己的文学生产与传播直接推动了现代文学的转型与新的国家民族文学的建构。"①她从副刊文化与现代文学的互动关系入手,运用传播学及政治文化学理论,结合丰富的文学史料,以延安《解放日报·文艺》及改版后的综合副刊为中心,研究其改版前后的文学生产和传播面貌,探析延安整风运动前后延安文艺界和知识分子的思想状况,政治主流意识形态、知识分子精英话语、以陕北农民为主体的民间话语之间的内在龃龉与冲突,还原延安文学体制化生成和文学转型的历史过程,阐述延安文学在思想主题、人物塑造、叙述模式、语言形式等方面,所经历的从五四新文学传统向社会主义现实主义文学传统过渡,演化为日渐规范的体制文学,并成为共和国文学的奠基和雏形的历史过程。杨琳认为,回到历史叙事的现场,从文学作品传播的媒介及其规律入手,应成为延安文学研究的重要途径。②

此外,有关延安时期期刊、报纸的研究成果有:万京华的《延安时期的新闻业务刊物——〈通讯〉》、高金华的《〈中国工人〉月刊与邓发的编辑出版观》、吴妍妍的《延安时期的文艺期刊出版与延安文化政策》、戴小江和谢鹏的《延安时期〈抗战的中国丛刊〉的史料价值述评》、土颖的《延安时期〈中国青年〉研究》、徐晓光的《新时期以来〈中国文化〉与马克思主义中国化研究述评》、孙国林的《延安时期毛泽东题写报刊名和发刊词轶闻》、王强和王小娟的《延安时期〈解放日报〉的政治新闻生产探析》、王亚运的《延安时期

---

① 韩晓芹:《体制化的生成与现代文学的转型——延安〈解放日报〉副刊的文学生产与传播》,中国社会科学出版社2012年版,第8页。
② 韩晓片:《体制化的生成与现代文学的转型——延安〈解放日报〉副刊的文学生产与传播》,中国社会科学出版社2012年版;韩晓芹:《读者的分化与延安文学的转型——延安〈解放日报〉副刊的文学生产与传播》,载《东北师大学报》(哲学社会科学版)2008年第4期,第116—121页;杨琳:《容纳与建构:1935—1948延安报刊与文学传播》,载《西安交通大学学报》(社会科学版)2007年第5期,第86—90页。

中共中央机关报纸考察》、陈桂香的《〈新华日报〉抗战胜利号外解读》、何颖的《〈新中华报·青年呼声〉之曲词歌调探究》、夏艳霞的《〈解放日报〉思政资源的特色研究》等。①

---

① 万京华：《延安时期的新闻业务刊物——〈通讯〉》，载《新闻写作》2007年第3期；高金华：《〈中国工人〉月刊与邓发的编辑出版观》，载《出版发行研究》2015年第12期；吴妍妍：《延安时期的文艺期刊出版与延安文化政策》，载《兰台世界》2015年第34期；戴小江、谢鹏：《延安时期〈抗战的中国丛刊〉的史料价值述评》，载《云南档案》2016年第4期；王颖：《延安时期〈中国青年〉研究》，载《三门峡职业技术学院学报》2017年第16期；徐晓光：《新时期以来〈中国文化〉与马克思主义中国化研究述评》，载《攀登》2017年第4期；孙国林：《延安时期毛泽东题写报刊名和发刊词轶闻》，载《湘潮》（上半月）2012年第10期；王强、王小娟：《延安时期〈解放日报〉的政治新闻生产探析》，载《兰台世界》2012年第25期；王亚运：《延安时期中共中央机关报纸考察》，载《党史文苑》2014年第6期；陈桂香：《〈新华日报〉抗战胜利号外解读》，载《云南档案》2014年第3期；何颖：《〈新中华报·青年呼声〉之曲词歌调探究》，载《戏剧文学》2015年第6期；夏艳霞：《〈解放日报〉思政资源的特色研究》，载《新闻战线》2016年第10期。

第二节

延安文艺本质形态的历史化研究

新世纪以来,延安文艺研究显现的主要特征是学理性的规范,突出表现于研究建立在史料基础之上,理论方法的科学利用以及行文的严谨与规范。在深入延安文艺历史本身、努力还原历史本来面目的基础上,许多学人尝试着在学理层面对延安文艺进行历史性的定位,即试图回答延安文艺究竟是怎样一种形态的文学,它的内质是什么,它在形态上发生了怎样的变革,等等,或者说,从学理层面对延安文艺之所以为延安文艺进行界定。从这个维度出发,学界主要从两个方面进行了尝试和努力:一是延安文艺的本质是什么;二是延安文艺的形态变革是什么。由于关乎此命题的研究目前还处于一个动态的过程,因此研究结论在学界似乎尚未达成共识。

一、延安文艺本质的历史化研究

在将延安文艺及其体制化生产进行研究的同时,学界试图对延安文艺进行历史化定性,以在学理上完成延安文艺的重构。较有代表性的有以下几个观点:袁盛勇的"党的文学",李洁非、杨劼的"超级文学",周维东的"突击文化"等。

袁盛勇提出,延安文艺后期发展成为一种具有新的独特品格的"党的文学"。他认为,民族主义是延安文艺观念形成的最初动力和逻辑起点,而民族主义话语构成延安文艺界开展文学批判、构建文学理论的基本支点;在"民族形式"论争中,延安文艺观念呈现为"民族-现代性"的特征。在此基础上,延文艺表现出从"民族-现代性"到"阶级-民族-现代性"再到"党的-民族-现代性"的独特品格。"党的文学"的形成是由政党领袖引导和延安文人配合相互作用最终完成的：一方面是延安文人经由"自由的失落""规训与监督"达到"崇拜和认同"，即延安文人有机化心态的形成；一方面是政党领袖通过对鲁迅小说传统的弱化、杂文传统的"阉割与转换"，以政治性旨归对鲁迅精神进行"诠释与转换"，即鲁迅传统的意识形态化的形成。作为"党的文学"的延安文艺，其创作实践表现为意识形态化的写作方式——集体创作，创作主体发展转变为"工农兵写作"，作品中的表现则是民间的意识形态化。袁盛勇在论述了由列宁所创、以瞿秋白及博古的翻译作为"桥梁"、被毛泽东化用的"党的文学"观念在延安的确立过程后指出，"党的文学"观念的完整确立，并不简单是毛泽东对列宁的借用，而是毛泽东在创构新的意识形态时对其内部构成——文化创构的内在逻辑使然。"党的文学"是"一张笼罩整个后期延安文学的网"，具有牢固的"支配性地位"。①

李洁非、杨劼认为："《讲话》催生了中国有史以来最强大的文化领导权。一直令传统政权头痛的政治与文化'权出不一'的现象得以消除，新权力成为君临和掌控一切的超级在者，高度组织化的精神生产，则令自古以来以能'出'能'入'保持其独立性或游离性的传统型知识分子不复有生存之空间。"在此基础上，延安文学可称为"超级文学"。"超级文学"不是一个既定概念，无现成可援案例，很大程度上是李、杨在比喻意义上创构的一个解释性词汇："文学的意识形态化，或者说，对文学做出意识形态的解释，使我们开始面对一种'超级文学'。"在李、杨看来，"超级文学"较表层的特征是"表现出对文学异乎寻常的重视态度，把文学摆到与政权、国家兴亡相关的高度上"。但"赋予文学超出其自身的比较广泛的价值，或指其与时代、国家的兴衰相随，这样的观念古今中外其实不乏"，并非独创。而且，仅仅将文学纳入为政治服务的理论体系，使文学成为与政治相关的创作实践，也不足以说明问题，因为"虽然文学与政治相关

---

① 袁盛勇：《历史的召唤：延安文学的复杂化形成》，中国戏剧出版社2007年版，第93页。

无论作为创作实践现象,还是作为文学批评文学理论的一个维度,都并不只见于马克思主义或无产阶级文学范畴,甚至应该说,资产阶级革命才是这种文学观的始作俑者"。但是,"当马克思主义进入政权建设的阶段,也就是列宁主义阶段,随着对无产阶级专政问题的日益重视,文学与政治的关系被超常地凸显和强调起来,成为核心命题。……鲜明地提出'文学为政治服务'口号并以此约束、一统与强制文学的,却只有无产阶级文学"。这个过程在中国分为两个阶段:第一阶段是"引欧思而入中华",力图通过文学唤起社会革新和政治进步,是近代中国从文学中寻求政治意义、政治功用;第二阶段是马克思主义进入中国,文学与政治之间的关系得到强化,随着中国共产党的成立和左翼文学运动的兴起,逐渐"演进为现实的革命实践,最终导致在40年代根据'文学的党性原则'建起以政治为核心的马克思主义文学制度"。李、杨从文艺与文艺工作的不同入手,分析了"超级文学"经由《讲话》的阐释而在延安建构形成的过程,认为"超级文学""附着于政治之上,由强力的政权机器直接规划其结构、组织其生产、推广其产品","虽以文学面目出现,或虽以文学为载体,实际上却远远超出文学本身,或者说把文学放大成整合了意识形态所有基本观念、为之代言的巨大体系"。"超级文学"边界极广,功用极大,"无所不包、无所不能",覆盖整个公共领域;可以直接阐释革命领袖的思想,可以做"全民式推广";可以"弱化文学自身规律,来支持文学的外部扩张",可以"把艺术评价首先变成政治评价,把艺术问题首先看成政治问题";等等。[①]

周维东则认为,将延安文艺认定为"政治文学",不能概括其特殊性。其原因是"一切文学都不可能与政治完全脱离关系",而且也不能展示延安文艺与同为"政治文学"的国民党文学的差异性。所以,对延安文艺的研究,不该"急迫去解决文学与政治关系合理性的理论问题",而是回到延安文艺本身,"转向对影响延安文艺面貌的政治文化特殊性的微观分析,进而进入延安文学的自身'语码'和自身问题系统"。遵此研究思维,周维东提出了延安文艺是"突击文化"

[①] 李洁非、杨劼:《解读延安——文学、知识分子和文化》,当代中国出版社2010年版,第163—166、171—172页。

的命题。研究认为,"突击"是延安文学诞生地——抗日革命根据地开展社会工作的重要组织形式,是中国共产党全民抗战路线和群众路线的主要实践方式,是其时中国共产党政权内部的一个普遍现象。以大量的"突击运动"为思维特征和深层结构的延安文学实际上是一种"突击文化"。"突击文化"折射出"抗日革命根据地社会日常生活的军事化色彩"和"建立现代民族国家的'焦虑'心态"以及"突围"的社会心理。相较于延安文艺研究中经常采用的"政治文化""军事文化"等,"突击文化"不但"更贴近延安文学发生的具体语境",还可以视其为"抗日革命根据地整体文化的'缩影',反映出抗日革命根据地文化的整体特征"。

周维东认为,"突击"当中集体作为"机器"和个人作为"螺丝钉"的关系,对作家的核心体验造成了两方面的冲击:其一,集体与个人的冲突。在理论层面上,"突击"强调的集体和作家创作强调的个人在本质上存在着巨大的分歧,这就使得作家在接受"突击文化"强烈"震撼"、感受集体优越性的同时,也感到"强大集体意识对于个体自由的压抑和束缚"。其二,"迷乱"的时间感受。作家一方面感受着"突击"带来的"激情的速度",一方面感到"突击"并未带来"如同'二元对立'术语所描述的那般飞速进步的事实",从而对"突击"中的新人与文化上的旧习矛盾并存、延安文学的先进性与现实的落后性并存的困惑。"突击文化"对延安文艺的影响体现在细节方面,如文学生态的"风""块"式结构、文学创作的理想主义特征、"民族现代性"的追求等。[①]以"突击文化"为主要特征的延安文艺的生产方式是集体创作,主要包括"征文型集体创作""合作型集体创作"和"拟集体创作"等类型,这些创作均强化了集体意志,提高了创作效率,实现了对个体的规训。延安文艺作为"突击文化",必须承担具体而现实的政治任务,从而呈现出"宣传与鼓动"的特征。其"重在激发群众的某种情绪",使之行为符合鼓动者的意志,具体可体现在"新英雄"的意义与塑造、"阶级仇"叙事的形成及其泛化和理想主义的

---

① 周维东:《"突击文化"与延安文艺引论》,载《中国现代文学研究丛刊》2008年第2期,第143—153页。

张扬等。①

对比袁盛勇与李洁非、杨劼的观点，可以看到，袁盛勇的"党的文学"强调的是延安文艺的内质，李、杨的"超级文学"强调的是延安文艺的组织性及其强大的功能，但两者在内质上具有一致性。如李、杨这样论述："在组织化的'党的文学'结构里，'文学为政治服务'不仅仅作为一种抽象的文学观或文学的理论，实际上也物化成一种劳动契约：文学成了准入性劳动，不打算接受或者违背这种契约的人，将理所当然失去他们的饭碗。党用提供工作岗位的方式，终极性地解决了'文学为政治服务'的问题。组织身份，疏隔了作家的文学身份，特定情况下甚至遮蔽文学身份。一个体制内作家，走上其工作岗位就意味着已经自动接受来自党的领导、监督和管理。严格地讲，不存在党干涉文学的事情，因为党对文学的领导本来就是这一职业的题内之旨。"②而周维东、张健的"突击文化"是从文化战略的角度对延安文学做出的一种解释。在他们看来，"从'突击文化'角度研究延安文学，延安文学研究可以从'政治'的视野回到'文化'的视野"，"能够将延安文学落实到20世纪中国文化的整体视野当中，其得出的结论也就不会简单归结为'政治干预'的结果"；便于我们理解"延安文学所形成的'规范'是在怎样的文化语境里被创造出来的"，"作家对于'文学规范'又产生了如何丰富的认识，并如何实践的"。③

此外，在研究延安文艺的属性时，还有学者就延安文艺的现代性进行了讨论，比如袁盛勇提出的延安文艺具有民族-现代性的问题。有的学者认为，延安时期文学的现代性追求在革命与救亡的制约下超越了文学本身的范畴，上升到更为广阔的现代民族国家建构的层面。从延安文学的实践及发展来看，一方面，它的现代性追求尽可能地向本民族的文化靠拢，突出中国经验的表达；另一方面，

---

① 周维东：《中国共产党的文化战略与延安时期的文学生产》，花城出版社2014年版，第85—116页。
② 李洁非、杨劼：《解读延安——文学、知识分子和文化》，当代中国出版社2010年版，第167—168页。
③ 张健、周维东：《"突击文化"的历史内涵及其对延安文学研究的意义》，载《南开学报》（哲学社会科学版）2008年第3期，第84、85、87页。

它所建构的民族性充分体现着现代性追求的实践特征。延安文学所追求的现代性是包含着民族性的现代性，所确立的民族性是内涵着现代性的民族性，民族性塑造着现代性，现代性目标又深化着民族性的诉求，二者之间是一种双向沟通和对接的过程，由此构成了延安文学的双重追求：民族性与现代性并重。现代性与民族性作为延安文学的两翼，形成了延安文学发展的基本格局，并为新中国成立后当代文学的发展创设了新的文学规范和发展方向。[1]

有的研究者认为，从生产力和经济发展的角度，从现代化的视野来看，以毛泽东文艺思想为引领的延安文艺在许多基本原理、方法上，在文艺思潮和创作潮流上，都直接或间接地反映和体现着中国现代化的历史主题，具有适应国情的独创的现代意识。据此，现代性可以解释为实事求是、群众路线和独立自主，体现在文艺方面，现代性的观照主要表现于文艺的实践性原则、人民本位观和民族特性等。[2]有的研究者认为，将现代化等同于西方化是单一片面的思维模式，对延安文艺性质的理解应深入领会新民主主义文化理论的现代性及其历史意义。新民主主义文化理论是延安文艺思想的核心，是延安文艺运动的指导纲领，也是促使五四以来中国文艺现代化方向发生转变的根本依据。借助对新民主主义理论的现代性进行剖析和求证，才能更好地阐明延安文艺的现代化性质。[3]有的研究者认为，延安文学在毛泽东的《讲话》的理论设计下，凸显了建构现代民族国家的民族性和本土意识。从表面上看，这一时期延安中共政权在意识形态方面强调走向民间，好像是回归传统，但这正是建构具有本民族内涵的现代性起点。因为对民间或传统的借用正是现代性知识传播的典型方式之一。[4]对此，有学者认为，作为物质水平的现代化概念与作为精神现象的现代性不属于同一个领域，将二者作

---

[1] 赵学勇、张英芳：《延安文学：现代性与民族性的双重追求》，载《厦门大学学报》（哲学社会科学版）2015年第1期，第119—129页。
[2] 黄曼君：《论毛泽东文艺思想的现代性特征》，载《西北大学学报》（哲学社会科学版）2001年第1期，第112—116页。
[3] 石凤珍：《"新民主主义文化"理论的现代性意义——兼论延安文艺的性质》，载《文艺研究》2007年第3期，第65—71页。
[4] 黄科安：《延安文人：建构现代民族国家的本土话语体系——关于延安文学研究的再思考》，载《海南师范学院学报》（社会科学版）2006年第4期，第28页。

为同等概念使用，将现代化的诸多内涵纳入现代性加以思考，必然导致现代性理论出现"肿胀症状"。因此，《讲话》"不属于现代性的言说系统"。现代性虽然体现在时间上是"现时"特点，体现在空间上是"开放"特点，但其实质内涵是"个性解放和人格独立"，是独特的现代价值系统，强调的是"指向未来的精神扩张""个性化的精神激活"和"最大限度地主张人的创造性的精神激励"，具有"强烈的批判性与反思性的现代意识"，"突出现代人的灵魂自由与想象自由，对一切束缚此种自由的力量给以批判和否定"。①

实际上，关于延安文艺是否具有现代性或者说延安文艺是否为现代性的一种，学界目前的讨论还非常热烈。观点之所以不同，可能主要是参照系的选择不同，立场与视角的不同。比如，经常看到的是，从现代化、民族性的视角出发，说延安文艺具有现代性；从五四文学出发（研究者又将五四文学的内核限定为个人价值、人性等范围），认为其不具有现代性；等等。

二、延安文艺形态的学理化研究

在内质上，上述研究从不同角度对延安文艺进行了界定。学界认为，延安文艺的形式变革也是延安文艺不同于其他形态文学的主要表征之一。对延安文艺形式变革的研究，也是新世纪以来学者关注的重要研究对象。

对于后期延安文艺通过对民间形态的借用而呈现出的新的民族样态的文学形式，杨劼命之为"延安体"。杨劼指出，延安文艺通过对旧形式的利用和改造，其中改造尤为重要，更具延安特色。正是通过改造，文化领导权才得以确立。杨劼认为："表面上看，是文艺的新旧形式之争，实质上这是革命内部谁来掌握思想文化重心的问题。""'推陈出新'，并不是'革命意识形态+旧形式'那样简单。在本质上，这是一个使原本根植民间、表现民间性格的旧形式'庙堂化'的过程。仅仅谈论延安文艺对旧形式的'利用'是远远不够的，事实上，比'利用'更具延安特色的是对旧形式的'改造'。""作为一种即将取得文化领导权

---

① 刘锋杰：《从革命的合法性到文化的合法性——论回到原典的〈讲话〉》，载《文艺理论研究》2002年第4期，第17页。

的政党意识形态,'延安体'不动声色地大量置换了民间形式的话语,充分利用语言能指的模糊性,将其语义指向政党意识形态,同时,马克思主义文艺体系独特的'组织化'架构也适时地发挥其整合作用,使民间形式与民间文化的固有传统相剥离,转而成为一个特定政治集团的精神的代言体。""'延安体'这种特殊的文艺实践,其功能不是满足和体现个人的艺术兴趣、发现和快乐,而是开展一项高层次、组织化的文化工程,它涉及文化领导权能否拥有可靠的传播方式、话语形式,最终关系着文化领导权的建立与巩固问题。"[①]对于这种形式变革的原因探究。沈文慧认为,延安文艺的体式变革是左联文艺大众化运动在民族革命战争时期的进一步推进;延安文艺的体式变革除了受毛泽东"民族形式"理论的触发和引导外,还有来自文艺创作者自身的内部因素与时代社会的外部因素。其内部因素主要是五四文艺体式与延安文艺所要表达的现实内容之间存在着诸多矛盾,无论是延安文艺家所熟悉的五四体还是他们不熟悉的旧形式都不能满足时代文艺的新需要,创造与时代精神相协调的文艺体式势在必行。其外部因素主要在于20世纪三四十年代中国农民运动的空前崛起所导致的文化转型,农民文化主体性的确立与张扬是延安解放区的现实文化语境,文艺体式变革正是这一文化转型的结果与表征。同时,文艺体式的本土化回归应和了抗战时期国人强烈的民族主义心理诉求,这是促使延安文艺体式变革的深层心理机制。[②]

学界对延安文艺形式变革的研究主要集中在三个方面:一是对其民间形态的探究,二是对其语言的研究,三是关于其话语的研究。当然,延安文艺走向民间的语言也属于其民间形态的一部分。

20世纪90年代,陈思和提出文学的"民间形态"命题。他认为,抗日根据地的民间文化在抗日宣传的主旨下得到了倡导。[③]王光东承继民间形态的文学史考察理念,从民间形式、民间立场、政治意识形态三个层面对抗战以后延安文艺中

[①] 杨劼:《旧形式与"延安体"》,载《文艺理论与批评》2003年第6期,第88—96页。
[②] 沈文慧:《"形式"何以成为问题:延安文艺体式变革探因》,载《文史哲》2010年第1期,第114—120页。
[③] 陈思和:《民间的沉浮:从抗战到"文革"文学史的一个解释》,见《陈思和自选集》,广西师范大学出版社1997年版,第204页。

的民间形态进行了探究。他通过分析赵树理、孙犁创作中民间形态的不同体现,指出知识分子、民间文化形态和政治权利三者之间以政治为中心联系起来,但知识分子并未与民间蕴含的文化价值系统完全融汇,因此其创作中的民间与政治还存在着复杂的关系。①黄科安认为,《讲话》后的延安文学凸显出文化的民族性和本土意识,表面看来是走向民间,回归传统,但实际上是建构具有本民族文化内涵的现代性起点。"现代政治是通过共同的价值、历史和象征性为表达的集体认同,从而梳理和重构具有自己的特殊的大众神话与文化传统。"②后期延安文学最大的特色是为中国现代文学史提供了"农村变革中的农民"和"抗日战争与解放战争中的农民形象"。通过对丁玲、赵树理、周立波、孙犁等作家创作的探究,研究指出,现代政治的"想象共同体"通过作家的日常伦理叙述,内化为人们的心理结构、心性结构和情感结构,从而更容易激发广大人民群众保家卫国的热情和信心。王荣探讨了解放区长篇叙事诗发展的历史渊源、文化背景及时代要求。研究指出,20世纪40年代解放区文学运动中现代叙事诗创作的繁荣,以及其文体形式的谣曲化选择和成功,不仅是五四以来中国新文学国民文学与平民文学理想追求,以及中国现代叙事诗艺术的一种延续与发展,同时与五四前后开始的新诗向民歌民谣学习,以及30年代左翼文学的新诗歌谣化创作等新文学传统有着内在的关系。《王贵与李香香》这首谣曲体叙事长诗的诞生,标志着叙事诗创作的新的艺术规范的确立。这种借鉴及模仿民间谣曲或民歌的叙述格调,以诉诸听觉功能的讲故事结构模式为主,辅以传统的抒情、感事、比兴等表现手法的民族化文体形式,成功地表达了作者明确的思想意旨及其政治功利目的。因此,中国现代叙事诗艺术才能够在主题的追求和题材的拓展,以及体裁样式外观与作品形态功能等方面,呈现出中国诗的发展的现代化新路,也呈现出与古典叙事诗迥然

---

① 王光东:《民间形式·民间立场·政治意识形态——抗战以后文学中的民间形态》,载《当代作家评论》2002年第6期,第56—64页。
② 黄科安:《延安文学研究——建构新的意识形态与话语体系》,文化艺术出版社2009年版,第5页。

相异的美学品质及发展特征。①

关于创作形式,对延安文艺体制化生产的研究主要围绕其集体创作和真人真事写作等方面。其中,集体创作的创作形式更受学界关注。在袁盛勇看来,延安文艺在很大程度上是体现集体想象逻辑和运作模式的革命文化运动,集体创作是这种文化运动的表现形式。集体创作主要包括两种形式:一是围绕某个话题开展集体性的征文创作活动,如文化界救亡协会组织的"我们怎样到陕北来""五月的延安"等征文创作。二是在文艺整风后,文艺工作者深入群众生活,向工农群众直接学习,与工农干部在艺术工作中合作学习,然后统一主题,大家共同"执笔"进行文学创作。②袁盛勇还认为,"集体创作方式在后期延安戏剧运动中得到了最为充分的运用和表现",《三打祝家庄》的创作,不仅"中央党校教务处在刘芝明主持下召开过十几次大型座谈会",毛泽东还做了创作指示。《逼上梁山》《三打祝家庄》"在结构、主题等方面呈现出来的意识形态化话语指向跟集体创作存在着有机关联","是一种意识形态化文艺理念亦即党的文学观念的内在要求所致"。③此外,孟远通过对歌剧《白毛女》经典化历程的探究,指出《白毛女》的创作和不断修改,是"权力与文化运作"的结果④,其诞生的语境充满着"多重文化力量的融合与交锋"⑤。刘震、孟远的《歌剧〈白毛女〉在延安的诞生》也体现着这样的认识,即《白毛女》的集体创作是意识形态创作的结果。⑥此外,郭国昌认为,集体写作与解放区的文学大众化思潮之间存在着互动

---

① 王荣:《论40年代"解放区"叙事诗创作及其形式的"谣曲化"》,载《陕西师范大学学报》(哲学社会科学版)2004年第3期,第28—33页。
② 袁盛勇:《延安时期的集体创作——作为一种意识形态化写作方式的诞生》,载《中山大学学报》2005年第3期,第51—53页。
③ 袁盛勇:《集体创作与后期延安文艺戏剧作品的形成——以〈逼上梁山〉和〈三打祝家庄〉的创制为中心》,载《中国现代文学研究丛刊》2006年第3期,第124—141页。
④ 孟远:《权力与文化运作:歌剧〈白毛女〉的经典化历程》,载《上海文化》2012年第4期,第50页。
⑤ 孟远:《多重文化力量的融合与交锋——歌剧〈白毛女〉诞生的文化语境》,载《北京师范大学学报》(社会科学版)2008年第6期,第60页。
⑥ 刘震、孟远:《歌剧〈白毛女〉在延安的诞生》,见陈平原主编:《现代中国》(第6辑),北京大学出版社2005年版,第135—158页。

关系，解放区集体写作方式的盛行一方面受到了左翼时期文学生产方式的影响，另一方面是对苏区文学写作传统的继承。解放区文学大众化思潮的形成固然是文学政治化的结果，然而文学生产方式也极大地影响了解放区文学大众化思潮的发展路向。从个体写作转向集体写作，促成了文学大众化思潮在解放区的普遍化，而文学大众化思潮的普遍化又规范着文学生产方式的集体化。有别于抗战初期国统区的集体创作，解放区采用集体写作方式是以知识分子作家与工农兵大众的结合为主要目的。[①]孟远以歌剧《白毛女》的生产方式为例阐释了集体创作的话语民主及有限空间，认为《白毛女》作为集体创作，"直接作用了叙事逻辑与艺术形式的选择。由此促成的文本叙事的多义空间，为不同时代不同观众的不同文化阐释蓄积了潜在的动能。某种意义上说，集体创作开启了一个文化公共空间。这种文艺生产方式选择自身恰恰体现了延安文艺的复杂关系：既开放了话语的民主空间，又显示出清晰的有限性或引导性"[②]。此外，王荣以《白毛女》文学剧本为例，从版本考辨的角度对集体创作进行了阐释。1949年前后《白毛女》文学剧本的修改及改编，说明剧本自从问世之后，即开启了由集体组织并主导，并不断进行文本修改和多种文类改编的重写或再创作活动，体现着"'新的人民的文艺'及其审美意识的整合"[③]。

真人真事写作是郭国昌提出的命题。他认为，真人真事写作是1942年以后在解放区盛行的一种文学写作方式，其理论根源可以追溯到20世纪30年代左翼的文学大众化论争对真实性和典型性的政治化追求。延安文艺中的真人真事写作有知识分子型和工农兵型两种类型。前一类型的习作本质上是知识分子的思想情感向工农兵大众的被动归化过程，体现的是延安文人"个性化的消解"；后一类型的

[①] 郭国昌：《集体写作与解放区的文学大众化思潮》，载《中国现代文学研究丛刊》2005年第5期，第56—76页。
[②] 孟远：《歌剧〈白毛女〉的生产方式——集体创作的话语民主与〈白毛女〉叙事的初成》，载《文艺争鸣》2013年第12期，第16页。
[③] 王荣：《调整与改造：从"新歌剧"到"新中国电影"的确立——论1949年前后〈白毛女〉文学剧本的修改与改编》，载《陕西师范大学学报》（哲学社会科学版）2013年第5期，第91—97页。

写作本质上是工农兵大众对革命意识的主动认同过程,体现的是"集体性的张扬",40年代后期演化成了一种对党的各种方针政策进行解读的特殊写作方式。真人真事写作的盛行促成了解放区文学生产体制的建立,完成了文学大众化所负载的教化功能。①

作为形式变革的显性要素,延安文艺的语言受到了研究者的重视,研究者将之视为"一种革命态度和生存方式"。李洁非、杨劼认为,延安文艺尤其是小说的语言形式经历了从现代白话到革命白话的转变过程,其肇始于1942年2月毛泽东在延安干部会上《反对党八股》的讲演,此后依托由表及里改造后的延安文艺的语言书写方式发生了脱胎换骨的改变。研究者认为,讲演精准地抓住语言问题,策动了从"现代白话"到"革命白话"的置换。置换的精髓包括:一是迫使知识分子丢掉他们的语言、他们的说话方式,将这些人得意的东西变成可笑、荒谬的东西;二是树立"人民语言"为新权威,把它抬到语言最高典范的位置。也就是说,要在五四面向现代开启白话文运动的基础上,在延安要将现代的白话改造成"革命白话"。改造后的"革命白话"不表现新式知识分子的价值观、文化贮藏和精神优势,而是革命主体工农大众自己的语言体系,是工农所用、所懂、所尚的话语形式;而且肩负着完成中国文化在语言层面的"鄙俗化",真正实现劳苦大众在社会政治、精神文化上的解放,成为社会和文化的主人。②张卫中认为,语言对作家来说,具有一定的稳定性;对时代来说,具有一定的可变性。因此,语言的演变、发展呈现出一种非常复杂的形态。他通过对解放区本土作家(赵树理、孙犁、马烽、西戎等)和外来作家(丁玲、周立波、欧阳山等)创作文本的分析,指出解放区文学由于创作者艺术个性和文学理念的不同,虽然从整体上习惯将之归于大众化、民族化的共名之下,但他们各自的语言实践呈现出异常复杂的状态。研究认为,本土作家站在现代文学的立场上,在甄别、选择的基

---

① 郭国昌:《"真人真事"写作与解放区文学生产体制的建立》,载《甘肃社会科学》2008年第3期,第26—31页。
② 李洁非、杨劼:《解读延安——文学、知识分子和文化》,当代中国出版社2010年版,第189—197页。

础上，创造性地使用了白话，并没有放弃现代语言的表达效果，只是更为尊重本土语言和叙述习惯；外来作家在大众化、民族化文学运动中主动调整，但也没有完全放弃原来的创作语言习惯，只是较多地注意克服语言欧化的弊端，向本土语言回归。从文学语言发展史的角度讲，解放区的两类作家在40年代取得了可贵的艺术经验。因此不妨说，40年代的延安文艺创作可视为20世纪中国汉语文学语言演变发展史上的调整时期。[①]

从话语模式的角度探讨战争年代文学话语的建构，可以文贵良的研究为代表。文贵良通过对战争年代文学史进行解读，观照身处其中的知识者的命运舛变与生存本相。要说明的是，文贵良的话语研究不是一般的语言研究，而是在认真梳理话语研究的学术谱系后，宣告其话语研究方法论是在合并福柯的知识考古学、话语理论与海德格尔的"基础存在论"思想的基础上形成的"话语生存论"。他将战时话语形态分为政治话语、大众话语和知识者话语，又分别以毛泽东、赵树理和胡风的语言风格作为这三套话语的代表进行概括和综述，依次分析了三套话语主体的生成历史、话语特点和存在之状，并进一步探索它们如何从战前的并置关系合乎逻辑地发展到战争期间和战后不可避免的互相渗透、彼此冲突、残酷绞杀直至强制同化的关系。在延安，新的政治话语主体在战争实践中得到确立，民间大众话语因为战争得到关注和借用，而知识者话语则面临着考验、挑战和改造。三种话语形式对知识者与人民关系的不同处理，使得知识者的言说在后战争年代出现了新生，从而预示了知识者的命运图景。[②]文贵良从生成机制、言说方式和话语主体等三个方面描述了大众话语的生成，指出大众话语具有明朗性、无主体性和权化功能三个特征。而延安文艺整风旨在改变知识分子的言说方式，当以新民主主义文化为中心的意识整体成为大众话语的主体时，大众话语以面对政治话语的话语权威而获得其合法性，政治话语乃是大众话语形成的合

---

① 张卫中：《解放区小说的语言变革及意义》，载《文艺理论与批评》2006年第5期，第24—32页。
② 文贵良：《话语与生存——解读战争年代文学（1937~1948）》，上海书店出版社2007年版。

法性根基。与此相证,文贵良纠正了对延安文艺中农民语言的民粹主义式的理解,认为新秧歌的诞生及其内涵是话语改造的一种具体形式。被改造的秧歌剧具有四个特色:日常化、文化符号的意识形态化、集体化运作、民间方言和意识形态语词的相互渗透等政治倾向。[①]

[①] 文贵良:《大众话语:对20世纪30、40年代文艺大众化的论述》,载《文艺研究》2003年第2期;文贵良:《秧歌剧:被政治所改造的民间》,载《华东师范大学学报》(哲学社会科学版)2004年第3期。

第三节

延安作家群体及延安文艺文体研究领域的开拓推进

进入新世纪,延安文艺研究呈现出多视角考察、多维度探析、多理论方法运用的蓬勃局面。学人回到历史深处,从不同的剖面展开对延安文艺的研究。对延安作家群体的审视和对延安文体的综合性研究均在不同层面得到了较大程度的拓展和推进。

一、延安作家群体研究的深入推进

20世纪八九十年代,丁玲、艾青、赵树理、何其芳、孙犁、王实味等延安文人一直是学界关注的对象。黄昌勇《王实味传》的出版,更使人们对延安时期的知识分子有了更为深入的了解。新世纪以来,关于延安文人的研究得到进一步深入,不但研究单个文人的论作不断涌现,对延安文人进行整体式考察的论著也开始出版,还有研究者将对延安文人的研究纳入对延安文艺的整体考察。

以延安文人整体作为研究对象的论著主要有朱鸿召的《延安文人》(《延河边的文人们》)[①]和《天上星星延安的人》,吴敏的《延安文人研究》。《延河边的文人们》虽然是从知识分子的角度切入,对延安整风运动进行历史描述,但通过探究延安文人的形成、特点、精神、理想,描述延安文人的身份、地位、处

---

① 《延安文人》(广东人民出版社2001年版)是朱鸿召编选的"走进延安丛书"之一,经过作者修订后更名为《延河边的文人们》于2010年由东方出版中心出版。"走进延安丛书"的另外两本是陈学昭的《延安访问记》和朱鸿召编著的《众说纷纭话延安》。

境，梳理延安文人的思想改造、精神清洁和意识形态重建，集中展示了延安时期知识分子的心灵风景，以及沉潜在他们心灵深处的沉沉隐痛，揭示出他们心灵转变的艰难历程。论著认为，延安文人主要由叛逆者、逃亡者和追求者组成，在纷繁的文事中，他们"在不能安身处安心立命"；延安整风运动对延安文人来说，是一场"清洁精神，洗心革面，心灵澡雪，脱胎换骨"[①]的文化运动。值得注意的是，朱鸿召在将延安文人与整风运动进行紧密关联、展示延安文人精神文化层面由纷繁趋向统一的同时，却拉开一定的评述距离，追求还原历史现场，将充沛于笔端的人文思考留给广大读者。之所以如此，缘于其在写作时"努力遵循着两个态度：其一，述而不论，述而少论；其二，言必有据，据必作注"。因为对历史的评判，"我们这一代人的时间和环境似乎还不成熟"，"与其率尔以对"，"不如存而不论"。[②]但尽管如此，朱鸿召还是表达了延安文人的历史宿命："改造人，是置之死地而后生。经历过延安整风审干抢救运动，进入革命队伍里的新知识分子，率先接受洗心革面的人生改造"。[③]此外，《天上星星延安的人》别出心裁地将延安文人与天上的星辰对应，以文昌星、织女星、文曲星、南斗星为纲，将萧军、华君武、罗工柳、范文澜（以上列文昌星篇），丁玲、陈学昭、吴光伟、江青、灰娃（以上列织女星篇），冼星海、王实味、周文、高长虹（以上列文曲星篇）等延安文人进行了分类别研究，叙述他们在延安时期的多彩人生，"寻找他们生死浮沉的曲折命运密码，探究中国革命的力量源泉、组织规则、政策设计、文化支撑，透视延安时期社会历史的丰富性、复杂性、多样性和深刻性"[④]。吴敏的《延安文人研究》聚焦延安文人[⑤]的思想转变。这种转变是

---

① 朱鸿召：《延河边的文人们》，东方出版中心2010年版，第192页。
② 朱鸿召：《延河边的文人们》，东方出版中心2010年版，自序第2页。
③ 朱鸿召：《延安日常生活中的历史（1937—1947）》，广西师范大学出版社2007年版，自序第2页。
④ 朱鸿召：《天上星星延安的人》，红旗出版社2016年版，自序第1—2页。
⑤ 吴敏在论著的绪言中将"延安文人"界定为"1930年代中后期或1940年代初从上海、南京、重庆、成都、西安、武汉等大城市到延安，后来又活跃于延安文坛的'文艺人'"，"不包括以其它专业为主而间或进行文学活动的人"，"也不包括1940年代新起的工农兵作家"。

延安文人"从信奉广泛多样的'五四'和1930年代的文学观念,到遵从以毛泽东《讲话》为核心的文学思想;更确切地说,是由当时被笼括成的内容含混复杂的'小资产阶级思想',倾斜到思想主题明晰的'无产阶级思想'的轨道里"①。论著通过三个坐标来分析延安文人的转变:一是延安文人思想脉络的波动轨迹;二是与毛泽东《讲话》的对照,即来延安之前的文学思想、1942年后的文学观念与《讲话》之间所构成的"倾斜"与"缝隙"的关系;三是文人之间的互相比照。以此,研究者梳理出延安文人思想转变的内在理路并分析其得失,同时通过延安文人的转变来反观其所处的具体文化环境,理解其在某种特定语境之中所可能进行的文学选择。吴敏的研究注意点和面的结合,在面上,既有从公家人角度切入延安文人群体的形成及其生存语境,也有从延安文人生存的湍流旋涡进入其心灵深处进行文化病症的考察;在点上,主要是以周扬"探寻'艺术'与'政治'之间的通道"、何其芳追求"文人的'新社会梦'"和丁玲"沉重的'转变'脚步"为个案,探寻延安文人在政治面前,如何将小资产阶级观转变为文学理性精神。

延安文人与延安文艺的形成有着紧密的联系,他们一方面要接受改造,进入意识形态话语体系,一方面主动参与这种新的文学形态的构建。黄科安认为,延安文人在帮助中共政权普及新的政治、文化纲领,同时依靠这一逐渐体制化的权力机构,建立起新的话语领域和范式,规定制约新的文化生产。经历了整风的延安文人遵循着毛泽东指示,走一条与工农兵相结合的道路,承担着建构现代民族国家的本土话语体系。②从心理-文化机制入手,袁盛勇探究了延安文人的真诚与说谎,认为延安文人在整风时期经历了由真诚逐渐走向说谎的心灵变奏过程。从意识形态的认同角度来说,说谎具有积极意义,是延安文人对新的话语形态及思想内涵依归的必要举措,也是他们生存诉求的本能反应,这种反应在政治-文化机制的规约下,"历史性地沉淀"为特殊的心理-文化机制。在此机制下探究延

---

① 吴敏:《延安文人研究》,香港文汇出版社2010年版,第1—2页。
② 黄科安:《延安文人:建构现代民族国家的本土话语体系——关于延安文学研究的再思考》,载《海南师范学院学报》(社会科学版)2006年第4期,第27—30页。

安文人的心灵变迁,也是反思延安文人命运的视角之一。[①]与此相近,张根柱、曹允亮认为,整风后的延安文艺在思想内容、价值取向、人物形象、语言结构等方面都发生了深刻的变化。从创作主体方面追究原因,就是延安文人经过整风学习和下乡入伍运动,从思想深处将个人主义思想转变为集体主义思想。当然这个转变经历了复杂、艰难的历程。[②]此外,韩晓芹从解放区报刊副刊创作群的分析入手,指出文艺整风前,延安文人主要表现为三种文学传统:以马克思文艺理论为核心的延安主流政治文化传统、以近代启蒙思想为支撑的五四以来的新文学传统和以陕北地域文化为核心的民间文学传统。整风后,精英文化与民间文化在实用功利性的战争文化形态下被延安主流意识形态以实用政治文化观念为轴心急速地扭合、调适、整合,进而生成了新型的文学形态——工农兵文学,延安文人的角色也发生了从启蒙者到救赎者、从化大众向大众化的重大转折。[③]

赵学勇以女性解放的视角对延安女性作家群进行了关注。研究力求回到历史现场,深切感受女性创作群的情感变迁,对其心灵发展轨迹进行体察和把握,从而揭示延安经历对其人格的磨砺、思想观念的转变以及创作的影响,进而从文学史立场出发重新评估其女性话语的价值。研究指出,具有良好教育背景和人文素养的延安女作家群,在起初的创作中大多以知识分子的情调,展现女性意识的解放和社会革命的效应;在时代使命感的驱使下投身革命,以期在民族解放的潮流中实现个人人生价值。1942年后,她们响应《讲话》精神,踏上转型之路,与大众磨合交融,从而使自己的世界观、人生观、审美观发生极大的转变,群体特色渐趋明朗。延安女作家在新的文化建构中,书写着女性命运的巨大变迁,书写呈现出突出的特点:一方面揭示女性在旧时代的非人生活,另一方面描述女性走向新时代后精神气质上的重大变化。作为一个创作群体,延安女作家以其不囿于性

[①] 袁盛勇:《延安文人的真诚与说谎》,载《粤海风》2005年第4期,第36—44页。
[②] 张根柱、曹允亮:《从个人主义到集体主义——延安作家思想转变历程论析》,载《临沂师范学院学报》2007年第1期,第54—61页。
[③] 韩晓芹:《延安文人的精神演进——延安〈解放日报〉副刊的文学生产与传播》,载《文艺争鸣》2008年第7期,第114—119页。

别身份的时代面貌书写，呈现出"别样的历史感、现实感和崇高感"。①

当然，还有一些研究者通过对延安文人个体的考察来探寻具有群体意味的延安作家的延安之路。王雪伟的《何其芳的延安之路——一个理想主义者的心灵轨迹》即是其中比较有代表性的论著。研究从众说纷纭的"何其芳现象"②入手，通过心理-行为、心理-文本、心理-环境三种互动与互证机制，以延安时期为中段，重点考察了研究对象在来延安之前、来延安之后以及后延安时期的主导性心态，并围绕主导心态分析其不同心理现象之间的关系，揭示出研究对象心态的变异性和复杂性。论著指出在延安时期，何其芳内心充满政治理想主义激情。受延安模式的影响，文学情结彻底转向政治情结。在他的延安情结中，文学梦逐步被政治梦取代，他的文学行为最终变成了政治行为，由此成为一个彻底的政治革命者。何其芳的文学创作长时间缺席，思维模式向政治性、逻辑性转化，这对他文学创作能力、艺术创造能力的进一步发展造成了较大的影响。何其芳的延安之路虽然不同时段各有独特性，但整体上呈现出"人格的单向度性"和"事业身份的失位与错位"的特征，暗示出何其芳"从独立的文人心理向革命政治心理转变的趋势性，和一个知识分子逐渐向主流靠拢并最终走向自我分解的现实性"。③此外，宋喜坤以1948年的"《文化报》事件"为切入点，对特立独行的作家萧军进行了个案研究。论著以"《文化报》事件"为精神脉络，通过文本分析、文学事件、文艺思想等方面的综合研究，从思想史的角度入手，运用传播学、社会学、政治文化学、文本细读等方法和理论，结合萧军研究和现代文学史料，以"新英雄主义"和"新启蒙"思想为主线，对《文化报》文本、新英雄主义者萧军进行系统研究。他还指出，萧军的"新英雄主义"既是其性格核心的概括，也是其文

---

① 赵学勇：《天地之宽与女性解放——延安女作家群述论》，载《中国社会科学》2013年第7期，第162—180页。
② 王雪伟在论著中指出，"何其芳现象"的提出，可能如王保生所说的，最早由沈从文提出；然而对"何其芳现象"的研究，代表性的是陈可雄、应雄、郝明工、孟繁华的论作，以及成就更高的由何锐、吕进、翟大炳合著的《画梦与释梦》等。
③ 王雪伟：《何其芳的延安之路——一个理想主义者的心灵轨迹》，河南人民出版社2008年版，第13、94、155、161页。

艺观和价值观；萧军在《文化报》的文艺活动是一场"新启蒙"实践，其本质是五四启蒙，实行"新启蒙"的方式是双轨道启蒙；"《文化报》事件"可以看成主流话语和民间话语的一场交锋，是党在东北解放区文艺界构建新的文艺体制的一场实验。①

将延安文人研究纳入延安文艺体制化形成过程进行整体考察的研究成果，有袁盛勇在《历史的召唤：延安文学的复杂化形成》中有关延安文人心态的有机化形成研究，贺桂梅在《转折的时代——40~50年代作家研究》中的丁玲、赵树理研究等。袁盛勇借助西方马克思主义者葛兰西的理论，对延安文人心态的有机化（主要论述其意识形态化）问题进行了探究，认为"延安文学观念的意识形态化形成与延安文人创作心态的意识形态化或有机化形成具有某种难以分割的共生关系，甚或同构关系"；"延安文学观念的最终形成与体现此种观念的文学运动的广泛开展在相当程度上是通过对延安文人的思想改造来完成"。②而延安文人心态的有机化完成有赖于一套完整的思想规训机制和监督机制的形成与应用："自由"创作的监督；"自由"言说的惩罚；"自由"想象的终结。即，延安文人在文艺整风中，其言说与行为不断遭遇外在强制措施的规训。同时，延安文人的内心世界和话语实践在努力找寻着自己可以依托的对象，以表示他们认同延安政权的信心。这个依托和仰望的对象表现为对工农兵英雄人物的推崇和塑造，对劳动英雄的歌颂和推崇（在终极意义上转换为对最高领袖的歌颂和推崇）。③贺桂梅认为，延安文艺制度化过程中，丁玲与新主流话语之间发生的较为激烈的碰撞，在20世纪40—50年代转折过程中，知识分子"遭遇的创作问题、经历的精神历程及其复杂内涵"方面极具代表性。在冲突与融合、缝合与裂隙之间，丁玲在新的革命话语逻辑前面临着延安文人普遍的角色转换问题，《讲话》的"霸权统识"

---

① 宋喜坤：《萧军和哈尔滨〈文化报〉》，中国社会科学出版社2015年版，引言第1—5页。
② 袁盛勇：《历史的召唤：延安文学的复杂化形成》，中国戏剧出版社2007年版，第130、131页。
③ 袁盛勇：《历史的召唤：延安文学的复杂化形成》，中国戏剧出版社2007年版，第129—219页。

造就了包括丁玲在内的知识分子的"精神分裂症"。但经过整风运动的丁玲,其创作经验和创作观念之间、社会身份与自我意识之间的裂隙依然难以弥补。作为女性研究者,贺桂梅还以丁玲为视角,探究革命政权中的性别秩序问题,并将其上升为一个更大的历史和理论问题,即女性主义与马克思主义发生冲突的普遍问题。[1]贺桂梅的丁玲研究,"具有明确的问题意识和理论逻辑力","其话语分析和历史叙述显得较为机智而老练,文风却是质朴而硬朗的"。[2]

作为延安文人研究的延伸,延安文化组织和文学社团也是学界关注的侧面。这方面研究具代表性的有吴敏的《宝塔山下交响乐》和段从学的《"文协"与抗战时期文艺运动》等。吴敏通过梳理和分析大量史料,对20世纪40年代前后延安时期的文化组织、文学社团、文化文学期刊等进行了集中扫描,比如:对中国文艺协会及西北战地服务团、战地社、铁流社的研究;对边区文协(前身为特区文协)发展变迁的研究,包括文协与文抗的分家,以及《文艺突击》《中国文化》期刊的研究;对文抗延安分会的组织机构、鲁迅研究会和文艺月会、《谷雨》的编辑出版的研究,以及整风中文抗延安文人团体的分裂解散与个体的精神痛苦等;对鲁艺文学系"艺术宣传""专门提高"的探究,路社、草叶社的发展,以及"抢救运动"中鲁艺文人的体察;对《解放日报》文艺社的主要文化组织、文学社团以及丁玲主持的《文艺》栏目的概况和《解放日报》的改版的研究;对中央和边区文化工作委员会、宣传部等与文化社团关系的研究;等等。研究展现了它们"起伏消长、聚散流变的脉络以及与之相关的诸种支流"。研究指出,通过对延安文人活动的主要场域——文化组织和文学社团相关细节的探究,可以看到,"延安时期的'政治',是以内涵复杂的'文化'形式与'文学'发生着互相牵制、互相支撑、互动互融的关系",且由于"战争文化心理""新中国-新文化"等"可见不可见的'大趋势',而获得合理性、合法性,并构成延安文学

---

[1] 贺桂梅:《转折的时代——40~50年代作家研究》,山东教育出版社2003年版,第205—287页。
[2] 袁盛勇:《引论:新的延安文学研究在崛起》,见《还原与重构——新的延安文学研究在崛起》,重庆出版社2012年版,第7页。

生产、运转情形的特殊性，使得'延安文化范式'出现与成型，逐渐呈现其'历史转折'阶段的面貌来"，从而对延安"文学如何因'民族救亡'目标而与'政治'水乳交融地对人们发生作用"产生历史的了解。①段从学的《"文协"与抗战时期文艺运动》以清理和辨析文协的基本史实入手，对文协的"历史镜像与变迁轨迹"进行了历史文化语境的还原，通过对文协的组织形态以及团体内作家的认同感、参与度和创作实绩的考察，构建起符合历史形态的文协形象。在认真查阅大量原始材料的基础上，段从学梳理与辨析了文协的来龙去脉，澄清与还原了文协的历史本相，纠正了以往学界对文协的错误观点，使人们对文协的理解有了新的基点。文协的历史形象，经历了从一个与国民政府及其官方机构联系密切的文化团体，到一个以左翼进步文人为主体的文化团体的变化，这种变化又关联着文艺作家对政党政治文化的认同和国共两党在不同历史阶段的文化政策。论著第一章"'文协'的历史特征"和第二章"'文协'的建立"，横向剖析文协的基本特征；第三章"'文协'历届常务理事考论"和第四章"老舍在'文协'中的领导地位之建立"，纵向勾勒文协的历史形象，横纵结合，史彰事显；第五章"'有关'与'无关'之外"、第六章"通俗文艺运动与'民族形式'之争"、第七章"战地文艺的拓展与推进"、第八章"'抗战文艺'的历史呈现"与第九章"保障作家生活运动的发端及其演化"，分别从文协的组织和参与的角度入手，对文学史上一系列重大文学现象及聚讼纷纭的个案展开钩沉考量，全方位探讨了文协存在的历史空间与历史形象；第十章"新文学传统秩序与文艺方向"论证文协与文联的历史联结，清晰地呈现出政党政治文化的文学化与文学的政党政治化的转型过程，对于人们如何深入认识文学与政治的复杂关系提供了新的有益启示。全书横纵勾勒，重点突出，史脉相继，内外相承，于史料梳理中见功夫，于细致考辨中显水平，为学界继续探析文协树立了新的标尺。②

---

① 吴敏：《宝塔山下交响乐——20世纪40年代前后延安的文化组织与文学社团》，武汉出版社2011年版，第315—318页。
② 陈思广：《评段从学〈"文协"与抗战时期文艺运动〉》，载《中国现代文学研究丛刊》2013年第10期，第208页。

期刊既是延安文人自觉地将文学与革命联系起来进行文艺界的精神总动员的传播载体，又是延安文人话语交融、思想汇聚甚至碰撞的媒介空间。因此，有的研究者以原始史料为依据，对延安文艺期刊进行了历史考察，对延安文人在特殊战争环境中的创作与生活、思想与交流进行了梳理和展示。逄增玉等对解放战争时期东北解放区的出版机构[①]在期刊出版以及重印、翻印新文学图书等方面的概况进行了介绍，指出东北解放区的文化出版事业对东北乃至全国的新文化建设、文化出版事业奠定了基础，做出了历史性的贡献。[②]杨琳将延安时期的社团和期刊作为延安文人的公共空间进行了探究。[③]

此外，有的学者就延安文人的宗派问题、书法文化等进行了研究。关于延安文人的宗派问题，吴敏在研究延安文化组织和文学社团、段从学在研究文协时均已有所关注。但单独将之独立出来研究的有赵卫东等。赵卫东从史料入手，以鲁艺和文抗为例，梳理了延安文人关系演化的方式与过程，对延安文人的宗派主义问题及原因进行了分析。研究认为，周扬和丁玲双方可能并不是对立的宗派，真正产生分歧的是个别人之间的恩怨或成见。双方在面对思想之争、观念之争时，缺乏容忍与宽容。整风后，作家们忙于参加整风、审干、下乡等一系列旨在锻炼的活动，延安宗派主义产生的环境不复存在。值得注意的是，研究对某些细节的关注具有较高的学术价值，比如对周扬实际执掌鲁艺的时间考辨等。[④]李继凯从书法文化的角度对延安文人进行了考察。研究认为，延安文人与书法文化建立了相当普遍而又密切的关系；"以文为主"的文人群和"以文为辅"的书写者在延安共同营建了比较浓厚的书法文化氛围；在延安文人的墨迹和心迹之间，可以发现延安文人的个性世界；延安文人创造的红色书法文化具有多方面的启示和

---

① 主要包括东北书店、大众书店、光华书店、新华书店、辽东建国书社，以及牡丹江书店、兆麟书店等地方性书店和沈阳商务印书馆等老牌书店。
② 逄增玉、孙晓平：《解放战争时期东北解放区新文学出版的勃兴与繁荣》，载《社会科学辑刊》2014年第2期，第201—206页。
③ 杨琳：《延安文人的"公共空间"：社团与期刊》，载《西北师大学报》（社会科学版）2010年第2期，第113—118页。
④ 赵卫东：《延安文人的宗派主义问题考论——以鲁艺和文抗为中心》，载《中国现代文学研究丛刊》2015年第3期，第79—94页。

意义。[①]

二、延安文艺不同文体作品研究的拓展

20世纪40年代，由于中国社会矛盾与民族矛盾的急剧变化，文学进入转折时代。转折的特征是文学的美学诉求让位于政治诉求。在此背景下，所有的文学文体都发生了较大的转变。具体到延安文艺来说，文学被统一整合到服从抗战、服从社会动员的旗帜之下。随着延安文艺研究的深入推进，学界开始打破此前对部分作家作品进行碎片化研究的倾向，不同文体的综合性研究越来越得到关注，也逐渐产生了一批较有影响的成果。

按照朱鸿召对延安文艺传统的划分，延安文艺的前期、后期分别属于"实践形态""观念形态"的延安文艺。综观前期延安文艺，延安文人"改变了刚到解放区的激情与单纯，在创作良知上表现出新的思考与责任。他们在文艺思想上，提出自己带有明显个性的大胆的探索，在作品中增强了社会启蒙批判意识"[②]。许志英认为，这个时期的文学作品真实记录了"初到延安的文人仿佛都回到了无忧无虑的少年时代"，其中"抒情之作的葳蕤繁盛，确实在延安文学史上留下了难得的美丽一页"。[③]黄科安以胡乔木、周扬、林默涵的言论，丁玲、萧军、艾青、王实味、罗烽等人的创作为支撑，介绍了前期延安文艺的基本面貌，并借丁玲《文艺在苏区》中的话说，前期延安文艺像"蔓生的野花"，在艺术上"呈现出活泼、轻快、雄壮的优点"。[④]李军对这一时期的"野百合花"系列杂文进行了探究，指出"野百合花"系列杂文呈现现代美学观念，以对现实阴暗面的否定来实行对现代民族民主国家的文学建构。在具体的艺术实践中，创作者显现出个人的艺术个性，如丁玲对女性诗学的建构、王实味对狂人美学的实践、萧军对日

---

① 李继凯：《论延安文人与书法文化》，载《陕西师范大学学报》（哲学社会科学版）2012年第3期，第25—32页。
② 苏春生：《中国解放区文学思潮流派论》，中国社会科学出版社2000年版，第6—7页。
③ 许志英、邹恬主编：《中国现代文学主潮》（下），福建教育出版社2001年版，第103页。
④ 黄科安：《蔓生的野花：蓬勃与生机——论前期解放区文学（1937—1942）》，载《宝鸡文理学院学报》（社会科学版）2004年第2期，第41—46页。

常生活美学的追求等。①朱鸿召指出,在烽火连天的1942年之前的延安,环境相对安宁,生活相对稳定,物质世界虽然比较贫乏但精神活动开放、自由、可容。延安尊重知识、人才,崇尚文化、艺术,鼓励学术研究,普及社会教育。到处是歌声与笑语,文艺演出、庆典集会风起,文学活动、文学组织、文艺期刊众多,呈现出蓬勃的生机。②朱鸿召的表述基本反映了当时延安的政治、社会环境和延安文人自由结社、交流集会、批判现实的历史状态。在这样的环境中,诞生了"带有强烈启蒙意识、民族自我批判精神和干预现实生活的"③文学新潮。

相较"实践形态"的前期延安文艺,"观念形态"的后期延安文艺得到了学界更多的关注。比如江震龙等人对延安散文的研究,张文诺、杨利娟等人对延安小说的研究,贾冀川、马亚琳等人对延安戏剧的研究,王荣、燕世超等人对延安诗歌的研究等。

其一,戏剧研究。戏剧最先呼应《讲话》精神,推陈出新地进行着实践性的创作。有研究认为:"在延安文艺的形态谱系中,戏剧运动是其中影响最大、涉及面最广、民族化内涵体现最为充分、'中国经验'的锻造最为深刻的环节,不仅主导了新民主主义文化的建设思路,而且深度影响了中国传统戏剧现代化的探索路向。"④起初,一般都是分类研究延安戏剧,比如对秧歌剧、戏曲、话剧等的研究,直至新世纪才产生了较有影响的整体性研究成果,代表性成果主要有贾冀川的专著《解放区戏剧研究》⑤、马亚琳的《1940年代的延安戏剧文学创作研究》等。贾冀川的论著介绍了解放区戏剧的思想艺术渊源,以1942年为界,分别介绍了前期、后期解放区的戏剧创作,探究解放区戏剧的艺术特征和创作思想;对历史剧、儿童剧给予了着重关注;对丁玲、李伯钊、贺敬之、王震之、苏一

---

① 李军:《否定的建构——"野百合花"系列杂文的现代美学呈现》,载《淮南师范学院学报》2008年第6期,第1—4页。
② 朱鸿召:《延安曾经是天堂》,陕西人民出版社2012年版,自序第1页。
③ 黄昌勇:《〈野百合花〉的前前后后》,载《新文学史料》2000年第3期,第45页。
④ 惠雁冰:《延安时期的戏剧运动》,载《中国现代文学研究丛刊》2016年第12期,第90页。
⑤ 贾冀川:《解放区戏剧研究》,人民出版社2013年版;马亚琳:《1940年代的延安戏剧文学创作研究》,陕西师范大学,博士论文,2015年。

平的戏剧创作进行了研究;对经典剧目《重逢》(丁玲)、《闯王进京》(马少波)、《李闯王》(阿英)和《白毛女》(集体创作)进行了重点研究;对戏剧中的汉奸、国军等特别形象进行了剖析;对山东、苏北、晋察冀、东北等解放区的戏剧进行了扫描式探究。论著对解放区戏剧创作繁盛的原因即文艺家非主体意识的形成进行了探究,对历史、现实、戏剧之间的关系进行了梳理,从启蒙与大众化的角度对解放区戏剧进行了评价与重估。该论著全景式地探究了解放区戏剧,"填补了解放区文学史对戏剧这一领域的空白","多角度、多侧面、全方位地再现最真实的解放区戏剧图景"。①马亚琳的论文结合当时具体的历史环境和形势,通过对戏剧(话剧、秧歌剧、戏曲、新歌剧等表现形式)创作实践和发展的综合归纳,以及对《讲话》后戏剧文本的分析,探索延安戏剧创作在20世纪中国戏剧发展史乃至整个文学史上的地位和作用,探寻其对当代戏剧发展的价值意义。研究者对延安戏剧的不同剧种进行了分类研究,探析了话剧从"剧场"到"广场"、秧歌剧从"民间狂欢"到"革命狂欢"、戏曲由"旧剧改革"到"戏曲现代戏"、新歌剧由"民间歌舞"到"民族新形式"的发展演进历程及其深层原因,阐发了延安戏剧创作的整体发展倾向。②上述论著均以大量史料做支撑,体现出新世纪以来学界关于延安文艺研究在史料基础上"回到原初"的严谨和规范。对延安戏剧进行综合性研究的论作还有惠雁冰的《延安时期的戏剧运动》。研究对延安时期的戏剧组织、戏剧队伍与戏剧理论进行了探究,对延安时期戏剧运动的历史经验和深远影响进行了总结和剖析,指出:"作为特定历史条件下的一种美学形态,延安时期的戏剧运动竭其所能地在民族精神、大众气派、现代图景方面进行了积极而大胆的探索,激活了传统戏剧的生命力,为传统戏剧的现代化转型提供了具有建构意义的路径,也历史性地呈现了探索的经验与尚待缝合的罅隙。"研究认为,延安戏剧运动"启迪了中国传统戏剧现代化的探索路向",

---

① 郭海洋:《历史的自动呈现及其当代意义——评〈解放区戏剧研究〉中的四个分析路径》,载《成都大学学报》(社会科学版)2013年第6期,第101—104页。
② 马亚琳:《1940年代的延安戏剧文学创作研究》,陕西师范大学,博士论文,2015年,摘要。

"树立了中国传统戏剧民族化探索的第一座界碑","开创了国家文化工程的建构模式"。①此外,焦欣波的学位论文对延安时期的水浒题材戏剧的创作背景、指导思想以及推陈出新的改造等进行了剖析。②焦欣波以水浒戏在延安的改编为基点,对延安戏剧的革命叙事进行了探究,指出《逼上梁山》《三打祝家庄》《武大之死》等剧作的基本改编思路是"通过塑造'新式英雄'、'丑化''阶级敌人'与'美化''人民群众'并广泛运用阶级仇恨模式以及乌托邦式的革命想象,围绕传统故事情节基本框架给予革命意识形态的整合、改造和遮蔽"③。

研究延安戏剧的学人还有文贵良、毛巧晖、赵锦丽、郭玉琼、李莉、王金胜、杨琳等。文贵良关注延安时期的秧歌剧改造,认为这是当时民间被政治改造的话语建构的一种具体形式,主要包括以下四个特征:日常化,文化符号的意识形态化,集体化运作,民间方言和意识形态语词的相互渗透。研究认为,这一时期秧歌剧整体上又借助民间文化的形态得以呈现。④与此相映,毛巧晖认为,新秧歌运动是权威话语对民间的缔造⑤,是民间文学进入主流的一次尝试⑥。赵锦丽系统分析了秧歌的文学史叙述,探讨了抗战语境中秧歌的旧形式与文学资源、"旧瓶装新酒"的改造,并从鲁艺对秧歌舞的改造、秧歌剧的生产、秧歌剧中的趣味、讽喻与丑角以及性的叙述与女性意识等角度对秧歌剧进行了探究。她指出,秧歌是动员与组织农民的有效手段,新秧歌的诞生是意识形态对民间秧歌的借用和改造,其推陈出新的创作特点表明政治意识控制与组织文艺生产的意图,

---

① 惠雁冰:《延安时期的戏剧运动》,载《中国现代文学研究丛刊》2016年第12期,第90—101页。
② 焦欣波:《20世纪中国水浒戏剧研究——以剧本创作及改编为中心》,陕西师范大学,博士论文,2017年。
③ 焦欣波:《〈水浒传〉改编与延安戏剧文学的革命叙事》,载《中国现代文学研究丛刊》2016年第4期,第166—176页。
④ 文贵良:《秧歌剧:被政治所改造的民间》,载《华东师范大学学报》(哲学社会科学版)2004年第3期,第103—108页。
⑤ 毛巧晖:《新秧歌运动:权威话语对"民间"的缔造》,载《中华戏曲》2008年第1期,第86—93页。
⑥ 毛巧晖:《新秧歌运动:民间文学进入主流的一次尝试》,载《晋阳学刊》2007年第5期,第121—124页。

体现了政治文艺体系的建立对文学资源的取舍、对"自然状态的文艺"的提纯和过滤，显示出新的文艺形式中不同文化视野的交织，不同文化力量的相互影响和渗透。①郭玉琼指出："从旧秧歌到新秧歌，民间的节庆狂欢转化为官方的日常狂欢，官方规训的渗入又彻底改变了民间秧歌的原初形态。狂欢与规训成为新秧歌的内在重要的精神质素。"②李莉、王金胜认为，从新秧歌剧到新歌剧是延安戏剧由民间形式向民族形式转型的标志。"新秧歌剧是从文化、知识、技术等多层面对知识精英和民间双重资源的改造和征用，更是无产阶级政党通过改造知识分子，积极发掘并重新阐释民间资源建构，以建构其文化领导权的成功尝试。"③杨琳从民间性、大众化的视角对延安秧歌剧的革新与传播进行了研究，认为"民间艺术形式与抗战、革命主题的高度契合，新的话语言说方式与地域文化形态的对接交融，广场演出的大众狂欢传播效应，构成了延安新秧歌的鲜明特征"④。

其二，散文研究。五四以后，随着现代作家的出现，以白话文为语言形式、具有现代美学特征、蕴含启蒙精神的现代散文逐渐发展和丰富起来。延安散文在走向社会革命和劳苦大众、表现生活的领域得以革命性拓展。在延安文艺研究方面卓有影响的张器友认为，延安散文讲求"中国表达"，语言和形式追求老百姓所喜闻乐见的中国作风和中国气派，拓展了现代散文的文体功能、表现领域和表现方法。⑤可能由于张文为《延安文艺大系·散文卷》所作的序言，所以对延安散文特点的描述比较稳妥，在学术探究上显得有点稳健。而有的学者开始关注

---

① 赵锦丽：《论延安的新秧歌》，见陈平原主编：《现代中国》（第6辑），北京大学出版社2005年版，第109—134页。
② 郭玉琼：《发现秧歌：狂欢与规训——论二十世纪四十年代延安新秧歌运动》，载《中国现代文学研究丛刊》2006年第1期，第246—259页。
③ 李莉、王金胜：《民间形式向民族形式转型的标志——从"新秧歌剧"到"新歌剧"》，载《中国现代文学研究丛刊》2012年第8期，第166—173页。
④ 杨琳：《重构民间性与大众化：延安时期秧歌剧的革新及传播》，载《兰州大学学报》（社会科学版）2008年第2期，第60页。
⑤ 张器友：《延安散文的"中国表达"——延安文艺大系散文卷前言》，载《西部学刊》2015年第9期，第39—44页。

到，延安散文是在抗日战争和党的意识形态规范下创作的文学，在显示作家的思想活力和独立精神的同时，由于要贯彻《讲话》的政治标准和发起社会动员的方针，而呈现出自我心灵萎缩的态势。[1]胡玉伟在对解放区报告文学进行研究时认为，《讲话》后，叙事性的、纪实性的报告文学日渐成为解放区文学的主流和文学的重要话语类型。解放区报告文学在以壮阔的时代背景展开宏大叙事、全景式地描述社会历史进程的同时，往往着力体现历史的本质和规律，并以之作为创作的参照系；强调大众化的追求目标，工农兵成为创作的中心，形式上更易为民众所接受；作为实践性极强的解放区报告文学，在特定的历史观的引导下，从报告历史到阐释历史，获得了把握历史的巨大能量。[2]

对散文进行综合性研究的代表性论著是江震龙的《解放区散文研究》[3]。论著对原始资料和研究资源进行了相当全面的搜集、挖掘、梳理和考辨，尽可能地接近历史全貌，以史实为立论的依据，通过史料去还原与呈现解放区散文生存环境、创作形态和兴衰消长。同时，对解放区散文的生存环境进行了介绍，对党的文艺指导思想的形成和解放区散文规范的确立进行了探究；对解放区杂文的特质风貌和演变轮廓进行了描述，勾勒其发展演进的曲折进程；对解放区报告文学的基本面貌和创作倾向进行了介绍，分析其繁荣与缺失；通过个案剖析，对丁玲、赵树理、孙犁、何其芳等作家的艺术命运进行了探究和反思。研究认为，解放区散文的历史经验，在战争环境、解放区特殊区域内有"历史的合理性"，但在和平建设年代将之作为普遍的、超越时空的规律，去指导散文创作、文艺工作，并进行推广，就失去了"合理的历史性"，从而造成历史的教训。论著结合延安文人的文化心理，剖析了作者与文本之间的历史必然性，呈现了特殊环境下延安文

---

[1] 刘金冬：《战争动员与政治导向双重规约下的散文发展形态——评江震龙的专著〈解放区散文研究〉》，载《大连大学学报》2007年第2期，第146页。
[2] 胡玉伟：《历史的转折与文体的演进——论解放区的报告文学》，载《沈阳师范大学学报》（社会科学版）2008年第1期，第102—107页。
[3] 江震龙的《解放区散文研究》（上海三联书店2005年版），是在其博士论文《从纷繁多元到一元整———"中国解放区散文"研究》（福建师范大学，2003年）的基础上修订完成的。

人的艺术命运；总结了解放区散文发展、演变的环境因素和艺术规律，指出其对散文创作的时代借鉴意义。论著对某些问题的理论探索，不仅具有开拓性和创新性，也对延安文艺的研究思路具有启发意义。比如，对于"解放区的报告文学标志着现代报告文学的最高成就"[1]的说法，该著通过翔实的史料分析对这一命题提出了质疑[2]。有学人这样评价该论著的总体成就：视野宏阔，考证扎实，填补了解放区散文系统研究的学术空白。[3]论著"对解放区散文发展的来龙去脉给予了'同情之理解'，显示了现代学人求真求实、还原历史的学术品质"[4]。但还应该看到，研究者由于过于强调"述而不论"或"述而少论"，造成史料的堆砌和臃肿，论著理论色彩不够丰厚等，而且论著一定程度上存在着对解放区散文中的抒情性散文关注不够等。

其三，诗歌研究。民族战争催发国家意念的张扬，延安文艺和民族国家想象及社会意识形态紧密联系起来，叙事诗作为实践性艺术创作的一种基本的文学言说方式取得了较大的发展。"观念形态"的延安文艺的诗歌研究主要集中在叙事诗研究方面。王荣对解放区叙事诗的研究着重从其形式的谣曲化入手，以宏阔的视野、文学史的立场，联系20世纪40年代之前中国叙事诗发展的脉络和抗战初期解放区的诗歌运动，考察分析了解放区文学创作格局下民歌体叙事诗创作的繁荣状况，发掘其文体形式的谣曲化选择与现代叙事诗艺术互动、冲突及作用的历史过程，评述了谣曲化叙事诗歌创作及其形式的理论批评与研究，从而对解放区叙事诗创作及研究的简单化进行了学理上的修正，指出延安诗歌的谣曲化选择，"是19世纪末以来中国文学'大众化'及'民族化'追求与'现代化想象'的结

---

[1] 黄修己：《中国现代文学发展史》，中国青年出版社1988年版，第566页。
[2] 江震龙：《解放区散文研究》，上海三联书店2005年版，第176页。江震龙认为，"虽然解放区有数量众多的叙写战争的速写、通讯和报告文学，但少有足以传世的军事题材报告文学，整体上的成就并不太高"。
[3] 梁向阳：《宏阔的视野 扎实的考证——评〈"解放区散文"研究〉》，载《延安大学学报》（社会科学版）2005年第5期，第53页。
[4] 刘金冬：《战争动员与政治导向双重规约下的散文发展形态——评江震龙的专著〈解放区散文研究〉》，载《大连大学学报》2007年第2期，第146页。

果之一"①。民歌体诗歌作为解放区诗歌的主流，曾经产生了重大的影响，但其艺术上存在的缺陷随着历史选择环境的消失而更加凸显出来。燕世超认为，民歌体诗歌由于注重功利性宣传，没有处理好相关理论问题（如何看待文学运动、如何理解艺术体验、如何理解文学为人民服务等），形式上对民歌语言的简单模仿（创作主体缺少民间生活底蕴，没有真正解决作为书面语的文人诗歌与作为口语的民歌艺术追求的矛盾）导致对诗歌本体（节奏、结构、风格）的消解和对创作主体的放逐（形式单调、情感弱化），将受众定位于文化水平相对低下的民众，导致作品的艺术质量不高，从而使这种诗体的诗歌经不起历史的检验，成为"辉煌历史中的深长喟叹"。②

与单纯探究延安诗歌的发展演进不同，吴井泉在《20世纪40年代中国现代三大诗学研究》（高等教育出版社2010年版）中将20世纪40年代的不同诗歌流派放在一个共时的文学场域进行考察。该研究超越启蒙与救亡的二元解释架构，认为以胡风为代表的七月派诗群、延安诗群和以袁可嘉为代表的九叶派诗群形成了启蒙的复调："七月"浪漫主义诗学遵循五四和鲁迅文学传统进行思想启蒙；延安诗群由启蒙的主体转变为客体，以满足时代发展和政治形势的需要；"九叶"现代主义诗学关注的视点是艺术的审美启蒙，是"诗言体"艺术自律的文化呈现。三种不同向度的诗学精神并非启蒙与救亡之间的博弈，而是构成了多维的思想空间，使20世纪40年代的诗学思想显现得更加丰富、厚重和深邃。在此背景下具体到延安诗歌，吴井泉认为，延安诗学精神的确立是现实主义诗学集体理性的选择。诗人们由以往的个性本位向集体本位转型，依据政治家的导向对生活现象做出文学的解释与评判，建立起以政治标准为导向的诗学观。③从发展脉络上来看，延安现实主义诗学的内涵和外延都已发生变异。将新古典主义纳入社会主义

---

① 王荣：《论40年代"解放区"叙事诗创作及其形式的"谣曲化"》，载《陕西师范大学学报》（哲学社会科学版）2004年第3期，第28—33页。
② 燕世超：《辉煌历史中的深长喟叹——论解放区民歌体诗歌的生成与缺憾》，载《贵州社会科学》2005年第3期，第100—104、132页。
③ 吴井泉：《启蒙的复调：1940年代中国现代诗学思想的三种向度》，载《黑龙江社会科学》2007年第4期，第93—99页。

现实主义视域,是延安现实主义诗学的一个创造性贡献,也是对延安现实主义诗学的政治要求,其目的是更好地发挥现实主义的训谕功能。① 此外,有学者认为,延安诗歌在艺术上的成就主要体现在民族化、大众化的追求方面。② 有学者指出,延安诗歌创作生动体现了解放区文艺活动的继承关系,以及在新形势下诗歌写作方向、创作主题、表现形式等方面的变化;其写作上的转向与历史的回应以诗歌的大众化、走向民间为整体趋势,并对当代诗歌面貌产生了重大影响。③

其四,小说研究。早在20世纪90年代初,周绍曾就开始了对解放区小说的综合性研究。他认为,战争、农村社会变革、生产作为解放区小说的三大主题,在许多作品里得到了多方位、多层面、多角度的挖掘和开拓;解放区的小说在内容上反映了广大翻身群众的火热生活和斗争,形式、语言上为人民大众所接受。④ 新世纪以来,延安小说研究得到进一步的拓展和深入。对解放区小说进行综合性研究的论著,主要有张文诺的《文学大众化与解放区小说研究》和杨利娟的《时代诉求与革命规限下的乡村言说——解放区农村题材小说研究(1937—1949年)》⑤。张文诺以文学大众化的视角突破此前学界研究的政治视角,将解放区小说置于深远的历史框架内,使之在宽广的视域下得到观照,从而获得文学史意义。论著从抗日题材小说、农村题材小说、反映女性生活和命运的小说、表现知识分子的小说等角度,通过大量的文本细读,对小说的创作要素、作家的大众化创作,以及小说的题材取向、结构形式、地域文化特征等进行了阐释,对解放区

---

① 吴井泉:《真实与训谕博弈:延安现实主义诗学审美路向透视》,载《学习与探索》2011年第6期,第180—184页。
② 王泽龙、王海燕:《中国现代诗歌的别样风采——〈延安文艺档案·诗歌卷〉前言》,载《长江大学学报》(社科版)2013年第6期,第7—9页。
③ 张立群、高嫒:《写作的"转向"与历史的"回应"——论延安后期诗歌》,载《南都学坛》2012年第2期,第57—61页。
④ 周绍曾:《解放区小说简论》,载《文艺争鸣》1992年第3期,第16—18页。
⑤ 张文诺的《文学大众化与解放区小说研究》(中国社会科学出版社2016年版)在其同名的博士论文(兰州大学,2011年)的基础上修订完成;杨利娟的《时代诉求与革命规限下的乡村言说——解放区农村题材小说研究(1937—1949年)》(新华出版社2016年版)在其博士论文《时代诉求与革命规限下的乡村言说——1940年代(1937—1949)解放区农村题材小说研究》(浙江大学,2008年)的基础上修订完成。

小说创作进行了综合性研究。可以认为，该论著"将文学大众化与解放区小说创作这一研究领域推到了一个崭新的学术高度"①。但由于受文学大众化视角的界定影响，论著未能从更为系统、整体的角度对解放区小说进行全面的研究。杨利娟的论著选择解放区小说中的农村题材小说进行研究。论著认为，中国现代文学中的乡村形象是现代性语境下民族国家想象的投影，解放区农村题材小说作为开启民族国家梦想之门的文化动力被纳入其建设的革命性方案。论著论述了解放区农村题材小说的生成语境，即民族危机催发的民族国家意识下的现代民族国家的想象与构建，探究了赵树理、丁玲、马烽等延安文人在《讲话》规限下的应对策略和命运遭际，讨论了该题材小说反映农民翻身、成长的"惟有革命多壮志"的叙事主旨，以及该题材小说出于政治诉求的艺术演绎而呈现出的讲述革命故事的叙事特征和贯穿写实基调的明朗激越的审美风尚，并就解放区小说研究中的几个误区进行了简要辨析。②不难看出，由于研究范围的限定，杨利娟的研究也并未对解放区小说进行全景式的综合性研究。

新世纪以来，还有许多学人对解放区小说进行了较为系统的综合性研究。比如有的研究认为，解放区小说深刻反映了社会变革对人们生活、情感、精神、心理的冲击，延安文人挖掘民族的、民间的艺术精神，进而形成小说创作独特的审美特色。③乡村精神是解放区小说的民族风格。延安文人在深入农村、深入农民的过程中所表现出来的乡村精神，对各具地域特色的乡土风情的描绘以及对现代小说文体民族化的创造革新，是解放区小说民族品格的集中表现，为中国社会的变革和文学民族化的发展做出了历史贡献。④有的学者认为，解放区抗战小说是中国传统战争小说艺术的"回光返照"，是世俗伦理与政治理论的合一，迎合的

---

① 张文诺：《文学大众化与解放区小说研究》，中国社会科学出版社2016年版，序一第5页。
② 杨利娟：《时代诉求与革命规限下的乡村言说——解放区农村题材小说研究（1937—1949年）》，新华出版社2016年版，内容提要第1—2页。
③ 王利丽：《解放区小说的审美特色》，载《中国现代文学研究丛刊》2003年第4期，第60—70页。
④ 王利丽：《乡村精神：解放区小说的民族品格》，载《北京师范大学学报》（社会科学版）2003年第4期，第125—131页。

是民众的欣赏习惯、阅读趣味，以及民众的文化观念、是非标准，在文化层面建树不多。①

从不同角度和范围对解放区小说进行综合性研究的代表性成果还有：凌宇、龙永干从伦理-政治视角对解放区小说的内在结构及文化属性进行了研究，彭岚嘉、张文诺从地域文化的角度对解放区小说创作的影响进行了探寻，杜霞对解放区小说中的落后-改造模式进行了解读，崔静雅从叙事学的角度对解放区小说在叙事技巧与叙事逻辑上的变化进行了分析，张文诺对解放区土地斗争小说对民间故事的借用进行了研究，黎保荣对解放区土改题材小说的政治暴力形态进行了研究，等等。②

经过20世纪90年代"静悄悄地行进"，随着学院派的崛起以及社会氛围和学术环境的改变，新世纪以来的延安文学研究呈现出新的气象和风貌。时间的流逝造成时代的距离，将延安文学置放于历史的场境中，理性地分析和反思，试图对延安文学进行还原和重构，成为新世纪以来延安文学研究的主流特征。新世纪以来，延安文学悄然代替延安文艺进入研究视域，反映出学界在研究态度上对意识形态思维的淡化，在理性探究上的学术自觉。

历史化的学术研究，首先要对延安文学的生成、特征等进行梳理和明确。新世纪以来，不少学者摒弃文学与政治对立的二元思维，从左翼文学与延安文学的一体化或者分歧入手，从鲁迅精神被利用、限制和改造后服务于构建新的文学创

---

① 张全之：《火与歌：中国现代文学、文人与战争》，新星出版社2006年版，第239—247页。
② 凌宇、龙永干：《伦理-政治与解放区小说的内在结构及文化属性》，载《贵州社会科学》2008年第8期，第47—51页；彭岚嘉、张文诺：《地域文化与解放区小说创作》，载《贵州社会科学》2010年第12期，第69—73页；杜霞：《道德的规训——解放区小说中的"落后-改造"模式》，载《中国文学研究》2007年第1期，第102—105页；崔静雅：《挣扎与探索中的文学书写——四十年代解放区小说叙事研究》，山东大学，硕士论文，2016年；张文诺：《置换与改写：解放区土地斗争小说对民间故事的借用》，载《绍兴文理学院学报》（哲学社会科学版）2016年第6期，第25—30页；黎保荣：《略论1940年代解放区土改题材小说的政治暴力形态》，载《南京师范大学文学院学报》2016年第2期，第16—23页。

作体系切入，从延安文人的文化-心理机制着眼，分析和探究延安文学的成因，研究延安文学的体制化生成。在充分探究延安文学生成的同时，许多学者尝试着为延安文学进行定性研究，意图回答延安文学的本质和形态。在本质探寻方面，学者提出"党的文学""超级文学""突击文化"等概念。在形态探索方面，学者开展"延安体""形式何以成为问题"等命题探讨以及延安文艺形式变革方面的研究等。此外，学界从研究延安文人出发，探究他们艰难的改造、转变历程，探询他们"洗心革面""脱胎换骨"的内心期待与历史必然。这些研究都强烈地体现着学界对"回到历史"的延安文学的还原性努力，以及试图梳理延安文学在文学史学术谱系上的重构性尝试。随着研究的深入推进和学术探索的积累，延安文学不同文体的综合性研究呈现出新的面貌，涌现出一批代表性成果，比如贾冀川、马亚琳、文贵良、毛巧晖、惠雁冰等学者对戏剧的综合研究，张器友、江震龙、梁向阳、胡玉伟等学者对散文的综合研究，吴井泉、王荣、燕世超等学者对诗歌的综合研究，张文诺、杨利娟、王利丽等学者对小说的综合研究，等等。新世纪的延安文学不同文体的综合性研究，基本具有重视原始资料和研究史料、注重理性分析和评述、给予"同情之理解"等特点，从而呈现出不同于碎片化研究的整体风貌。

在本书视野之外，新世纪的延安文艺研究在新的时代环境下呈现出勃勃生机，一方面是许多博士、硕士将自己的学位论文聚焦于延安文艺研究，一方面是国家社科基金、教育部社科基金项目在延安文艺研究方面有较大的支持。因之，从新世纪延安文艺研究的学术氛围和研究队伍来看，延安文艺研究有着更可期待的未来。

需要补充说明的是，20世纪90年代及新世纪以来，关于"延安文艺""解放区文学""延安文学"三个概念的使用和讨论，也反映出学界对延安文艺认识的演进。首先要说明的是，"延安文艺"是一个广义的概念。这个"广义"包括两个层面：一是区域的广义，即不限定在延安区域，而是泛指1937年至1949年包括全面抗战时期、解放战争时期中国共产党实际管控的区域；二是所指的广义，是学术界目前尚未达成共识、相互还在使用的"延安文艺""解放区文学"和"延安文学"的统称。这组内涵相近的概念,在不同时代被相继或交错使用,但整体上经历了一个曲折发展的演进进程。1942年整风期间,延安召开了文艺座谈会,毛泽东发表《讲话》,将"鲁总司令"与"朱总司令"的军队的功能统一起来,认为二者共同服务于夺取抗日战争和革命战争最后胜利的需要。由此,延安文人转变为文艺工作者,成为服务战争的社会动员力量。1949年后,毛泽东文艺思想被确定为唯一正确的文艺发展方向。在这种话语环境中,"延安文艺"被约定俗成地沿袭下来。20世纪80年代,思想解放运动不断推进,文化界对西方文艺思潮的引介风起云涌,学术界不断提出新的学术命题。在这样的背景下,"延安文艺"逐渐淡出学界视野,在90年代基本上被"解放区文学"取而代之。"解放区"与"延安"的转换,固然是区域表述的不同,前者似乎比后者更为精确,但前者的历史化特征可能更是学界学术自觉的体现。"文艺"与"文学"的区别,固然是涵盖范围的不同,前者的内涵要广于后者,但后者更具针对性,体现出文学的独立以及与文艺的剥离;同时,前者的意识形态色彩显然要浓厚于后者,这大概是学界摒弃二元对立思维、开始进行学术理性探索的一种体现。因此,在90年代的延安文艺研究中,"解放区文学"更为学界所接受和通用。1992年,林焕平从彰显政治思想性的角度,提出了以"延安文学"取代"解放区文学"的观点。他指出:"在关于抗日战争时期的抗日游击根据地和解放战争时期的解放区所产生的文学,向来统称为解放区文学。这是符合实际的。但从马克思主义哲学的更高的角度去看,我大胆地提出一个倡议:把解放区文学改称为延安文学。……改称以后,区域性没有那么明显,这是缺点,但在政治思想性来说,却比较中肯与明确,这是很大的优点。"也许由于该命题提出的逻辑起点基于政治思想性,导致其观点并未在学界引起较大的反响。①但进入新世纪后,"延安文学"却逐渐成为学界的习惯表达。其原因与学界对文学与政治的理解发生改变有关。两者之间的对立被弱化,两者之间的联系被理性认识。于是,"延安"又成为一个比"解放区"似乎还要历史化的中性词,意识形态色彩淡化。但是近年

---

① 林焕平:《延安文学刍议》,载《文艺理论与批评》1992年第3期,第72—74页。

来,随着学界对延安文艺与20世纪中国文学之间关系探索的深入,"延安文艺"(或者"陕甘宁文艺"等)再次回到学界的论述之中。可以看出,这三个概念的更替、演进,虽然表现出学界学术态度的阶段性转换,但统观起来,于研究界来说,这三个概念的内核是基本一致的,即指1937年至1949年中国共产党管控区域的作家作品、文学事件、文学组织与活动等。①

---

① 关于"延安文艺""解放区文学""延安文学"的概念辨析,还可参见王俊虎、赵学勇的《论新世纪延安文学研究的进展及其趋向》(载《江汉论坛》2012年第9期)、袁盛勇的《命名、起讫时间和延安文学的性质——从一个侧面论如何构建一部独立而合理的延安文学发展史》[载《延安大学学报》(社会科学版)2005年第2期]和《延安文学研究刍议》(载《文学评论》2005年第1期)、周维东的《论当代延安文学研究的学理转变与"延安文学"学科建构的紧迫性——兼论"延安文学"提出的意义》[载《延安大学学报》(社会科学版)2006年第2期]、吴矛的《"延安文学"概念的再辨析》(载《长江学术》2009年第4期)、李惠的《试论"延安文学"命名的合理性——兼向袁盛勇教授请教》(载《楚雄师范学院学报》2015年第11期)和《"延安文学"正名及其相关概念考辨》[载《北京化工大学学报》(社会科学版)2015年第4期]等。

第五章 反思与深化：20世纪80年代以来的毛泽东文艺思想及《讲话》研究

1942年5月,作为延安整风运动重要组成部分的延安文艺座谈会召开,毛泽东在大会上分两次发表《讲话》。①随之,《讲话》以各种"原初本"形式在延安等边区传播。1943年10月19日,《解放日报》以近三个版面的篇幅发表《在延安文艺座谈会上的讲话》全文。《讲话》"上承革命文学和左翼文学,下启解放区文学和新中国文学,创造性地解决了'五四'以来新文学的大众化、民族化问题","不仅规范、指导着新中国的文学实践,而且也在世界范围内产生了广泛而深刻的影响"。②自发表以来,《讲话》在很长时期内具有无可争辩、不容置疑的权威性,规范着解放区的文艺创作,在新中国成立后成为唯一正确的文艺路线。所以,20世纪80年代以来的学术界对《讲话》的反思、重评和再读,说明社会及文艺界的思想解放程度已经有了较大的突破。梳理《讲话》研究80年代以来的多元发展,也可成为观察近现代以来中国文艺运动与意识形态之间难以廓清的纠葛互动的生动标本。

　　作为解放区文艺的纲领性文献和毛泽东文艺思想、延安文

---

① 《讲话》包括1942年5月2日所作引言和5月23日所作结论两部分。引言指出了革命文艺的重要性,系统地总结了五四运动以来革命文艺运动的经验,回答了中国革命文艺运动中长期争论的一系列根本性的问题,阐明了马克思主义的文艺理论和党的文艺路线,指出了会议应该解决的问题。会议结束时的结论性讲话主要阐述了五个问题:我们的文艺是为什么人的;如何去服务,即文艺的普及与提高;党的文艺工作与党的整个工作关系问题,党的文艺工作和非党的文艺工作关系问题;文艺批评问题;文艺界的整风问题。

② 刘忠:《〈在延安文艺座谈会上的讲话〉研究》,人民文学出版社2009年版,引论第1页。

学精神的元典著作,《讲话》自诞生之日起就被广泛传播和研究。20世纪40年代,《讲话》先后在解放区、国统区等地乃至国外广泛传播,与此同时,"有经有权"说(郭沫若)[①]、马克思主义"划时代的文献"说(周扬)[②]、"革命文艺的新方向"说(何其芳)、"人民文艺"说(林默涵)等研讨性研究,开启了《讲话》研究的先河。1949年7月,中华全国文学艺术工作者第一次代表大会在北平召开,会议确立了以《讲话》为代表的毛泽东文艺思想在文艺理论界的主导地位。周扬在大会所做的报告《新的人民的文艺》中指出,"《在延安文艺座谈会上的讲话》规定了新中国的文艺的方向,解放区文艺工作者自觉地坚决地实践了这个方向,并以自己的全部经验证明了这个方向的完全正确,深信除此之外再没有第二个方向了,如果有,那就是错误的方向";文艺"批评必须是毛泽东文艺思想之具体应用,必须集中地表现广大工农群众及其干部的意见,必须经过批评来推动文艺工作者互相间的自我批

[①] 胡乔木曾说:"毛主席很欣赏这个说法,认为是得到了一个知音。'有经有权',即有经常的道理和权宜之计。毛主席之所以欣赏这个说法,大概是他也确实认为他的讲话有些是经常的道理,普遍规律,有些则是适应一定环境和条件的权宜之计。"参见胡乔木:《胡乔木回忆毛泽东》,人民出版社1994年版,第267页。

[②] 1944年7月,周扬在延安编辑出版《马克思主义与文艺》时,首次将《讲话》与马恩列斯的文艺理论相提并论。周扬在序言中指出,马恩列斯毛的相关文艺理论"虽是在不同的历史情况之下,针对不同的具体问题而发的,但是在它们中间却贯串着立场方法上的完全一致:最科学的历史观点与无产阶级的革命精神之结合","讲话是中国革命文学史、思想史上的一个划时代的文献","最正确、最深刻、最完全地从根本上解决了文艺为群众与如何为群众的问题。他把列宁的原则具体化了,丰富了它的内容,使它得到了辉煌的发展"。参见周扬:《马克思主义与文艺》,作家出版社1984年版,第1、7页。

评，必须通过批评来提高作品的思想性和艺术性"。①显然，"《讲话》对新中国文学发展和文论建设起着前所未有的纲领、指导、规范作用"②。

  从第一次文代会开始，宣传阐释、学习、纪念《讲话》便成为新中国文艺界的一种经常活动。从新中国成立到"文革"结束，对《讲话》的学习除了正常的纪念、阐释，在"文革"中则遭到极左思潮的严重歪曲和干扰。③20世纪50—70年代，"文学创作和批评严格限定在《讲话》确立的'文艺为工农兵服务'、'文艺为政治服务'的一元论轨道上，鲜有不同的声音"④。同时期，随着文艺理论著作与教材的编写，文艺界逐步建立起以《讲话》为中心的新中国文艺理论体系。随着文艺批判运动的持续开展，《讲话》的政治标准被极端强化，开始呈现出被歪曲化、工具化的倾向。论著方面，这一时期有关《讲话》研究的主要有光明日报社、各地图书馆、地方政府以及文化部门编辑出版的纪念《讲话》发表十周年、二十周年、三十周年的学习文集，以及对《讲话》等毛泽东著作的学习体

---

① 周扬：《新的人民的文艺》，见北京大学、北京师范大学、北京师范学院中文系中国现代文学研究室主编：《文学运动史料选》（第5册），上海教育出版社1979年版，第684、706页。
② 山东大学中文系：《毛泽东文艺思想是马克思列宁主义美学发展的新阶段》，载《山东大学学报》1960年第2期。转引自刘忠：《〈在延安文艺座谈会上的讲话〉研究》，人民文学出版社2009年版，引论第2—3页。
③ 张炯：《论〈在延安文艺座谈会上的讲话〉的传播与影响》，载《兰州学刊》2017年第8期，第6页。
④ 刘忠：《〈在延安文艺座谈会上的讲话〉研究》，人民文学出版社2009年版，引论第3页。

会汇编。①此外，赖应棠的《创作与批评：〈在延安文艺座谈会上的讲话〉浅论》从《讲话》发表的伟大历史意义、工农兵方向——《讲话》的主要内容、《讲话》论创作规律、《讲话》论文艺批评等四个方面对《讲话》进行了阐释。②"文革"期间，《讲话》研究"不仅没有获得合乎逻辑的发展，反而被绝对化、工具化，处于失语和缺席状态"③。新时期以来，随着解放思想和拨乱反正的推动、西方文艺理论的借用以及学院派学者的崛起等，《讲话》研究呈现多元拓展的繁荣局面。

---

① 如：光明日报社所编的《毛主席"在延安文艺座谈会上的讲话"发表十周年》（1952年），长春市图书馆所编的《纪念"在延安文艺座谈会上的讲话"发表二十周年》（1962年），相关部门编选的《为最广大的人民群众服务——纪念〈在延安文艺座谈会上的讲话〉发表二十周年文集》（新疆人民出版社1962年版）和《为捍卫无产阶级专政而斗争——纪念〈在延安文艺座谈会上的讲话〉发表二十五周年》（人民出版社1967年版），《人民日报》《红旗》《解放军报》编选的《改造世界观——纪念〈在延安文艺座谈会上的讲话〉发表二十八周年》（1970年）和《坚持毛主席革命路线就是胜利——纪念毛主席〈在延安文艺座谈会上的讲话〉发表三十周年》（1972年），山东省图书馆编选的《学习毛主席著作〈在延安文艺座谈会上的讲话〉》（1964年）和《学习毛主席著作〈新民主主义论〉〈在延安文艺座谈会上的讲话〉》（1965年），地方政府与文化部门编选的学习《讲话》文集（如湖北、陕西、新疆出版的学习《讲话》文集汇编），等等。
② 赖应棠：《创作与批评：〈在延安文艺座谈会上的讲话〉浅论》，春风文艺出版社1963年版。
③ 刘忠：《〈在延安文艺座谈会上的讲话〉研究》，人民文学出版社2009年版，引论第4页。

第一节

《讲话》及毛泽东文艺思想研究的反思与重释

1978年,十一届三中全会重新确立了解放思想、实事求是的指导思想。1979年10月至11月,中国文学艺术工作者第四次代表大会在北京举行,会上邓小平代表党中央和国务院致《祝词》时提出"文艺为人民服务、为社会主义服务"的方向,调整了文艺与政治、与人民的关系。此后,文艺与政治的关系经过深入讨论,思想界、文艺界形成了一定的共识。1980年7月26日,《人民日报》发表社论,明确提出"文艺为人民服务,为社会主义服务",并以之取代"文艺为工农兵服务,为政治服务","二为"方针成为新时期文艺的总方针。这说明,党的文艺政策适时做出重大调整,"文艺为人民服务、为社会主义服务"成为符合时代需求的新时期"党的统一的文艺方针政策"。

20世纪80年代初,针对文艺界、评论界论争激烈而思想战线软弱涣散的状态,邓小平在1981年7月17日的一次谈话中指出:"坚持实行百花齐放、百家争鸣的方针,坚持正确处理人民内部矛盾,这是不会改变的。"①为了贯彻邓小平的讲话精神,胡乔木在1981年8月8日中央宣传部召集的思想战线问题座谈会上发表的讲话,对毛泽东《讲话》的根本精神进行了阐发。②由此可以看出,《讲话》的根本精神在当时被认为是"不能背离"的。同时,毛泽东文艺思想的一些研

---

① 冷溶、汪作玲主编:《邓小平年谱(1975—1997)》(下),中央文献出版社2004年版,第758页。
② 胡乔木的《当前思想战线的若干问题》后由人民出版社于1982年出版单行本。胡乔木:《当前思想战线的若干问题》,见李准、丁振海主编:《毛泽东文艺思想全书》,吉林人民出版社1992年版,第827页。

究机构开始在各地组建，如1978年12月在武汉成立的全国马列文艺论著研究会，1980年7月在长春成立的全国毛泽东文艺思想研究会。概括来说，20世纪80年代关于《讲话》的研究就是在这样一个思想解放、拨乱反正逐步推进，同时要求"调整"有一定"边界"的社会背景下展开的。

在80年代初期拨乱反正思潮的影响下，长期指导文艺运动的毛泽东的文艺思想及《讲话》作为重要的研究对象，尤其是《讲话》发表四十周年的1982年，成为拨乱反正的"正"之原点。进入80年代中后期，随着解放思想的深入推进，对《讲话》的再学习再思考再研究再认识，成为当时延安文艺研究的热点话题。学术界结合新形势新问题，利用新方法新视野，对《讲话》及毛泽东文艺思想从不同层面和视角进行了审视和阐发。这些研究既呈现出《讲话》在思想解放运动影响下的坚持与重释，也展现着"重写文学史"思潮下的反思和突破，从而在整体上对应着80年代学术研究前期侧重重评、后期侧重重写的时代特征。

梳理80年代的《讲话》及毛泽东文艺思想研究，不仅可以看出作为现实需要的毛泽东文艺思想及《讲话》如何被要求继承和发展，其基本精神、基本原则仍需作为指导新时期文艺的理论指引；还可以看出当时文艺界试图通过对文艺与政治的关系、歌颂与暴露的问题、生活美与艺术美的关系等问题的研究，实现从对《讲话》局部的突破到视其为历史文件的尝试和努力。概而言之，20世纪80年代关于《讲话》及毛泽东文艺思想研究的倾向性主要体现在两个方面：一是在坚持中发展，即在保证《讲话》基本精神理应继续坚持的前提下对之进行继承性重释，使之符合新时代的需要；二是尝试着将《讲话》看成历史文件和普通文本，对之进行反思性解读，试图突破1942年后及十七年间《讲话》全面指导文艺工作的神圣地位。

一、坚持与重释：80年代初期的《讲话》研究

20世纪80年代初期对《讲话》进行服务时代需求的重释的主要特征，正如张炯所说，是"根据实践是检验真理的唯一标准的原则，对它（毛泽东文艺思想）加以具体的分析，剔除其'左'倾错误的部分，使其具有普遍真理性的思想恢复

应有光辉"①。这一方面固然是由毛泽东文艺思想自身的特征决定的,一方面与当时的政治环境密切相关。对《讲话》及毛泽东文艺思想的研究,需要理论界根据新的时代的要求进行再思考、再认识。这方面的研究从1982年《讲话》发表四十周年时学界的反映可以得到确定。整体来说,在学术研究层面对《讲话》进行符合时代需要、在坚持中发展的重释性研究,主要体现在以下几个方面:

一是对以《讲话》为核心的毛泽东文艺思想要求"在坚持中发展"。这类研究以老一辈作家、艺术家和理论家对《讲话》精神的阐释、坚守和发展为代表。1982年5月,中国文联和中国社会科学院文学研究所在北京联合召开毛泽东文艺思想讨论会,周扬在会上指出,学习《讲话》,"不要把毛泽东文艺思想和整个毛泽东思想割裂开来,不要把毛泽东思想和马列主义割裂开来,也不要把毛泽东文艺思想和'五四'新文艺运动割裂开来"。②胡乔木指出:"这个讲话的根本精神,不但在历史上起了重大的作用,指导了抗日战争后期的解放区文学创作和建国以后的文学创作的发展,而且是我们在今后任何时候都必须坚持的。它的要点是:文学艺术是人类社会生活的反映,生活是文学艺术的唯一的源泉。生活可以从不同的立场反映,无产阶级和人民的作家必须从无产阶级和人民的立场反映。必须在实际上而不是口头上解决立场问题。在人民当家作主的地方,必须深入到人民的生活中间去,首先是占人民绝大多数的工农兵的生活中间去,这才能够写出反映他们的生活、符合他们的需要的作品。这不但是作家、艺术家的义务,也是他们过去常常求之不得的权利。作家要站在无产阶级和人民的立场上,创造文学艺术的作品,来团结和教育人民,惊醒和鼓舞人民,推动人民为反对敌人、改造旧社会旧思想、建设新社会新生活而斗争。"③朱寨在《讲话》发表四十周年的纪念文章中指出,《讲话》的本来面目在过去"受到了歪曲","由于个人崇拜和阶级斗争不断扩大化的影响,对《讲话》的宣传解释和运用,日益

---

① 张炯:《毛泽东与新中国文学——评〈历史无可避讳〉一文》,载《文学评论》1989年第5期,第18页。
② 周扬:《对毛泽东文艺思想一要坚持二要发展》,载《人民日报》1982年5月20日。
③ 胡乔木:《当前思想战线的若干问题》,见李准、丁振海主编:《毛泽东文艺思想全书》,吉林人民出版社1992年版,第827页。

偏离《讲话》的原意"，要注意把错误思潮对毛泽东文艺思想的曲解与毛泽东文艺思想的本来面目区别开来，不能把想当然的东西或者执行中发生的失误硬加于毛泽东文艺思想；"片面强调政治性和政治标准第一，以政治性代替真实性或者对立起来"的观点要在研究《讲话》时予以纠正。①持与此相近观点的，还有冯牧、丁振海、李准、何西来、杜书瀛等。②

二是对以《讲话》为核心的毛泽东文艺思想体系在理论层面开展研究。这类研究基本持肯定态度，为毛泽东文艺思想体系寻找理论依据。王燎荧从当时的历史现实出发，结合自己主持编写《陕甘宁边区文艺运动史》的体会，认为应从历史发展的角度来考察陕甘宁边区文艺运动，从陕甘宁边区文艺运动的发展进程来审视毛泽东文艺思想；只有将以《讲话》为代表的毛泽东文艺思想放在中国革命文艺运动、陕甘宁边区文艺运动的历史框架中才能更好地理解其精神实质，也才能更好地解释毛泽东文艺思想是党和人民集体智慧的结晶；批判《讲话》或者毛泽东个人，都是割裂历史发展实际的形而上学。③李联明从中国文论的传承性上开展研究，通过对我国文论历史传承的梳理指出，毛泽东文艺思想与我国的文论传统之间存在着"继承和革新"的关系，是扎根于民族土壤的文艺理论，是具有"时代特色和民族特色的马克思主义文艺理论体系"；通过对马克思主义经典作家文艺理论和中国革命文艺运动发展的分析，概括了毛泽东文艺思想体系的总体特色和主要特征；《讲话》对作品创作过程和社会作用"确切、辩证的论述"，对文艺创作的内外部规律都进行了阐释，因此"毛泽东文艺思想是辩证地概括了

---

① 朱寨：《恢复〈在延安文艺座谈会上的讲话〉的本来面目》，见中国社会科学院文学研究所文艺理论室编：《毛泽东文艺思想讨论会文集》，人民文学出版社1985年版，第122—131页。
② 冯牧：《重新学习和认真研究毛泽东同志的文艺思想》，见中国社会科学院文学研究所文艺理论室编：《毛泽东文艺思想讨论会文集》，人民文学出版社1985年版；丁振海、李准：《"为人民大众的根本原则"也是文艺批评的根本标准——对毛泽东文艺思想的一个探讨》，载《光明日报》1982年5月26日；何西来、杜书瀛：《坚持毛泽东同志的文艺思想的科学原则》，载《文学评论》1982年第3期。
③ 王燎荧：《陕甘宁边区的文艺运动和毛泽东文艺思想》，载《社会科学战线》1982年第4期，第228—237页。

文艺规律的文艺科学"。①史家健的研究着重从哲学层面展开，他认为，毛泽东文艺思想通过《讲话》的阐述"达到成熟，形成了科学的思想体系"；该体系是"马克思主义普遍原理与中国革命文艺实际相结合的产物"，其核心是《讲话》中"关于为什么人和关于文艺与社会生活关系的论述"，体现着"'说明世界'与'改造世界'统一了"。因此，对毛泽东文艺思想体系的认识，要否定"过时论"，不能将《讲话》等论著仅仅"作为历史文件"来看待，要认识到其"普遍意义和现实指导作用"；不能将之僵化理解，应不断对其进行"丰富、完善和发展"。②

三是认为《讲话》及毛泽东文艺思想是集体智慧的结晶，《讲话》及其精神必然要随着时代发展不断修订和完善。持这样论点的态度是理性的、缓和的，强调其继承性。林默涵认为，认识《讲话》"文艺为政治服务"的局限性，并不意味着文艺可以脱离政治。事实上，《讲话》中的"文艺为政治服务"只是一个方向性的提法，要求作家和艺术家从全局出发，对社会发展趋势和革命的总体任务加以艺术的描绘，而不是要作家做图解政治方针和政策的应声虫。新中国成立后，文艺界出现的概念化倾向固然与当时文艺界的极左路线有关，但并非《讲话》的本意。③王瑶指出，《讲话》是集体智慧的结晶，是"'五四'以来革命文艺运动实践经验的科学总结与集中概括"；"只有把《讲话》放到'五四'以来革命文艺的历史发展中，联系整个革命文艺运动、文艺思潮的发展来加以考察，才能科学地理解《讲话》的伟大历史意义"。他从"文艺与人民的关系""新文学的革命现实主义传统""文艺问题上的两条战线斗争""继承和发扬民族传统""文艺队伍"等五个方面进行总结梳理，指出《讲话》的"许多重要论点都是总结和概括了'五四'以来"现代文学发展的基本经验"的基础上生发出来的。基于这样的分析，王瑶认为，《讲话》既是指导中国文艺发展的基本

---

① 李联明：《马克思主义文艺理论的科学体系——〈在延安文艺座谈会上的讲话〉学习笔记》，载《福建师大学报》（哲学社会科学版）1982年第2期，第60—67页。
② 史家健：《毛泽东文艺思想体系初探——纪念〈在延安文艺座谈会上的讲话〉发表四十周年》，载《成都大学学报》（社会科学版）1982年第1期，第2—6页。
③ 林默涵：《坚持真理　修正错误》，载《文艺研究》1983年第2期，第16—30页。

思想，也是中国文艺运动实践集大成的"历史文献"，可以作为"研究对象"，因此，对于《讲话》，需要采取"严格的科学的分析态度"，"研究文学发展过程中的新问题，不断丰富和发展毛泽东文艺思想"。①陈思和的观点与之相近，他认为，《讲话》的诞生建立在对新文学运动历史分析和包括作家、读者等在内的现实生活发生变化的基础上，适应了中国革命发展的要求。《讲话》产生的基础是马克思主义理论在中国的普及，这个普及是李大钊、邓中夏、瞿秋白等革命者相继推动的结果。《讲话》既是个人文本，也是党内理论家和进步文艺工作者长期努力的结果。《讲话》之所以达到"划时代的高度"，是"综合了集体的智慧和劳动"；《讲话》之所以达到"新的高度"，是在马克思主义理论与中国实际相结合方面达到了空前的"广度和深度"。正因为毛泽东文艺思想是党的集体智慧的结晶，所以其"真理性不是凝固的、终极的"，而是需要根据时代的发展，不断"继承和发扬、补充和丰富"。建设社会主义新文艺，应该继续"坚持和发扬《讲话》的基本精神"，立足新的时代发展要求，"巩固和总结三中全会以来辉煌的文学艺术新成果、新经验"。②

四是认为《讲话》精神应该在新时期予以修正、调整以服务于新的时代。这一层面研究的基本途径是从《讲话》的局部入手，探讨其理论的正确性，同时提出在新时期应该如何修正和调整。研究大体可以分为两个方面：

第一，着重阐释《讲话》中文艺思想的相关观点，如曹桂方、齐大卫、徐俊西等对文艺与生活的关系的阐释，林志浩对"反映论"原则的探讨，王振复对生活美与艺术美的辩证关系的探究，等等。曹桂方对《讲话》的"文艺可以而且应该高于生活"进行了阐释。他认为："文艺可以而且应该高于生活，这是由文艺的性质和它所反映生活的特点决定的。"因为文艺作品可以通过塑造人物形象"更突出地显示生活的本质"，"可以比它所反映的生活本身具有更高的概括性

---

① 王瑶：《从现代文学的发展看〈在延安文艺座谈会上的讲话〉的历史意义》，载《社会科学战线》1982年第4期，第238—253页。
② 陈思和：《毛泽东文艺思想是党的集体智慧的结晶——纪念〈在延安文艺座谈会上的讲话〉发表四十周年》，载《复旦学报》（社会科学版）1982年第3期，第8—12页。

和更长久的生命力","可以形象地体现作者主观愿望和思想感情,进而对生活作出说明和判断"。"文艺可以而且应该高于生活"之所以受到质疑,是受到错误思潮、极左路线的干扰和破坏,造成了理论上的混乱。为此,他就林彪、江青集团提出的"源于生活,高于生活"理论、当下提倡的黑格尔的"艺术美高于自然美"观点、列宁的"实践高于(理论的)认识"观点等进行了阐释和分析,指出其中的异同与差别,从而认为充分理解和坚持"文艺可以而且应该高于生活",除过要否定作品缺乏生活根基的"公式化、概念化的毛病"外,还要警惕"自然主义的表现或倾向",不能不加选择地表现自然生活。"文艺能不能、应不应该高于生活",还需要在理论上和创作实践上进一步验证。① 齐大卫重新梳理了《讲话》所阐释的文艺作品应源于生活又高于生活、现实主义的真实性原则、文学的倾向性等文艺思想,指出《讲话》所强调的"描写'新的人物,新的世界',即'首先歌颂工农兵中间的先进人物'"的理论,置换到新的历史条件下,就应该是"努力描写社会主义的新人形象,创作出我们这个时代的典型人物"。② 徐俊西从认识论、反映论、实践论的角度,阐释了《讲话》中关于文艺与生活关系的相关论述,指出其指导文艺实践的现实意义;提醒研究界"必须注意到文艺反映生活的特殊规律和对不同历史时期的不同情况进行具体分析",而不能将之"作为一种标签"。③ 林志浩从认识论和辩证法的角度,结合毛泽东的《实践论》,对《讲话》阐释的反映论原则进行了探讨。他认为,《讲话》所说的社会生活是文艺的唯一源泉,符合认识论的一般规律;《讲话》强调的把"日常的现象集中起来,把其中的矛盾和斗争典型化",说明对现实的反映不是直观的、机械的,而是能动的;《讲话》所规定的文艺路线,是革命文艺在认识论上的群众路线,实践观的群众路线贯穿《讲话》的多个方面;从创作方法的角度学

---

① 曹桂方:《论文艺可以而且应该高于生活——学习〈在延安文艺座谈会上的讲话〉》,载《河北师范大学学报》(哲学社会科学版)1982年第2期,第2—11页。
② 齐大卫:《关于毛泽东文艺思想的几个问题——重新学习〈在延安文艺座谈会上的讲话〉》,载《学习与思考》1982年第3期,第11页。
③ 徐俊西:《文艺创作与社会生活的关系——学习〈在延安文艺座谈会上的讲话〉》,载《复旦学报》(社会科学版)1982年第4期,第46页。

习《讲话》，需要将之建立在"坚实的群众路线的基础上"，"坚持能动的革命的反映论"，只有这样才能更好地"批判和克服脱离现实的瞒和骗的文艺的流毒"。①王振复对《讲话》中生活美与艺术美的辩证关系进行了阐释。他认为，要理清两者之间的关系，首先需要具体分析生活美的"自然形态"和艺术美的"观念形态"以及两者之间的能动关系；其次，不能忽略《讲话》中有关生活美"最生动、最丰富、最基本"的论述，生活美三个"最"的属性不是陪衬，而是艺术美的源泉；再次，要深刻理解《讲话》中的"可以而且应该"，即在观念形态上，艺术美的创造只有通过艺术典型化的方法，才可能超越生活美。由此认为，只有充分认识两者的辩证关系，才可能克服"与时代、人民和党的'大我'相隔膜的'自我'境界"，也才可能避免"陷入自然主义式的创作歧途"。②

第二，通过对《讲话》的学习研究，侧重于探讨《讲话》精神如何在新时期进行承继和发扬。根据新时期建设的需要，任孚先阐释了文艺在事业建设中的地位和作用，呼吁文艺工作者以高度的责任感，重视作品的社会作用，以服务于社会主义的物质文明和精神文明建设。③何西来、杜书瀛认为，在新形势下仍应继续坚持毛泽东文艺思想中被实践证明是"科学的，具有客观真理性"的一些基本的科学的原则，如："文艺必须为人民服务，为社会主义服务，同广大群众保持最紧密的联系"；"社会生活是文艺创作的唯一源泉"；"文艺工作者必须在改造客观世界的同时，改造自己的主观世界"；"古为今用，洋为中用，建立和发展'为中国老百姓所喜闻乐见的中国作风和中国气派'"；"百花齐放，百家争鸣，发扬无产阶级的文艺民主和文艺自由"；等等。④包永新针对当时反对《讲话》中文艺批评的"两个标准"的声音，提出应"坚持政治标准与艺术标准相统

---

① 林志浩：《坚持能动的革命的反映论——重新学习〈在延安文艺座谈会上的讲话〉》，载《中国现代文学研究丛刊》1982年第3期，第295—305页。
② 王振复：《生活美与艺术美的辩证关系——学习〈在延安文艺座谈会上的讲话〉》，载《复旦学报》（社会科学版）1984年第1期，第4页。
③ 任孚先：《谈文艺在整个革命事业中的地位和作用——重读毛泽东同志的〈在延安文艺座谈会上的讲话〉》，载《东岳论丛》1982年第2期，第96—100页。
④ 何西来、杜书瀛：《坚持毛泽东同志的文艺思想的科学原则》，载《文学评论》1982年第3期，第3—15页。

一的文艺批评标准"。他指出,"政治标准第一、艺术标准第二的提法","在理论上是不科学的,在实践上是有害的",但"并不是说文艺批评就不要政治标准和艺术标准",艺术标准当然需要,但政治标准也不能放弃,因为文艺不可能完全摆脱政治;文艺作为意识形态的反映,不同的时代、阶级都会对其提出不同的要求。在批驳"文艺批评回到恩格斯提出的美学观点和历史观点的标准""用'真'和'善'的提法来代替政治标准的提法"的基础上,文艺批评标准还是应兼顾思想内容和文艺形式两个方面。运用庸俗社会学的观点理解文艺批评的政治标准,就可能导致对政治标准的狭隘理解,如将政治标准理解为使"文艺变成政治的附庸""文艺成为政策的图解"等;而《讲话》中的政治标准,强调的是为谁服务这个根本问题,它不等同于阶级斗争。坚持"两个标准"相统一的文艺批评,是由文艺本身的特点决定的,"要我们从艺术整体上去把握作品,评价作品","贯彻为人民服务、为社会主义服务的方向","要对艺术创作中各个相互联系又相互区别的不同侧面统一起来进行考察"。①此外,有学者认为,必须坚持文艺与新时代的群众相结合,因为这是"实现文艺为人民服务、为社会主义服务的必由之路",是新的时代的要求,是建设新的文艺队伍的需要,是调整当前的创作落后于现实发展的需要。坚持文艺与新时代的群众相结合,要反对两种倾向:一是文学创作不需要再与人民群众相结合;二是认为人民的范围扩大了,不需要再强调与工农兵结合,实际上,工农兵仍然是人民的主体,"四化"建设的主体。②还有研究者认为,在新形势下重新学习和研究毛泽东文艺思想,坚持《讲话》的根本精神,才能更好地解决文艺工作中的新情况和新问题。③

可以看出,在当时的历史条件下,作为"在坚持中发展"的《讲话》,被文艺界、理论界结合新时期的时代要求予以重释,这是务时务实的学术探索。毫无

---

① 包永新:《坚持政治标准与艺术标准相统一的文艺批评标准——学习毛泽东文艺思想札记》,载《延安大学学报》(社会科学版)1981年第4期,第53—60页。
② 李基凯:《文艺必须同新时代的群众相结合——纪念〈在延安文艺座谈会上的讲话〉发表四十周年》,载《文史哲》1982年第3期,第38—44页。
③ 吴宏聪:《学习〈在延安文艺座谈会上的讲话〉的根本精神》,载《学术研究》1982年第3期,第5—9页。

疑问，20世纪80年代初期的思想解放运动的基调是拨乱反正，而"正"之所在，正是毛泽东文艺思想指导下的1942年之后及1949年后的十七年时期。此"正"主要是相对于"文革"而言。因此，作为指导延安文艺乃至1949年后全国文艺发展的权威文本，《讲话》的地位不能动摇，其基本精神仍需继承和发展，而不是背离。所以，《讲话》不可能被重评，只能够被重新阐释，并在新时期加以继承和扬弃性发扬。这与当时中共中央对文艺的指导思想调整是一致的，也是《讲话》在80年代初被广泛学习和研究、被学界进行密集阐发的重要原因。

二、反思与突破：80年代中后期的《讲话》研究

在思想解放运动深入推进的背景下，20世纪80年代中后期的学术研究氛围更为开放。对《讲话》的阐发在80年代中后期出现新的突破，即通过对《讲话》进行更深层面的解读，开始挑战《讲话》指导文艺发展的"神圣"地位。比较来说，突破是相对于重释而言的，重释侧重于对《讲话》的坚持和传继，旨在拨乱反正，推进文艺发展并回归到十七年时期的"正确"框架之下；突破侧重于批判和扬弃，旨在打破"文艺从属于政治"的金科玉律，将文艺批评回归五四时期的启蒙框架。但80年代对《讲话》在突破层面的研究相对比较单薄，而且前期的批判性研究，主要集中在将《讲话》作为历史文件看待，需要在新时期的时代条件下进行调整，从这个意义上说，这类研究与重释性研究比较接近，只是一个更强调继承，一个更强调突破。在80年代后期，随着文化界以救亡还是启蒙为讨论主题的"新启蒙"运动的开展，社会思想解放运动进一步推进，对《讲话》的反思才进入一个新的阶段。

实际上在80年代前期，一些学者已经开始打破禁忌，对其中的部分内容进行质疑，提出《讲话》精神的阐释应随着时代形势的发展而发展。有的学者认为，"历史条件发生了新的更大的变化"，应将《讲话》作为历史文件看待。文章立论有两点：一是"根据马克思主义的观点，任何一个历史文件""也不能成为永恒的'纲领'"，"总是有其适用范围与局限性"；二是因为囿于战争形势，"《讲话》论述的只是当时面临的一些文艺问题"，未能深入文艺的内部规律。

该文指出，新中国成立后"由于不正视《讲话》的历史局限"，"视《讲话》为法典"，造成"党的领导与文艺工作的关系"无法妥善解决。对新时期的社会主义文艺来说，《讲话》依然具有"指导意义"，但有些内容"明显地""不再正确"。比如"文艺为工农兵服务"长期同"文艺是从属于政治""文艺服从于政治"等观点结合，导致阶级斗争工具论、空白论、文化虚无主义、文化专制主义"泛滥成灾，使文艺堕落为政治力量和'路线斗争'的附庸"，还成为有的部门"假借党的领导之名对文艺工作横加干涉"的工具；"文艺批评的'政治标准第一、艺术标准第二'，本来就不符合文艺创作的特殊规律"，如果还以此为前提，"百花齐放，百家争鸣"就"无法兑现"。因此，如何处理新时期"文艺和政治的关系"，就需要"把《讲话》当作历史文件来看待"。①有的学者在重新学习《讲话》时指出，《讲话》的基本内容、基本思想是正确的，仍然具有旺盛的生命力，但《讲话》所阐释的部分理论，还需要结合形势的发展给予发展和深化。如政治标准和艺术标准问题，应坚持两者的统一；社会效果问题，要考察作者的创作动机；文艺批评问题，要通过自由讨论的方式，探索文艺的内在规律，不下政治结论，形成健康的批判生态；人性论问题要考虑阶级性与人的共性，要敢于面对；等等。②还有学者从"矫正"《讲话》的局部内容出发进行讨论，提出"不能把文艺的内容等同于政治，归结为政治"。从文艺创作实践的角度来看，"文艺的反映，应区别于其它意识形式的反映，它必须是典型地、具体形象地再现生活"，这是文艺作品的基础。"文艺作品的政治性，文艺作品的倾向性，是在这种对生活真实和历史真实的艺术的、典型化的反映中，在艺术形象、情节和场面里自然地流露出来的"。作品（或者作家）的倾向性不一定必须是"政治"，"文艺的内容"不能简单地等同于"革命的政治"。讨论"文艺的内容"不仅仅是"概念之争"，而是关系到"文艺能否按照文艺的客观规律向前发

---

① 朱文华、许锦根：《要把〈讲话〉作为历史文件看待》，载《复旦学报》（社会科学版）1980年第6期，第7—8页。
② 罗竹风：《重新学习〈在延安文艺座谈会上的讲话〉——纪念〈讲话〉发表四十周年》，载《文艺理论研究》1982年第2期，第11—17页。

展"。结合新中国成立三十年的文艺实践，作者认为，"把文艺的内容归结为政治"，不仅"抛弃了文艺必须首先真实地反映生活这个根本的要求，否定了文艺作品得以存在的基础，导致了在文艺创作中对政治进行图解，模式化作品的大量出现"，还"导致了庸俗社会学和教条主义批评的不时出现"，"导致了题材决定论，取消了题材的多样化、人物的多样化"，"导致艺术质量的停滞和下降"。①此外，在20世纪80年代前期，还有学者就《讲话》的相关内容进行了研究，以求实现局部的突破。如沈敏特、夏阳、王鸿儒等就歌颂与暴露问题进行了探讨，刘波针对刘光裕关于毛泽东文艺思想中"源于生活和高于生活""艺术形象与社会生活"等观点的研究进行了讨论，等等②。

随着20世纪80年代思想解放的不断推进，《讲话》及毛泽东文艺思想的研究实际上不断得到突破。80年代后期，有的学者开始提出应"对'讲话'作出深刻思考"，因为这是历史无可避讳的问题。如有的研究者认为，《讲话》是政治家从政治斗争需要的角度阐发的文艺思想，渗透着"狭隘的政治功利主义"；《讲话》结合国际共产主义运动和国内革命战争的特点而产生，这就将"文艺直接挂在政治斗争的列车上"，"规定着文化只能充当为政治斗争直接服务的工具"。"这一文艺方针""深深着根于长期的革命军事斗争"，又有一批"从这一斗争中成长的文艺干部作为它的执行者"，就必然形成"一种根深蒂固的力量"。新中国成立后初期，虽然形势发生了变化，但"高举以阶级斗争为纲的大旗，根本不允许对这一方针提出任何怀疑"，就导致"现实主义的审美原则必然会与狭

---

① 陈辽：《不能把文艺的内容等同于政治，归结为政治》，载《文艺理论研究》1980年第2期，第34—39页。
② 沈敏特：《"写光明为主"与文学的认识作用——谈谈一九四二年以来新文学发展的一个问题》，载《中国现代文学研究丛刊》1980年第4期；夏阳：《论歌颂和暴露》，载《钟山》1982年第1期；王鸿儒：《论"歌颂与暴露"的侧重点——兼与沈敏特、夏阳二同志商榷》，载《贵州社会科学》1982年第3期；刘光裕：《谈源于生活和高于生活——纪念〈在延安文艺座谈会上的讲话〉发表四十周年》，载《江淮论坛》1982年第2期；刘光裕：《艺术形象和社会生活——再谈源于生活和高于生活》，载《文史哲》1982年第6期；刘波：《一个心造的幻影——与刘光裕同志商榷》，载《文史哲》1983年第2期。

隘的政治功利主义发生矛盾",其外在表现就是"在狭隘政治功利主义的、教条主义文艺方针指导下的假现实主义、伪现实主义与真正现实主义的矛盾"。1956年,"双百"方针的提出,是当时政治形势松动下文艺政策的调整,现实主义回归文学中心,出现了以王蒙作品等为代表的文学创作和秦兆阳的"广阔的道路"的现实主义理论,表明文艺界摆脱束缚所展现出的生机。但意识形态领域很快针对这种小心翼翼的"矫正"采取了措施,提出"所谓革命现实主义与革命浪漫主义相结合的创作方法",将文艺再次打造成"政治主张的宣传工具"。这样发展的结果,就是"四人帮"在此创作方法基础上提出"所谓的'三突出'的文艺主张"。因此,十一届三中全会后党的文艺政策对"文艺为政治服务"的调整,是一次"严肃而又意义重大的反思",但"这种反思还只是一个开始",对《讲话》应该进一步做出"深刻思考"。[①]

如果说上述研究意在以现实主义作为文艺自身的发展规律来探讨《讲话》的"狭隘的政治功利主义"的话,其策略基本上仍然可视为希望从局部的突破来达到重新深刻思考《讲话》的目的。显然,要想对《讲话》进行深层意义上的思考,就必然要触及《讲话》的核心思想。在这一点上,有的学者尝试着进行回答。夏中义的《历史无可避讳》一文从剖析"当代文论史分期与毛泽东文艺思想的关系"入手,探究了当代文论史与"毛泽东文艺思想难分难解"的两个深层原因;然后从学术角度考察,指出毛泽东文艺思想是"纵贯建国后文论走向的主轴",要开展当代文论史研究就必须无可避讳地对其进行再认识。毛泽东文艺思想的内核是文艺的政治实用功能,"无论是强调文艺的普及还是'工农兵方向',目的都是为了使文艺变得对政治更实用",是"为了想让文艺的批判最大限度地转化为武器的批判"。《讲话》将文艺功能简缩为单一的政治实用功能,创立一元功能论,将其审美本性掩盖。该文认为,"涵盖当代文论走向的主线正是文艺本性的迷失与探寻"。为此,当代文论史可以分为两个阶段,"前二十九年为'迷失期',后十一年为'探寻期'";如果"分得更细",则1949

---

① 梅朵:《应该是对"讲话"作出深刻思考的时候了》,载《文艺理论研究》1989年第3期,第56—59页。

年至1966年为"前迷失期",1966年至1978年为"后迷失期"。"前迷失期"的特征主要体现在"胡风意见书对毛泽东文艺思想的挑战"和"周扬'写真实'论对毛泽东文艺思想的修正";"后迷失期"主要体现在"样板戏原则对毛泽文艺思想的发展"。"前迷失期"的"特点在于迷失者对它所失落的尚有痛感",而"后迷失期"的"特点则在于迷失者竟迷失到不知迷失为何物"。"迷失期"与"探寻期"之间"应有一个极其关键的历史转换环节",即江青在"文革"末期制造的"阴谋文艺"思潮。"探寻期"的表征是"新潮文论与毛泽东文艺思想的重估"。新潮文论旨在摆脱文艺对政治的附属地位,"从学术上全面检验毛泽东文艺思想"。该文认为,经历"文的自觉"—"论的独立"—"人的解放"这三层阶梯,"中国文坛才可能崛起一个真正独立的、不依附于任何强权集团及其影响的精英思想界"。①不难看出,该文以汪洋恣肆的笔锋和饱含80年代特色的激情,对《讲话》及毛泽东文艺思想进行了深入剖析,在提出应该对其进行重新评价的同时,给出了重建新时期文论的建议和冀望。但显而易见,该文没有充分考察《讲话》出台的历史背景(主要是出于战争环境和西北区域的现实要求),在立论的严谨性和行文的率性等方面还存在着较大不足。

夏文发表后,在学界引起较大的争议。张炯撰文指出:"只要认真阅读《在延安文艺座谈会上的讲话》的读者,都不难看到毛泽东十分重视文学艺术的审美性。""毛泽东确实强调现在世界上的文艺都从属于一定的政治,但他丝毫也没有忽视文艺作品的艺术性。他提出文艺批评要有两个标准:'一个是政治标准,一个是艺术标准'。他说:'文艺家几乎没有不以为自己的作品是美的,我们的批评,也应该容许各种各色艺术品的自由竞争;但是按照艺术科学的标准给以正确的批判,使较低级的艺术逐渐提高成为较高级的艺术'。"他认为,夏文看似"对毛泽东文艺思想的得失与新中国文学的关系进行探讨",但实际上是对毛泽东文艺思想的"曲解和贬低",许多论断"不尊重史实";然后从毛泽东文艺思想的历史渊源与理论核心论起,将新中国成立后的文学行了论述,指出"历史回

---

① 夏中义:《历史无可避讳》,载《文学评论》1989年第4期,第5—20页。需要说明的是,前迷失期的截止时间与后迷失期的起始时间均为1966年,此处据实参考。

顾和评价需要有科学的态度"。①张国民认为，夏文是对毛泽东文艺思想"肆无忌惮地歪曲、否定、诋毁"，"吹嘘'新潮文论'"，是资产阶级自由化思潮的表现。②发表该文的期刊也认为："夏文对毛泽东文艺思想和我国革命文学艺术的发展，作了完全错误的歪曲的评述，该文发表后，理所当然地引起了很多同志的批评和意见"；"毛泽东文艺思想对中国新文学的作用和估价问题，是一个重大的、原则性的问题，需要严肃而认真地讨论和研究"。③此外，有许多学者撰文对夏文进行了批驳性讨论，认为该文没有充分考察《讲话》产生的历史背景和现实要求，如严昭柱、钟荔文、吴亦文、杨振铎等④。这种研究争论显示出当时研究界对《讲话》在认识上还存在着较大的差异和分歧。

由80年代中后期对《讲话》的反思和批判可以看出，当时一些中青年学者通过检视中国当代文学发展进程，对《讲话》的工农兵方向、政治标准等提出批判和否定，认为：《讲话》强调文艺为工农兵服务，忽视作家主体；强调文艺的意识形态性，忽视文艺的审美性；强调文艺批评的政治标准，忽视艺术标准；等等。对此，刘忠认为："这些研究用批判的武器代替武器的批判，把'僵化'、'教条'、'极左'的弊端，全部算到《讲话》头上，否定其历史意义和现代价值。这些研究由于把历史研究与审美研究对立起来，割裂了两者的内在联系，无视《讲话》'非常态'与'常态'的区别，明显有失狭隘与偏颇。新中国文学的日益封闭固然与以《讲话》为代表的党的'左倾'文艺政策有关"，但其"意识形态化特征的形成不仅有着深刻的社会基础，而且还与我们民族文化心理的某些

---

① 张炯：《毛泽东与新中国文学——评〈历史无可避讳〉一文》，载《文学评论》1989年第5期，第5—18、159—160页。
② 张国民：《资产阶级自由化的一些表现》，载《文学评论》1989年第6期，第7—10页。
③ 《编后记》，载《文学评论》1989年第5期，第160页。
④ 严昭柱：《方向问题无可避讳》，载《文学评论》1989年第6期；钟荔文：《毛泽东文艺思想不容否定——评夏中义的〈历史无可避讳〉》，载《中山大学学报》（哲学社会科学版）1989年第4期；吴亦文：《简评〈历史无可避讳〉》，载《福建师范大学学报》（哲学社会科学版）1990年第4期；杨振铎：《无法回避的辩论——关于文艺本质及其他问题与夏中义同志再商榷》，载《文学评论》1989年第6期。

深层积淀有关，如政治的强控制、文化的超稳定、思想的大一统"。①

但也不难看出，作为毛泽东文艺思想、延安文学精神的原点，《讲话》在80年代也经受着与其他延安作家作品一样的重评与重写，代表性地显示着80年代延安文艺研究的总体面貌。而综观本书第二章中20世纪80年代对延安作家作品的重评与重写，深思其形成的拨乱反正与反思历史的评述环境，也可以看出该阶段毛泽东文艺思想及《讲话》研究与批评环境和其他延安作家作品研究的呼应关系。

---

① 刘忠：《〈在延安文艺座谈会上的讲话〉研究》，人民文学出版社2009年版，引论第6页。

第二节

《讲话》及毛泽东文艺思想的还原与重构

在延安文艺研究"静悄悄地行进"的20世纪90年代，关于毛泽东文艺思想和《讲话》及其出台、出版的相关研究却呈现出相对热闹的景象。研究者从不同层面、不同视角回顾座谈会及《讲话》的历史现场、时代背景和价值意义等，构成了90年代对以《讲话》为核心的毛泽东文艺思想的历史化研究潮流。其基本思路也在当时重视史料基础上开展的王实味遗案研究、重视理论方法借用的从"再解读"出发的研究以及重视学理探究的学院派研究中得到体现。新世纪以来，有关《讲话》文本本身与延安文艺座谈会召开的台前幕后，以及毛泽东文艺思想与左翼文艺思想的关系等方面的研究，呈现出拓展多元的态势。尊重史实，在还原历史现场的基础上认识、分析和评价《讲话》，理性地解析毛泽东文艺思想的缘起与特征，客观地探讨以《讲话》为代表的毛泽东文艺思想与党的文艺政策的演变，等等，已经成为文艺理论界和知识学术界的一种自然现象。

一、《讲话》版本考证研究

研究《讲话》，固然可以从不同的维度用不同的理论模式进行挖掘、分析和阐释，但基于版本的研究，无疑是基于史料自身发展变迁的奠基性研究工作，也是历史地认识和深入地研究《讲话》思想意义和文学史价值的基本切口与关键枢纽。1943年10月19日，《讲话》在《解放日报》发表后，延安解放出版社就于当月出版了单行本。1943年10月到1949年10月的六年，"初步统计，解放区各地出版的《讲话》版本，计有大众日报社本等37种版本"①。1949年10月以后，《讲话》又出版了多个版本。可以说，《讲话》问世以来，经过"反复的修改和编辑"，"经历了复杂的版本变迁，形成了文字内容有差异的不同版本（不包括各种重印本、翻译本）"。②因此，对《讲话》的版本演变进行梳理、考证与辨析具有重要的价值。

早在20世纪80年代初，即有学者对《讲话》的版本进行比较研究，如潘泽宏着重对1948年、1953年的两个《讲话》版本进行了比较研究，总结两个版本的不同，分析修改的主要原因，提出修改的启示和教育意义。他指出，1948年本是解放社作为"整风文献"出版的版本，1953年本是收入《毛泽东选集》第3卷的版本。研究文章对两个版本的主要不同之处进行了简单归类，从"文艺为什么人服务""文学艺术特性""对待文学遗产"和"其他"等四个方面归纳了《讲话》两个版本的十三处不同；同时指出，1953年版对1948年版的《讲话》"重要的修改还有七处"，全部修改则更多。文章指出，《讲话》发表后革命文艺取得了极大的成就，毛泽东正是根据文艺界发生的这些变化，认识得到进一步深化，在1953年《毛泽东选集》出版时对《讲话》进行了修订，"并从理论的高度进行新的概括和补充，对现实中提出的新问题，作出新的解答"。结合具体修改的内容，文章对毛泽东修改《讲话》的原因进行了分析总结，认为：一是坚持"无产阶级正确对待文化遗产"的态度；二是革命文艺的新成就为"考察与研究文艺的特殊性提供了丰富的感性材料"，增强了《讲话》对文艺特征（还包括艺术形式、文学语言等）的"科学阐述"；三是进一步明确文艺的社会作用的具体所指与涵盖；四是更加讲究语言概念上的逻辑严密，如对"小资产阶级""知识分子"等处的修改。此外，毛泽东对《讲话》"进行修改的另一个重要原因"，是其坚持"实事求是，一切从实际出发，理论联系实际的科学态度"，以及"严肃

---

① 刘增杰：《〈在延安文艺座谈会上的讲话〉版本考释》，载《新文学史料》2013年第3期，第164页。
② 金宏宇：《〈在延安文艺座谈会上的讲话〉的版本与修改》，载《中国现代文学研究丛刊》2005年第6期，第76—84页。

认真,精益求精,刻意追求准确、鲜明、生动文风的写作态度。"①

90年代以来,《讲话》的版本研究主要表现在以下几个方面:其一,探究以《讲话》为核心的毛泽东文艺思想形成的渊源。胡乔木的梳理认为,《讲话》的文艺观点与1936年11月毛泽东在中国文艺协会成立上的讲话、1938年4月10日和28日在鲁艺的讲话、1940年1月在陕甘宁边区文化界救亡协会第一次代表大会上的讲演,是"一贯坚持的文艺思想",即"为人民大众服务,为现实的革命斗争服务,作家应深入群众,深入生活"。②此后朱鸿召对此进行了阐发,并以史料为基础,从毛泽东不同时段的三次讲话中分析了《讲话》生成的承续关系。朱鸿召认为:"现有知识谱系中的'延安文艺传统',是以1942年5月毛泽东《在延安文艺座谈会上的讲话》以及相关文学政策为核心,经过概念演绎和作品印证,由文艺理论工作者阐释出的符合政治目的性的意志传统。"但这个"观念形态"的延安文学传统的形成实际上经历了一个发展的过程。通过对毛泽东的讲演与张闻天的文化政策报告——《抗战以来中华民族的新文化运动与今后任务》的比较,分析毛泽东对文艺工作的自身认知的不断发展,可以看出,《讲话》的核心思想是1940年1月毛泽东在陕甘宁边区文化界救亡协会第一次代表大会上的讲演《新民主主义的政治与新民主主义的文化》的延续和发扬,甚至遥相承接1936年11月毛泽东在保安中国文艺协会成立时的讲话意旨,即通过"文武两支队伍共同作战,完成中国新民主主义革命","把文学、艺术、文化当做一种斗争的武器,把文化工作者编制成一支斗争队伍整合到社会阶级斗争的阵营里"。③

其二,对《讲话》在《解放日报》1943年10月19日发表前相关版本的研究。从讲话稿到记录稿、整理稿,直至《解放日报》刊出的发表稿(简称1943年10月本),《讲话》无疑经过了多次修订(其中虽说不上是具体的出版版次)。如有的学者认为,这个时间段《讲话》经历了三次修改:"第一,从《讲话》记录

---

① 潘泽宏:《〈在延安文艺座谈会上的讲话〉两种不同版本的比较研究》,载《湘潭大学学报》(哲学社会科学版)1982年第2期,第1—8页。
② 胡乔木:《胡乔木回忆毛泽东》,人民出版社1994年版,第250—251页。
③ 朱鸿召:《重新厘定延安文学传统》,载《学术月刊》2006年第2期,第101—103页。

稿到整理稿，经历了一次初步修订。第二，整理稿在送交《解放日报》发排清样之前，应该经过多次修改。第三，即使在《讲话》清样出齐后，毛泽东仍对清样作了不少修改。"①根据目前学界的研究，《讲话》在《解放日报》发表前，已经至少有两个版本：一个是1942年5月即座谈会召开同月由七七出版社印行的版本，但该版本可能散佚，目前未见学者更多提及。另一个版本是1943年6月由延安解放社出版的《整风文献》录入的《讲话》本（简称1943年6月本）。刘增杰详细探究了1943年6月本。他指出，该版本的存在基于六项史料：第一，该版本的书名是《毛泽东同志在延安文艺座谈会上的讲话》，其他版本的书名均为《在延安文艺座谈会上的讲话》；第二，华北大学翻印书的版权页注明翻印基于该版本；第三，北京图书馆参考书目组发表在《图书馆》1962年第6期的《〈在延安文艺座谈会上的讲话〉版本目录》也注明，华北大学教学用书的翻印是基于该版本（实际为第二个史料的补充）；第四，胡乔木的谈话"从侧面说明"该版本"存在的可能性"；第五，该版本勘误表上列出的四处错误均被1943年10月本做了改正；第六，相较该版本，1943年10月本在"文字上修饰性质的改动约80处"。②

其三，讨论《讲话》文本面世及出版过程中的相关历史过程。这方面的研究以延安时期当事人胡乔木和黎辛的回忆最具代表性。胡乔木在回忆录中谈及《讲话》从讲话稿到文字稿的生成过程："毛主席在文艺座谈会上讲话，事前备有一份提纲。提纲是他本人在同中央其他负责人和身边工作人员商量后亲自拟定的。讲话时有速记员作记录。整理的时候主要是调整一下文字顺序，使之更有条理。"③但黎辛认为，毛泽东讲话时，手持他的详细提纲，并以舒群当时的口述

---

① 谷鹏飞、赵琴：《〈在延安文艺座谈会上的讲话〉四次修订的背景及其诠释学意义》，载《西北大学学报》（哲学社会科学版）2012年第2期，第41—48页。
② 刘增杰：《〈在延安文艺座谈会上的讲话〉版本考释》，载《新文学史料》2013年第3期，第163—164页。
③ 胡乔木：《胡乔木回忆毛泽东》，人民出版社1994年版，第260页。

和何其芳、黄钢等亲历者的回忆文章为据支撑自己的观点。①关于《讲话》版本的问题，胡乔木在回忆录中谈道："《讲话》从在《解放日报》发表到收入《毛选》，中间不会有大变动，因为毛主席的讲话是不好轻易改动的。"②黎辛认为，这个问题"要具体看"，因为毛主席对《讲话》"非常慎重"，只要"知道再版，都有可能过目与修改"，"《讲话》在《解放日报》发表到收入《毛选》是有改动的，我知道的有两次"③，并在文中列举了1948年《整风文献》中的《讲话》和1951年中南人民出版社出版的《讲话》中的修改情况。胡乔木、黎辛是《讲话》整理、发表的亲历者，但两人对《讲话》生产、发表、修改的版本认识的不同，也从侧面说明了《讲话》版本流变的复杂情况。

其四，对《讲话》版本版次、修改情况的考证。考证主要分为两类，一是侧重对《讲话》主要版本进行总结梳理，如孙国林、金宏宇、谷鹏飞、赵琴的考证等。孙国林认为，《讲话》从1942年5月口头讲时的速记稿，到1943年10月的第一次公开发表稿，再到1953年4月的修定稿，形成了《讲话》的三个不同版本。1953年的版本"共修改266处。其中，删掉原文的92处，增补文字的91处，作文字修饰的83处"④。金宏宇认为，《讲话》"重要的版本有六个"：1942年5月七七出版社印行的单行本"应该就是那个未经整理的记录稿本，也即《讲话》的初版本"；《解放日报》发表的版本为第二个版本；1953年5月出版的《毛泽东选集》收入的《讲话》（1953年6月，人民出版社据此印行单行本）是第三个版本（统称为1953年本）；1962年8月开始由田家英主持并直接参加，抽调中共中央政治研究室、中央档案馆等单位的专家校订的《毛泽东选集》第3卷中的《讲话》〔亦收入《毛泽东著作选读》（甲种本）〕是第四个版本；《红旗》1966年第9期重新发表的《讲话》为第五个版本；1991年7月1日重新修订出版的《毛泽东选

---

① 黎辛：《关于"延安文艺座谈会"的召开、〈讲话〉的写作、发表和参加会议的人》，载《新文学史料》1995年第2期，第208页。
② 胡乔木：《胡乔木回忆毛泽东》，人民出版社1994年版，第57页。
③ 黎辛：《对〈讲话〉"形成文字"的一些说明——兼对陆定一接替杨松任〈解放日报〉总编辑的一点更正》，载《文艺理论与批评》1999年第6期，第121页。
④ 孙国林：《〈在延安文艺座谈会上的讲话〉的版本》，载《中华读书报》2002年5月15日。

集》中的《讲话》是第六个版本,是"目前为止的定本"。其中,金宏宇着重分析了1953年本的修改情况。①谷鹏飞、赵琴则认为,《讲话》在出版前后经历了四次重大修订:由1942年的讲话语言到1943年的文字语言;由1943年的政治文本到1953年的学术文本;由1953年的学术文本到1965、1966年的学术文本与革命文本;由1965、1966年的学术文本与革命文本回归到1991年的学术文本。研究者详细分析了四个文本修订前后的主要变化,并在此基础上从史料出发,指出:"这四次修订既是《讲话》文本去政治化与去工具化的过程,也是其实现经典化与神圣化的过程,其中的主要动力源自时代社会的现实要求与文本自身衍变的历史需要。"②二是侧重对《讲话》不同版本之间修改情况的考证,如郭豫适、刘增杰、刘忠等研究者的考证。郭豫适考订的是《讲话》从原本到今本的增删修改,"原本"指1949年10月前根据《解放日报》"发排、出版的单行本","今本"指"现在通行的《讲话》本",但"原本""今本"究竟是哪个版本文中并未具体说明。根据成文时间和行文表述来看,"原本"可能是指《解放日报》本,"今本"则可能是1991年本。郭文虽然谈的是"增删修改",但仅列举了"今本"对"原本"进行增、删、改的一个例子,并不展开阐释"增删修改"的详细内容。③刘增杰对《讲话》的1943年6月本、1943年10月本、1953年本等三个版本进行了比较研究。相较1943年10月本,1953年本的"文字改动600余处;涉及内容较大改动的约100处";修改的原因是"作者的思想不断丰富的过程","增添了不少新的内容";同时新版本"在文字表述方面的修改也变化很大"。④刘忠认为:"《讲话》形成过四个重要版本,即1942年的记录本、1943年的发表本、1953年的修订本、1991年的精注本。"刘文分析了四个版本的修改背景、修改内

---

① 金宏宇:《〈在延安文艺座谈会上的讲话〉的版本与修改》,载《中国现代文学研究丛刊》2005年第6期,第76—84页。
② 谷鹏飞、赵琴:《〈在延安文艺座谈会上的讲话〉四次修订的背景及其诠释学意义》,载《西北大学学报》(哲学社会科学版)2012年第2期,第41—48页。
③ 郭豫适:《谈〈在延安文艺座谈会上的讲话〉从原本到今本的增删修改》,载《文艺理论研究》1992年第4期,第75—78页。
④ 刘增杰:《〈在延安文艺座谈会上的讲话〉版本考释》,载《新文学史料》2013年第3期,第165、166、167页。

容等,介绍了依据四个版本衍生出来的多种《讲话》的出版情况。他指出,《讲话》逐步"消除抗战时期的'紧张'情绪和'文革'期间'阶级斗争扩大化'色彩,……趋于严谨和完善,成为一种学术文本,一种研究对象";对于不同的版本,要以"动态的、理性的眼光来看取它们的内在联系,认识不同时期《讲话》的版本属性,如'记录本'的风趣、即兴,'发表本'的书面化、政策化,'修订本'的严谨、规范,'精注本'的准确、学理"。①

可以看出,90年代以来关于《讲话》版本的研究取得更大的进展,"社会学、历史学、文化学、接受美学等复合视角的大量运用,不仅深化了人们对《讲话》价值的认知,而且也丰富了人们对《讲话》价值的考察维度"②。《讲话》不仅被作为一个历史文本看待,同时具有延绵不绝、常读常新的经典文本特征。

二、《讲话》的历史还原与学理探讨

20世纪90年代以来,学术界逐渐摆脱反思与批判的二元对立思维,从先前的政策宣传、史料还原、文本阐释等相对单一的层面,到以新文学史角度论述《讲话》的大众性和民族性,从跨语言的角度分析《讲话》的内部结构和革命的功利性,立足马克思主义中国化进程分析《讲话》的突破和局限,将《讲话》研究推进到与马克思主义、中国当代文学、中国传统文化之间的关系等复合方面,呈现出历史化还原和学理性重构的坚持与发展,显示出较高的学术价值。综观90年代以来的《讲话》及毛泽东文艺思想研究,主要体现在以下几个方面。

其一,再现《讲话》出台的背景以及延安文艺座谈会召开的台前幕后。黎辛从"为什么召开延安文艺座谈会""座谈会的召开和宣传""《讲话》的写作和发表"和"出席会议的人"等方面回顾了延安文艺座谈会及《讲话》发表的相关史实。他认为,座谈会的召开是为了纠正错误倾向,当时一些延安文人脱离工作,脱离实际,暴露出许多严重问题(如艺术可以脱离政治,有了马克思主

---

① 刘忠:《〈在延安文艺座谈会上的讲话〉研究》,人民文学出版社2009年版,第172—178页。
② 刘忠:《〈在延安文艺座谈会上的讲话〉研究》,人民文学出版社2009年版,引论第6页。

义立场就会妨碍写作,对抗战与革命应"暴露黑暗",写光明就是公式主义,其时还是"杂文时代"等),这在《讲话》的结论部分可以得到证明。黎辛认为,《讲话》"是马克思主义的经典文献,把马克思主义文艺理论结合延安和中国革命文艺的实际,制定了党领导文艺工作的正确路线、方针和政策,为我国革命文艺奠定了基本理论和美学原则,不仅是文艺观、文化观的教科书,而且是人生观、方法论和建党学说的重要论著,对马克思主义理论作了科学的系统的多方面的大发展"①。对于延安文艺座谈会召开的背景,唐天然以1943年"党务广播"的《关于延安对文化人工作的经验介绍》为史料基础进行了回忆,其观点与黎辛的上述观点一致。②艾克恩的《延安文艺运动纪实》再现了《讲话》的前前后后。该文指出,座谈会召开前的"延安舞台艺术,确有脱离群众、脱离实际的偏向","其他文艺门类,也存在着严重的轻视实践、远离群众的现象";"在文艺观点方面,也未摆脱旧的一套。无非是'面向自我'、'表现自我'、'实现自我'";"更严重的是政治思想上的混乱,把延安的个别缺点夸大成为'一片黑暗',没有光明"。在交代了座谈会召开的背景后,该文讲述了会议过程以及《讲话》的发表和中央要求对之进行学习的情况,该文还指出《讲话》是"是毛泽东文艺思想的集中体现。它创造性地继承与发展了马克思主义的文艺思想,使马克思主义文艺思想具有了完整的系统性,高度的科学性和强烈的战斗性"。《讲话》发表后,作家艺术家联系个人实际在《解放日报》发表文章畅谈学习体会,如舒群的《必须改造自己》、周立波的《后悔与前瞻》、何

---

① 黎辛:《关于"延安文艺座谈会"的召开、〈讲话〉的写作、发表和参加会议的人》,载《新文学史料》1995年第2期,第203页;黎辛:《对〈讲话〉"形成文字"的一些说明——兼对陆定一接替杨松任〈解放日报〉总编辑的一点更正》,载《文艺理论与批评》1999年第6期,第120—122页。
② 唐天然:《有关延安文艺运动的"党务广播"稿——兼及由此引起的考查》,载《新文学史料》1991年第2期,第138、184—188页。黎辛在《关于"延安文艺座谈会"的召开、〈讲话〉的写作、发表和参加会议的人》中指出:"1991年《新文学史料》第2期所载唐天然同志《有关延安文艺运动的"党务广播"稿》一文,提出1943年4月22日'党务广播'的《关于延安对文化人工作的经验介绍》中说的召开原因以后,没见不同说法。"

其芳的《改造自己,改造艺术》以及刘白羽的学习笔记等。随后,作家艺术家纷纷下到基层,用实际行动创作秧歌剧、话剧、诗歌、报告文学等作品,践行《讲话》精神。"《讲话》,指引着延安及解放区文艺发展的方向,也影响着国统区文艺发展的道路。"1949年7月,第一次文代会对毛泽东文艺思想主导地位的确定,标志着"新中国的艺术必将以陕北解放区为始"。①有学者研究指出,关于文艺座谈会召开的目的,毛泽东开宗明义:"是要和大家交换意见,研究文艺工作和一般革命工作的关系"。这传递出两个信息:"第一,这是以党的领袖这组织身份说话,而非一般场合下个人之间的文艺看法之交流;第二,以后文艺不再是以往文艺家心目中那个只与自我、个性、才华、趣味联系在一起的东西,而是服务于从属于党并由党来安排管理的工作之一种,从事文艺,首先不是实现或满足个人创造之需要,而是照规定完成由'工作'所给予的任务。"归结起来,可以这么说,"文艺要成为党的事业一部分,成为党的一个部门和诸条战线中的一条",过去的"文艺家"称号要改称为"文艺工作者"。从"文艺"到"文艺工作",意味着"文艺与党的关系一次重要调整"。②陈晋从"从苏区文化到抗日文化""抗日文化的多层格局""抗日文化与新民主主义文化的关系""关于文化领域的自由主义和复古主义""延安文化:抗日文化的前进方向""大众化品格:延安文化的一个基本追求"等方面展开,分析了《讲话》出台的时代背景,指出《讲话》的发表标志着从苏区文化到抗日文化转变的完成③。对于胡乔木的《关于延安文艺座谈会前后》,程凯指出:这篇讲话是对毛泽东《讲话》的一个原理性解读而非历史性解读。它所针对的不只是《讲话》的文本、历史语境和生成机制,更是随之而来的"经典化""体系化"过程中依据《讲话》原则所搭建

---

① 艾克恩:《延安文艺运动纪实——毛主席〈在延安文艺座谈会上的讲话〉的前前后后》,载《新文学史料》1992年第3期,第203、204、210页;艾克恩:《延安文艺运动纪实〔续〕——毛主席〈在延安文艺座谈会上的讲话〉的前前后后》,载《新文学史料》1992年第4期,第220、222页。
② 李洁非、杨劼:《解读延安——文学、知识分子和文化》,当代中国出版社2010年版,第166页。
③ 陈晋:《从抗日文化到延安文化——对毛泽东思考和实践新民主主义文化的梳理和分析》,载《文艺理论与批评》2002年第1期,第4—13页。

起来的一套文学原理。这套原理在五六十年代革命激进化过程中附着了不少泛政治化、泛意识形态化因素。新时期之后,对过度政治化的反弹则相当程度上撼动了《讲话》的权威地位。在此双向扭曲的背景下,胡乔木试图将《讲话》区分出"合理"的部分与当时看来"不合理"的部分,一方面保卫《讲话》作为基本文艺指导方针的地位,一方面试图剔除其与80年代之后文艺观(强调文艺独立性、自身规律等)最为对立的部分。这或可视为一种理论上的调和。如果我们对这种理论努力做一个理论史的辨析的话,需要指出的是,其关键尚不在于吸取80年代以后确立的文学立场,而在于对意识形态、政治范围的重新界定。[1]张文诺指出,以《讲话》为核心的毛泽东文艺的大众化思想,主要由"文艺与政治的关系、对大众的界定、对创作者的规范等三个维度组成",此思想的确立标志着文艺大众化的转向,即由文艺界的自由论争转变为主流政治指引下的文艺实践;此思想立足于解决战争环境中产生的现实问题,具有战时性的实践特征。[2]丁玲、方纪、向延生、刘白羽、萧剑南、陈晋等分别以"延安文艺座谈会的前前后后"为题对《讲话》生成的历史现场进行了还原性介绍。[3]此外,杨奎松考察了毛泽东发动延安整风运动的台前幕后,纪桂平、贾玉民对《讲话》在20世纪40年代的传播与接受进行了总结,等等。[4]这些研究体现出90年代时代背景下学术界对《讲话》的种种历史化解读。

---

[1] 程凯:《政治与文艺的再理解——从胡乔木讲话反观〈在延安文艺座谈会上的讲话〉》,载《文学评论》2017年第5期,第24—27页。
[2] 张文诺:《毛泽东文艺大众化思想的研究》,载《文艺理论与批评》2010年第1期,第111—115页。
[3] 丁玲:《延安文艺座谈会的前前后后》,载《新文学史料》1982年第2期,第37—47页;方纪:《新的起点——回顾延安文艺座谈会前后》,载《新文学史料》1982年第2期,第48—49页;向延生:《延安文艺座谈会的前前后后》,载《中国音乐》1982年第2期,第1—4页;刘白羽:《延安文艺座谈会的前前后后》,载《人民论坛》2002年第5期,第4—6页;萧剑南:《延安文艺座谈会的前前后后》,载《福建党史月刊》2002年第6期,第42—43页;陈晋:《延水流长——延安文艺座谈会的前前后后》,载《党建》2012年第5期,第17—19页。
[4] 杨奎松:《毛泽东发动延安整风的台前幕后》,载《近代史研究》1998年第4期,第1—54页;纪桂平、贾玉民:《〈在延安文艺座谈会上的讲话〉在40年代的传播与接受》,载《河南社会科学》1997年第2期,第67—70页。

其二，对以《讲话》为核心的毛泽东文艺思想的研究。有学者认为："对当代中国文艺学学术史的理解和叙述，离不开对毛泽东文艺思想的理解，从某种意义上也可以说，对毛泽东文艺思想的理解和认识，是阐发当代文艺学发展的关键。"①因此，90年代以来对《讲话》及毛泽东文艺思想及其与中国当代文艺、党的文艺政策演变的关系，从不同视角、用不同方法开展了丰富的研究。陈涌从"意识形态的文艺""马克思主义的文艺批评""形象思维问题""现实主义和浪漫主义""为人民的文艺""作家艺术家和人民的结合""思想感情的变化""过去的教训"等方面，梳理了毛泽东及其《讲话》《新民主主义论》与中国现代革命文艺发展的关系，指出作品与大众的关系问题在座谈会召开前一直没有得到根本的解决。毛泽东"在普及的基础上提高，在提高的指导下普及"这个充分辩证法的思想，真正科学地解决了干部需要和群众需要的矛盾，同时指明了两者不是绝对对应的，不能截然分开，它们是互相联系、互相沟通的。《讲话》"一个重要的论题，就是文艺界的知识分子改造，文艺界的知识分子和人民结合的问题"；座谈会后，延安和解放区的文艺工作者，思想开始发生了根本性的变化；由于作家、艺术家走和人民结合的道路，产生了许许多多真正符合人民需要的作品。由此，研究认为，"重新学习《讲话》的基本思想和基本精神，重温延安文艺界整风的历史经验，对我们今天仍有着重要的现实意义"。②吴中杰从文艺思潮的角度进行研究，指出，《讲话》与当时的整风文献一样，锋芒所向，是在批判"左"倾的主观主义和教条主义的思想路线；《讲话》纠正了革命文艺队伍中的观念论倾向，把文艺观落实到反映论的基础上。研究联系解放区文艺实践，对工农兵文艺方向做了历史的阐述，同时指出，

---

① 孟繁华：《毛泽东文艺思想及内部结构》，载《文艺争鸣》1998年第4期，第4页。
② 陈涌：《毛泽东与文艺——纪念〈在延安文艺座谈会上的讲话〉发表50周年》，载《文学评论》1992年第3期，第4—20页。对于陈涌的这篇文章，有学者认为，其"在意识形态理论，在文艺与政治关系和文艺方针，在对于知识分子包括文艺家的基本估计等原则问题上所提出的主要观点"，与马克思主义、毛泽东思想的基本原理、邓小平同志一系列有关讲话的精神、十一届三中全会后党所规定的社会主义文艺总方针及党的知识分子政策"是相左的，有的甚至是对立的"。参见王飚：《这种"新的理论"符合马克思主义基本原理吗？——对陈涌〈毛泽东与文艺〉一文的评议》，载《文艺理论研究》1993年第2期，第13—25页。

《讲话》"在方法论上的显著特点是从实际出发,在分析客观事实中,找出解决问题的方针、政策、方法。毛泽东提倡研究中国的历史和现状,以为只有这样才能有的放矢"①。孟繁华指出,《实践论》《矛盾论》等哲学著作构成了毛泽东文艺思想的哲学基础,《新民主主义论》构筑了新文化的蓝图,《讲话》具体指出了文学艺术的发展方向,这些著作从不同方面表达了毛泽东的文艺思想,并确定了它的基本主题;毛泽东的思想,既来源于马克思列宁主义的经典学说,也与中国传统文化有密切的关系,但它更来源于中国革命的具体实践,来源于他对中国革命特殊性的理解和想象;作为无产阶级伟大的思想家、革命家以及中国革命实践的指导者,毛泽东并不是简单地继承马列主义的要义,也不全盘否定中国的传统经学,而是把马克思主义的普遍真理同中国革命的具体实践相结合,创造出适于中国革命特点的民族形式;文艺学学术史不仅要指出毛泽东文艺思想的独特意义,也有必要揭示出它的内部结构以及相互间的联系,而其间的复杂性尤其值得注意。孟繁华的研究从"新文化猜想与战时文艺主张""民粹主义的思想倾向""文艺功能观的内在矛盾""'中国化'的现代性经验"等四个部分出发,在考察了毛泽东文艺思想内部结构的基础上探究其复杂形成。②贺立华认为,《讲话》所阐释的思想与中国传统文化思想有着千丝万缕的联系。兴观群怨的儒家文化功利文学观深刻地影响了《讲话》关于革命的功利主义的思想,具有强烈民粹之风的古代墨家平民哲学则深刻影响了延安革命文艺的工农兵主体说,主张暴力、强调改革进步的法家思想则接受了马克思列宁的阶级斗争理论。③旷新年通过阐释《讲话》产生的背景指出:"毛泽东文艺思想是中国左翼文学运动的历史发展在理论上的总结和发展,我们必须从'五四'以来的现代文艺的历史发展中,特别是从30年代以来左翼文学运动的历史

---

① 吴中杰:《毛泽东〈讲话〉与解放区文艺趋向》,载《复旦学报》(社会科学版)1992年第3期,第15页。
② 孟繁华:《毛泽东文艺思想及内部结构》,载《文艺争鸣》1998年第4期,第4—17页;孟繁华:《毛泽东文艺思想及内部结构》(续),载《文艺争鸣》1998年第5期,第4—15页。
③ 贺立华、程春梅:《延安革命文艺思想与中国传统文化——毛泽东〈在延安文艺座谈会上的讲话〉文艺思想探源之一》,载《山东社会科学》2004年第11期,第34页。

发展的脉络中,来理解和认识毛泽东文艺思想。文艺为谁服务的问题,并不是孤立的,而是与政治、经济和文化等社会历史实践紧密地联系在一起的。""毛泽东文艺思想,从根本上说就是要利用文艺的教育作用,教育、改造和提高人民的思想觉悟,创造社会主义新人。人民并不等于现实存在的散落的群众,而是一种教育、改造和提高的结果。""毛泽东文艺思想是梁启超《论小说与群治之关系》中所阐述的有关文学改造国民和改造社会和国家的现代启蒙主义思想的发展,通过文学的力量创造新的理想的人和新的理想的社会与国家。"①韩毓海在分析毛泽东文艺思想时指出:"正是在民族的、科学的和大众的新文化方向的旗帜下,中国当代文学才终于形成它的伟大传统,这个伟大传统就是:以广大劳动者,特别是中国农民为审美主体和表现对象、阅读主体,采用为他们所喜闻乐见的形式;以'新中国'为创造内容,采用具有民族特色的表现形式;以克服知识者与劳动者之间、东方与西方之间、传统与现代之间、作者与读者之间的矛盾为目标,从而使得越来越广大的人民大众能够参与到文化和艺术创造活动中去。"②李洁非、杨劼从"文艺"与"文艺工作"的不同入手,分析了"超级文学"经由《讲话》的阐释而在延安建构形成的过程。"《讲话》的贡献不在于将政治标准引入文学,在于使文学泛政治化;不在于提出'文学为政治服务'的口号,在于使它从仅仅作为观念物,进而生长为量化的可操控的组织结构。"在这个框架下,作家必须认识到,"任何文学问题首先是政治问题,他的写作采取什么方法、形式,他的作品表现什么和从什么角度、什么观点、什么主题来表现,都应该依据和围绕党所给定的尺度";作家"不再保持个人的自由写作者身份,他们隶属于党的工作机关或由党一元化领导的专业文学团体、教学研究机构",其"艺术的追求不得有损于他所领取的工资和所享受的福利待遇预含的工作准则"。正因为如此,组织化的文学都具有"政治隐喻"的"超级力量","任何单独发生的具体的文学现象,都可能与党的整体意志无缝对

---

① 旷新年:《人民文学:未完成的历史建构》,载《文艺理论与批评》2005年第6期,第22、24页。
② 韩毓海:《"漫长的革命"——毛泽东与文化领导权问题》(下),载《文艺理论与批评》2008年第2期,第19页。

接,都可以被这样解读,至少预置了这种解读的期待视野"。研究认为,"超级文学""附着于政治之上,由强力的政权机器直接规划其结构、组织其生产、推广其产品,……虽以文学面目出现,或虽以文学为载体,实际上却远远超出文学本身,或者说把文学放大成整合了意识形态所有基本观念、为之代言的巨大体系"。①田韶峻以核心术语为考察重心,从《讲话》涉及的四个关键词"工农兵""文艺工作者""武器""形式"以及四对核心范畴"改造与结合""普及与提高""歌颂与暴露""政治标准和艺术标准"结构《讲话》理论,在此基础上考察每个关键词与核心范畴提出、深化的变迁过程,揭示其生成的历史语境和变形图景,呈现它们整体流变的发展脉络;认为,各关键词和核心范畴都与中国古代以来的文艺传统一脉相承,它们衍变的背后都蕴含着时代变迁及各种话语之间的内在冲突,从中国古代传统、五四新文学、左翼文艺观念,到马克思主义文论和政治话语,正是诸种复杂多元的元素构成了《讲话》诞生的话语背景;因此,《讲话》是历史生成的文本,是在承续中国古代文艺思想的基础上对左翼文艺理论的创造性补充与发展,凝聚了一代共产党人集体智慧的结晶,体现了马克思主义思想精神内核。②张清民认为,《讲话》是基于解放区的斗争形势和革命任务的实际而确立的符合政治、军事斗争需要的文艺政策,树立了"科学的文学理论体系",既"尊重和照顾到文艺的审美特征",也强调"政治对文艺的统帅和领导作用"。《讲话》自身隐含的内在逻辑缺陷,在1979年邓小平于第四次文代会上发表的《祝词》中得到调整。③张清民还从文学的价值取向、创作主体、接受主体三个向度,分析了《讲话》在文学思想史上的意义。④

此外,与《讲话》相关,童庆炳探究了毛泽东美学思想的哲学基础,李杨开

---

① 李洁非、杨劼:《解读延安——文学、知识分子和文化》,当代中国出版社2010年版,第167、171页。
② 田韶峻:《〈在延安文艺座谈会上的讲话〉理论溯源》,福建师范大学,博士论文,2015年。
③ 张清民:《话语与秩序》,中国社会科学出版社2005年版,第225—242页。
④ 张清民:《〈在延安文艺座谈会上的讲话〉的思想史意义》,载《高校理论战线》2005年第11期,第54—57页。

始审视毛泽东文艺思想与现代性之间的关系,温儒敏对周扬批评的权力话语及人道主义与异化问题进行了关注,邵伯周讨论了整风初期的革命现实主义思潮,付道磊对张闻天与延安文艺思想的过渡进行了回顾①,等等。除论文之外,王燎荧、张炯、陈辽、陈晋、余飘、李希凡、张学新、张居华、黄曼君等关于毛泽东文艺思想及其《讲话》的研究专著也纷纷出版。②对毛泽东文艺思想的讨论,反

---

① 童庆炳:《毛泽东美学思想的哲学基础——纪念毛泽东〈在延安文艺座谈会上的讲话〉发表50周年》,载《北京师范大学学报》(社会科学版)1992年第3期,第1—8页;李杨:《毛泽东文艺思想与现代性》,载《中国现代文学研究丛刊》1993年第4期,第1—20页;温儒敏:《中国现代文学批评史教程》,北京大学出版社1993年版,第179—203页;邵伯周:《中国现代文学思潮研究》,学林出版社1993年版,第524—539页;付道磊:《张闻天与延安文艺思想的过渡——毛泽东〈在延安文艺座谈会上的讲话〉前延安文艺指导思想初探》,载《齐鲁学刊》1999年第2期,第66—73页。

② 如王燎荧主编的《毛泽东文艺思想基础》(陕西人民出版社1982年版),李准、丁振海的《毛泽东文艺思想新论》(文化艺术出版社1983年版),栾昌大、冯贵民、吴光正、薛纯华的《毛泽东文艺思想体系初探》(时代文艺出版社1985年版),张居华的《思考与寻根:毛泽东文艺思想体系新探》(陕西人民出版社1987年版),张炯的《在巨人的光环下:毛泽东和新中国文学》(中国社会科学出版社1994年版),陈辽主编的《毛泽东文艺思想与文学》(南京出版社1992年版),余飘的《延安时期毛泽东文艺思想》(陕西人民教育出版社1993年版),董学文的《毛泽东和中国文学》(春风文艺出版社1994年版),陈晋的《毛泽东与文艺传统》(中央文献出版社1992年版),李衍柱、李戒的《毛泽东文艺思想概论》(山东文艺出版社1991年版),李准、丁振海主编的《毛泽东文艺思想全书》(吉林人民出版社1992年版),张居华的《毛泽东文艺思想系统论》(四川大学出版社1992年版),冯贵民的《毛泽东文艺思想体系论稿》(武汉出版社1992年版),周申明主编的《毛泽东文艺思想研究概览》(河北人民出版社1992年版),王少青的《毛泽东文艺思想论稿》(电子科技大学出版社1992年版),王弋丁、陈仕金主编的《历史与美学的选择——毛泽东文艺思想新探》(广西教育出版社1992年版),李希凡的《毛泽东文艺思想的贡献》(文化艺术出版社1993年版),宋贵仑的《毛泽东与中国文艺》(人民文学出版社1993年版),张学新、王之望主编的《毛泽东文艺思想与实践大观》(天津人民出版社1993年版),阎志民的《毛泽东的意识形态学说》(陕西人民出版社1993年版),何国瑞主编的《毛泽东文艺思想精要》(武汉大学出版社1993年版),张孝评的《毛泽东文艺思想与中国传统文化》(西安出版社1995年版),张居华主编的《毛泽东文艺思想发展史》(武汉大学出版社1997年版),孙琴安的《毛泽东与中国文学》(重庆出版社2000年版),黄曼君主编的《毛泽东文艺思想与中国文艺实践》(华中师范大学出版社2002年版),杨桂欣、余飘主编的《毛泽东文艺思想与中国当代著名文艺家》(中央文献出版社2004年版),王少青的《毛泽东文艺思想的当代性探索》(吉林大学出版社2007年版),罗嗣亮的《现代中国文艺的价值转向——毛泽东文艺思想与实践新探》(社会科学文献出版社2015年版),高玉的《毛泽东文艺思想比较研究》(社会科学文献出版社2019年版),等等。

映出学术研究已经与意识形态拉开一定的距离，学术环境更为开放，并注重学理探讨，现代形态的文学批评已初步形成。

其三，对《讲话》及毛泽东文艺思想与左翼文学之间的关系进行研究。有的学者以《讲话》指代后期延安文学，并讨论其与左翼文学的关系。如刘忠认为，"左翼文学的思想资源则主要来自马克思主义和苏联文艺政策"，而"苏共文艺政策的传播为《讲话》的产生提供了丰富的文本经验"，苏联"文学是现实的形象反映"的"反映论"文学观，"一旦置于马克思的经济基础与上层建筑关系中考察，极容易推导出文学的意识形态性、阶级性和党派性，从而直接为无产阶级服务，形成党的文艺政策雏形"。当然，"《讲话》在吸收左翼文学的党性、阶级性的同时，也在改写着左翼文学的松散性、自由性"，对左翼文学精英的知识分子来说，则意味着"干部、军人身份严重挤压了他们的知识分子身份，抒写政治、表现工农生活成为他们创作的无形规范"。表现在创作方面，可以看到"左联文学中，人物形象往往是受剥削者、受压迫者，而在延安文学中，工农兵不仅是革命的主力军，而且也是历史的主人"。对比来看，"政治上，延安文学的党性远胜于左翼文学；组织上，延安文学的一体化色彩强于左翼文学"。[①]但正如王富仁所指出的，左翼文学并不是一个统一体，其内部存在着较大的分歧。20世纪30年代关于以周扬为代表提出的"国防文学"和以鲁迅为代表提出的"民族革命战争的大众文学"两个口号的论争，实际上可以看出左翼主流文艺观点和鲁迅文艺思想的差别。那么，我们在讨论左翼文学与延安文学关系的时候，就要考虑到这两种左翼文学形态。正是在这个向度上，宋琦、周俊在讨论左翼文学与延安文学的关系时，一方面指出"《讲话》提出的文艺的人民性、党性和统一战线等重要观点，对于'人性论'、'鲁迅笔法'、'辩证唯物论的创作方法'等问题的看法，均与中国左翼文艺思想密切相关"；一方面注意将左翼主流文艺观点、鲁迅的文艺思想（左联内部文艺思想存在着分歧）和《讲话》的文艺精神进行区分和梳理，指出"在左翼文艺内部，鲁迅的文艺思想与左翼文艺的主流观点实际

---

① 刘忠：《〈讲话〉对左翼文学的吸收与改写》，载《中州学刊》2007年第4期，第217—220页。

上代表了两种不同的思维路向,构成了一种有所区别而又相互补充的关系"。毛泽东的《讲话》是对二者的"批判性整合","在文艺的人民性和知识分子的思想改造等方面,吸收了鲁迅文艺思想的重要观点,与鲁迅有着许多相通之处;但是,当问题一旦涉及文艺的党性、文艺与政治、文艺与马列主义等根本性原则时,毛泽东则更多偏向于左翼文艺的主流观念,而在某种程度上疏离了鲁迅的文艺思想"。研究指出,之所以会出现这样的选择性整合,在于:一是毛泽东和鲁迅因身份、地位不同而导致两人文艺观有所差异;二是《讲话》与鲁迅文艺思想在理论来源上不同;三是所处的时代环境不同。但最关键的,还是"毛泽东的《讲话》产生于政治与革命关系到民族存亡的抗战时期,是政治家和革命领袖在严酷的斗争环境中,通过对敌后根据地各种文艺现象的观察、审视而得出的结论,因此其文艺观必然要突出政治和革命对文艺的要求,而相对忽视对文艺规律的探讨"。①此外,关于毛泽东文艺思想与左翼文学思想之间的关系,可参见本书第四章的相关内容。

其四,《讲话》研究向历史化、多元化的拓展和深化。作为毛泽东文艺思想的原典和代表,《讲话》在新世纪以来被予以新的阐发,延安文艺研究进入一个更为开放的学术讨论环境。旷新年认为,毛泽东是从政治家的角度来谈文艺问题的,《讲话》首重革命与政治,但也为文学艺术的独特性留下了可供阐释的空间。《讲话》"主要不是文艺内部规律的探讨,而是文艺政策的指导";文艺通俗化在抗战期间得到大力推动,"主要着眼于如何利用文艺来作政治宣传和动员群众的问题";不能简单地将"文艺为政治服务"理解为狭隘的功利主义,将文艺的真实性与政治性对立起来。②过于政治化和简单化地理解《讲话》,容易导致忽视它在新文学革命方面的重要意义;应该将之放入文学史来理解,认识其文

---

① 宋琦、周俊:《〈在延安文艺座谈会上的讲话〉对中国左翼文艺思想的整合》,载《东岳论丛》2010年第3期,第74—77页。
② 旷新年:《中国20世纪文艺学学术史》(第2部 下卷),上海文艺出版社2001年版,第296—297页。

学史意义。①周景雷从文学源泉和立场问题、无产阶级革命和革命文学之间的关系问题、大众化以及文艺为什么人服务的问题、普及和提高的问题等方面,论述了鲁迅1930年在左联成立时的发言《对于左翼作家联盟的意见》与毛泽东1942年的《讲话》在基本精神方面的共通之处。②童庆炳指出,以《讲话》为代表的毛泽东美学思想体现在"以人民为本位""读者意识"和具有实践品格的"经验"等方面,从而具有将"科学性与革命性"统一起来的独特标志。③李杨认为,要理解《讲话》的"经"与"权"的问题,"有两个关键点不能绕开,一个就是《讲话》与30年代左翼文学以及苏联文艺思想的传承关系,另一点,则是《讲话》与延安时期中共的文化政治纲领《新民主主义论》之间的关系";"将《讲话》非历史化的'党八股'文章,不仅割裂了《讲话》与中国左翼思想的内在关系,割裂了《讲话》与马克思列宁主义的逻辑关系,同时,也使得我们无法在《讲话》诞生的语境中讨论《讲话》面对的现实问题";"在某种意义上,《新民主主义论》与《讲话》体现的正是这种'权'与'经'的不同。二者的差异既取决于对象也取决于功能。新民主主义文化理论立足于民族统一战线立场和抗战建国之需要,以包括国统区在内的全体中国人作为动员对象,而《讲话》体现的则是解放区的文化政治。它关注的是在无产阶级政党专政条件下的小资产阶级知识分子思想改造命题,以整风、建党,以及建设无产阶级文艺为目标";"《讲话》采取了灵活和务实的态度,甚至暂时置马克思主义某些基本原理于不顾,从中国的实际出发,容纳旧形式,利用旧形式,为革命服务。但这只是一种'策略'或'功利'的考虑,而在'目的'的层面,它绝无任何'复旧'的动机,更无意于回归'本土'文化传统,相反,作为一种'反现代的现代性',《讲话》恰恰是要从根本上变革传统中国的文化政治,使其服膺于'最先进'的和超民族

---

① 旷新年:《从文学史出发,重新理解〈讲话〉》,载《文艺理论与批评》2007年第4期,第8—14页。
② 周景雷:《简论鲁迅的〈意见〉和毛泽东的〈讲话〉的同一性》,载《开封教育学院学报》2003年第1期,第29—31页。
③ 童庆炳:《毛泽东的美学思想新论》,载《河北学刊》2003年第6期,第116—121页。

的'无产阶级'所主宰的'美丽新世界'"。①张志忠探讨了《讲话》中的"政与文、权与经、流与变",认为《讲话》从政治家的角度谈文艺,是整风运动这一政治举措的有机组成部分,而不是单纯的文艺论著。出于战争环境和经济困难等因素,毛泽东对文艺的要求具有相当的合理性。在毛泽东的视野里,人民大众并不是一个抽象的理念,它有着确切的内涵。革命的文艺家们要致力于表现"新的人物新的世界",就要以具有确切内涵的人民大众为对象。②卢燕娟从人民文化权力的角度讨论《讲话》对中国现代文化的意义,认为《讲话》是建立"人民文化权力结构"的文化纲领。《讲话》选择马克思主义的根本立场,即"主体的解放"和"主体的自由",着力解决"谁是主人"的问题,重新选择了历史主人"人民"。在此前提下,从两个方面解决"文化权力属于谁"的问题和"现代政党与知识分子的关系"的问题。对于前者,其举措是"人民的知识分子化","人民"从现代政党的教育中,获得自觉的政治信念;对于后者,其举措是"知识分子的人民化",即通过改造将知识分子容纳入新的文化权力结构。《讲话》给中国现代历史留下的最困难的问题是人民性的可持续问题。③与此相近,霍炬考察了《讲话》中的"人民"概念。④

关于《讲话》的发表时间,黎辛回忆是毛泽东对博古说的"在纪念鲁迅逝世七周年发表"。《讲话》为什么直到座谈会后一年半的1943年10月19日才在《解放日报》上发表,胡乔木认为:"一是他要对稿子反复推敲、修改,而他当时能够抽出的时间实在太少了;二是要等发表的机会。"⑤黎辛不认同毛泽东没有时间的说法,"《讲话》在演说的一年半以后才发表,相隔的时间之长,在延安时

---

① 李杨:《"经"与"权":〈讲话〉的辩证法与"幽灵政治学"》,载《中国现代文学研究丛刊》2013年第1期,第3—21页。
② 张志忠:《政与文 权与经 流与变——关于〈在延安文艺座谈会上的讲话〉的断想》,载《文艺争鸣》2012年第5期,第45—48页。
③ 卢燕娟:《〈在延安文艺座谈会上的讲话〉与人民文化权力的兴起》,载《中国现代文学研究丛刊》2012年第6期,第24—34页。
④ 霍炬:《〈在延安文艺座谈会上的讲话〉中的"人民"概念》,载《文艺理论与批评》2012年第3期,第10—15页。
⑤ 胡乔木:《胡乔木回忆毛泽东》,人民出版社1994年版,第260页。

期是绝无仅有的,这由于毛泽东慎重,也为着寻找时机。我想不会是因为工作繁忙,再忙,再难也不会超过1942年了。1942年毛泽东写作与发表作品是比较多的"①。寻找"发表机会"应该是主要原因。那么,为何选在鲁迅逝世纪念日发表呢?《解放日报》发表时加的按语是:"今天是鲁迅先生逝世七周年纪念。我们特发表毛泽东同志一九四二年五月在延安文艺座谈会上的讲话,以纪念这位中国文化革命的最伟大与最英勇的旗手。"②吴中杰认为,《讲话》"见报日期的选择,既表示作者对文化革命主将鲁迅的纪念,也意味着工农兵文艺文向的提出,是对五四新文化方向的继承和发展"③。有的学者则认为:"'讲话'以如此的方式隆重出台,这其中颇具有一种象征的意味:从此开始,延安大型的鲁迅纪念活动不再举行,代之而起的乃是以'讲话'为精神核心的一种新的文学体制和文学规范。一个新的文学时代由此而拉开序幕。"④王建国认为,"《讲话》当时之所以没有发表,主要是因为在当时条件下《讲话》不适宜公开发表",这与当时中共的政策、抗战的形势等都有关系;之所以选择在1943年10月发表,可能与国共之间冲突加剧、中共党内的"阶级教育"和宣传毛泽东思想有关。⑤

《讲话》的局限性也引起学界的关注。刘淮南认为,《讲话》是中国文艺政治学的第一份系统性文献,之所以经典,不仅在于毛泽东特殊的政治地位,更在于文本内容的中国性、理论继承的集成性;《讲话》的局限性从历时性的角度来看,是某些论述的对象和前提发生了改变,在新的历史语境中,其意义应随之发生变化;从共时性的角度来看,《讲话》从根本上来说是出于政治需要而对文艺进行要求,"没有突出文艺的关怀与政治的关怀的不同性与契合点所构成的穿越张力的问题",使文艺的艺术性被抑制;如何理解《讲话》的局限,是关乎"艺

---

① 黎辛:《关于"延安文艺座谈会"的召开、〈讲话〉的写作、发表和参加会议的人》,载《新文学史料》1995年第2期,第208页。
② 毛泽东:《在延安文艺座谈会上的讲话》,载《解放日报》1943年10月19日。
③ 吴中杰:《毛泽东〈讲话〉与解放区文艺趋向》,载《复旦学报》(社会科学版)1992年第3期,第9页。
④ 田刚:《"鲁迅"在延安》,载《延安大学学报》(社会科学版)2012年第3期,第41页。
⑤ 王建国:《〈在延安文艺座谈会上的讲话〉在1943年正式发表的缘由》,载《党的文献》2012年第4期,第111、112页。

术性与政治性关系的当代定位问题",应予以反思。①刘锋杰通过对当时有关《讲话》研究的剖析和批驳,指出革命与文化之间"不能简单通约";认为建立在革命合法性基础上的《讲话》,忽略了文化的合法性,或者说不能将革命合法性有效转化成文化的合法性,从而使之成为一个独特的革命文本,而非文化的与美学的文本;《讲话》不是文艺学的探讨,是革命理论的预设,"毛泽东正是以其对文化及审美的叛逆,达到了他的革命性的建构"。因此,《讲话》具有"非文化性、非学科性(及非艺术性)、非现代性"的特征,是革命的经典,研究《讲话》就应该回到其当初所设定的革命立场上去。②南帆从知识分子与大众关系的角度展开研究,指出,《讲话》旨在要求知识分子"选择大众熟悉的艺术形式","传播革命的观念";《讲话》"与其说是理论,毋宁说是政治指示",凝结着"强大的历史能量",包含着"话语关系与社会关系的重新设定"。③蔡同庆认为,周扬对《讲话》的阐释、贯彻、维护和修正,构成了其文艺思想的最主要的内容。他指出,周扬对《讲话》精神的修正有三次:一次是1956年左右借"双百"方针颁布实行之机而采取的修正;一次是1961年左右借"调整"而采取的修正;一次是新时期借"解放思想"之机而采取的修正。1956年5月,毛泽东提出"百花齐放,百家争鸣"的文艺方针,周扬提出"文艺为政治服务,在今天就是为建设社会主义祖国和保卫世界和平的事业服务",松动了文学与政治的紧张关系。同时,周扬实际上提出文艺批评的两个新标准:一是要"经得起群众的考验",即文学作品的美学价值等"要让群众去欣赏去评判";二是要经得起"时间的考验",要经得起历史的考验。新的标准纠正了《讲话》中政治标准、艺术标准的偏颇性和随意性。1961年,党中央提出"调整、巩固、充实、提高"的八字方针,周扬"不仅认识到艺术规律的重要性,同时也意识到了制约艺术规

---

① 刘淮南:《试谈〈讲话〉的经典性及局限性》,载《文艺理论研究》2001年第4期,第40、41页。
② 刘锋杰:《从革命的合法性到文化的合法性——论回到原典的〈讲话〉》,载《文艺理论研究》2002年第4期,第9—19页。
③ 南帆:《试谈〈讲话〉关于知识分子与大众关系的论述》,载《文艺理论研究》2002年第4期,第20—23页。

律认识的某些政治问题的偏颇和失误",在对《讲话》精神的阐释上进一步"拓宽了文艺为工农兵服务的内涵","否定了对文艺为政治服务的错误认识","拓展了文艺的功用"。新时期以来,周扬挣脱个人崇拜的束缚,逐渐还原实事求是的理论品格,清醒地认识到了《讲话》的局限性,通过《关于马克思主义的几个理论问题的探讨》提出应对《讲话》中策略性的文艺政策进行修正,只有这样才能使之符合时代的需要。①

在此之外,还有学者对《讲话》展开深层研读,似乎具有更深的将之作为历史文本的意味。李洁非认为,《讲话》后的延安,"文学艺术被认为是意识形态的重要内容与载体",成为"阶级斗争的有力武器"。《讲话》从策略和目的两个方面,充分利用马克思主义的国际背景和中国的传统实际,对其文化资源进行了基于构建本土化中国传统和精神结构的借鉴与改造。其中,对于两者之间的矛盾,被毛泽东"摆脱教条主义束缚"以毫不避讳的"功利性"进行了突破:旧形式的封建残余和马克思主义不赞赏的农民落后意识都为毛泽东以推动革命、取得胜利以及瓦解知识分子文化领导权、培育未来国家意识形态的最终目的所改造和利用。②袁盛勇认为,对作为重要历史文本《讲话》"边界"和"核心"的清理,是理解其历史意义和当代价值的重要环节,也是理解现代中国文学历史走向和文化内涵的钥匙;把《讲话》理解为一个带有超越时空的文艺理论文本,是对《讲话》边界的越位和误读;《讲话》的发表和传播是作为一个党的文艺乃至文化政策来定位的,《讲话》的政策属性是其外在和历史的"边界",其"核心命题和思想逻辑就在'党的文学'本身"。③"党的文学"是文艺整风后延安文学观念或后期延安文学观念的核心部分,也是其至为关键的存在样态。④胡玉伟认为,《讲话》试图构建"作为指导范型的传统"。这一新的文艺传统要成为"指

---

① 蔡同庆:《周扬对〈在延安文艺座谈会上的讲话〉的三次修正》,载《成都大学学报》(社会科学版)2003年第1期,第38—41页。
② 李洁非:《〈讲话〉的深层研读》,载《粤海风》2004年第1期,第11—19页。
③ 袁盛勇:《〈讲话〉的边界和核心》,载《文艺争鸣》2012年第5期,第19—23页。
④ 袁盛勇:《"党的文学":后期延安文学观念的核心》,载《中国现代文学研究丛刊》2005年第3期,第1—25页。

导范型",必须依赖于强大的政治力量的规约,这在延安表现为《讲话》发表以后的"经典化"。同时,要对创作主体的思想和行为进行规范,因此必须对创作主体进行"改造",对作家精神结构进行重构,这在延安表现为文艺界的整风。作为"实践的文艺传统",新的文艺传统表现在实践层面,主要是文学的文本样态发生改变,"解放""翻身"等成为重要的主题模式,同时强调走向民间,注重民族形式。于此,《讲话》发表以后的解放区文学日益成为新的文艺传统的载体,实现着《讲话》所指引的新的文艺的方向。①张旭东从《讲话》的历史语境和内在论述逻辑着手,探索重读这个"活着的历史文献"的理论可能性。他指出,《讲话》的文艺观内在于"革命机器"的政治逻辑和战争逻辑,提供了政治自律性内部对文艺的规定,同时为日后国家-社会关系中重建文艺的一般关系提供了契机。研究着重分析了《讲话》文艺观所包含的文化政治内涵,试图在当代语境下对毛泽东"普遍的启蒙"观念做出进一步的阐发,指出,作为革命机器一部分的文艺文化工作者,承担教育者和服务者的双重功能,其先锋性和终极意义取决于他们同历史总体性的关系。这有助于进一步认识中国革命的教化功能和伦理建构性。②

其五,《讲话》在国外的译介传播研究及国内对此的评价研究。作为20世纪中期的马克思主义文艺的重要文献,《讲话》不仅对中国的革命文艺起着决定性的指导作用,还对世界进步文艺和革命文艺运动产生了深远的影响。"《在延安文艺座谈会上的讲话》在世界范围产生影响是跟中国革命的胜利、跟世界社会主义运动的风起云涌分不开的。中华人民共和国屹立于世界的东方和第二次世界大战后各殖民地半殖民地民族解放运动席卷全球,以及战后社会主义阵营的形成都使马克思主义的传播,包括马克思主义文艺理论的传播,掀起前所未有的

---

① 胡玉伟:《〈讲话〉与一种文艺"新传统"的生成》,载《当代作家评论》2012年第4期,第125—133页。
② 张旭东:《"革命机器"与"普遍的启蒙"——〈在延安文艺座谈会上的讲话〉的历史语境及政治哲学内涵再思考》,载《中国现代文学研究丛刊》2018年第4期,第3—17页。

高潮。"①早在20世纪80年代初期,国外关于《讲话》的传播和评价研究就已展开。1945年12月,朝鲜咸镜南道将《讲话》翻译成朝鲜文出版,这是《讲话》的第一个外文版。1946年,由新日本文学会主编、千田九一翻译的《讲话》日文译本以《现阶段中国文艺的方向》为书名在日本出版。1951年,日本左翼作家鹿地亘重译《讲话》,书名为《1942年延安毛泽东文艺讲话》。与此同时,苏联、德意志民主共和国、法国、美国、英国、波兰、捷克斯洛伐克、罗马尼亚、匈牙利、印度、古巴、巴西等国家,都先后用本国文字翻译出版了《讲话》。在印度,除了英文版外,还有孟加拉文、印地文、马拉提文、泰米尔文、泰鲁固文、马来雅冷文等各种印度文字的版本。1952、1953年,随着《毛泽东选集》三卷本的出版和翻译,《讲话》通过多种文字广泛传播到世界各国。《讲话》在国外产生深刻影响的原因主要有:一,《讲话》发展了马克思列宁主义的文艺思想;二,外国文艺工作者和读者认为《讲话》"是马列主义普遍真理和中国革命文艺运动具体实践相结合的典范";三,认为《讲话》正确、及时地解决了国外文艺界和广大文艺工作者面临的实际问题。②刘忠在研究《讲话》在国外的传播时指出,《讲话》先后被译成多国文字在五十多个国家出版发行。将《讲话》置于世界范围内来考察,其受到亚洲各国的热烈欢迎,如朝鲜、日本、蒙古、印度、越南、缅甸、巴基斯坦、伊朗、印度尼西亚等,《讲话》在西方国家的传播虽较晚,但法国、德国、波兰、意大利、英国、阿尔巴尼亚、南斯拉夫等许多国家都先后译介,尤其是苏联的文艺界高度重视《讲话》。《讲话》在非洲、美洲的译介要比在亚洲、欧洲略晚些,但也有许多国家如埃及、古巴、美国等译介。此外,《讲话》在拉丁美洲、澳洲等地也广为传播。③

随着"国外毛泽东学"显学位置的奠定,《讲话》的研究经久不衰,汉学、

---

① 张炯:《论〈在延安文艺座谈会上的讲话〉的传播与影响》,载《兰州学刊》2017年第8期,第14页。
② 农方国:《〈在延安文艺座谈会上的讲话〉的国外影响》,载《广西师范学院学报》(哲学社会科学版)1982年第3期,第21—24、53页。
③ 刘忠:《〈在延安文艺座谈会上的讲话〉研究》,人民文学出版社2009年版,第181—183页。

世界左翼和其他领域的学者从各自的学术立场和研究视角对《讲话》展开多元化解读。自40年代后期开始，《讲话》就受到费正清、埃德加·斯诺等汉学家的关注和解读。1948年，费尔班克在《美国与中国》一书中指出，"《讲话》特别要求艺术家和作家将个人的艺术和文学的创造力服从于中国共产党的政治导向"，"为艺术而艺术已经过时"。①罗马尼亚作家协会书记托·赛尔玛鲁认为，《讲话》"是运用马列主义文艺理论于中国具体条件的典范"，"是一个具有特别现实意义的丰富的经典著作"。②日本中国文学研究专家竹内好指出，《讲话》论述的"都是文学艺术的根本问题"，"达到相当高的抽象理论"；《讲话》的"结构是非常严整的，既具有强烈的民族特点，同时又具有普遍意义"。他认为评价《讲话》最好从三个方面进行："第一，毛泽东思想与中国共产党领导的革命运动，特别是与整风运动的关系；第二，它在中国文学，特别是近代文学发展史上所占有的地位；第三，它在马克思主义美学发展史上所占的地位。"日本文艺理论家藏原惟一认为，《讲话》是日本"进步文学（学习）的最重要的文献之一"。日本作家德永直在谈及个人作品《静静的群山》时说："如果第二部比第一部有点进步的话，这都是我受了日本人民英勇斗争的鼓舞和《讲话》的启发，努力使自己接近工人和农民的结果。"曾担任蒙古作家协会主席的达木丁苏伦认为，《讲话》"把我们从模糊不清的道路中引导到正确的、为工农兵大众服务的革命道路上来，使我们明确了正确的发展方向"，《讲话》"是我们文艺工作者为人民服务的战斗纲领"。越南文艺理论家邓台梅认为，《讲话》是抗战时期越南革命工作者普遍学习的文本，如今是越南文艺工作者和越南文学院中国古典和现代文学研究组等专门机构经常学习的重要文献之一。③英国学者戴维·莱恩认为，《讲话》"被证明具有一种生产力，一种不是提供现成的思想，而是激发读

---

① John King Fairbank.*The United States and China*. Cambridge: Harvard UP, 1983：298.
② 转引自农方团：《〈在延安文艺座谈会上的讲话〉的国外影响》，载《广西师范学院学报》（哲学社会科学版）1982年第3期，第22页。
③ 转引自刘忠：《〈在延安文艺座谈会上的讲话〉研究》，人民文学出版社2009年版，第184、185页。

者思想的能力"。①荷兰学者佛克马认为,《讲话》"提出了文学的目的在于促进革命,提出政治标准第一,艺术标准第二,强调民间文学的价值",肯定了社会主义现实主义、党性、典型这三个原则;《讲话》承认存在艺术标准。②苏联学者艾德林指出,"延安文艺座谈会促进知识分子和广大的人民群众相结合,树立无产阶级的世界观。毛泽东的指示帮助中国人民为创造新文化而斗争,……这个斗争不仅是政治的和经济的,还要在中国实现文化革命,把旧的、落后的中国变为新的、先进的、文明的中国"。古巴诗人纪廉指出:"《讲话》在为人民服务的人民文学的概念里,是一个具有非常大的价值的文件"。巴西作家亚马多在研读《讲话》后认为:"中国文艺界遵循的毛泽东思想所照耀的道路,也就是巴西文艺界在争取和平、反对美国帝国主义的斗争中所走的路"。古巴《今日报》的评论文章认为,《讲话》"是一篇散发着万丈光芒的科学唯物主义的文艺理论的纲领,毛泽东的文艺思想是永恒的,是每一个革命知识分子和革命文艺家的工作中不应该也不可以缺少的"。③受麦卡斯主义的影响,美国学者对《讲话》的研究呈现出深入多元的态势。澳大利亚的《讲话》研究起步较晚,争议也多。欧洲各国的评价则侧重于《讲话》的认识价值和历史价值。西方阵营学者的研究往往将《讲话》与毛泽东文艺思想以及"大跃进""文革"联系起来,这种研究显然较多地受到意识形态的影响。

从接受阅读、文本解读等研究层面来讲,傅其林、张宇维认为,《讲话》在英语世界的传播经历了三个阶段。第一阶段是20世纪60年代《讲话》被作为意识形态控制的解读。主要代表有华裔汉学家夏志清、夏济安,捷克汉学家普实克,荷兰汉学家杜威·佛克马,美国汉学家默尔·戈德曼、包华德、白芝,等等。他们大都以文艺思想控制说为切入点,将《讲话》视为中国共产党的文学政策和政

---

① 戴维·莱恩:《马克思主义的艺术理论》,艾晓明、尹鸿、康林译,湖南人民出版社1987年版,第97页。
② 佛克马:《中国文学与苏联影响(1956—1960)》,季进、聂友军译,北京大学出版社2011年版,第250页。
③ 艾德林、纪廉、亚马多、古巴《今日报》的观点,均转引自刘忠:《〈在延安文艺座谈会上的讲话〉研究》,人民文学出版社2009年版,第187—188页。

治手段，用反意识形态控制的解读模式批判《讲话》，试图与国内对于《讲话》的正面接受情况形成对比。显然，这些接受阐释和阅读批评在很大程度上受到20世纪五六十年代国际冷战时期意识形态模式和国际政治局势的深刻影响，其接受阅读本身就是受固有意识形态控制的表现和结果。这种王德威所说的"社会批判"模式，将探讨止步于文学的外部研究，并未从文学理论的角度出发对《讲话》的文本内容进行剖析。但其意义在于，首次将《讲话》包含的历史性和政治性呈现给英语世界的受众。第二阶段是20世纪七八十年代《讲话》作为文艺理论的解读。1972年，美国总统尼克松访华，中国与欧美国家的关系逐步趋于正常。同时，批判理论开始从德国、意大利、法国进入英语世界。国际局势的变化和理论视野的更新为这一时期英语世界的汉学家开拓了新的接受视野。比如毕克伟、杜威·佛克马、杜博妮以及华裔学者李欧梵等一些汉学家开始从文学理论尤其是新马克思主义文学批评理论的角度入手，从文本内部研究毛泽东的《讲话》。这些学者将《讲话》与现当代文艺理论的中心议题予以连接，使《讲话》的接受批评开始从外部的政治批判转向内部的内容分析，从而揭示《讲话》中更多的隐含意义。其中，杜博妮的接受阐释将《讲话》的第二次传播接受推向顶峰：研究了《讲话》的不同版本，并首次将之译成英文；从文学理论的角度出发，试图重新评估毛泽东义艺理论的作用；对毛泽东《讲话》文本重新做出了辩证的评价，揭示了《讲话》中一些重要的文学思想。第三阶段是"第三次浪潮"语境中全球化背景下的政治话语解读。从1992年开始，社会主义市场经济建设快速推进，中国同世界的交往日益加深，《讲话》的传播与接受再一次在英语世界呈现不同的接受态度和阐释方法。丹顿、王敏敏、刘康等是这一阶段的代表学者，研究的基本特征是揭示《讲话》中政治与话语的复杂关系。其中，刘康从话语谱系学、符号学、比较文学、美学，以及现代与后现代理论、文化政治学、后殖民主义等跨学科视角，在中国马克思主义美学与西方马克思主义美学的语境中，揭示了毛泽东文艺思想的重要性及困境。①

---

① 傅其林、张宇维：《毛泽东〈在延安文艺座谈会上的讲话〉在英语世界的传播与接受》，载《上海大学学报》（社会科学版）2018年第2期，第66—78页。

《讲话》在国际范围内传播,尽管不同文化间的正读和误读是客观存在的,但《讲话》不仅对中国文艺的发展具有划时代意义,也对世界各国文艺的发展产生了深刻影响。国外的研究不仅重视《讲话》的理论,更重视其对文艺创作的指导意义。有学者总结,国外的评论可以归纳为几个方面:"一,国外广大文艺工作者和读者考察中国现代文学的发展和成就,是以毛泽东同志的《讲话》为依据的;二,中国的这些优秀文艺作品,都是遵照《讲话》的思想原则来进行创作的;三,中国雄壮的文艺队伍是在《讲话》的思想教育下成长起来的;四,国外翻译的中国现代文学作品都被认为是领会了毛泽东同志《讲话》精神的为人民服务的作品。"①有的学者总结了美国学者研究《讲话》的特点:一是多采用客观主义立场,重视文献资料的收集与整理,学术性较强;二是将毛泽东与马克思、列宁等人的革命路线、文化思想等方面进行比较研究,丰富了《讲话》的研究视野。②

其六,研究《讲话》以及延安文艺座谈会的专著的涌现。对《讲话》以及延安文艺座谈会进行综合研究的论著主要有刘忠的《〈在延安文艺座谈会上的讲话〉研究》、高慧琳的《群星闪耀延河边:延安文艺座谈会参加者》、杜忠明的《延安文艺座谈会纪实》、高杰的《延安文艺座谈会纪实》、张军峰的《延安文艺座谈会的台前幕后》(上、下册)等。③其中,刘忠的专著完整、系统地揭示了《讲话》的产生背景和《讲话》的理论价值。上编从延安时期的社会结构与知识分子政策、延安知识分子的生活方式与精神形态等方面加以论述,扫描延安文艺座谈会召开的原因及过程,从当时延安的实际出发,联系苏共的文艺政策和30年代左翼文学传统,凸显《讲话》产生的背景。宏观的研究视野既能够从新文学

---

① 农方困:《〈在延安文艺座谈会上的讲话〉的国外影响》,载《广西师范学院学报》(哲学社会科学版)1982年第3期,第23页。
② 刘忠:《〈在延安文艺座谈会上的讲话〉研究》,人民文学出版社2009年版,第188页。
③ 刘忠:《〈在延安文艺座谈会上的讲话〉研究》,人民文学出版社2009年版;高慧琳:《群星闪耀延河边:延安文艺座谈会参加者》,人民文学出版社2012年版;杜忠明:《延安文艺座谈会纪实》,中央文献出版社2012年版;高杰:《延安文艺座谈会纪实》,陕西人民出版社2013年版;张军峰编:《延安文艺座谈会的台前幕后》(上、下册),陕西师范大学出版总社2014年版。

发展史上把握延安文艺中工农兵形象、民族形式、大众风格等问题，而且能够从整体上理解延安文学最基本的属性：全民抗战下的文学，文学必须为抗战服务，必须为工农兵服务。下编从文本意义角度，分析《讲话》的理论价值，如文艺与人民的关系、文艺与生活的关系、生活美与艺术美的关系等，阐明《讲话》的理论品格；从文本接受的角度，阐述《讲话》在解放区和国统区的传播与接受，突出《讲话》对文艺理论的巨大贡献及深远影响；叙述了新时期的《讲话》研究、在国外的译介与评价。[①]高慧琳将参加延安文艺座谈会的人员予以分类，中共中央政治局、陕甘宁边区政府负责人、有关方面负责人、中华全国文艺界抗敌协会延安分会、鲁迅艺术文学院、中共中央文委系统、中央军委和八路军文艺系统、陕甘宁边区文教系统，从"到延安前""延安时期""离开延安后"三个部分介绍了参会的一百三十四人的基本情况。杜忠明的编著分十四章对延安文艺座谈会召开的背景、参加人员、《讲话》文本、相关文艺事件和《讲话》后的文艺实践等方面进行了介绍和还原。高杰的专著分"实况再现""专题研究""未竟思绪"三辑，介绍了座谈会的基本情况，探讨了座谈会的历史意义、现实启示、决策过程、讨论议题、参加人员、《讲话》发表的"历史内情"以及周扬与《讲话》权威性的确立等，对《讲话》的文本、修订、口述版以及《讲话》八个文艺学方面的问题和丁玲、艾思奇、周文、刘白羽在会上的发言等问题进行了研究总结和基础梳理。张军峰编著的上册是"口述实录"，收录了刘白羽、贺敬之、周巍峙、王朝闻、华君武、罗工柳、蔡若虹、严文井、力群、张庚、于敏、陈明、曾克、干学伟、黎辛、徐肖冰、吴本立、欧阳山尊、于蓝、王昆、王一达、蒋玉衡、李群、马烽、韦嫈、刘备耕、彦涵、董小吾以及周扬等人的回忆文章；下册是"回忆录"，收录了胡乔木、丁玲、刘白羽、何其芳、欧阳山尊、严文井、力群、萧军、王德芬、韦嫈、姚时晓、方纪、蔡若虹、古元、艾青、任桂林、公木、干学伟、吴威、温济泽、黎辛等人的回忆文章，以及刘忠关于座谈会召开原因、高浦棠关于座谈会议题形成过程、高慧琳关于座谈会参加者人数、金宏宇关

[①] 参见许怀中：《毛泽东文艺思想研究的新收获——评〈《在延安文艺座谈会上的讲话》研究〉》，载《光明日报》2010年7月14日。

于《讲话》版本与修改的考辨研究文章等。

概括来说，"《讲话》是延安时期战时文艺的精神指导，也是新中国文艺方针政策制定的根本依据。对《讲话》的科学研究经历了许多曲折。延安时期的研究，多从战时需要出发，而较少考虑文艺的特性；新中国成立后基本延续了战时的指导思想，而较多强调文艺的'服务'、'工具'功能；'文革'时期《讲话》精神被'极左'政治势力歪曲，致使文艺走入畸形；'文革'结束后的1979年，邓小平同志对《讲话》精神作了新的阐释，标志着对《讲话》的研究真正步入科学"[①]。

总体来看，20世纪90年代以来尤其是新世纪以来的《讲话》及毛泽东文艺思想研究大体呈现出几个特点：一是阐释《讲话》的丰富内涵，坚持"两点论"，即革命政治与文艺并重；二是侧重《讲话》的经典与局限，采用"两分法"，予以反思和提出修正；三是在更宏大宽阔的语境下，对毛泽东文艺思想以及党的文艺政策开展历史化、多元化的研究；四是注重《讲话》生产的时代背景以及毛泽东文艺思想的形成和发展；五是"回到原初"开展史料研究，探究《讲话》的版本变迁以及《讲话》的域外传播与评价。

---

① 贺立华、程春梅：《红色文艺思想历史回眸：〈讲话〉研究60年》，载《山东大学学报》（哲学社会科学版）2003年第6期，第38页。

第六章 整理与编纂：延安文艺史料的编辑出版及数据库建设

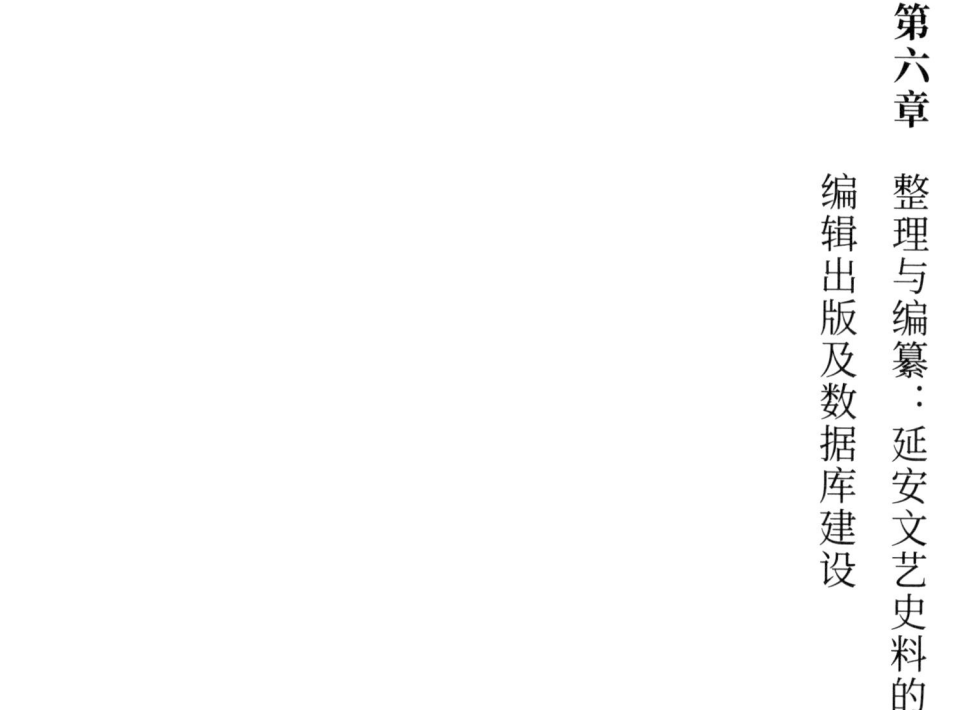

随着20世纪80年代学术界呼吁建立中国现代文学史料学，延安文艺史料的搜集整理和研究逐步得到重视。20世纪90年代以来，学界的学术规范化意识进一步增强，延安文艺史料的搜集整理和研究走出最初的基本的原始材料的搜集整理阶段，开始尝试借鉴新的理论方法展开研究，呈现出重视和强调史料的建设及其科学性和应用性的现实意义，昭示着延安文艺史料研究领域的新的拓展与发展趋向。学术界提出："史料工作不是研究的附庸，史料的发掘、收集、考证、整理本身，就是学问。史料工作不是拾遗补缺的简单劳动，它有自身的规范、方法与价值，在学术研究的格局中有不可替代的位置。"①毋庸讳言，史料是研究的基础，"充分掌握史料、证据，就是拥有研究的话语权，既能够摆脱对主观预想的过分期待，又可以理直气壮地对抗谎言"②。对于延安文艺研究来说，史料的建设和研究更加具有特别的意义。因此可以说，延安文艺史料的建设及研究，将成为延安文艺研究走向科学化和规范化的根本途径与关键。

本章所涉的延安文艺史料研究不包括对延安文艺作家的比较分析、作品的文本分析等，教育类、艺术类以及话剧、戏曲、快板等非文本的研究也不计入。本章的研究参照传统的目录学、校勘学等学科知识，结合延安文艺史料研究的现状，拟从两个部分展开论述：第一部分为文本类史料综述。文本类史

---

① 温儒敏：《尊重史料研究的学术价值与地位》，载《汉语言文学研究》2010年第1期，第1页。
② 刘增杰：《中国现代文学史料学》，中西书局2012年版，前言第9页。

料包括作品集类（如全集、文集、选集、日记、书信等文本类等）、大型书系类、回忆性材料类等等，其搜集、整理和出版是史料研究的基础性工作。第二部分为研究型史料综述。研究型史料是指其本身属于研究型成果但同时具有较强的史料价值，包括期刊目录的整理和汇编，辞典、年谱、大事记等文献资料，作家、作品、文学组织、文学运动、文学事件等研究资料的汇编，作家作品的版本考证和辨伪、辑佚，等等。

第一节

延安文艺文献史料的整理及大型书系的出版

延安文艺作为深刻的历史存在，不仅关系延安文艺自身，而且关系整个中国现当代文学。延安文艺史料在战争年代大量散佚，"文革"中又遭到严重破坏，因此，发掘、整理、出版史料仍是深化延安文艺研究的基础和前提。自1942年《讲话》诞生后，尤其20世纪80年代以来，学界对延安文艺运动文献史料进行了大量的整理工作，许多延安作家出版了个人或多人的作品集（如全集、选集、文集）或合集等，出版界推出了一系列大型文献丛书，许多亲历者或其家人通过口述历史和自传的形式再现了历史现场。这些文本类史料的搜集、整理与出版是史料研究的基础工作和基本构成。

一、延安作家作品集的出版

一般认为，延安作家包括在以延安为中心的陕甘宁解放区和其他各抗日根据地生活、学习或工作过的作家。文学史料研究的一项基础性工作就是作家全集、文集、选集、专集、子集、合集、文库等作品集类的整理与出版，它既是对作家创作成就的回顾与检阅，也是为学界提供基础研究的文献史料。

目前可以查阅的丁玲、艾青、何其芳、赵树理的作品集出版情况为：丁玲的作品集有，《丁玲全集》（12册，河北人民出版社2001年版），《丁玲文集》（春明书店1949年版；6卷，湖南人民出版社1983—1984年版；10卷，湖南文艺出版社1991—1995年版；海南国际新闻出版社1997年版；中国广播电视出版社1998年版；北京燕山出版社1998年版；吉林摄影出版社2004年版），《丁玲选集》（天马书店1933年版；万象书屋1936年版；开明书店1951年版；3卷，四川人民出版社1984年版；人民文学出版社2005年版），《丁玲集》（知识出版社1997年版；花城出版社2006年版），《丁玲短篇小说选》（人民文学出版社1981年版），《丁玲散文》（中国广播电视出版社1997年版；浙江文艺出版社2002年版；内蒙古文化出版社2006年版；人民文学出版社2017年版），《丁玲散文选》（人民文学出版社1985年版），《丁玲戏剧集》（中国戏剧出版社1983年版），《丁玲集外文选》（人民文学出版社1983年版）等。艾青的作品集有，《艾青全集》（5卷，花山文艺出版社1991年版），《艾青文集》（内蒙古人民出版社1999年版；华夏出版社2000年版），《艾青选集》（开明书店1951年版；四川人民出版社1986年版），《艾青专集》（江苏人民出版社1982年版），《艾青诗选集》（北京燕山出版社2014年版），《艾青诗选》（人民文学出版社1955、1957、1979、1984、1997、2012、2013年版；外文出版社2001年版；人民邮电出版社2013年版；商务印书馆2015年版；接力出版社2015年版），《艾青短诗选》（花城出版社1984年版）等。何其芳的作品集有，《何其芳全集》（8卷，河北人民出版社2000年版），《何其芳文集》（6卷，人民文学出版社1982—1984年版），《何其芳选集》（3卷，四川人民出版社1979年版），《何其芳散文选集》（人民文学出版社1957年版；文教出版社1978年版；百花文艺出版社1986、2004、2007年版），《何其芳诗稿》（上海文艺出版社1979年版），《何其芳诗全编》（浙江文艺出版社1995年版）等。赵树理的作品集有，《赵树理全集》（5卷，北岳文艺出版社，1986—1994、2000年版；6卷，大众文艺出版社2006年版），《赵树理文集》（4卷，工人出版社1980年版；4卷，中国工人出版社2000年版；4卷，人民文学出版社2005年版），《赵树理文集续编》（工人出版社1984年版），《赵树理选集》（开明书店1951年版；人民文学出版社1958、2002、2004年版），《赵树理精选集》（北京燕山出版社2006年版），《赵树理小说选集》（吕梁文化教育出版社1948年版；华中新华书店1949年版）等。

此外，延安作家的作品集还有：萧军的作品集《萧军全集》（20卷，华夏出版社2008年版），《萧军集》（黑龙江大学出版社2012年版），《萧红萧军文集》（天地出版社1995年版），《萧军近作》（四川人民出版社1981年版）；孙犁的作品集《孙犁全集》（11卷，人民文学出版社2004年版），《孙犁文集》（5卷，百花文艺出版社1981—1982年版），《孙犁文集·孙犁文集续编》（8卷，百花文艺出版社2002年版）；阿英的作品集《阿英全集》（12卷，安徽教育出版社2003年版），《阿英文集》（生活·读书·新知三联书店1981年版）；王实味的作品集《王实味文存》（上海三联书店1998年版）；等等。

除过上述较有影响的作家全集、文集、选集外，延安作家的文集还有：《周立波文集》（5卷，上海文艺出版社1981—1985年版），《雪峰文集》（4卷，人民文学出版社1981—1985年版），《陈学昭文集》（5卷，浙江文艺出版社1998年版），《李季文集》（4卷，上海文艺出版社1982—1986年版），《舒群文集》（4卷，春风文艺出版社1982—1984年版），《马加文集》（8卷，春风文艺出版社1982—1998年版），《罗烽文集》（5卷，春风文艺出版社1983—1994年版），《萧三文集》（新华出版社1983年版）和《萧三诗文集》（3卷，北京图书馆出版社1996年版），《成仿吾文集》（山东大学出版社1984年版），《周扬文集》（5卷，人民文学出版社1984—1994年版），《柯仲平文集》（3卷，云南人民出版社2002年版）和《柯仲平诗文集》（4卷，文化艺术出版社1984年版），《白朗文集》（6卷，春风文艺出版社1984—1986年版），《方纪文集》（4卷，百花文艺出版社1985年版），《沙汀文集》（7卷，上海文艺出版社1986—1992年版），《邓拓文集》（4卷，北京出版社1986年版），《林默涵劫后文集》（文化艺术出版社1987年版），《欧阳山文集》（10卷，花城出版社1988年版），《李伯钊文集》（解放军出版社1989年版），《田间诗文集》（6卷，花山文艺出版社1989—1997年版），《高长虹文集》（3卷，中国社会科学出版社1989年版），《草明文集》（6卷，光明日报出版社1992年版），《杨沫文集》（7卷，北京十月文艺出版社1992—1993年版），《吴伯箫文集》（人民教育出版社1993年版），《杜鹏程文集》（4卷，陕西人民出版社1994年版），《杨朔文集》（3卷，山东文艺出版社1995年版），《刘白羽文集》（10卷，华艺出版社1995年版），《魏巍文集》（10卷，广东教育出版社1999年版），《郭小川全集》（12

卷，广西师范大学出版社2000年版），《严文井文集》（4卷，湖北少年儿童出版社2000年版），《李尔重文集》（20卷，作家出版社2000年版），《马烽文集》（8卷，大众文艺出版社2000年版），《公木文集》（6卷，吉林大学出版社2001年版），《张光年文集》（5卷，人民文学出版社2002年版），《冯牧文集》（9卷，解放军文艺出版社2002年版），《贺敬之文集》（6卷，作家出版社2004年版），《周而复文集》（22卷，文化艺术出版社2004年版），《鲁藜诗文集》（4卷，作家出版社2004年版），《柳青文集》（4卷，人民文学出版社2005年版），《年方90——周巍峙文集》（5卷，中国文联出版社2006年版），等等。

此外，出版文集的延安作家还有管桦、柯蓝、陶白、高敏夫、李冰、苏一平、莎蕻、周洁夫、闻捷、西戎、孙谦、胡正、冈夫、华山、雷加、艾煊、金肇野、夏征农、陈登科、崔璇、张铁夫、穆青、张庚、卞之琳、白刃、李若冰、李庄、王汶石、菡子、束为、阮波、黄源、徐光耀等。[1]同时，延安作家出版了大量的选集、专集、诗文选集、日记、书信集等，由于数量庞大，本书限于篇幅，不再一一列举。

从上文可以看出，出版全集的作家有丁玲、艾青、何其芳、赵树理、萧军等。全集在理论上是收录作家的所有作品，并力争保持作品发表时的原貌（修订本给予注明），但实际上，出版时未必能做到这些。其原因主要有：第一，客观历史原因造成的资料散佚，导致全集不全；第二，作者（或其家人）由于各种原因，有意放弃部分作品，不愿意全集是全部作品的集成；第三，编委会或编辑用心不够或工作疏忽或有意为之，没能将全部作品整理收录或者将某作品部分收录；第四，作家（或家人）与编辑"合作"，对原作进行取舍、修改和删减，造成全集收录的作品不全或者经过一定的修订，脱离历史原貌。这种全集不全的现象，在作家出版的全集中可能不同程度存在。至于其他的选集、文集、合集、专集等，在编辑出版过程中舍弃、修改、增删作品的现象可能更为普遍，而这无疑给后来的研究者造成了许多障碍、误解与疑惑，从而导致研究结论的偏差。为

---

[1] 梁向阳：《八十年代以来"延安时期作家"全集、文集出版情况概述》，载《新文学史料》2007年第3期，第192—196页。

此，延安作家作品集的出版需要严肃学术态度，尊重历史现场，做好几方面的工作：一是广泛搜集与甄别散佚的材料，全面开放延安时期的历史档案，保证出版质量；二是严肃学术风气，抛弃为尊者讳的情感因素，客观面对历史存在；三是委托相关学术机构或研究团体，对延安作家作品集的出版进行必要的学术评估；四是建立专门的延安作家作品的出版基金，为作家出版作品奠定物质基础；等等。

二、延安文艺大型书系的出版

自1949年前后开始，学界组织、编辑、出版了一系列收集延安文艺作品的大型书系。这些大型文献史料主要以收集作品为主，一般还包含有文学方面的其他文献资料。这些大型书系中比较有影响的有：

周而复等主持编选的"北方文丛"。抗日战争胜利以后，为了向国统区、香港、澳门和东南亚地区读者介绍中国共产党领导的解放区文学作品，周而复于1946年初在上海编辑"北方文丛"，同年4月起由作家书屋陆续出版发行；后因内战改在香港继续编辑，由香港海洋书屋、谷雨社等出版。原计划出三辑，每辑10种，因时局变化、作者工作流动以及香港与解放区交通不便等关系，书稿不能及时收到，计划略有变动，有几部作品未能出版。编入"北方文丛"的作品，除萧军的《八月的乡村》为30年代的作品外，其他均为解放区的文艺作品，尤以1942年延安文艺座谈会召开后至1946年的作品为主，包括萧军、马加、邵子南、丁玲、何其芳、艾青、陈荒煤、周扬、赵树理、吴伯箫、李季、康濯、孔厥、贺敬之、林默涵、周而复、柯蓝等人的作品。文艺理论著作则收有周扬的《表现新的群众的时代》、艾青的《释新民主主义的文学》等。①

周扬主持编辑出版的"中国人民文艺丛书"。据最初担任丛书编辑的陈涌回忆，编辑出版的最初策划是在解放战争初期，目的在于"准备全国解放后拿到大

---

① 王荣：《宣示与规定：1949年前后延安文艺丛书的编纂刊行——以"北方文丛"与"中国人民文艺丛书"的编辑出版为例》，载《陕西师范大学学报》（哲学社会科学版）2012年第3期，第36页。

城市出版"①。丛书的"编辑例言"对编选目的、编选原则等进行了介绍。"编辑例言"指出，丛书"选编解放区历年来，特别是一九四二年延安文艺座谈会以来各种优秀的与较好的文艺作品，给广大读者与一切关心新中国文艺前途的人们以阅读和研究的方便"，坚持"政治性与艺术性结合，内容与形式统一"，"重视被广大群众欢迎并对他们起了重大教育作用的作品"。丛书大致从1949年5月开始陆续由新华书店出版（后被多家出版部门翻印发行），1952年起由新成立的人民文学出版社接编，并直接沿用"中国人民文艺丛书"名称和编辑方针重排再版。有研究指出："根据相关资料统计及版本考证，从1949年5月开始到1953年2月先后编辑出版及修订重印的'中国人民文艺丛书'达80余种。这其中包括有：话剧、平剧、秦腔、新歌剧及秧歌集等23种，长短篇小说集16种，报告文学及通讯集7种，长篇叙事诗歌、新说书等9种，各子目总共收录了延安文艺运动期间的作品约230多篇（部）。"②

湖南人民出版社、湖南文艺出版社组织出版的"延安文艺丛书"。丛书编委会的阵容非常庞大：丁玲、艾青、林默涵等九人为顾问，金紫光、雷加、苏一平为总编辑，特约编委和执行编委多达八十二人。丛书的"编辑说明"指出，编选是为"开展对延安文艺成果的研究，提供一套比较完整、比较系统的文艺作品选集和部分比较重要的文艺活动史料"，"编选的时限是：从一九三六年党中央进驻陕北时起，至一九四八年春党中央转移华北后止。编选的范围是上述时间在延安及陕甘宁边区生活、学习与工作过的人，当年所写作、发表、演出、展览及出版的各种优秀文艺作品"。丛书共计16卷17册，包括：文艺理论卷，小说卷（上、下），散文卷，诗歌卷，报告文学卷，秧歌剧卷，歌剧卷，话剧卷，戏曲卷，音乐卷，美术卷，电影、摄影卷，舞蹈、曲艺、杂技卷，民间文艺儿童文艺卷，文艺史料卷。丛书出版时间为1984年至1988年，由湖南人民出版社和湖南文

---

① 萧玉：《〈中国人民文艺丛书〉：开启文学新纪元》，载《石家庄日报》2009年9月19日。
② 王荣：《宣示与规定：1949年前后延安文艺丛书的编纂刊行——以"北方文丛"与"中国人民文艺丛书"的编辑出版为例》，载《陕西师范大学学报》（哲学社会科学版）2012年第3期，第37页。

艺出版社分别出版。

中国解放区文学研究会组织出版的"中国解放区文学研究资料丛书"。丛书由田仲济任主编，1989年开始由河北教育出版社出版（部分由天津社会科学院出版社出版），部分图书延至90年代出版。丛书分为晋冀鲁豫边区卷、晋察冀边区卷、湖南卷、福建卷等，包括《冀鲁豫文学史料》《冀鲁豫文学作品选》《晋察冀文学史料》《冀南文学作品选》《晋察冀文学作品选》《湖南苏区文艺运动 湘籍作家在解放区》《福建革命根据地文学史料》等。编委会在"总序"里指出："丛书以各革命时期党所领导的各主要革命根据地分卷。各卷根据占有材料和编辑力量，可分别编选文学史料、优秀作品选、地区文学史、研究论文集多册，也可综合成册。选编文学史料，尽量使用第一手材料，保留各根据地文学运动的本来面貌，为后人研究工作者提供客观、可靠的研究资料。"①由于种种原因，这套书没有出齐，后来各地方省份根据当地解放区（根据地）不同的内容侧重编选出版，出版工作也多由本地出版社承担，虽然内容与之相近，但不再列入丛书系列。

林默涵主持编选的"中国解放区文学书系"。书系由重庆出版社于1992年出版，分为小说编（4卷）、散文·杂文编（2卷）、诗歌编（3卷）、报告文学卷（3卷）、戏剧编（4卷）、说唱文学编、民间文学编、外国人士作品编（2卷）、文学运动·理论卷（2卷），共计22卷。书系"精选了从土地革命时期—抗日战争时期—解放战争时期的十九个解放区的文艺理论、小说、戏剧、报告文学、散文、杂文、诗歌、民间文学、说唱文学以及外国人士作品共2000多篇，作者千人以上"②，"真正弥补了抗日战争文学的空白"③。

王巨才主编的"延安文艺档案"。丛书由太白文艺出版社于2012年至2015

---

① 中共冀鲁豫党史工作组文艺组编：《冀鲁豫文学作品选》，河北教育出版社1989年版，总序第2页。
② 沈世鸣：《新的世界 新的文学——中国解放区文学书系编后札记》，载《文艺理论与批评》1992年第4期，第16页。
③ 阿平：《〈中国解放区文学书系〉已出版》，载《中南民族大学学报》（人文社会科学版）1992年第3期，第61页。

年出版,由"延安音乐""延安文学""延安美术""延安影像""延安戏剧""延安文论"等6个部分组成,共计27卷60册。其中,"延安文学"部分由陈忠实、李继凯担任主编,包括《延安作家》(全6册)、《延安文学作品·短篇小说》、《延安文学作品·中长篇小说》、《延安文学作品·散文》、《延安文学作品·诗歌》、《延安文学作品·报告文学》、《延安文学组织》等7卷12本;"延安文论"包括《延安文论家》(全3册)、《延安文论作品》等2卷4册。肖云儒在丛书总序《延安文艺 精神永存》中说,这套丛书"几乎网罗了可以发掘到的关于'延安文艺'的全部档案资料",并认为其呈现四个特色:"真切而详尽的资料辑揽","原生而活态的历史再现","'档案'风格的科学梳理","编纂群体的权威色彩"。①

朱鸿召主编的"红色档案——延安时期文献档案汇编"。丛书共计60卷,由陕西人民出版社策划出版,2009年10月启动,2014年3月完成出版。丛书对多数红色档案采取影印出版,展示了延安的历史风貌与革命风采,囊括了目前能收集到的延安时期政治、经济、军事、文化、教育等方面的珍贵文献档案资料,包括延安时期出版的期刊、图书以及个人日记、笔记、单位档案材料等。

任文主编的"红色延安口述·历史"。丛书由陕西师范大学出版总社有限公司于2014年出版,共计17种21册,分别为:《陕北闹红》、《会师陕北》、《东征·西征》、《我所亲历的延安整风》(上、下册)、《延安文艺座谈会的台前幕后》(上、下册)、《永远的鲁艺》(上、下册)、《我要去延安》、《国际友人在延安》、《延安时期的大事件》、《陕甘宁边区大生产运动》、《第三只眼看延安》、《延安时期的日常生活》、《抗战中的延安》(上、下册)、《延安时期的社团活动》、《在西北局的日子里》、《转战陕北》、《窑洞轶事》。编委会在每本书前面的"编辑说明"里说,这是"一套以口述实录、回忆录、访谈录以及相关原始档案并配以历史图片为基本内容的史料集成","所选文章注重大历史背景下个人独特的经历和感受,尤重对历史细节的挖掘和梳理","入

---

① 肖云儒:《延安文艺 精神永存——〈延安文艺档案〉总序》,见王巨才主编:《延安文艺档案》,太白文艺出版社2015年版,序言第2—3页。

选文章写作时间跨度从上世纪30年代到本世纪初"[1]。

刘润为主编的"延安文艺大系"。该书系是在20世纪80年代湖南文艺出版社、湖南人民出版社"延安文艺丛书"的基础上完善而成的，由湖南文艺出版社于2016年出版。丛书收录了1936年秋到1949年7月，在延安以及陕甘宁边区生活、学习、工作与考察过的人当时所创作、翻译、发表、演出、展览以及出版的具有较高思想性和艺术性的各个门类的文学、艺术作品，总计1200万字（含图片1300多张），共17卷28分册。

此外，还有一些比较有影响的大型文本类史料丛书，主要内容包括了大量的延安文艺史料，如20世纪80年代出版的《陕甘宁革命根据地史料选辑》（第1—5辑，甘肃省社会科学院历史研究室编，甘肃人民出版社1981—1986年版）、《陕甘宁边区政府文件选编》（第1—14辑，陕西省档案馆、陕西省社会科学院编，档案出版社1986—1991年版）、《陕甘宁边区抗日民主根据地·文献卷》（上、下卷，西北五省区编纂领导小组、中央档案馆编，中共党史资料出版社1990年版）。这些大型丛书，虽非专门的文艺文献，但也对延安时期文艺政策、文教建设方面的史料多有选录，值得关注。再如，中国人民解放军文艺史料编辑部编的《中国人民解放军文艺史料选编》（由解放军出版社1986—1989年出版，分为红军时期、抗日战争时期、解放战争时期等3卷8册）、黎辛主编的《延安文艺作品精编》（浙江文艺出版社，1992）等。

根据上述大型丛书的出版内容和编选目的来看，延安文艺文本类史料的搜集、整理和出版具有如下特征：第一，强调对原生态史料的发掘与整理。此特征随着政治气候的宽松和学界日益规范的学术意识表现得更为鲜明，逐步改变了以往延安文艺研究过程中出现的由于文献史料缺失或增删、修改等原因造成的学术脆弱等问题。第二，注重档案、口述文献的搜集和整理。这一特征在王巨才编选的"延安文艺档案"、朱鸿召主编的"红色档案——延安时期文献档案汇编"、任文编选的"红色延安口述·历史"等丛书中有着明显的体现，即强调历史文献

---

[1] 任文主编：《延安时期的社团活动》，陕西师范大学出版总社2014年版，编辑说明第1—2页。

的还原与在场。整体来说,虽然史料的搜集、整理和出版本身可以视为研究的基础组成部分,但文本类史料更多的是一种呈现,基本没有学术意义上的研究功能。文本类史料的搜集、整理和出版由于历史局限和各种原因,一般存在着以下几个问题:第一,校勘不够精细。由于丛书编选的体量极大,且往往有时间的限制,加上编选者分散、研究功底差异较大等原因,许多丛书的编选都存在校勘不细、考证不严等问题。第二,严谨的学风有待进一步加强。由于历史的局限,部分丛书编选的最初目的往往具有较强的政治意识,从而存在先入为主地对某个材料进行价值判断,并以此来决定史料的取舍,甚至造成有意删改原始史料的现象。同时,有些丛书的出版讲究市场效益,其编辑团队在史料的编选上存在着好大喜功、追求数量而忽视质量的商业利益倾向。第三,部分史料的编选存在观念滞后的问题。延安文艺研究整体上呈现还原与重构的学术理念,但丛书的编选者不能客观筛选并梳理原始文献,对部分史料的编选仍然存在拿捏不稳的心态(如某个时期对萧军、王实味相关作品的搜集整理)等,从而使丛书编选存在观念滞后的问题。

三、延安文艺回忆录与口述史的出版

对于延安文艺史料的积累与梳理,当事人的回忆是不可或缺的重要组成部分。

作家或其家属的回忆类著述,是当事人通过自述、自传、口述、回忆录、访谈录等形式,其家属通过整理当事人的相关材料撰写回忆文字而生成的具有个人色彩的文艺史料。如:丁玲的《丁玲自述》(大象出版社2006年版)、《生活·创作·修养》(人民文学出版社1981年版),丁玲丈夫陈明的《我与丁玲五十年——陈明回忆录》(陈明口述,查振科、李向东整理,中国大百科全书出版社2010年版);艾青妻子高瑛的《我和艾青的故事》(中国戏剧出版社2003年版)、《我和艾青》(北京十月文艺出版社2007年版);草明的《世纪风云中跋涉》(人民文学出版社1997年版);牛汉的《牛汉人生漫笔》(生活·读书·新知三联出版社2007年版)、《我仍在苦苦跋涉》(牛汉口述,何启治、李晋西编撰,生活·读书·新知三联书店2008年版);陈学昭的《浮沉杂忆》(花城出版

社1981年版)、《难忘的岁月》(花城出版社1983年版);韦君宜的《思痛录》(北京十月文艺出版社1998年版)、《思痛录(增订、纪念版)》(人民文学出版社2013年版);柯仲平的《从延安到北京》(生活·读书·新知三联书店1950年版);马少波的《马少波文集》卷12《马少波自述》(北京出版社2008年版);秦兆阳的《回首当年》(人民文学出版社1996年版);王德芬的《我与萧军》(广西教育出版社1992年版)、《我和萧军五十年》(中国工人出版社2008年版);萧军的《人与人间——萧军回忆录》(中国文联出版社2006年版)、《从临汾到延安》(山西人民出版社1983年版);灰娃的《我额头青枝绿叶——灰娃自述》(人民文学出版社2010年版);黎辛的《亲历延安岁月》(陕西人民出版社2016年版);萧耘、王建中的《萧军与萧红》(团结出版社2003年版);陈亚男的《我的母亲陈学昭》(文汇出版社2006年版);金玉良的《落英无声——忆父亲母亲罗烽、白朗》(文化艺术出版社2009年版);张菱的《我的祖父——诗人公木的风雨年轮》(中国广播电视出版社2004年版);陈恭怀的《我的父亲陈企霞》(接力出版社1994年版);欧阳代娜的《欧阳山访谈录》(中国文史出版社2008年版);孙晓玲的《布衣:我的父亲孙犁》(生活·读书·新知三联书店2011年版);王端阳的《被遗忘的王林》(内刊,2010年);等等。

此外,作家或其家属撰写的回忆配偶、父母的著作、文章也非常多,它们构成延安文艺史料的自述类素材。有些专访类文章是集中出现的,如《新文化史料》2005年第4期《纪念抗日战争胜利60周年抗战文艺专辑》辑录了周巍峙、贺敬之、贾克、贾芝、孙慎、王昆、王莘、严良堃、安娥、徐肖冰、顾棣、彦涵、王琦、谢冰岩、戴爱莲、郭汉城、张瑞芳、严寄洲、丁宁、刘知侠等作家的专访文章。

同时,关于延安时期作家、作品、文学运动、文学事件的回顾与总结性图书、文章等史料,属于"他忆"类史料。如艾克恩的《延安文艺回忆录》(中国社会科学出版社1992年版),高明乡、尹铮的《回望晋察冀》(新华出版社2009年版),刘端棻的《回首延安——边区教育生活十二年》(陕西人民出版社1990年版),王海平、张军锋的《回想延安·1942》(江苏文艺出版社2002年版),

中共上海市委党史研究室的《浦江之畔忆延安》（上海教育出版社2009年版），等等。

自传、回忆录、口述自传、口述回忆录、口述历史等当事人的回忆文字具有如下几个特征：一是强调历史在场。这些文字是构成历史具体细节的在场文本，具有极高的还原延安文艺原始面目的价值。二是对散佚材料的有益补充。由于战乱等原因，许多延安文艺资料存在不同程度的遗失，当事人的口述有利于构建更为完整的历史存在。三是强烈的个人体验构成了历史的鲜活细节。相当长时间，在叙述与研究等方面，我们更强调"集体"的概念而忽略"个体"的存在，个人回忆录则着重从个人的体验方面去体悟历史的发展脉动，从而搭建起集体与个体之间的桥梁，使微观的个体的存在联动出宏阔的历史的细节。但由于种种原因，这些回忆文字还存在着如下问题：一是需要对照其他文献进行甄别。作为个人的自传、回忆录等，当事人由于年代久远、记忆不清等原因，在时间、地点、在场人物等细节上都不同程度地存在记忆的偏差。二是当事人出于各种考虑有选择性地进行叙述和记录。由于为尊者讳、为朋友讳、考虑到历史人物家属的感受等原因，在叙述有些历史事件时有选择地进行调整和加工。三是出于政治的考虑，对某些事情故意语焉不详。由于在政治层面，许多事件的定性还比较模糊，许多当事人感到评价或叙述的尺度不好把握，从而对部分事件采取模糊叙述的态度，造成文本细节的缺憾等。同样，"他忆"类的文字也基本存在上述问题。因此，在采用这些文本类史料时，需要研究者参照其他文献进行认真的对比甄别，而不是盲目取证并得出相应的研究结论。

需要说明的是，由于"史料、数据本身就是一种言说，它的背后也许代替了许多不必直说或不宜直说的观点的表述"[①]，任何主观的删减、修改、漏选等，都体现着一种偏见和对历史的不负责任。因此，文本类史料的编选工作不仅是一件非常复杂艰难的海选、筛查过程，还是一场拷问学术良心、彰显学术功力的甄别和考辨过程。编选者固然需要考虑卷册的庞杂浩繁，更要坚持材料的原始

[①] 刘增杰：《中国现代文学史料学》，中西书局2012年版，前言第9页。

面貌，并坚守严谨的精品意识。从这个意义上来看，看似没有学术研究意义的文本类史料的编选、整理和出版，本身即是研究，是史料研究的基础阶段和基本形式。

第二节

延安文艺专题性史料汇编与史料考辨研究

研究型史料,指本身是基于史料开展的研究成果,同时具有较高的史料价值的文献资料。对延安文艺史料研究来说,研究型史料主要包括四个方面:研究型史料的汇编;期刊、作品、人物的目录整理和辞典的编纂;年谱、大事记的整理和编纂;作品的辨伪、辑佚及版本的考订。

一、延安文艺研究资料汇编

研究型史料的汇编主要包括两大类:一是关于延安时期某个作家、作品、文学运动、文学事件的研究成果的汇编,围绕作家、作品、文学运动、文学事件的研究而展开,是分类别的研究成果的汇编。二是针对延安时期由各地方编写的相关文献史料的汇编,内容是综合性的文献史料,因较大篇幅含有作家、作品、文学运动、文学事件的研究材料,故而区别于第一类的研究型史料也辑录于此。

其一,关于延安时期作家、作品、文学运动、文学事件研究成果的汇编。这类史料具有三个基本特征:一是收录的是大延安时期的资料;二是围绕一个中心,或是作家研究,或是作品研究,或是文学运动、文学事件的研究;三是收录的材料不是文本的罗列,而是研究型成果的汇编。

基于这类史料的基本特征,中国社会科学院文学研究所发起并主持的"中国现代文学史资料汇编"是这类史料的代表性出版物。"中国现代文学史资料汇编"分甲、乙、丙三套丛书。①该丛书由陈荒煤任主编,三套丛书总计二百余种,自1982年起陆续出版。2010年,知识产权出版社再版了该丛书。显然,本丛书之所以没有列入第一部分文本类史料的大型书系,一则它是不限于延安作家的现代文学史资料汇编,二则编选内容多为研究型史料而非文本类史料。可以看出,甲种的"中国现代文学运动、论争、社团资料丛书"是关于文学运动、文学事件的研究型史料汇编。其中,最具代表性的是刘增杰等编辑整理的三卷本的《抗日战争时期延安及各抗日民主根据地文学运动资料》。本书于1983年由山西人民出版社出版,后被收入"中国文学史资料全编·现代卷",2010年由知识产权出版社出版。②上卷包括"延安与陕甘宁地区文学运动"和"文学社团与文学期刊";中卷包括晋察冀、晋冀鲁豫地区的"文学运动"和"文学社团与文学期刊"等;下卷包括晋绥地区、山东地区的"文学运动"和"文学社团与文学期刊"以及华中地区的部分文献资料等。丛书中代表性的图书还有:中国社会科学院文学研究所现代文学研究室组织编辑的《"两个口号"论争资料选编》《"革命文学"论争资料选编》,徐迺翔主编的《文学的"民族形式"讨论资料》,汪木兰、邓家琪主编的《苏区文艺运动资料》和文振庭主编的《文艺大众化问题讨论资料》等。乙种的"中国现代作家作品研究资料丛书"是关于作家作品的研究型史料汇编。该丛书收录的具有专辑(合辑)研究资料的延安作家有:沙汀、草明、葛琴、荒煤、李季、徐懋庸、夏衍、舒群、赵树理、丁玲、艾青、周立波、光未然、成仿吾、马烽、西戎、柯仲平、邵子南、袁水拍、李辉英、康濯等,图

---

① 甲种为"中国现代文学运动、论争、社团资料丛书",包括各个时期和地区的重要的文学运动、论争、社团和思潮流派资料,共计三十一种。乙种为"中国现代作家作品研究资料丛书",为一百七十余种作家作品研究资料专集,内容包括作家传略、年谱、生平和文学创作自述,对作家生平与文学创作的记述和评论,作家著译系年、著译书目、评论研究文章目录索引,等等。丙种为"中国现代文学书刊资料丛书",包括文学期刊目录、主要报纸文艺副刊目录、文学总书目、文学作者笔名录等。甲、乙、丙三套丛书各由该丛书编辑委员会主持编辑工作,由中国社会科学出版社、中国戏剧出版社、北京出版社、天津人民出版社、福建人民出版社等十余家出版社出版。
② 该汇编2010年版的封面显示:全书"收入1937年7月至1945年9月各抗日民主根据地较有影响、较有代表性的文学运动资料,也适当地收入了某些在当时影响较大的文化方面的资料,反映了各抗日民主根据地文学运动发展的全貌"。

书名称一般为《×××（作家名字）研究资料》。丙种的"中国现代文学书刊资料丛书"，包括文学期刊目录、主要报纸文艺副刊目录、文学总书目、文学作者笔名录等（后文另述）。

1979年开始，华中师院中文系组织编辑了"中国当代文学研究资料"，拟编写研究资料专集的延安作家有马烽、王汶石、田间、刘白羽、孙犁、沙汀、李季、杜鹏程、陈残云、周立波、周而复、杨沫、杨朔、欧阳山、贺敬之、胡可、草明、柳青、闻捷、赵树理、夏衍、郭小川、魏巍等；各专集一般包括作家传略、作家的生活与创作、评介文章选辑、作家著作目录索引和作家作品评论文章目录索引。这套丛书也是研究型史料的汇编，由华中师院中文系牵头，山东大学、复旦大学、四川大学以及部分师范院校共二十所院校中文系协作编写。

除过"中国现代文学史资料汇编""中国当代文学研究资料"收入的延安作家作品的研究资料外，其他出版社还出版了一系列关于延安作家作品的专辑类研究资料图书，如：袁良骏的《丁玲研究五十年》（天津教育出版社1990年版），孙瑞珍、王中忱的《丁玲研究在国外》（湖南人民出版社1985年版），海涛、金汉的《中国当代文学研究资料丛书·艾青专集》（江苏人民出版社1982年版），谢应光的《艾青研究》（四川大学出版社1997年版），周红兴的《艾青研究与访问记》（文化艺术出版社1991年版），山东师范学院中文系的《周立波研究资料汇编》（1960年），中国艺术研究院戏曲研究所《戏曲研究》编辑部、吉林省戏剧创作评论室评论辅导部编的《戏剧工作文献资料汇编》（内刊，1984年）及《戏剧工作文献资料汇编（续编）》（内刊，1985年）等。

其二，各地方编写的延安时期相关文献史料的汇编。这类图书（丛书）虽然用较大篇幅收录含有延安作家、作品、文学运动、文学事件的研究材料，但多数为地方原始文献史料的搜集、整理，内容是综合性的文献史料，故单独作为一类进行分述。

这类图书主要有：晋察冀边区阜平县红色档案丛书编委会的《晋察冀边区阜平县红色档案丛书》（10卷，中央文献出版社2012年版），福建省档案馆、广东省档案馆合编的《闽粤赣边区革命历史档案汇编》（6辑，档案出版社1987

年版），中共湖北省郧阳地委党史办公室编的《陕南解放区史料选编》（1991年），安徽大学马列主义教研室编的《苏联报刊关于中国革命的文献资料》（内刊，1982年），万平近主编的《福建革命根据地文学史料》（海峡文艺出版社1993年版），江苏省文联资料室编的《江苏革命根据地文艺资料汇编》（内刊，1983年），刘艺亭主编《冀南革命根据地文学史料》（内刊，1999年），中国作家协会山西分会编的《山西革命根据地文艺资料（上、下册）》（北岳文艺出版社1987年版），万忆、万一知编著的《广西抗战文化史料汇编·第1辑 文艺期刊卷》（人民日报出版社2013年版），广西通志馆旧志整理室、广西壮族自治区图书馆编的《广西文献资料索引（上、下）》（广西人民出版社1991年版），中共龙岩地委党史资料征集研究委员会、龙岩地区行政公署文物管理委员会编的《闽西革命史文献资料》（内刊，1980年代陆续出版），中共桂林地委党史办公室编的《桂北文献资料选编·解放战争时期》（内刊，出版时间不详），河南省地方史志编纂委员会主编的《河南史志资料丛编之六·豫皖苏边文献资料选编》（河南人民出版社1985年版），陕西省妇女联合会编的《陕甘宁边区妇女运动文献资料选编》（内刊，1982年），等等。

此外，部分期刊以专辑的形式整理出版了研究型史料的文献资料，如《新文化史料》2005年第1期《全国苏区革命文化学术研讨会专辑》。专辑收录了周巍峙的贺信，王晓庆、刘亮的讲话和铁贵成的会议总结，对参会论文进行了摘要。《新文化史料》2007年第1、2期合刊《中国解放区文艺工作历史文献选编》专辑。专辑收录了第二次国内革命战争时期、抗日战争时期和解放战争时期中共中央、中央有关部委关于文艺工作的决议、指示、通知，以及中央及部委的领导人和主要根据地党政军负责人关于文艺方针、政策、任务等方面的讲话、文章等文艺工作历史文献八十三篇。

其三，作家、作品、人员名录、文学组织、杂志期刊的目录整理和辞典编纂。关于期刊（含作品）目录整理的代表性图书有"中国现代文学史资料汇编"丙种丛书"中国现代文学书刊资料丛书"。该丛书收录有唐沅、韩之友、封世辉等主编的《中国现代文学期刊目录汇编》（2卷，天津人民出版社1988年版；7

卷，知识产权出版社2010年版）和萧凌、邵华主编的《中国现代文学总书目·戏剧卷》（知识产权出版社2010年版）等包括文学期刊目录、主要报纸文艺副刊目录、文学总书目、文学作者笔名录的图书。其中，《中国现代文学期刊目录汇编》整理了延安时期的文艺期刊①刊发的文章目录，《中国现代文学总书目·戏剧卷》收录了大量延安时期的戏剧剧本。

在集体编辑出版之外，也有研究者整理了期刊文艺作品的目录，如张鸿才的专著《延安文艺目录》（天马出版有限公司2005年版），辑录了延安时期《红色中华》《新中华报》《解放日报》三份红色报刊的文艺篇目条目索引，辑录了期刊《延安文艺研究》的目录以及大型书系"延安文艺丛书""中国解放区文学书系"的目录；再如王荣等的《延安文艺档案·延安文学·延安文学组织》（太白文艺出版社2013年版），分"文艺协会""文艺团体""文学社团""文学刊物""文艺院校"五编，对延安时期的中国文艺协会、陕甘宁边区文化界救亡协会（陕甘宁边区文化协会）、陕甘宁边区文艺界抗敌联合会、中华全国文艺界抗敌协会延安分会等七个主要文艺协会，西北战地服务团、抗战文艺工作团、鲁艺文艺工作团、文艺月会、中央研究院文艺研究室、延安作家俱乐部等十一个文艺团体，战歌社、边区诗歌总会、延安新诗歌会、怀安诗社等八个文学社团，《新中华报》、《文艺突击》、《文艺战线》、《中国文化》、《新诗歌》、《大众文艺》（《中国文艺》）、《草叶》、《谷雨》、《文艺月报》、《部队文艺》、《群众文艺》、《大众文艺丛刊》等二十四份文学刊物，鲁迅艺术文学院、星期文艺学园等四个文艺院校进行了全景式扫描。

部分研究型期刊还以专辑的形式辑纳了解放区文艺报刊、文艺社团的名录。如《新文化史料》2006年第1期的《中国解放区文艺社团简介（1927—1949年）》专辑，辑录了第二次国内革命战争时期、抗日战争时期、解放战争时期，解放区的三百一十个文艺社团，每个条目的内容包括起讫时间、主要负责人、主要成员及主要创作、实践活动等；《新文化史料》2006年第2期的《中国解放区文艺报

---

① 主要包括《黄河》《谷雨》《北方文化》《长城》《东北文化》《东北文艺》《平原文艺》《胶东文艺》《群众文艺》《文艺月报》《平原》《华北文艺》等刊物。

刊简介》专辑,以第二次国内革命战争时期、抗日战争时期、解放战争时期为阶段分别辑录了各个解放区的三百一十八个文艺报刊的基本情况以及发表的主要文艺作品目录等。

此外,还有学者将作家的作品、研究书目等进行整理、汇编,如叶锦、邵向阳的《中国馆藏艾青作品及研究书目汇编》(团结出版社2010年版)等。

需要说明的是,部分文本类丛书整理了延安作家、作品的目录,作为附录附在书后,如李继凯等编选的《延安文艺档案·延安文学·延安作家》(太白文艺出版社2013年版)附录了延安作家名单,李跃力编选的《延安文艺档案·延安文学·延安文学作品·报告文学》(太白文艺出版社2013年版)附录了《延安时期报告文学存目》等。

关于延安作家、文学组织、文学事件名录整理的著述还有:高慧琳的《群星闪耀延河边:延安文艺座谈会参加者》(人民文学出版社2012年版),晋冀鲁豫边区革命文化史料征集协作组的《闪光的文化历程——晋冀鲁豫边区文艺人物录》(山西人民出版社1998年版),朱星南的《西北战地服务团名录》(《下一代》杂志社1995年版),贺志强《现代作家与延安》(三秦出版社1995年版)的附录《延安文艺工作者名录》,等等。此外,刘增杰等的《抗日战争时期延安及各抗日民主根据地文学运动资料》还附录《延安和陕甘宁地区文学运动资料目录索引(1938年—1945年)》《晋察冀、晋冀鲁豫、晋绥地区文学运动资料目录索引(1938年—1945年)》《山东、华中地区文学运动资料目录索引(1939年—1946年)》等。

关于延安作家的辞典编纂,比较有影响的大型史料有钱丹辉主编的《中国解放区文艺大辞典》(安徽文艺出版社1992年版)、王志武主编的《延安文艺精华鉴赏》(陕西人民教育出版社1992年版)以及王巨才总主编的《延安文艺档案·延安文学·延安作家》(6卷本,太白文艺出版社2013年版)等。

其四,年谱、大事记的整理和编纂。作为人物研究最主要资料之一的年谱,其整理出版无疑是研究者了解作家身世、经历和思想理论的发展演变的重要史料。延安作家年谱的整理、出版也非常之多,除过作家研究资料汇编中多有作家的简单年谱外，学界还出版了大量的年谱专著，如：李向东、王增如的《丁玲年谱长编：1904—1986》（天津人民出版社2006年版），王周生的《丁玲年谱》》（上海社会科学院出版社1997年版），中忱、凌源的《丁玲作品系年》（吉林师大学报编辑部，1980年），叶锦的《艾青年谱长编》（人民文学出版社2010年版），董大中的《赵树理年谱》（山西人民出版社1982年版），史建国、王科的《舒群年谱》（作家出版社2013年版）。还有学者将简要辑录的作家年谱发表在期刊上或附录在著述后，如：宋清的《丁玲的生平与创作（年谱）》［载《甘肃师大学报》（哲学社会科学版）1980年第3期］，叶孝慎、姚明强的《丁玲书目》（载《中国现代文艺资料丛刊》1981年第6期），陈廓的《丁玲文学年表初编（1904—1982）》（载《华中师院学报》（人文社会科学版）1985年第2期），王增如的《丁玲年谱简编》（见中国丁玲研究会的《丁玲纪念集》，湖南文艺出版社2004年版），萧杨的《丁玲编辑工作年谱》（载《娄底师专学报》2004年第1期），吴敏的《延安文化活动记事及三文人创作年表》（见《延安文人研究》，香港文汇出版社2010年版），朱鸿召的《王实味年谱》（见《王实味文存》，上海三联书店1998年版）等。

延安文艺史料的大事记整理，有的形成专著，有的是学术类文章，有的是期刊的辑录，其中比较有代表性的是三本专著：艾克恩编纂的《延安文艺运动纪盛（1937.1—1948.3）》（文化艺术出版社1987年版），孙国林编著（王佳钰、王增辉校订）的《延安文艺大事编年》（陕西师范大学出版总社有限公司2016年版），中国延安干部学院编的《延安时期大事记述》（中央文献出版社2010年版）等。此外，刘增杰等的《抗日民主根据地文学大事记（1937年7月至1945年9月）》、《抗日战争时期延安及各抗日民主根据地文学运动资料（下）》附录，王海平、张军锋主编的《回想延安·1942》附录——朱鸿召编选的《延安文化活动大事记》，朱星南执笔的《西北战地服务团大事记》（载《新文化史料》2008年第1期），岳颂东、王凤超的《延安〈解放日报〉大事记（1941.5.14—1947.3.27）》（载《新闻研究资料》1984年Z1期），《新文化史料》2008年第3期的《中国解放区文艺活动纪事（1927年8月—1949年10月）》专辑等，均较有影响。其中,《新文化史料》2008年第3期专辑首页"编辑说明"指出,"编写体例按时间顺序排列,并按事件和问题的性质适当集中,力求反映中国解放区文艺史上先后继起的各个事件","选编内容基本上按照各个苏区、根据地、解放区的范围选取,但因各地文艺活动发展不平衡和现有文化史料征集工作情况的缺失,此纪事还有待补充完善","记述事件力求真实可靠、翔实,其间夹叙了当时国内外政治、军事方面的重大事件,提出资料性,使之成为研究中国解放区文艺史的一部参考书"。

二、延安文艺史料考辨

文本的辨伪、辑佚及版本的考订是史料研究的基本表现形式。由于延安文艺与文艺秩序构建及发展的关系,延安文艺文本多有根据时代发展需要修改再版的经历。《讲话》既是20世纪40年代延安整风期间构建文艺秩序的重要文献,也是1949年后制约和规范当代文学发展的纲领性文件,还是当代文学研究的主要对象和延安文艺研究不可绕过的原典文本。鉴于《讲话》的特殊性,本书将其版本考订的研究单独列入第五章进行了论述。

其他文本的辨伪、辑佚及版本考订的研究情况简要综述如下。20世纪40年代的延安文艺创作活动及艺术实践,从一开始就被纳入新民主主义的政治建构,成为中国共产党文化实践的重要组成部分。1949年后,为适应新的社会历史文化及政治意识形态的需要,建构符合新的国家意识及美学趣味的"新的人民的文艺",以及根据不同历史阶段的政治风向标准,自20世纪40年代以来创作的延安文艺作品多数经历了符合时代需求的"精炼""改造"和"超越"的多次修改。长期以来,关于延安文艺文本的版本研究成为延安文艺史料研究的一个重要组成部分。20世纪80年代,有关延安文艺版本考订的主要研究有:蔡子谔对歌剧《王秀鸾》《白毛女》的产生时间进行了考证,对文学史著作中的错讹进行了纠正。作者通过查阅大量资料,在寻访剧本作者和演出人员等当事人和部分延安文艺史料整理者的基础上,考证出《王秀鸾》的首次演出时间是1945年4月15日,《白毛女》的首演时间则是1945年6月10日。因此,诸部文学史著作中的记载是失实的,其有关推断，如"《白毛女》的成功使新歌剧如雨后春笋般出现"，"其中影响较大的有《王秀鸾》"等说法自然是错误的。①陈丙莹对田间"被遗忘的长诗"《鼠》进行了"发掘"和分析。陈文指出，田间的这首注明"42年秋于晋察冀"的长篇叙事诗《鼠》，载于《呼吸》1947年3月第3期，全诗长达一千四百多行，共"七章八十二节"，"诗前有《序》，《本事》，《人民之格言》"。②20世纪90年代初期，龚明德对《太阳照在桑干河上》的版本变迁的考辨最具代表性。研究者介绍了《太阳照在桑干河上》的不同版本：北京图书馆手稿部存放的手稿，1948年9月初版于华北、东北联办的光华书店的"光华书店本"，1949年由苏联杂志《旗》（分三次连载）和莫斯科外国文学出版社出版的、由波兹德涅耶娃·柳芭翻译的俄文版的"波氏译本"，1949年5月被列入"中国人民文艺丛书"的"新华书店初本"（《桑干河上》），1950年11月经丁玲校订后作为"中国人民文艺丛书"之一重新排印的"新华书店二本"，1952年4月由人民文学出版社出版的"人文首印本"，1955年10月的"人文修改本"，1979年底的"人文重印本"，1983年8月由湖南人民出版社出版的《丁玲文集》第1卷中的"湘版文集本"，1984年8月由四川人民出版社出版的《丁玲选集》第1卷中的"川版选集本"，1984年12月被列入人民文学出版社"中国现代长篇小说丛书"的"现代长篇本"。龚明德对各个版本的修改、校订、调整等情况进行了简要说明，指出"川版选集本"由于与"湘版文集本""完全一致"，故"构不成一个独立的版本"。③

进入新世纪，关于版本考辨方面的文章增多了。许多学者分别将同一著作不同出版时期的版本作为研究对象，分析不同版本之间的差异，考辨对文本进行不断修订的个人、社会及政治原因。20世纪40年代问世的《白毛女》，被进行了多种艺术门类的修改及改编，其版本研究呈现出纷繁多元的局面。万国庆认为，歌

---

① 蔡子谔：《诸本中国现代文学史著作的一个失误——歌剧〈王秀鸾〉〈白毛女〉产生时间考证》，载《河北师范大学学报》（社会科学版）1989年第1期，第18、31—32页。
② 陈丙莹：《〈鼠〉——田间一首被遗志（忘）的长诗》，载《青海师范大学学报》（社会科学版）1986年第2期，第49—51页。
③ 龚明德：《〈太阳照在桑干河上〉版本变迁》，载《新文学史料》1991年第1期，第120—124、177页。

剧《白毛女》的创作、修改直至定型经历了八年之久,具有版本学意义的重要修改主要有1946年、1947年和1950年代初三次,其间形成了四个有代表性的版本。《白毛女》的创作和修改是一种文化建构过程,三次修改实际上是代表五四传统的知识分子话语逐渐被弱化、被逐出文本话语系统而政治话语巩固其霸主地位的过程。①王荣通过对1947年7月前后六幕歌剧《白毛女》文学剧本的重大修改与1949年由歌剧改编为《白毛女》电影剧本的文本分析及叙事解读,认为1947年7月前后,丁毅作为执笔者对六幕歌剧《白毛女》文学剧本进行重大修改,不但在剧目结构上进行了"精炼",将剧本压缩为五幕,还对叙事主题及思想内容进行了"完善";1949年前后《白毛女》从新歌剧到工农兵电影的剧本改编,是与新民主主义文化建设的政治策略和新的民族国家等意识形态构建紧密联系的,服务于现实政治的功利要求及权力左右的道德要求,与现当代中国历史的发展及政治活动构成了深刻的影响与互动关系。《白毛女》提供了一个革命叙事对民间叙事进行渗透的典型案例。②还有学者通过研究《白毛女》的本事、早期歌剧文本与后来的修改文本以及各种文体的改编,阐述革命叙事对原生态的民间叙事不同程度的舍弃、改造与变异,在不断改编和艺术重构的过程中,剧情、主题和人物形象呈现出不同的结构关系、精神气质和表现方式,并且随着时代风云的变换而变换。③

以三边地区信天游为艺术基础的叙事长诗《王贵与李香香》是李季的成名作与代表作,也是20世纪40年代解放区文学中新诗民歌化、大众化的标志性作品。随着新中国成立前后"新的人民的文艺"建设及其文本的"经典化"过程,以及当代中国社会及意识形态的变迁,《王贵与李香香》也经由出版者及作者的多次修改而形成了不尽相同的文学版本。对《王贵与李香香》文本版本的研究也引起

---

① 万国庆:《歌剧〈白毛女〉版本考略及三次重要修改评述》,载《嘉兴学院学报》2013年第2期,第54—58页。
② 王荣:《调整与改造:从"新歌剧"到"新中国电影"的确立——论1949年前后〈白毛女〉文学剧本的修改与改编》,载《陕西师范大学学报》(哲学社会科学版)2013年第5期,第91—97页。
③ 高旭东、蒋永影:《〈白毛女〉:从民间本事到歌剧、电影、京剧、舞剧——兼论在文体演变中革命叙事对民间叙事的渗透》,载《文艺研究》2016年第5期,第91—100页。

学界的关注。王荣从文献学与版本资料研究的角度着手，通过对《王贵与李香香》这一作品的版本流传及变迁与文本修改的汇校及分析，探讨了不同时期及其时代背景下当代文学的政治印记及意义变化，以及中国当代叙事诗歌的艺术建构和文学史叙述等。①颜同林认为，《王贵与李香香》的手稿本、初刊本、新华书店本、人文本、人文二版本等具有较高的版本学价值。通过对《王贵与李香香》不同版本的对比研究，我们不仅可以触摸到不同时代的群众口语写作与普通话写作的内容，也可从个案角度反映出20世纪四五十年代中国社会历史、文化、语言与思想的变迁。从方言入诗到去方言化，从独尊解放区群众口语到对群众口语的地域分化与悬滞，是《王贵与李香香》版本变迁中屡经反复的具体细节。②纪海龙认为，《王贵与李香香》"人文本"（1977年北京人民文学出版社出版的单行本）较之"新华本"（1949年5月天津新华书店出版的单行本），在比兴运用、词语准确性和生动性以及语言的通俗性和音乐性等方面都做了修改，长诗的艺术性和思想性得到了进一步完善和提高。③

除过上文对《太阳照在桑干河上》等小说、《白毛女》等歌剧、《王贵与李香香》等诗歌的考辨外，延安时期的作家作品、文艺运动、文学活动、文艺事件、社团组织、刊物出版等，也得到学术界的考证和挖掘。比如，刘锦满对《柯仲平事略》进行考证后指出，查阅柯仲平论著《革命与艺术》的两个版本（1927年10月西安新秦日报馆版和1929年1月上海狂飙出版部版），该论著第五讲的标题应是"立在革命观点上批评艺术与立在革命以外的观点上批评艺术"，而非"立在革命以外观点上批评艺术"；柯的诗集《未奏了的大曲》是1925年3月29日所作，刊于《现代评论》1925年第1卷第18期，而非完成于1927年；柯离开西安的时间是1928年8月底或9月初，而非1928年6月；柯到延安后，是从1938年1月

---

① 王荣：《论〈王贵与李香香〉的版本变迁与文本修改》，载《复旦学报》（社会科学版）2007年第6期，第129—137页。
② 颜同林：《〈王贵与李香香〉版本校释与普通话写作》，载《晋阳学刊》2014年第5期，第17—22页。
③ 纪海龙：《〈王贵与李香香〉的版本批评》，载《咸宁学院学报》2008年第5期，第88—89页。

起任边区文协副主任、1942年后担任边区文协主任的,而非1937年12月;柯的诗歌《保护我们的权益》创作于1938年8月,而非5月;柯虽然被推为延安新诗歌会执委,但由于下乡并未主持编辑《新诗歌》刊物;柯的叙事长诗《边区自卫军》于1939年1月由上海读书出版社出版,《平汉路工人破坏大队》于1940年6月由重庆读书出版社出版,这两首诗并不是1940年才"由重庆读书生活出版社正式出版发行"。①谷兴云通过考辨,认为萧军的《八月的乡村》"开始写作的时间"应该是1933年(而非1934年),"实际出版时间应是一九三五年七月初"(而非广为流传的1935年8月);小说的题材来源并非萧军的个人体验,而是根据"磐石游击队提供的真实材料,加上艺术上的虚构,加上个人的军队生活体验"而创作的。《八月的乡村》自1935年发行以后,陆续出过几种版本,但最容易被学界忽略的是抗战胜利后的一个版本,该版本作为周而复主编的"北方文丛"第一辑的第一种由上海作家书屋刊行,出版时间是1946年12月;这个版本的特殊意义在于"作者为它专写了一篇《前记(为抗战后〈八月的乡村〉初版而写)》。这是萧军为《八月的乡村》所写第三篇序跋性文字。这篇《前记》,写于作者赴东北途中的张家口,时在一九四六年二月十二日之夜。在文中,作者写了这本小说的遭遇、出版意义、自我评价和作者当时的心情等"。②马亚琳指出,在《刘巧儿》剧本的历次修改和完善中,剧本所具有的主题倾向及意识形态内涵不断发生改变,剧情结构和表现方式也发生了改变,这些改变反映了政治对艺术的介入和制约。③

前文说过,许多延安作家的全集不全,这就催生一些对全集漏选文本的辑佚类研究;由于战乱等原因,许多作家的文本散佚,在出版文集时无法收录,但由于新的档案的解密或其他原因,一些文本又被发现,成为新的文本辑佚的对象。此外,由于历史或人为原因,一些作品的真实作者并非出版物上习惯认为的署名

---

① 刘锦满:《关于〈柯仲平事略〉的几点补正》,载《新文学史料》1983年第3期,第248—249页。该文是对发表于《新文学史料》1983年第1期的《柯仲平事略》的补正。
② 谷兴云:《〈八月的乡村〉漫笔》,载《中国现代文学研究丛刊》1984年第4期,第329—337页。
③ 马亚琳:《〈刘巧儿〉的文本演变与主题演进》,载《广西社会科学》2014年第8期,第169—173页。

作者,一些学者经过梳理研究,对文本作者进行辨伪性论述。当然,还有其他原因,使学者对延安文艺作品及其作者进行辨伪、辑佚研究。对全集遗漏的文章、期刊作品书目遗漏的篇目等进行辑佚的文章很多,如朱金顺的《〈何其芳全集〉佚文考略》,从"曾收入单行本诗文集的佚文""散见于报刊上的佚文"两个方面展开具体论述,认为可以确切得出结论:《何其芳全集》的"佚文共47篇"(已辑得诗文34篇,还有13篇待访求)。但作者认为,这不是辑佚的最终结果,极有可能还有文章没被发现;同时作者指出,何其芳的译作非常多,理应收入全集,但遗憾的是全集仅收录了《何其芳译诗稿》一书,其他均未被收入。[①]对于《何其芳全集》的辑佚工作,王彪、金宏宇指出:"朱金顺、刘涛、杨新宇、荣挺、李卉、熊飞宇、宫立等学者在诗人的集外佚文、佚诗、佚简的收罗与考释上都做了重要的贡献。"王、金在研究何其芳《夜歌》的版本时又发现了一首重要佚诗《夜歌(第五)》。此诗创作于1940年11月26日,是组诗《夜歌》之一,以《夜歌(第五)》为题刊载于《大公报》(香港)1941年3月1日《文艺》第1041期。研究认为:"诗作既不被诗集《夜歌》的诸版本收录,也为《全集》所失收,亦不见于陆文璧编的《何其芳著作系年》。《夜歌(第五)》成为佚诗且长久不被发现的原因,除了未被何其芳收入诗集《夜歌》的各版本外,还因为组诗《夜歌》在创作、发表及版本流变中的增删与调整使其面目较为混乱模糊。"[②]

  需要说明的是,随着信息技术的发展和进步,有关延安文艺研究的各种类型的数据库建设逐步展开,延安文艺文献史料的数字化整理得到蓬勃发展。

  有关延安文艺研究的数据库主要包括以下几类:第一,综合文献数据库中的延安文艺研究数字文献。如"中国知网(CNKI)""万方""读秀""超星""汇雅"以及"国家哲学社会科学文献中心"等数据库中有关延安文艺研究的各种文献资料。第二,民国文献数据库中的延安文艺研究数字文献。如"民国

---

① 朱金顺:《〈何其芳全集〉佚文考略》,载《中国现代文学研究丛刊》2002年第3期,第273—281页。
② 王彪、金宏宇:《新发现何其芳佚诗〈夜歌(第五)〉》,载《新文学史料》2021年第2期,第125—131页。

时期文献总库·民国图书数据库""民国图书"以及中国人民大学的"大成老旧刊全文数据库"等数据库中有关延安文艺研究的各种文献资料。第三,有关抗战文献数据库中的延安文艺研究数字文献。如中国社会科学院主持建设的"抗战文献数据库平台"的"抗日战争与近代中日关系文献数据平台"等。第四,有关红色文献数据库中的延安文艺研究文献资料。如爱如生数字化技术研究中心的"红色历史文献数据库"等。第五,各省市级公共图书馆中组织建设的特色数据库,如陕西省图书馆的"陕甘宁边区红色记忆多媒体资源库"、湖南省图书馆的"湖南红色记忆多媒体资源库"等。第六,高等院校图书馆基于学术研究组建的特色数据库,如延安大学对包括《红色中华》《新中华报》《解放日报》等报刊文献在内的延安文艺运动文献史料库的建设,南昌大学对包括《解放日报》《新华日报》《八路军军政杂志》《群众》等文献在内的报刊档案数据库建设,等等。目前,延安文艺及其研究的电子文献数据库建设方兴未艾。

新时期以来的延安文艺史料研究,连绵不息,卓有成效。概括来说,在文本性史料建设方面,作家文集、全集、选集等作品整理在20世纪80年代及之后得以大规模出版,延安文艺文献史料的大型书系持续不断面世,当事人及其家属、朋友的回忆性文本也不断涌现,这些史料不断"复原"着"历史现场";在研究型史料建设方面,延安文艺研究的相关成果得以汇编出版,作家作品的目录和辞典编纂以及作家年谱和延安文艺运动大事记得以整理和出版,作品的辨伪、辑佚以及版本考订随着史料的涌现不断得到关注。

在延安文艺史料建设的基础上,延安文艺史料研究以及延安文艺研究呈现出新的面貌,如注重对史料的搜集、整理和挖掘,强调"论从史出",重视史料对研究的支撑作用,研究领域不断得到开拓、丰富和发展等。但就延安文艺史料学来说,"迄今所做的,无论就史料工作理应包罗的众多方面和广泛内容,还是史料工作必须达到的严谨程度和科学水平而言,都还存在着许多不足"。[①]

[①] 徐瑞岳主编:《中国现代文学研究史纲》,江苏教育出版社2001年版,第74页。

结语

在中国现代文学学术发展史上,关于20世纪40年代以来延安文艺研究的关注与审视、讨论与反思,是一个辨章学术、述往思来的常新过程。"文革"结束后,随着延安文艺研究的深入推进,研究理论、方法、视角的多元和丰富,以及致力于该领域的学人和创新性研究成果的不断涌现,研究界对其代表性成果的梳理与归纳、史料的挖掘与整理、观点的创新与突破、理论方法的选择与借用,误区及空白的认识与努力,乃至研究走向的分析、判断与期望,等等,在不同层面以不同角度进行了总结与评述、争鸣与反思,从而使延安文艺学术史研究呈现出独具特色、颇具活力的新貌,成长于20世纪中国现代文学学术发展之林。

概之,自1936年以来的延安文艺研究,作为20世纪中国文艺及其学术史的重要内容之一,不仅与当时的抗战文艺、工农兵文艺等现代文艺有直接的历史联系,也是中国当代文艺及其学术研究的主要资源与重要内容。尤其是十年"文革"结束及改革开放以后,当代中国社会历史及学术研究进入一个前所未有的新的发展时期以后,20世纪中国学术发展及延安文艺研究出现了新的前景与思想空间,这为延安文艺研究及其学术领域的深化提供了新的可能。

20世纪70年代末期的延安文艺研究特征,主要体现在两个方面:一是配合拨乱反正需要而开展有关延安文艺作家作品的研究;二是研究语言粗劣,"文革"文风遗存严重。这是其时延安文艺研究的主线,具有明显的时代特征,是政治征候在学术界的本然反映。同时,研究体现出对学术研究内在规律的遵循,具体体现在三个方面:一是对文艺史料的整理、发掘、出版和辨伪、考辨;二是以文学史视野对延安时期的文学创作进行集中的全景式考察;三是开启具有学理性强、论述严密等特征的相对规范的学术研究。可以看出,虽然过渡阶段的学术研究还比较局限于史料的整理、文学史的全面整理(但特色不够鲜明)、比较规范的学术探讨,但也开启了新时期延安文艺研究的先河,回顾、追忆和讨论了延安文艺的作品文本、文学事件和文艺运动,为此后的研究奠定了一定的研究基础。

20世纪80年代的延安文艺研究大体可以分为两个阶段。前期是在思想解放运动的推进下,结合有关延安时期许多作家冤假错案的甄别和平反,在反思延安文艺局限性的基础上,开始了一系列重评工作。重评坚持实事求是的科学态度,坚持历史批评和审美批评的标准,对延安作家及其作品进行重新分析和阐释,进行文艺界的拨乱反正。80年代中后期在"主体性""本体论"等思潮和各种方法论的推动下,延安文艺研究一方面坚持和发展着拨乱反正的取向和向十七年回归的努力,一方面则在文化思想领域不断突破,坚持对文学自身本质、审美品质的发掘。待"20世纪中国文学"的提出和《重写文学史》专栏的开设,强调对已有定论的作家作品的评论成为一种强大的潮流,从而在更深层面进行拨乱反正,试图让文学摆脱政治的束缚。80年代的延安文艺研究无论是早期的拨乱反正,还是中后期的调整和突破,其实都是文学与政治的纠葛,是文学与政治二元对立模式于不同程度、不同层面在不同阶段、不同角度的反映,其内核恰恰是文学与政治的难分难解。从这个层面来说,80年代的延安文艺研究又是一个整体,是文学与政治联姻框架下的共荣与冲突。

20世纪90年代的延安文艺研究相对沉寂,刘增杰喻之为"静悄悄地行进",但其时的研究既对80年代的研究有惯性的承继,也重启了新世纪研究的历史先声。对王实味遗案的研究,固然体现着拨乱反正的历史惯性,但也体现着研究界逐渐摆脱文学与政治二元对立批评模式的束缚,开始转向学理层面的阐释。"再解读"将当时的各种文化理论引入文艺研究实践,"侧重探讨文学文本的结构方式、修辞特性和意识形态运作的轨迹"[①],不仅将文艺研究推向更为具体深入的层面,也影响和推动了学术探索在理论拓展、视角多元以及学理规范等方面的不断发展。90年代,学院派的崛起被视为新世纪研究的先启,原因在于学院派的研究具有与以往研究迥异的学术特征:"别有人间情怀"的研究,体现的是压在"纸背"的批评表达;偏重抛弃政治预设,结论更是在学术探究下的自然呈现;强调对西方文艺理论和方法的借鉴,新潮化的理论名词俯仰可见;坚持"论从史

---

① 贺桂梅:《"再解读":文本分析和历史解构》,载《海南师范学院学报》(社会科学版)2004年第1期,第6页。

出"的探究模式，史料的整理与分析是观点的前提和基础。

随着社会环境和学术氛围的改善，理论方法的多元和规范，以及一批受过系统学术训练的研究学人走上历史前台，新世纪以来的延安文艺研究呈现出新的气象和风貌。研究界开始从毛泽东文艺思想的形成，左翼文艺、鲁迅精神与延安文艺之间的关系，延安文艺体制化的历史成因，以及延安文人创作态度理念的变化及其与延安历史现场之间的关系等方面，历史化地对延安文艺的生成缘由、形式特点、发展演进等进行深刻理性的追溯、探究和反思，并在此基础上，探究延安文艺与20世纪中国文学发展的关系和相互作用，探寻其发生演进的本质内涵，进而对其予以历史性的阐释和重构。此外，延安文艺研究在理论、方法的选择和视角、层面的拓展等方面，也进行了探索和推进，从而使研究在学理层面体现出对学术规律和学术规范的理解和尊重。新世纪不同文体的综合性研究，基本具有重视原始资料和研究史料、注重理性分析和评述、给予"同情之理解"等特点，从而呈现出与此前碎片化研究迥异的整体考察风貌。

《讲话》是延安时期战时文艺的精神指导，也是新中国文艺方针政策制定的根本依据。新中国成立后，文艺政策基本延续了战时的指导思想，而较多强调文艺的服务、工具功能。"文革"时期，《讲话》精神被极左政治势力歪曲，致使文艺逐渐步入畸形。"文革"结束后，《讲话》研究真正步入科学发展阶段。总体来看，新时期以来的《讲话》及毛泽东文艺思想研究，经历了"在坚持中发展"和重评、还原的历史化与学理化过程。新世纪以来的研究主要是阐释《讲话》的丰富内涵，探究《讲话》的经典与局限，同时在更宏大宽阔的语境下，对毛泽东文艺思想以及党的文艺政策开展历史化多元化的研究，注重《讲话》产生的时代背景以及毛泽东文艺思想的形成和发展，"回到原初"开展史料研究，探究《讲话》的版本变迁以及《讲话》的域外传播与评价。

新时期以来的延安文艺史料研究获得了极大的突破性进展，一方面注重对史料的搜集、整理和挖掘，着意对文本性史料和研究型史料进行整理汇编和出版；一方面强调"论从史出"，重视史料对研究的支撑作用，加强了对延安作品版本的辑佚、考证和辨析，并逐步摒弃不适当的贬抑和一味颂扬两种极端的研究倾向，丰富和发展延安文艺的研究领域与视角。

在新的时代语境下，延安文艺研究正呈现出新的探索气象。但整体来看，延安文艺研究还存在诸多不足，比如延安文艺文献史料还不够完整、准确，有些史料由于各种原因尚未能进入研究者的视野，有些已经出版的史料还存在着不少的舛误和残缺。诸如对延安文艺与20世纪中国文学发展的关系，知识分子与延安文艺建构的内在关联，延安文艺对民间民俗文化的借鉴和对雅俗文学的形成与发展的推动，延安文艺所倡导的"中国作风""中国气派"的创作思想对当代乃至今天文艺发展的影响与启示，以及延安文艺与20世纪中国文艺思潮之间的共生与互动关系等，都需要新的学人予以关注并付出精力进行拓展和深化。从延安文艺学术发展的历史及走向来看，21世纪的延安文艺研究还存在着较为宽阔的学术增长空间，延安文艺研究的生机和活力尚有待进一步蓬勃地展现。

因此，梳理和分析20世纪80年代以来的延安文艺研究及其学术史演进过程，探寻研究过程中的时代特征和理论方法的借用等，展望延安文艺研究的未来走向，强化延安文艺研究史的研究之于整个中国现当代文学研究的学术价值，从而发掘其以资提供经验性的于中国当代学术史的发展仍然具有重大的价值和意义。

参考文献

[1] 李春兰.文艺的群众路线：上[M].冀鲁豫书店，1947.
[2] 李春兰.文艺的群众路线：续编一[M].冀鲁豫书店，1947.
[3] 周扬.表现新的群众的时代[M].山东新华书店，1949.
[4] 吴调公.人民作家赵树理[M].上海：四联出版社，1954.
[5] 丁易.中国现代文学史略[M].北京：作家出版社，1955.
[6] 刘绶松.中国新文学史初稿[M].北京：作家出版社，1956.
[7] 江超中.解放区文艺概述：1941—1947[M].天津：百花文艺出版社，1958.
[8] 唐弢，严家炎.中国现代文学史[M].北京：人民文学出版社，1979-1980.
[9] 田仲济，孙昌熙.中国现代文学史[M].济南：山东人民出版社，1979.
[10] 北京大学、南京大学、厦门大学等《中国现代文学史》编写组.中国现代文学史[M].南京：江苏人民出版社，1979.
[11] 刘少奇.刘少奇选集：上卷[M].北京：人民出版社，1981.
[12] 王瑶.中国新文学史稿[M].上海：上海文艺出版社，1982.
[13] 北京师范大学中文系文艺理论教研室.文学理论学习参考资料[M].沈阳：春风文艺出版社，1982.
[14] 胡乔木.当前思想战线的若干问题[M].北京：人民出版社，1982.
[15] 克罗齐.历史学的理论和实际[M].安斯利，英译.傅任敢，译.北京：商务印书馆，1982.
[16] 蓝海.中国抗战文艺史[M].济南：山东文艺出版社，1984.
[17] 黄修己.中国现代文学简史[M].北京：中国青年出版社，1984.

［18］孙瑞珍，王中忱.丁玲研究在国外［M］.长沙：湖南人民出版社，1985.

［19］李维汉.回忆与研究［M］.北京：中共党史资料出版社，1986.

［20］姚斯，霍拉勃.接受美学与接受理论［M］.周宁，金元浦，译.沈阳：辽宁人民出版社，1987.

［21］艾克恩.延安文艺运动纪盛：1937.1—1948.3［M］.北京：文化艺术出版社，1987.

［22］黄修己.中国现代文学发展史［M］.北京：中国青年出版社，1988.

［23］刘增杰.中国解放区文学史［M］.开封：河南大学出版社，1988.

［24］屈毓秀，石绍勋，尤敏，等.山西抗战文学史［M］.太原：北岳文艺出版社，1988.

［25］王富仁.文化与文艺［M］.太原：北岳文艺出版社，1990.

［26］何沁.中国革命史［M］.武汉：武汉大学出版社，1990.

［27］毛泽东.毛泽东选集［M］.北京：人民出版社，1991.

［28］艾晓明.中国左翼文学思潮探源［M］.长沙：湖南文艺出版社，1991.

［29］王岳川.后现代主义文化研究［M］.北京：北京大学出版社，1992.

［30］林默涵.中国解放区文学书系［M］.重庆：重庆出版社，1992.

［31］孙国林，曹桂芳.毛泽东文艺思想指引下的延安文艺［M］.石家庄：花山文艺出版社，1992.

［32］刘增杰.战火中的缪斯［M］.开封：河南大学出版社，1992.

［33］刘增杰.文学的潮汐［M］.郑州：河南人民出版社，1992.

［34］赵超构.延安一月［M］.上海：上海书店，1992.

［35］艾克恩.延安文艺回忆录［M］.北京：中国社会科学出版社，1992.

［36］贺志强，杨立民.延安文艺概论［M］.西安：陕西人民出版社，1992.

［37］刘金田，吴晓梅.毛泽东选集出版的前前后后：1944.7—1991.7［M］.北京：中共党史出版社，1993.

［38］李杨.抗争宿命之路："社会主义现实主义"（1942—1976）研究［M］.长春：时代文艺出版社，1993.

［39］温济泽，吕进，翟大炳.王实味冤案平反纪实［M］.北京：群众出版社，1993.

［40］胡乔木.胡乔木回忆毛泽东［M］.北京：人民出版社，1994.

［41］何锐，吕进，翟大炳.画梦与释梦：何其芳创作的心路历程［M］.贵阳：贵州人民出版社，1995.

[42] 贺志强.现代作家与延安[M].西安：三秦出版社，1995.

[43] 唐弢.唐弢文集：第9卷[M].北京：社会科学文献出版社，1995.

[44] 严家炎.世纪的足音[M].北京：作家出版社，1996.

[45] 刘增杰，王文金.迟到的探询[M].开封：河南大学出版社，1996.

[46] 茅盾.茅盾全集：第23卷[M].北京：人民文学出版社，1996.

[47] 谢应光.艾青研究[M].成都：四川大学出版社，1997.

[48] 福柯.知识考古学[M].谢强，马月，译.北京：生活·读书·新知三联书店，1998.

[49] 张树军.大转折：中共十一届三中全会实录[M].杭州：浙江人民出版社，1998.

[50] 李书磊.1942：走向民间[M].济南：山东教育出版社，1998.

[51] 《胡乔木传》编写组.胡乔木谈中共党史[M].北京：人民出版社，1999.

[52] 张鸿才.延安文艺论稿[M].银川：宁夏人民出版社，1999.

[53] 苏春生.中国解放区文学思潮流派论[M].北京：中国社会科学出版社，2000.

[54] 黄昌勇.王实味传[M].郑州：河南人民出版社，2000.

[55] 许纪霖.二十世纪中国思想史论[M].上海：东方出版中心，2000.

[56] 黄子平."灰阑"中的叙述[M].上海：上海文艺出版社，2001.

[57] 旷新年.中国20世纪文艺学学术史：第2部：下卷[M].上海：上海文艺出版社，2001.

[58] 许志英，邹恬.中国现代文学主潮[M].福州：福建教育出版社，2001.

[59] 杨桂欣.观察丁玲[M].北京：大众文艺出版社，2001.

[60] 朱鸿召.众说纷纭话延安[M].广州：广东人民出版社，2001.

[61] 安敏成.现实主义的限制：革命时代的中国小说[M].姜涛，译.南京：江苏人民出版社，2001.

[62] 黄曼君.毛泽东文艺思想与中国文艺实践[M].武汉：华中师范大学出版社，2002.

[63] 王海平，张军锋.回想延安·1942[M].南京：江苏文艺出版社，2002.

[64] 赛尔登.革命中的中国：延安道路[M].魏晓明，冯崇义，译.北京：社会科学文献出版社，2002.

[65] 李杨.50～70年代中国文学经典再解读[M].济南：山东教育出版社，2003.

[66] 贺桂梅.转折的时代：40～50年代作家研究[M].济南：山东教育出版社，2003.

[67] 加达默尔.真理与方法：哲学诠释学的基本特征：上册[M].洪汉鼎，译.上

海：上海译文出版社，2004.

[68] 王培元.延安鲁艺风云录[M].2版.桂林：广西师范大学出版社，2004.

[69] 卡西尔.人文科学的逻辑[M].沉晖，海平，叶舟，译.北京：中国人民大学出版社，2004.

[70] 冷溶，汪作玲.邓小平年谱：1975—1997[M].北京：中央文献出版社，2004.

[71] 弗拉基米洛夫.延安日记[M].吕文镜，等译.上海：东方出版社，2004.

[72] 朱晓进，等.非文学的世纪：20世纪中国文学与政治文化关系史论[M].南京：南京师范大学出版社，2004.

[73] 徐庆全.文坛拨乱反正实录[M].杭州：浙江人民出版社，2004.

[74] 刘锡诚.在文坛边缘上：编辑手记[M].开封：河南大学出版社，2004.

[75] 徐庆全.风雨送春归：新时期文坛思想解放运动记事[M].开封：河南大学出版社，2005.

[76] 张清民.话语与秩序[M].北京：中国社会科学出版社，2005.

[77] 夏志清.中国现代小说史[M].上海：复旦大学出版社，2005.

[78] 许纪霖.20世纪中国知识分子史论[M].北京：新星出版社，2005.

[79] 刘备耕.人民是母亲[M].北京：中共党史出版社，2005.

[80] 温儒敏，李宪瑜，贺桂梅，等.中国现当代文学学科概要[M].北京：北京大学出版社，2005.

[81] 江震龙.解放区散文研究[M].上海：上海三联书店，2005.

[82] 李扬.中国当代文学思潮史[M].上海：上海社会科学院出版社，2005.

[83] 於可训.当代文学：建构与阐释[M].武汉：武汉大学出版社，2005.

[84] 韦勒克，沃伦.文学理论[M].刘象愚，邢培明，陈圣生，等译.南京：江苏教育出版社，2005.

[85] 刘俊，等.中国现当代文学研究导引[M].南京：南京大学出版社，2006.

[86] 袁盛勇.通向现代文学的本来[M].北京：中国文史出版社，2007.

[87] 洪子诚.中国当代文学史[M].修订版.北京：北京大学出版社，2007.

[88] 文贵良.话语与生存：解读战争年代文学：1937—1948[M].上海：上海书店出版社，2007.

[89] 朱鸿召.延安日常生活中的历史：1937—1947[M].桂林：广西师范大学出版

社，2007.

[90] 袁盛勇.历史的召唤：延安文学的复杂化形成[M].北京：中国戏剧出版社，2007.

[91] 黄修己.中国新文学史编纂史[M].北京：北京大学出版社，2007.

[92] 李泽厚.中国现代思想史论[M].北京：生活·读书·新知三联书店，2008.

[93] 黄修己，刘卫国.中国现代文学研究史：下册[M].广州：广东人民出版社.2008.

[94] 刘增杰，关爱和.中国近现代文学思潮史[M].上海：上海文艺出版社，2008.

[95] 李建军.现代中国"人民话语"考论：兼论"延安文学"的"一体化"进程[M].北京：光明日报出版社，2008.

[96] 李军.解放区文艺转折的历史见证：延安《解放日报·文艺》研究[M].济南：齐鲁书社，2008.

[97] 王雪伟.何其芳的延安之路：一个理想主义者的心灵轨迹[M].郑州：河南人民出版社，2008.

[98] 潘磊."鲁迅"在延安[M].桂林：广西师范大学出版社，2008.

[99] 张根柱，付道磊.延安文学体制的生成与个性的嬗变[M].徐州：中国矿业大学出版社，2008.

[100] 黄科安.延安文学研究：建构新的意识形态与话语体系[M].北京：文化艺术出版社，2009.

[101] 杜赞奇.从民族国家拯救历史：民族主义话语与中国现代史研究[M].王宪明，高继美，李海燕，等译.南京：江苏人民出版社，2008.

[102] 陈晓明.中国当代文学主潮[M].北京：北京大学出版社，2009.

[103] 程光炜.文学讲稿："八十年代"作为方法[M].北京：北京大学出版社，2009.

[104] 陆贵山.中国当代文艺思潮[M].北京：中国人民大学出版社，2009.

[105] 艾克恩.延安文艺史[M].石家庄：河北教育出版社，2009.

[106] 尹均生.国际报告文学的源起与发展[M].武汉：华中师范大学出版社，2009.

[107] 刘忠.《在延安文艺座谈会上的讲话》研究[M].北京：人民文学出版社，2009.

[108] 李洁非，杨劼.解读延安：文学、知识分子和文化[M].北京：当代中国出版社，2010.

[109] 朱鸿召.延河边的文人们[M].上海：东方出版中心，2010.

［110］贺桂梅."新启蒙"知识档案：80年代中国文化研究［M］.北京：北京大学出版社，2010.

［111］中国延安干部学院.延安时期大事记述［M］.北京：中央文献出版社，2010.

［112］严家炎.二十世纪中国文学史［M］.北京：高等教育出版社，2010.

［113］温儒敏，陈晓明，等.现代文学新传统及其当代阐释［M］.北京：北京大学出版社，2010.

［114］寇国庆.延安时期及其以后的文学趣味［M］.银川：阳光出版社，2010.

［115］吴敏.延安文人研究［M］.香港：香港文汇出版社，2010.

［116］吴敏.宝塔山下交响乐：20世纪40年代前后延安的文化组织与文学社团［M］.武汉：武汉出版社，2011.

［117］吴秀明.当代历史文学生产体制和历史观问题研究［M］.北京：中国社会科学出版社，2011.

［118］马国川.我与八十年代［M］.北京：生活·读书·新知三联书店，2011.

［119］杨庆祥."重写"的限度："重写文学史"的想象和实践［M］.北京：北京大学出版社，2011.

［120］李陀.昨天的故事：关于重写文学史［M］.北京：生活·读书·新知三联书店，2011.

［121］韩晓芹.体制化的生成与现代文学的转型：延安《解放日报》副刊的文学生产与传播［M］.北京：中国社会科学出版社，2012.

［122］程中原.转折关头：张闻天在1935—1943［M］.北京：当代中国出版社，2012.

［123］杜忠明.延安文艺座谈会纪实［M］.北京：中央文献出版社，2012.

［124］高慧琳.群星闪耀延河边：延安文艺座谈会参加者［M］.北京：人民文学出版社，2012.

［125］刘增杰.中国现代文学史料学［M］.上海：中西书局，2012.

［126］段从学."文协"与抗战时期文艺运动［M］.北京：北京大学出版社，2012.

［127］李跃力.革命与文学的深层互动：中国现代文学中的"革命话语"研究［M］.北京：中国社会科学出版社，2013.

［128］李辉.绝响：八十年代亲历记［M］.北京：生活·读书·新知三联书店，2013.

［129］高杰.延安文艺座谈会纪实［M］.西安：陕西人民出版社，2013.

［130］张器友.抗拒不了的传统：以延安文学为中心的历史性阅读［M］.北京：群众出版社，2014.

［131］周平远，等.从苏区文艺到延安文艺：马克思主义文论中国化历史进程［M］.北京：社会科学文献出版社，2014.

［132］周维东.中国共产党的文化战略与延安时期的文学生产［M］.广州：花城出版社，2014.

［133］孙红震.解放区文学的革命伦理阐释［M］.郑州：河南人民出版社，2014.

［134］黄延敏.黄土与红旗：延安时期中国共产党与传统文化研究［M］.北京：学习出版社，2014.

［135］习近平.在文艺工作座谈会上的讲话［M］.北京：人民出版社，2015.

［136］洪子诚.问题与方法：中国当代文学史研究讲稿［M］.增订版.北京：生活·读书·新知三联书店，2015.

［137］宋喜坤.萧军和哈尔滨《文化报》［M］.北京：中国社会科学出版社，2015.

［138］张远新，吴素霞，张正光.延安知识分子群体研究［M］.北京：人民出版社，2015.

［139］李晓灵，王晓梅.渊源与化变：延安《解放日报》的传播体系及其当代价值之研究［M］.北京：中国社会科学出版社，2015.

［140］杨德山，韩宇.中共党史简明读本［M］.北京：华文出版社，2016.

［141］黎辛.亲历延安岁月［M］.西安：陕西人民出版社，2016.

［142］孙国林.延安文艺大事编年［M］.西安：陕西师范大学出版总社，2016.

［143］朱鸿召.天上的星星延安的人［M］.北京：红旗出版社，2016.

［144］徐明君.鲁艺文艺道路研究：以秧歌剧为中心的考察［M］.北京：人民出版社，2016.

［145］张文诺.文学大众化与解放区小说研究［M］.北京：中国社会科学出版社，2016.

［146］杨利娟.时代诉求与革命规限下的乡村言说：解放区农村题材小说研究：1937—1949年［M］.北京：新华出版社，2016.

［147］孟繁华.1978：激情岁月［M］.北京：人民文学出版社，2017.

［148］胡玉伟.传统的建构与延拓：解放区文学研究及其他［M］.北京：中国社会科学出版社，2017.

［149］庞海音.延安鲁艺：我国文艺教育的新范式［M］.北京：群众出版社，2019.

[150] 中华全国文艺工作者代表大会宣传处.中华全国文学艺术工作者代表大会纪念文集[C].[新华书店发行],1950.

[151] 刘芝明,等.萧军思想批判[C].北京:作家出版社,1958.

[152] 中国文学艺术界联合会.中国文学艺术工作者第四次代表大会文集[C].成都:四川人民出版社,1980.

[153] 中国文学艺术界联合会研究资料部.开辟社会主义文艺繁荣的新时期[C].成都:四川人民出版社,1980.

[154] 中国作家协会山西分会.赵树理学术讨论会纪念文集[C].太原[内刊],1982.

[155] 郭小东,等.我的批评观[C].桂林:漓江出版社,1987.

[156] 中共中央马克思恩格斯列宁斯大林著作编译局.马克思恩格斯选集[C].北京:人民出版社,1995.

[157] 陈思和.陈思和自选集[C].桂林:广西师范大学出版社,1997.

[158] 陈荒煤,黄修己,等.赵树理研究文集[C].北京:中国文联出版公司,1998.

[159] 陈平原.现代中国:第2辑[C].武汉:湖北教育出版社,2002.

[160] 查建英.八十年代:访谈录[C].北京:生活·读书·新知三联书店,2006.

[161] 唐小兵.再解读:大众文艺与意识形态[C].增订版.北京:北京大学出版社,2007.

[162] 洪子诚,等.重返八十年代[C].北京:北京大学出版社,2009.

[163] 袁良骏.丁玲研究资料[C].北京:知识产权出版社,2011.

[164] 刘卓."延安文艺"研究读本[C].上海:上海书店出版社,2018.

[165] 袁盛勇.延安文学研究述论[C].北京:中国社会科学出版社,2019.

[166] 文艺报编辑部.再批判[G].北京:作家出版社,1958.

[167] 《延安文艺丛书》编委会.延安文艺丛书[G].长沙:湖南人民出版社,湖南文艺出版社,1984-1987.

[168] 政协山东省聊城市文史资料研究委员会.聊城文史资料选辑:第7辑[G].[内刊],1995.

[169] 人民文学出版社编辑部.中华文学评论百年精华[G].北京:人民文学出版社,2002.

[170] 李士非,李景慈,梁山丁,等.李克异研究资料[G].北京:知识产权出版

社,2010.

[171] 李华盛,胡光凡.周立波研究资料[G].北京:知识产权出版社,2010.

[172] 黄修已.赵树理研究资料[G].北京:知识产权出版社,2010.

[173] 刘增杰,赵明,王文金,等.抗日战争时期延安及各抗日民主根据地文学运动资料[G].北京:知识产权出版社,2010.

[174] 袁盛勇.还原与重构:新的延安文学研究在崛起[G].重庆:重庆出版社,2012.

[175] 梁向阳,王俊虎.延安文艺研究论丛:第1辑[G].西安:陕西人民出版社,2012.

[176] 王巨才.延安文艺档案[G].西安:太白文艺出版社,2013-2015.

[177] 朱鸿召.红色档案:延安时期文献档案汇编[G].西安:陕西人民出版社,2014.

[178] 任文.永远的鲁艺[G].西安:陕西师范大学出版总社,2014.

[179] 任文.延安时期的社团活动[G].西安:陕西师范大学出版社总社,2014.

[180] 任文.我所亲历的延安整风[G].西安:陕西师范大学出版总社,2014.

[181] 任文.第三只眼看延安[G].西安:陕西师范大学出版总社,2014.

[182] 刘润为.延安文艺大系[G].长沙:湖南文艺出版社,2015.

[183] 街头诗歌运动宣言[N].新中华报,1938-08-07.

[184] 雷烨.谈延安文化工作的发展和现状[N].抗敌报,1939-01-16;1939-01-18.

[185] 周扬.文学与生活漫谈[N].解放日报,1941-07-17-1941-07-19.

[186] 罗烽.漫谈批评[N].解放日报,1941-08-19.

[187] 叶澜.文艺活动在延安[N].新华日报,1941-09-12.

[188] 丁玲.三八节有感[N].解放日报,1942-03-09.

[189] 艾青.了解作家,尊重作家:为《文艺》百期纪念而写[N].解放日报,1942-03-11.

[190] 罗烽.还是杂文的时代[N].解放日报,1942-03-12.

[191] 王实味.野百合花[N].解放日报,1942-03-13;1942-03-23.

[192] 齐肃.读《野百合花》有感[N].解放日报,1942-04-07.

[193] 萧军.论同志之"爱"与"耐"[N].解放日报,1942-04-08.

[194] 杨维哲.从《政治家·艺术家》说到文艺:与王实味同志商榷[N].解放日报,1942-05-19.

[195] 金灿然.读实味同志的《政治家·艺术家》后[N].解放日报,1942-05-26.

[196] 王燎荧."人……在艰苦中生长":评丁玲同志底《在医院中时》[N].解放日报,1942-06-10.

[197] 非垢.偏差:关于《丽萍的烦恼》[N].抗战日报,1942-06-11.

[198] 萧军.杂文还废不得说[J].谷雨,1942(5).

[199] 丁玲.文艺界对王实味应有的态度及反省[N].解放日报,1942-06-16.

[200] 莫耶.与非垢同志谈《丽萍的烦恼》[N].抗战日报,1942-06-16.

[201] 吴时韵.《叹息三章》与《诗三首》读后[N].解放日报,1942-06-19.

[202] 艾青.现实不容许歪曲[N].解放日报,1942-06-24.

[203] 罗迈.论中央研究院的思想论战:从动员大会到座谈会[N].解放日报,1942-06-28.

[204] 范文澜.在中央研究院六月十一日座谈会上的发言[N].解放日报,1942-06-29.

[205] 叶石.关于《丽萍的烦恼》[N].抗战日报,1942-06-30.

[206] 金灿然.间隔:何诗与吴评[N].解放日报,1942-07-02.

[207] 沈毅.与莫耶同志谈创作思想问题[N].抗战日报,1942-07-07.

[208] 贾芝.略谈何其芳同志的六首诗:由吴时韵同志的批评谈起[N].解放日报,1942-07-18.

[209] 金灿然.论杂文[N].解放日报,1946-07-25.

[210] 周扬.王实味的文艺观与我们的文艺观[N].解放日报,1942-07-28-1942-07-29.

[211] 张庚.论边区剧运和戏剧的技术教育[N].解放日报,1942-09-11-1942-09-12.

[212] 陆定一.读了一首诗[N].解放日报,1946-09-28.

[213] 周扬.《腊月二十一》的立场问题:与张棣庚同志的通信[N].解放日报,1942-11-08.

[214] 陆定一.文化下乡:读《向吴满有看齐》有感[N].解放日报,1943-02-10.

[215] 凯丰.关于文艺工作者下乡的问题[N].解放日报,1943-03-28.

[216] 陈云.关于党的文艺工作者的两个倾向问题[N].解放日报,1943-03-29.

[217] 何其芳.改造自己,改造艺术[N].解放日报,1943-04-03.

[218] 立波.后悔与前瞻[N].解放日报,1943-04-03.

[219] 从春节宣传看文艺的新方向[N].解放日报,1943-04-25.

[220] 王大化.从《兄妹开荒》的演出谈起:一个演员创作经过的片断[N].解放日报,1943-04-26.

[221] 毛泽东.在延安文艺座谈会上的讲话[N].解放日报,1943-10-19.

[222] 关于执行党的文艺政策的决定[N].解放日报,1943-11-08.

[223] 周扬.表现新的群众的时代:看了春节秧歌以后[N].解放日报,1944-03-21.

[224] 贯彻文化为工农兵服务的方针[N].晋察冀日报,1944-05-04.

[225] 默涵.把眼光放远点[N].解放日报,1944-05-29.

[226] 周扬.《把眼光放远一点》序[N].解放日报,1944-09-15.

[227] 周扬.关于政策与艺术:《同志,你走错了路》序言[N].解放日报,1945-06-02.

[228] 周扬.论赵树理的创作[N].解放日报,1946-08-26.

[229] 解清.从《王贵与李香香》谈起[N].解放日报,1946-09-22.

[230] 陈涌.三年来文艺运动的新收获[N].解放日报,1946-10-19.

[231] 荒煤.向赵树理方向迈进[N].人民日报,1947-08-10.

[232] 郭沫若.序《王贵与李香香》[N].香港:华商报,1947-08-12.

[233] 东北文艺协会关于萧军及其《文化报》所犯错误的结论[N].东北日报,1949-04-01.

[234] 中共中央东北局关于萧军问题的决定[N].东北日报,1949-04-02.

[235] 继续为毛泽东同志所提出的文艺方向而斗争:纪念毛泽东同志的《在延安文艺座谈会上的讲话》发表十周年[N].人民日报,1952-05-23.

[236] 冯雪峰.《太阳照在桑干河上》在我们文学发展史上的意义[N].文艺报,1952-05-25.

[237] 周扬.毛泽东同志《在延安文艺座谈会上的讲话》发表十周年[N].人民日报,1952-05-26.

[238] "百花齐放,百家争鸣"[N].解放日报,1956-07-15.

[239] 毛泽东.关于正确处理人民内部矛盾的问题[N].人民日报,1957-06-19.

[240] 为最广大的人民群众服务:纪念毛泽东同志《在延安文艺座谈会上的讲话》发表二十周年[N].人民日报,1962-05-23.

― 339 ―

[241] 周扬.继往开来,繁荣社会主义新时期的文艺:一九七九年十一月一日在中国文学艺术工作者第四次代表大会上的报告[N].人民日报,1979-11-20.

[242] 对毛泽东文艺思想一要坚持二要发展[N].人民日报,1982-05-20.

[243] 周扬.关于马克思主义的几个理论问题的探讨[N].人民日报,1983-03-16.

[244] 孙国林.《在延安文艺座谈会上的讲话》的版本[N].中华读书报,2002-05-15.

[245] 许怀中.毛泽东文艺思想研究的新收获:评《〈在延安文艺座谈会上的讲话〉研究》[N].光明日报,2010-07-14.

[246] 刘增杰.从史料入手深化延安文艺研究[N].中国社会科学报,2012-05-28.

[247] 雷铁鸣.戏剧运动在陕北[J].解放周刊,1937,1(8).

[248] 可夫.延安文艺上的进步[J].解放,1938,1(47).

[249] 鲁藜.目前的文艺工作者[J].文艺突击,1939,1(4).

[250] 艾思奇.抗战文艺的动向[J].文艺战线,1939(1).

[251] 艾思奇.两年来延安的文艺运动[J].群众,1939,3(8);1939,3(9).

[252] 荒煤.鲁艺文艺工作团在前方[J].大众文艺,1940,1(4).

[253] 梅行.论部队文艺工作[J].大众文艺,1940,1(4).

[254] 丁玲.什么样的问题在文艺小组中[J].中国文艺,1942(1).

[255] 王实味.政治家,艺术家[J].谷雨,1942,1(4).

[256] 严文井.评过去四期《草叶》上的创作[J].草叶,1942(5).

[257] 刘绶松.马克思主义的文艺批评准则:纪念毛泽东同志《在延安文艺座谈会上的讲话》发表二十周年[N].武汉大学学报(人文科学版),1962(1).

[258] 王燎荧.《在延安文艺座谈会上的讲话》的历史背景问题[J].文学评论,1962(3).

[259] 知识分子前进的道路:纪念《在延安文艺座谈会上的讲话》发表二十周年[J].红旗,1962(5).

[260] 朱光潜.文艺复兴至十九世纪西方资产阶级文学家艺术家有关人道主义·人性论的言论概述[J].社会科学战线,1978(3).

[261] 郭志刚.人物、描写、语言:《白洋淀纪事》阅读札记[J].文学评论,1978(4).

[262] 钱丹辉.关于晋察冀诗歌编选问题[J].河北师大学报(哲学社会科学版),1979(1).

[263] 林波.秧歌剧《兄妹开荒》的思想和艺术成就[J].河北师大学报（哲学社会科学版），1979（1）.

[264] 刘庆锷，魏树仁，吕振波.试谈陕甘宁边区的戏剧创作[J].北京师院学报，1979（1）.

[265] 唐纪如.读杨朔四十年代的短篇小说[J].南京师院学报（社会科学版），1979（1）.

[266] 赵浩生.周扬笑谈历史功过[J].新文学史料，1979（2）.

[267] 朱光潜.关于人生、人道主义、人情美和共同美的问题[J].文艺研究，1979（3）.

[268] 俞元桂.谈吴伯箫的散文[J].福建师大学报（哲学社会科学版），1979（4）.

[269] 季成家.丁玲及其《太阳照在桑干河上》[J].甘肃师大学报（哲学社会科学版），1979（4）.

[270] 刘锡诚.谈《暴风骤雨》及其评价问题[J].社会科学战线，1979（4）.

[271] 曼晴.春风杨柳万千条：回忆晋察冀边区的诗歌运动[J].新文学史料，1979（5）.

[272] 刘锦满.历史的忆念：解放区几个诗歌组织和刊物的回顾[J].新文学史料，1979（5）.

[273] 萧军.我的文学生涯简述：续完[J].吉林大学学报（社会科学版），1979（6）.

[274] 冯夏熊.丁玲的再现[J].延河，1979（12）.

[275] 袁良骏.褒贬毁誉之间：谈谈《莎菲女士的日记》[J].十月，1980（1）.

[276] 蔡清富.对《何其芳评传》一个史实的补正[J].新文学史料，1980（1）.

[277] 蔡天心.再论《暴风骤雨》[J].文学理论研究，1980（1）.

[278] 王明仁.《暴风骤雨》注释中值得商榷的一些问题[J].宁夏大学学报（哲学社会科学版），1980（1）.

[279] 陈辽.不能把文艺的内容等同于政治，归结为政治[J].文艺理论研究，1980（2）.

[280] 范宁.论研究中国文学史规律问题[J].中国社会科学，1980（2）.

[281] 袁振声.漫谈孙犁作品的语言风格[J].天津师院学报，1980（2）.

[282] 唐天然.陕北根据地的第一个文艺团体：中国文艺协会[J].新文学史料，1980（3）.

[283] 钱谷融.《论"文学是人学"》一文的自我批判提纲[J].文艺研究，1980（3）.

[284] 周申明，邢怀鹏.孙犁的艺术风格：上、下[J].河北大学学报（哲学社科

学版），1980（3）；1980（4）．

[285] 谢冕.他依然年青：谈艾青和他的诗［J］.中国现代文学研究丛刊，1980（3）．

[286] 严家炎.从历史实际出发，还事物本来面目：中国现代文学史研究笔谈之一［J］.中国现代文学研究丛刊，1980（4）．

[287] 戴光宗.赵树理小说的民族特色两题［J］.中国现代文学研究丛刊，1980（4）．

[288] 杨匡汉，杨匡满.艾青诗歌艺术风格散论［J］.文学评论，1980（4）．

[289] 赵园.也谈《太阳照在桑干河上》［J］.芙蓉，1980（4）．

[290] 杜哲.关于王实味的一篇文章的题目［J］.甘肃师大学报（哲学社会科学版），1980（4）．

[291] 王中忱.丁玲的名、别名、笔名辑录［J］.社会科学战线，1980（4）．

[292] 单演义.陕北解放区前期的文艺运动纪要［J］.中国现代文学研究丛刊，1980（4）．

[293] 江弘基.关于"怀安诗社"［J］.陕西师大学报（哲学社会科学版），1980（4）．

[294] 朱文华，许锦根.要把《讲话》作为历史文件看待［J］.复旦学报（社会科学版），1980（6）．

[295] 严家炎.现代文学史上的一桩旧案：重评丁玲小说《在医院中》［J］.钟山，1981（1）．

[296] 骆寒超.论艾青诗的抒情结构［J］.浙江学刊，1981（2）．

[297] 高捷.赵树理小说的艺术美［J］.中国现代文学研究丛刊，1981（2）．

[298] 陈荣毅.关于丁玲研究的两个问题［J］.天津师院学报，1981（3）．

[299] 杨志杰，彭韵倩.论赵树理创作中的反封建主题［J］.文学评论，1981（3）．

[300] 周申明.孙犁小说的现实主义力量［J］.中国现代文学研究丛刊，1981（4）．

[301] 丁玲.延安文艺座谈会的前前后后［J］.新文学史料，1982（2）．

[302] 方纪.新的起点：回顾延安文艺座谈会前后［J］.新文学史料，1982（2）．

[303] 向延生.延安文艺座谈会的前前后后［J］.中国音乐，1982（2）．

[304] 任孚先.谈文艺在整个革命事业中的地位和作用：重读毛泽东同志的《在延安文艺座谈会上的讲话》［J］.东岳论丛，1982（2）．

[305] 张鸿才.生活·政治·解放区诗歌：《在延安文艺座谈会上的讲话》学习札记［J］.西藏民族学院学报，1982（2）．

[306] 张毓茂.略论萧军的思想和创作［J］.求是学刊，1982（2）．

［307］张恩和.解放区文艺：中国现代文学史上新的一页［J］.中国现代文学研究丛刊，1982（2）.

［308］曹桂方.论文艺可以而且应该高于生活：学习《在延安文艺座谈会上的讲话》［J］.河北师范大学学报（哲学社会科学版），1982（2）.

［309］李联明.马克思主义文艺理论的科学体系：《在延安文艺座谈会上的讲话》学习笔记［J］.福建师大学报（哲学社会科学版），1982（2）.

［310］冯健男.孙犁风格浅识［J］.河北师范大学学报（哲学社会科学版），1982（2）.

［311］刘岸挺.坚持毛泽东同志的文艺思想的科学原则：本刊编辑部召开重新学习和研究《讲话》的座谈会［J］.扬州师院学报（社会科学版），1982（2）.

［312］何西来，杜书瀛.坚持毛泽东同志的文艺思想的科学原则［J］.文学评论，1982（3）.

［313］张恩和.论赵树理小说创作的民族化大众化特色［J］.北京师范大学学报，1982（3）.

［314］刘建勋.人民文艺的新阶段：延安文艺座谈会后陕甘宁边区的文艺运动［J］.西北大学学报（哲学社会科学版），1982（3）.

［315］陈思和.毛泽东文艺思想是党的集体智慧的结晶：纪念《在延安文艺座谈会上的讲话》发表四十周年［J］.复旦学报（社会科学版），1982（3）.

［316］金梅.试论孙犁的美学理想和短篇小说［J］.文学评论，1982（3）.

［317］万平近.鲜明的地方色彩　浓郁的乡土气息：读一九四二年后解放区小说漫笔［J］.福建论坛，1982（3）.

［318］吴欢章.论艾青的诗美［J］.复旦学报（社会科学版），1982（3）.

［319］寇效信.为人民服务是文艺的根本原则：重新学习《在延安文艺座谈会上的讲话》［J］.陕西师大学报（哲学社会科学版），1982（3）.

［320］王瑶.从现代文学的发展看《在延安文艺座谈会上的讲话》的历史意义［J］.社会科学战线，1982（4）.

［321］王燎荧.陕甘宁边区的文艺运动和毛泽东文艺思想［J］.社会科学战线，1982（4）.

［322］徐塞.萧军创作的艺术风格初探［J］.锦州师范学院学报（哲学社会科学版），1982（4）.

［323］杨桂欣.重读丁玲的三个短篇［J］.齐齐哈尔师范学院学报（哲学社会科学版），1982（4）.

［324］郭志刚.论孙犁现实主义创作的特征［J］.社会科学战线，1983（1）.

［325］林默涵.坚持真理，修正错误［J］.文艺研究，1983（2）.

［326］郭志刚.充满激情和思想的现实主义：孙犁创作散论［J］.北京师范大学学报，1983（2）.

［327］黄修己.赵树理创作形象、母题和情节的构成［J］.贵州社会科学，1983（3）.

［328］郭志刚.论孙犁作品的艺术风格［J］.中国现代文学研究丛刊，1983（3）.

［329］陈学超.关于建立中国近代百年文学史研究格局的设想［J］.中国现代文学研究丛刊，1983（3）.

［330］陈曦，文楚.艾青与象征主义［J］.中国现代文学研究丛刊，1983（3）.

［331］金训敏.萧军及其创作的价值：鲁迅论萧军给我们的启示［J］.求是学刊，1983（4）.

［332］刘中树.跋涉者的足迹：论萧军的短篇小说［J］.求是学刊，1983（4）.

［333］李凤吾.时代的画卷、民魂的探索：试论萧军的长篇小说《第三代》［J］.求是学刊，1983（4）.

［334］张辽民.一个忍辱负重的倔强女性：评丁玲《我在霞村的时候》中的贞贞［J］.文史哲，1983（5）.

［335］朱栋霖.论艾青诗的艺术风格［J］.苏州大学学报，1984（1）.

［336］李文儒.论赵树理的成功［J］.中国现代文学研究丛刊，1984（1）.

［337］杨桂欣.革命责任心和艺术匠心的完美结合：评丁玲笔下的顾涌形象［J］.中国现代文学研究丛刊，1984（1）.

［338］黄修己.从比较分析看赵树理作品的生命力［J］.北京大学学报（哲学社会科学版），1984（3）.

［339］铁峰.对萧军及其《文化报》批判的再认识［J］.中国现代文学研究丛刊，1984（4）.

［340］谷兴云.《八月的乡村》漫笔［J］.中国现代文学研究丛刊，1984（4）.

［341］王中忱.半个世纪以来的国外丁玲研究［J］.外国问题研究，1985（1）.

［342］孙玉石.梦中升起的小花：何其芳《预言》浅析［J］.名作欣赏，1985（2）.

[343] 袁良骏.论丁玲的小说[J].中国社会科学,1985(4).

[344] 黄子平,陈平原,钱理群.论"二十世纪中国文学"[J].文学评论,1985(5).

[345] 刘再复.论文学的主体性[J].文学评论,1985(6).

[346] 张学新.晋察冀文艺运动大事记[J].新文学史料,1985(4);1986(1);1986(2);1986(3).

[347] 刘再复.论文学的主体性(续)[J].文学评论,1986(1).

[348] 高尔泰."人应当成为人"[J].文艺理论研究,1986(6).

[349] 贺立华.孙犁小说的情感素质简论[J].河北师范大学学报(社会科学版),1987(1).

[350] 黄修己.四十年代文艺研究散论[J].中国现代文学研究丛刊,1987(4).

[351] 严家炎.开拓者的艰难跋涉:论丁玲小说的历史贡献[J].文学评论,1987(4).

[352] 王文金.解放区诗歌运动及其创作略论[J].河南大学学报(哲学社会科学版),1988(2).

[353] 戴光中.关于"赵树理方向"的再认识[J].上海文论,1988(4).

[354] 王雪瑛.论丁玲的小说创作[J].上海文论,1988(5).

[355] 郑波光.赵树理艺术迁就的悲剧[J].文学评论,1988(5).

[356] 杨桂欣.回眸时看"再批判"[J].齐鲁学刊,1989(1).

[357] 夏中义.历史无可避讳[J].文学评论,1989(4).

[358] 倪墨炎.王实味到延安前的文学活动[J].新文学史料,1989(4).

[359] 钟荔文.毛泽东文艺思想不容否定:评夏中义的《历史无可避讳》[J].中山大学学报(哲学社会科学版),1989(4).

[360] 周志宏,周德芳."战士诗人"的创作悲剧:郭小川诗歌新论[J].上海文论,1989(4).

[361] 王彬彬.良知的限度:作为一种文化现象的何其芳文学道路批判[J].上海文论,1989(4).

[362] 张炯.毛泽东与新中国文学:评《历史无可避讳》一文[J].文学评论,1989(5).

[363] 唐弢.关于重写文学史[J].求是,1990(4).

[364] 邓超高.研究毛泽东文艺思想应当采取科学的态度:析《历史无可避讳》

[J].延安大学学报（社会科学版），1990（2）.

[365] 吴亦文.简评《历史无可避讳》[J].福建师范大学学报（哲学社会科学版），1990（4）.

[366] 龚明德.《太阳照在桑干河上》版本变迁[J].新文学史料，1991（1）.

[367] 刘建勋.关于延安文艺的历史主义思考[J].西北大学学报（哲学社会科学版），1992（2）.

[368] 林焕平.延安文学刍议[J].文艺理论与批评，1992（3）.

[369] 纪桂平.新时期中国解放区文学研究述评[J].河北师范大学学报（社会科学版），1992（3）.

[370] 艾克恩.延安文艺运动纪实：毛主席《在延安文艺座谈会上的讲话》的前前后后[J].新文学史料，1992（3）；1992（4）.

[371] 周绍曾.解放区小说简论[J].文艺争鸣，1992（3）.

[372] 郭豫适.谈《在延安文艺座谈会上的讲话》从原本到今本的增删修改[J].文艺理论研究，1992（4）.

[373] 黄修己.回归与拓展：对新文学史研究历史的思考[J].文学评论，1993（1）.

[374] 李杨.毛泽东文艺思想与现代性[J].中国现代文学研究丛刊，1993（4）.

[375] 纪桂平.建国前中国解放区文学研究述评[J].文艺理论与批评，1993（5）.

[376] 陈平原.学者的人间情怀[J].读书，1993（5）.

[377] 程光炜.何其芳、卞之琳和艾青四十年代的创作心态[J].文学评论，1993（5）.

[378] 纪桂平.建国后中国解放区文学研究述评[J].河北师院学报（社会科学版），1994（1）.

[379] 王维国.解放区对中国新文艺统一战线理论的探索与贡献[J].西北第二民族学院学报（哲学社会科学版），1994（1）.

[380] 黄昌勇.生命的光华与暗影：王实味传[J].新文学史料，1994（1）.

[381] 王晓琴."女性的笔致"：《太阳照在桑干河上》风格谈[J].中国现代文学研究丛刊，1994（2）.

[382] 箭鸣.苦闷的莎菲与莎菲的苦闷：兼评莎菲形象的"再评价"[J].中国现代文学研究丛刊，1994（2）.

[383] 胡彦.睡眠、死亡、同性恋：对丁玲早期作品中新女性生存状况的探讨[J].

中国现代文学研究丛刊，1994（2）.

［384］黎辛.关于"延安文艺座谈会"的召开、《讲话》的写作、发表和参加会议的人［J］.新文学史料，1995（2）.

［385］黎辛.《野百合花》·延安整风·《再批判》：捎带说点《王实味冤案平反纪实》读后感［J］.新文学史料，1995（4）.

［386］王建中.正确认识和评价解放区文学［J］.绥化师专学报，1995（4）.

［387］孟繁华.精神蜕变的自我苦斗：何其芳的心灵冲突与话语方式［J］.社会科学战线，1996（3）.

［388］李玉明.解放区文学新论［J］.东岳论丛，1996（6）.

［389］钱理群.批判萧军：1948年8月［J］.文艺争鸣，1997（1）.

［390］刘增杰.批评的偏至：近年来的解放区文学研究［J］.中国现代文学研究丛刊，1997（1）.

［391］钱理群."新的小说的诞生"［J］.文艺理论研究，1997（1）.

［392］倪婷婷.战争与新英雄传奇：对延安战争文学的再探讨［J］.江苏社会科学，1997（5）.

［393］倪婷婷.关于延安文学民族化、现代化问题的再思考［J］.江苏社会科学，1998（3）.

［394］蓝棣之.女性的愤懑和挣扎：丁玲《莎菲女士的日记》、《我在霞村的时候》解读［J］.贵州社会科学，1998（4）.

［395］杨奎松.毛泽东发动延安整风的台前幕后［J］.近代史研究，1998（4）.

［396］孟繁华.毛泽东文艺思想及内部结构［J］.文艺争鸣，1998（4）；1998（5）.

［397］李陀.丁玲不简单：革命时期知识分子在话语生产中的复杂角色［J］.北京文学，1998（7）.

［398］钱理群."现代中国知识分子精神史"中的一页：卞之琳《海与泡沫》细读［J］.齐鲁学刊，1999（1）.

［399］刘增杰.回到原初：解放区文学研究中的一个问题［J］.中国现代文学研究丛刊，1999（11）.

［400］杨桂欣.论丁玲的杂文［J］.文艺理论与批评，2000（6）.

［401］黄曼君.论毛泽东文艺思想的现代性特征［J］.西北大学学报（哲学社会科学

版），2001（1）.

［402］蓝棣之.症候式分析：毛泽东的鲁迅论［J］.清华大学学报（哲学社会科学版），2001（2）.

［403］王富仁.关于左翼文学的几个问题［J］.中国现代文学研究丛刊，2002（1）.

［404］王培元.左翼文学是如何被消解的［J］.中国现代文学研究丛刊，2002（1）.

［405］陈晋.从抗日文化到延安文化：对毛泽东思考和实践新民主主义文化的梳理和分析［J］.文艺理论与批评，2002（1）.

［406］刘增杰.静悄悄地行进：论90年代的解放区文学研究［J］.文学评论，2002（2）.

［407］梁向阳.从自由言说到自觉言说的整合："延安时期"散文现象浅论［J］.延安大学学报（社会科学版），2002（2）.

［408］朱金顺.《何其芳全集》佚文考略［J］.中国现代文学研究丛刊，2002（3）.

［409］黄昌勇.宿命中的沉浮：丁玲与王实味［J］.文艺争鸣，2002（3）.

［410］王培元.政治涡流中的延安文人［J］.中国现代文学研究丛刊，2002（4）.

［411］南帆.试谈《讲话》关于知识分子与大众关系的论述［J］.文艺理论研究，2002（4）.

［412］吴敏.试论周扬等延安文人的思想"突变"［J］.中国现代文学研究丛刊，2002（4）.

［413］刘锋杰.从革命的合法性到文化的合法性：论回到原典的《讲话》［J］.文艺理论研究，2002（4）.

［414］刘白羽.延安文艺座谈会的前前后后［J］.人民论坛，2002（5）.

［415］张器友.新时期的解放区文学研究［J］.安徽大学学报（哲学社会科学版），2002（6）.

［416］王光东.民间形式·民间立场·政治意识形态：抗战以后文学中的民间形态［J］.当代作家评论，2002（6）.

［417］赵学勇，李明.左翼文学精神与20世纪中国文学的现代化论纲：上、下［J］.兰州大学学报（社会科学版），2003（1）；2003（2）.

［418］李继凯.关于胡风与茅盾的交往、冲突及比较［J］.中国现代文学研究丛刊，2003（2）.

［419］萨支山."延安文艺"与"当代文学"［J］.中国现代文学研究丛刊，2003（2）.

［420］王利丽.解放区小说的审美特色［J］.中国现代文学研究丛刊，2003（4）.

［421］王利丽.乡村精神：解放区小说的民族品格［J］.北京师范大学学报（社会科学版），2003（4）.

［422］刘增杰.一个被遮蔽的文学世界：解放区另类作品考察［J］.文学评论，2003（6）.

［423］贺立华，程春梅.红色文艺思想历史回眸：《讲话》研究60年［J］.山东大学学报》（哲学社会科学版），2003（6）.

［424］杨劼.旧形式与"延安体"［J］.文艺理论与批评，2003（6）.

［425］於可训.一部书的命运和阐释的历史：重读《太阳照在桑干河上》［J］.江汉论坛，2003（12）.

［426］贺桂梅."再解读"：文本分析和历史解构［J］.海南师范学院学报（社会科学版），2004（1）.

［427］张炯.论中国文学史的史观与分期、前沿问题［J］.文学遗产，2004（2）.

［428］赵稀方.俄苏文学翻译与左翼文学资源［J］.中国现代文学研究丛刊，2004（2）.

［429］吴敏.试论40年代延安文坛的"小资产阶级"话语［J］.中国现代文学研究丛刊，2004（2）.

［430］文贵良.秧歌剧：被政治所改造的民间［J］.华东师范大学学报（哲学社会科学版），2004（3）.

［431］王荣.论40年代"解放区"叙事诗创作及其形式的"谣曲化"［J］.陕西师范大学学报（哲学社会科学版），2004（3）.

［432］贺立华，程春梅.延安革命文艺思想与中国传统文化：毛泽东《在延安文艺座谈会上的讲话》文艺思想探源之一［J］.山东社会科学，2004（11）.

［433］袁盛勇.延安文学及延安文学研究刍议［J］.文学评论，2005（1）.

［434］张学新.关于编辑《中国解放区文学书系》的通信［J］.新文学史料，2005（2）.

［435］周维东.延安文学研究的现状与深化的可能［J］.现代中国文化与文学，2005（2）.

［436］袁盛勇.延安时期的集体创作：作为一种意识形态化写作方式的诞生［J］.中山大学学报（社会科学版），2005（3）.

［437］燕世超.辉煌历史中的深长喟叹：论解放区民歌体诗歌的生成与缺憾［J］.贵州社会科学，2005（3）.

[438] 刘增杰.于平静里寓波澜：读王培元《延安鲁艺风云录》[J].中国现代文学研究丛刊，2005（4）.

[439] 郭国昌.集体写作与解放区的文学大众化思潮[J].中国现代文学研究丛刊，2005（5）.

[440] 金宏宇.《在延安文艺座谈会上的讲话》的版本与修改[J].中国现代文学研究丛刊，2005（6）.

[441] 旷新年.人民文学：未完成的历史建构[J].文艺理论与批评，2005（6）.

[442] 张器友.新的历史语境中的解放区文学研究[J].文艺理论与批评，2006（1）.

[443] 赵学勇，孟绍勇."文学中心"的转移与当代文学"新方向"的确立[J].山西大学学报（哲学社会科学版），2006（1）.

[444] 李洁非，杨劼.延安文学研究：为什么研究和研究什么[J].西南民族大学学报（人文社科版），2006（1）.

[445] 郭玉琼.发现秧歌：狂欢与规训：论二十世纪四十年代延安新秧歌运动[J].中国现代文学研究丛刊，2006（1）.

[446] 王富仁.延安文学有重新加以研究的必要[J].学术月刊，2006（2）.

[447] 朱鸿召.重新厘定延安文学传统[J].学术月刊，2006（2）.

[448] 袁盛勇.直面与重写延安文学的复杂性[J].学术月刊，2006（2）.

[449] 黄科安.民间立场与知识分子属性：从"文化身份"看赵树理的小说创作[J].太原理工大学学报（社会科学版），2006（2）.

[450] 潘磊，曾彦修.曾彦修先生谈"'鲁迅'在延安"[J].新文学史料，2006（2）.

[451] 宋绍香.在异质文化中探寻"自我"：国外汉学家中国解放区文学译介、研究管窥[J].文学理论与批评，2006（2）.

[452] 袁盛勇.集体创作与后期延安文艺戏剧作品的形成：以《逼上梁山》和《三打祝家庄》的创制为中心[J].中国现代文学研究丛刊，2006（3）.

[453] 黄科安.延安文人：建构现代民族国家的本土话语体系：关于延安文学研究的再思考[J].海南师范学院学报（社会科学版），2006（4）.

[454] 张卫中.解放区小说的语言变革及意义[J].文艺理论与批评，2006（5）.

[455] 刘增杰.从左翼文艺到工农兵文艺：对进入解放区左翼文艺家的历史考察[J].中国现代文学研究丛刊，2006（5）.

［456］袁盛勇.重新理解延安文学［J］.西南民族大学学报（人文社科版），2006（5）.

［457］刘增杰.脆弱的软肋：略论现代文学研究的文献问题［J］.文学评论，2006（6）.

［458］胡玉伟.20世纪90年代以来中国解放区文学研究述评［J］.沈阳师范大学学报（社会科学版），2006（6）.

［459］石凤珍.左翼文艺大众化讨论与延安文艺大众化运动［J］.文学评论，2007（3）.

［460］梁向阳.八十年代以来"延安时期作家"全集、文集出版情况概述［J］.新文学史料，2007（3）.

［461］旷新年.从文学史出发，重新理解《讲话》［J］.文艺理论与批评，2007（4）.

［462］毛巧晖.新秧歌运动：民间文学进入主流的一次尝试［J］.晋阳学刊，2007（5）.

［463］杨琳.容纳与建构：1935—1948延安报刊与文学传播［J］.西安交通大学学报（社会科学版），2007（5）.

［464］王荣.论《王贵与李香香》的版本的变迁与文本修改［J］.复旦学报（社会科学版），2007（6）.

［465］毛巧晖.新秧歌运动：权威话语对"民间"的缔造［J］.中华戏曲，2008（1）.

［466］韩毓海."漫长的革命"：毛泽东与文化领导权问题［J］.文艺理论与批评，2008（1）；2008（2）.

［467］周维东."突击文化"与延安文艺引论［J］.中国现代文学研究丛刊，2008（2）.

［468］赵卫东.延安文学体制的生产与确立［J］.世界文学评论，2008（2）.

［469］孙国林.论延安文艺的基本特征［J］.延安大学学报（社会科学版），2008（3）.

［470］周维东，张健."突击文化"的历史内涵及其对延安文学研究的意义［J］.南开学报（哲学社会科学版），2008（3）.

［471］韩晓芹.读者的分化与延安文学的转型：延安《解放日报》副刊的文学生产与传播［J］.东北师范大学学报（哲学社会科学版），2008（4）.

［472］段从学.文协是怎样建立起来的［J］.新文学史料，2008（4）.

［473］罗平汉.冰封文坛起惊雷：回眸1978年中国文学界［J］.时代文学，2008（11）.

［474］孙国林.论延安文艺的历史分期［J］.河北师范大学学报（哲学社会科学版），2008（6）.

［475］席扬.论中国当代文学史研究的发生与发展［J］.中国现代文学研究丛刊，2008（6）.

［476］孟远.多重文化力量的融合与交锋：歌剧《白毛女》诞生的文化语境［J］.北

京师范大学学报（社会科学版），2008（6）.

［477］段从学.鲁迅在新文学传统中的领导地位之建立：文协与抗战初期的鲁迅纪念活动［J］.鲁迅研究月刊，2008（7）.

［478］刘忠."延安文艺座谈会"召开原因考辨［J］.社会科学战线，2008（9）.

［479］刘增杰.青年学者的解放区文学研究的三个特色：由李军《解放日报·文艺》研究引发的思考［J］.平顶山学院学报，2009（1）.

［480］黄晓华.话语分配与身体调控：论解放区文学中的性话语［J］.湖北大学学报（哲学社会科学版），2009（1）.

［481］逄增玉.抗战文学作品的若干历史性与思想性问题［J］.文艺争鸣，2009（3）.

［482］陆贵山.马克思主义文艺学的理论创新［J］.文学评论，2009（4）.

［483］宋绍香.中国解放区文学在俄苏：译介、反响、研究［J］.文艺理论与批评，2009（4）.

［484］段从学.论文协在抗战时期的历史形象变迁：以历届常务理事为中心［J］.重庆师范大学学报（哲学社会科学版），2009（4）.

［485］田刚."两个口号"论争与党的抗日民族统一战线政策［J］.东岳论丛，2009（9）.

［486］温儒敏.尊重史料研究的学术价值与地位［J］.汉语言文学研究，2010（1）.

［487］田刚.关于"两个口号"论争的重新检讨［J］.中国现代文学研究丛刊，2010（1）.

［488］周维东.延安时期毛泽东评价鲁迅的模糊性与策略性［J］.现代中国文化与文学，2010（1）.

［489］沈文慧."形式"何以成为问题：延安文艺体式变革探因［J］.文史哲，2010（1）.

［490］段从学.文坛究竟坐落在何处：论文协同人对"与抗战无关论"的批判［J］.晋阳学刊，2010（1）.

［491］郭国昌.新华书店与解放区文学出版体制的形成［J］.中国现代文学研究丛刊，2010（2）.

［492］赵学勇.转折·构建·流变：论中国当代文学"新方向"的确立及历史实践［J］.陕西师范大学学报（哲学社会科学版），2010（3）.

［493］孙国林."古为今用，洋为中用"文艺方针是怎样诞生的［J］.文艺理论与批评，2010（4）.

[494] 胡玉伟."本体"的进入与问题的重识：解读李洁非的延安文学研究[J].渤海大学学报（哲学社会科学版），2010（4）.

[495] 赵学勇.重新认识"延安文艺"的价值及意义[J].延安大学学报（社会科学版），2010（6）.

[496] 袁盛勇.新的延安文学研究在崛起[J].延安大学学报（社会科学版），2010（6）.

[497] 毕海.延安文学研究的历史与现状[J].文艺争鸣，2011（1）.

[498] 温儒敏.现代文学研究的"边界"及"价值尺度"问题：对中国现代文学研究现状的梳理与思考[J].华中师范大学学报（人文社会科学版），2011（1）.

[499] 周维东."统一战线"战略与延安时期的鲁迅文化：以毛泽东对鲁迅的评价为中心[J].社会科学研究，2011（1）.

[500] 逄增玉.解放战争时期东北解放区的期刊出版[J].新文学史料，2011（2）.

[501] 田刚.鲁迅与延安文艺思潮[J].文史哲，2011（2）.

[502] 段从学.新的文学社会空间之开拓：文协与抗战时期的战地文艺工作[J].井冈山大学学报（社会科学版），2011（4）.

[503] 段从学.夏季大轰炸与大后方文学转型：从抗战文学史的分期说起[J].中国现代文学研究丛刊，2011（7）.

[504] 黄擎."大批判"文艺批评模式与对王实味的两次批判[J].中国现代文学研究丛刊，2011（7）.

[505] 田刚.毛泽东与鲁迅："文艺与政治的歧途"[J].文史哲，2012（2）.

[506] 周维山.大众审美经验与文化领导权的建构：论《在延安文艺座谈会上的讲话》的当代价值[J].文艺理论与批评，2012（2）.

[507] 谷鹏飞，赵琴.《在延安文艺座谈会上的讲话》四次修订的背景及其诠释学意义[J].西北大学学报（哲学社会科学版），2012（2）.

[508] 黎辛.延安文艺座谈会相关的人与事[J].新文学史料，2012（3）.

[509] 赵学勇.延安文艺研究：历史重评与当代性建构[J].陕西师范大学学报（哲学社会科学版），2012（3）.

[510] 田刚.鲁迅精神传统与延安文艺新潮的发生[J].陕西师范大学学报（哲学社会科学版），2012（3）.

[511] 李继凯.论延安文人与书法文化[J].陕西师范大学学报（哲学社会科学

版），2012（3）．

［512］王荣．宣示与规定：1949年前后延安文艺丛书的编纂刊行：以"北方文丛"与"中国人民文艺丛书"的编辑出版为例［J］．陕西师范大学学报（哲学社会科学版），2012（3）．

［513］霍炬．《在延安文艺座谈会上的讲话》中的"人民"概念［J］．文艺理论与批评，2012（3）．

［514］杨洪承．空间视域中的文学史叙述和其构形考察：以二十世纪四十年代"延安文学"为例［J］．当代作家评论，2012（4）．

［515］孟远．权力与文化运作：歌剧《白毛女》的经典化历程［J］．上海文化，2012（4）．

［516］王建国．《在延安文艺座谈会上的讲话》在1943年正式发表的缘由［J］．党的文献，2012（4）．

［517］赵学勇．延安文艺与现代中国文学［J］．解放军艺术学院学报，2012（4）．

［518］张志忠．政与文　权与经　流与变：关于《在延安文艺座谈会上的讲话》的断想［J］．文艺争鸣，2012（5）．

［519］卢燕娟．《在延安文艺座谈会上的讲话》与人民文化权力的兴起［J］．中国现代文学研究丛刊，2012（6）．

［520］李莉，王金胜．民间形式向民族形式转型的标志：从"新秧歌剧"到"新歌剧"［J］．中国现代文学研究丛刊，2012（8）．

［521］张炯，吴敏．周扬与中国当代文艺界：答华南师范大学文学院吴敏教授提问［J］．河北学刊，2013（1）．

［522］郭国昌．文艺社团的转型与延安文学制度的建立［J］．文史哲，2013（1）．

［523］李杨．"经"与"权"：《讲话》的辩证法与"幽灵政治学"［J］．中国现代文学研究丛刊，2013（1）．

［524］赵学勇，田文兵．延安文艺与20世纪中国文学论纲［J］．陕西师范大学学报（哲学社会科学版），2013（1）．

［525］王贵禄．论延安文艺大众化的历史演变与实践［J］．陕西师范大学学报（哲学社会科学版），2013（1）．

［526］刘增杰．《在延安文艺座谈会上的讲话》版本考释［J］．新文学史料，2013（3）．

［527］周维东．解放区的天是明朗的天：延安时期的移民运动与"穷人乐"叙事

[J].文学评论,2013(4).

[528] 赵学勇.天地之宽与女性解放：延安女作家群述论[J].中国社会科学,2013(7).

[529] 王荣.调整与改造：从"新歌剧"到"新中国电影"的确立：论1949年前后《白毛女》文学剧本的修改与改编[J].陕西师范大学学报（哲学社会科学版）,2013(5).

[530] 陈思广.评段从学《"文协"与抗战时期文艺运动》[J].中国现代文学研究丛刊,2013(10).

[531] 孟远.歌剧《白毛女》的生产方式：集体创作的话语民主与《白毛女》叙事的初成[J].文艺争鸣,2013(12).

[532] 孙国林.毛泽东《讲话》的整理、修改和公开发表秘闻[J].湘潮（上半月）,2013(12).

[533] 郭国昌.《在延安文艺座谈会上的讲话》的发表与延安文艺政策的确立[J].中共党史研究,2014(12).

[534] 周维东.再谈"民国"的文学史意义：以延安时期文学研究为例[J].学术月刊,2014(3).

[535] 周维东.被"真人真事"改写的历史：论解放区文艺运动中的"真人真事"创作[J].中山大学学报（社会科学版）,2014(2).

[536] 李祖德."人民性"与"人民国家"的主体想象：中国当代文学"人民性"话语历史考察之一[J].重庆师范大学学报（哲学社会科学版）,2014(4).

[537] 赵学勇,张英芳.论延安文艺的现代性追求及特征[J].陕西师范大学学报（哲学社会科学版）,2014(4).

[538] 周维东.革命与乡土：晋察冀边区的乡村建设与孙犁的小说创作[J].文学评论,2014(6).

[539] 王荣.1940年代延安文艺专科性丛书述略[J].中国现代文学研究丛刊,2014(7).

[540] 王中忱.丁玲：一个在新诗里生长的母题[J].艺术评论,2014(9).

[541] 赵学勇,张英芳.延安时期文学启蒙思潮的历史演变[J].中国现代文学研究丛刊,2014(9).

[542] 曾令存.当代文学与延安文学和左翼文学：研究现状与存在问题[J].学术研

究，2014（9）．

［543］赵学勇，张英芳.延安文学：现代性与民族性的双重追求［J］.厦门大学学报（哲学社会科学版），2015（1）．

［544］夏中义.反映论与"1985"方法论年：以黄海澄、林兴宅、刘再复为人物表［J］.社会科学辑刊，2015（3）．

［545］周维东.抗战文学的分野与联动：新民主主义文化理论的形成与战时区域政治［J］.北京师范大学学报（社会科学版），2015（3）．

［546］赵卫东.延安文人的宗派主义问题考论：以鲁艺和文抗为中心［J］.中国现代文学研究丛刊，2015（3）．

［547］杨向荣.复调语境中的《在延安文艺座谈会上的讲话》［J］.文学评论，2015（6）．

［548］赵学勇.延安女作家群创作中集体与边缘的双重叙事［J］.中国现代文学研究丛刊，2015（9）．

［549］焦欣波.《水浒传》改编与延安戏剧文学的革命叙事［J］.中国现代文学研究丛刊，2016（4）．

［550］严红兰.新时期文学"人民性"价值取向的嬗变［J］.南昌师范学院学报（社会科学），2016（4）．

［551］高旭东，蒋永影.《白毛女》：从民间本事到歌剧、电影、京剧、舞剧：兼论在文体演变中革命叙事对民间叙事的渗透［J］.文艺研究，2016（5）．

［552］陈思广，廖海杰.延安文艺政策与现代长篇小说新格局的形成［J］.贵州师范大学学报（社会科学版），2016（5）．

［553］袁盛勇.对延安文艺的重新认知［J］.河北学刊，2016（5）．

［554］郭国昌.文学旗手的调整与延安文艺新方向的确立［J］.中共党史研究，2016（11）．

［555］赵学勇，吕惠静.延安文学"大众化"理论及其实践［J］.兰州大学学报（社会科学版），2017（4）．

［556］李继凯."文化磨合思潮"与"大现代"中国文学［J］.中国高校社会科学，2017（5）．

［557］张炯.论《在延安文艺座谈会上的讲话》的历史背景和理论生成［J］.文艺争鸣，2017（6）．

［558］张炯.论《在延安文艺座谈会上的讲话》的传播与影响［J］.兰州学刊，2017（8）．

[559] 李杨."右"与"左"的辩证:再谈打开"延安文艺"的正确方式[J].中国现代文学研究丛刊,2017(8).

[560] 陈灵强.延安文学与十七年文学话语模式之辨析[J].中国现代文学研究丛刊,2017(9).

[561] 袁盛勇.再论对延安文艺进行重新认知[J].河北学刊,2017(6).

[562] 赵普光.时代的钟摆:论八十年代文学制度的重建[J].社会科学,2018(1).

[563] 江震龙,冷其中.解放区文学批评关键概念与时代表征[J].福建师范大学学报(哲学社会科学版),2018(2).

[564] 段从学.梅林的抗战文坛日记:上、下[J].新文学史料,2018(2);2018(3).

[565] 赵学勇,王鑫.域外作家的延安书写:1934—1949[J].中国社会科学,2018(4).

[566] 刘勇,张悦.从史料到史料学:中国现代文学的研究瓶颈与突破[J].社会科学辑刊,2018(5).

[567] 刘卓."群众的位置":谈延安时期文艺体制的"非制度性"基础[J].陕西师范大学学报(哲学社会科学版),2019(1).

[568] 丁国旗.对延安文艺讲话中文艺批评思想的重新认识[J].陕西师范大学学报(哲学社会科学版),2019(1).

[569] 黄平,叶杨莉.四次文代会之前的新时期文坛[J].文艺争鸣,2019(1).

[570] 刘勇.中国现代文学的历史性、当代性与经典性[J].当代文坛,2019(2).

[571] 文贵良.危机与新生:战争年代(1937—1948)的文学话语转型[D].上海:复旦大学,2003.

[572] 江震龙.从纷繁多元到一元整一:"中国解放区散文"研究[D].福州:福建师范大学,2003.

[573] 袁盛勇.宿命的召唤:论延安文学意识形态化的形成[D].上海:复旦大学,2004.

[574] 周维东."突击"中的突击文学:对解放区文学的政治文化阐释[D].重庆:西南师范大学,2004.

[575] 安荣银."新秧歌剧运动"研究[D].北京:北京大学,2004.

[576] 孟远.歌剧《白毛女》研究[D].北京:中国人民大学,2005.

[577] 毛巧晖.涵化与归化:论延安时期解放区的"民间文学"[D].上海:华东师范大学,2005.

［578］李建军.现代中国"人民话语"考论：兼论"延安文学"的"一体化"进程［D］.武汉：华中师范大学，2006.

［579］胡玉伟."历史"的规约与文学的建构：中国解放区文学研究：1942—1949［D］.吉林：东北师范大学，2006.

［580］李军.解放区文艺转折的历史见证：延安《解放日报·文艺》研究［D］.开封：河南大学，2006.

［581］郭建玲.1945—1949年中国现代文学格局转型研究［D］.上海：华东师范大学，2007.

［582］杨琳.回归历史的本真：延安文学传播研究：1935—1948［D］.兰州：兰州大学，2008.

［583］沈文慧.延安文学与农民文化［D］.武汉：华中师范大学，2008.

［584］周俊.毛泽东《在延安文艺座谈会上的讲话》研究：1942—1949［D］.济南：山东大学，2009.

［585］韩晓芹.延安《解放日报》副刊与现代文学的转型［D］.吉林：东北师范大学，2009.

［586］王冬.抗日战争时期延安秧歌剧研究［D］.南京：南京艺术学院，2010.

［587］宋喜坤.萧军和《文化报》［D］.吉林：东北师范大学，2011.

［588］张文诺.文学大众化与解放区小说［D］.兰州：兰州大学，2011.

［589］蒋明敏.论延安知识分子对马克思主义中国化的探索与贡献［D］.南京：南京师范大学，2012.

［590］张谦芬.异质空间下小说民族化的多元追求：20世纪40年代上海沦陷区与延安解放区小说研究［D］.南京：南京师范大学，2012.

［591］秦彬."改造"话语与延安文学：基于政治文化统合性视角的考察［D］.天津：南开大学，2013.

［592］李静.延安文艺建构及其影响研究：1930—1970年代［D］.西安：陕西师范大学，2014.

［593］宋颖慧.延安文学中的劳动叙事研究［D］.西安：陕西师范大学，2014.

［594］马亚琳.1940年代的延安戏剧文学创作研究［D］.西安：陕西师范大学，2015.

［595］田韶峻.《在延安文艺座谈会上的讲话》理论溯源［D］.福州：福建师范大

学，2015.

[596] 孙胜存.救赎·蜕变·转型：解放区文学再思考[D].保定：河北大学，2015.

[597] 章涛.制度·主体·文本：当代文学史视域下的"知识分子改造"研究[D].杭州：浙江大学，2016.

[598] 凌菁.丁玲的多重身份与其文学活动[D].长沙：湖南师范大学，2016.

[599] 焦欣波.20世纪中国水浒戏剧研究：以剧本创作及改编为中心[D].西安：陕西师范大学，2017.

[600] 仇珊华.鲁艺精神及其当代价值[D].石家庄：河北师范大学，2017.

[601] 于敏.延安文艺的传播与影响研究[D].西安：陕西师范大学，2017.

[602] 卢美丹.延安文学研究史论：1937—1977[D].西安：陕西师范大学，2017.

[603] 武菲菲.延安戏曲改革与20世纪中国文艺大众化[D].西安：陕西师范大学，2018.

[604] 于波.延安时期以来抗战题材文学叙事的演变：从革命史观到新历史主义[D].济南：山东大学，2018.

[605] 曾云霞.延安戏剧运动研究：1937—1947[D].上海：上海戏剧学院，2018.

[606] MEI Y T FEUERWERKER. Ding Ling's Fiction: Ideology and Narrative in Modern Chinese Literature[M]. Harvard University Press, 1982.

[607] HOLM D. Art and Ideology in Revolutionary China[M]. Oxford University Press, 1991.

[608] DIEN S F DORA. Ding Ling and Her Mother: A Cultural Psychological Study [M]. Neva Science Publishers, 2002.

[609] ALBER C J. Enduring the Revolution: Ding Ling and the Politics of Literature in Guomindang China[M]. Westport: Praeger Publisher, 2001.

[610] 内田知行.抗日戦争と民衆運動[M].东京：东京创土社，2002.

[611] LIU J M. Revolution Plus Love: Literary History, Women's Bodies, and Thematic Repetition in Twentieth-Century Chinese Fiction[M]. University of Hawaii Press, 2003.

[612] DIRLIK A. Culture & History in Postrevolutionary China: The Perspective of Global Modernity[M]. The Chinese University of Hong Kong Press, 2011.

后 记

本书是赵学勇教授主持的国家社会科学基金重大招标项目"延安文艺与20世纪中国文学研究"的成果之一,在笔者博士学位论文的基础上修订完成。

其时学院现当代文学研究生基本围绕延安文艺开展相关研究。导师组建议笔者选取"文革"结束后的延安文艺研究作为研究对象,从学术史的角度梳理该阶段的延安文艺研究情况。一般认为,这就是综述基础上的简要评述。但这存在两个问题:一是延安文艺与20世纪中国文学乃至中国政治、社会的关系纠葛交织,研究成果浩如烟海、左右各异,如何梳理、归束、集检?二是作为论文,"论"在何处?选题的学术价值何在?

这是要解决的最重要的两个问题。随着对研究对象材料的熟悉,逐步确定了以年代及年代特征来归拢材料的思路。就是按照自然年代进行梳理,凝练和判断该年代该阶段的时代特征及其对延安文艺研究的影响与互动。而解决学术价值弱、凸显学理色彩的办法,则是寻找阶段性(年代)延安文艺研究主流、主脉的走向与显现,即以年代特征笼罩、规约下的延安文艺研究的主要特征。换句话说,纵向上是年代及其特征,横向上是该阶段的研究特征,纵横线的支撑是具备该阶段研究特征的研究成果。其学术性体现为年代特征决定研究特征,研究成果显现研究特征。

于此,确定研究的四个阶段及其纲脉。第一个阶段,时间为"文革"结束到第四次文代会,年代特征是思想解放和拨乱反正下的"徘徊中前进",研究特征是附从、配合拨乱反正与冤假错案平反(当然限定在文艺界),同时,行文渐趋规范。第二阶段,时间为20世纪80年代,年代特征是思想解放,气氛活跃,元气淋漓,研究特征在前期主要是对作家作品的"重评",延续70年代末期的配合拨乱反正；后期是"重写"，呼应社会的思想解放、文化界的众声喧哗和理论层面的方法借用。第三阶段，时间为90年代，年代特征是淡化政治，突出发展，研究特征是"静悄悄地行进"。在这个面上以三条线贯领：一是从"再解读"出发的学术探索的深化和突破，二是崛起的学院派开展的四种类型的学术探索和拓展，三是以史料研究为基础的、延续新时期初期冤假错案平反的王实味遗案研究。第四阶段，时间为新世纪以来，年代特征是学术与政治的纠葛淡化，研究特征是历史化、学理化的"回到原初""建构与延拓""还原与重构"等，具体归结体现为延安文艺体制化的形成、左翼文学以及鲁迅文艺思想与延安文艺的关系、延安文艺的内质（内容要求）和形态（形式体现）研究等。这也是本书依循的新时期以来延安文艺研究学术史的建构纲要。其缺点在于，个别研究因未体现年代特征蕴含的延安文艺研究特征而不在评述之列。

此外，作为历史化研究的需要和文艺史建构的基础，延安文艺史料的整理出版以及考辨校释也呈现繁盛局面；作为延安文艺指导思想的毛泽东《讲话》以及以此为核心的毛泽东文艺思想，自然也是学界阐释、贯彻、厘定的重点，其研究基本上呈现出"在坚持中发展"的态势。在对四个阶段性年代的研究特征进行学术史的梳理之外，将此两线单列而述，既殊立其外，亦旁证其中。

成书之际，感谢导师王荣教授的培养和关爱，其坚持史料说话的治学主张、注重研究内容在学术领域的方位把握，以及超然物外的淡然、倾心后学的情怀等，都让我感佩感动，默念于心。学位论文是在导师组的共同指导下完成的，感谢赵学勇教授、李继凯教授、田刚教授等老师的宏观指导，细心点拨，宽谷携助。感谢师长们的关心，朋友和同事们的支持，现当代文学师门王西强、马亚琳、李跃力、焦欣波、冯超等诸友的帮助与鼓励。感谢父母、师母、兄弟姐妹，感谢我家领导和两个孩子，感谢他们让我振奋精神，负重而能前行。本书的出版，感谢陕西师范大学出版总社的鼎力支持和梁菲编辑的辛勤付出。感念流逝的岁月，幸运曾经的相伴。

"时间顺流而下，生活逆水行舟。"未来正在路上，跋山涉水，深情而歌。

2021年12月修改

2022年5月再改